U0126462

蘇雪林研究論集

吳姍姍　著

國家教育研究院◎主編
臺灣學生書局印行
2012年8月出版

謹將此書獻給推動

「蘇雪林文物、作品整理、研究計畫」

陳昌明教授

自序

每當別人和我談到蘇雪林，我總是說「蘇雪林並不認識我」。

即使民國八十七年擔任成功大學中文系編輯《蘇雪林作品集·日記卷》助理，那時蘇老師尚在世，暖暖的春季三月天，我一個人騎著小摩托車，來來回回從成大到北安路，商借布置會場，還記得我選用的桌巾是淡粉紅、白色相間的，自天花板垂下絲絲彩帶，有紅綢金字的祝壽幛、盎然鮮花、奶油蛋糕、點心飲料。蘇老師一百零二歲的慶生會在安養院舉行，那天，我只遠遠地看見護理人員將坐著輪椅的蘇老師從住房推進會場，一群人簇擁，臺上校長、院長、主任、老師等人致賀，我和學妹們在臺下拍手鼓掌，然後曲終人散，我仍舊回研究室工作。民國八十八年四月十日，《日記卷》出版，但是在成大醫院舉行新書發表會，因爲蘇老師已住進加護病房，四月二十一日蘇老師辭世。我與蘇老師就是安養院那淡淡一瞥。

民國八十八年四月三十日上午，成功大學爲蘇老師在光復校區的中正堂舉行告別彌撒。儀式後，靈柩從中正堂移出，將往火葬場。當年，我只是一個下午就要辦理離職的小小助理，站在中正堂外的廊柱邊，依然遠遠地看著蘇老師遺體被送進靈車，不由自主淚眼婆娑，這是一份怎樣的因緣啊，那裡面躺著的人，剎時就要灰燼，我如何告訴她：我們不相識，妳也不知道我，但是我讀了妳五十年的心事。

我無法告訴她。

只能對著靈柩默許：「蘇老師，再見了。只要給我機會，我一定將您發揚光大。」。此後十年，人事沉埋。寒暑假時，我默默地回到中文系研究室，四周堆滿從蘇老師宿舍清理出來的文物書籍，桌子只容得下我的小筆電及一尺見方空間。一堆紙本資料，有成篇的、雜亂的，還有信件、手稿、衣物、用品，每次將它們拼合，隨便處理幾張紙，兩手就是灰黑一層，洗過手，孤獨地繼續埋首。我讀過蘇老師十五冊日記，有時清理一個物件，日記內文恍惚浮現腦海，啊，這不就是那一天、那一事嗎？日子過去了，日記中蘇老師的點滴仍然在我心中清晰。黃昏回家，走出系館大門，只有靜靜的校園，清風拂面，再也說不出什麼子丑寅卯的日子，流光忽忽悄逝，同學們都不大明白，爲何我如此這般做這份工作？有一位率眞的同學，直接說我「浪費生命」。我無言以對，只對知音者言：因爲整理蘇老師日記，我了解她的心事，在古情雅義淡然的今日，不論滄海桑田——就拚一個肝膽相照。

我是心甘情願利用寒暑假做蘇老師的工作，迫於環境，這也是我所有的餘力。多年以來，斷斷續續回學校工作，文物的霉味成爲我熟悉的味道，每次打開研究室，一陣霉味撲鼻，時常莞爾：這是蘇老師，我的工作。孫多慈曾爲蘇老師繪贈一幅大型人像油畫，初時，它一直擺在入門牆壁邊，陳舊的畫色和仿若倉庫的暗沉氣氛，有時，學妹們來找我，看到近旁的畫像，總怯怯問：「學姐，妳害怕嗎？」、「學姐，蘇老師有託夢給妳嗎？」、「她在夢中跟妳說什麼？」，第一次聽到這些問題，我笑出來，沒有，而且我從未想過「害怕」這個問題。寒暑假工作時，甚至會和那幅畫對話。例如，眼睛實在太累，就停下手，坐著呆望那幅畫，心想：「蘇老師，您知道我在做什麼嗎？」；手稿看不清楚，很煩躁：「蘇老師啊……這什麼跟什麼呀……」；假期結束，最後一天要回家時，因爲鑰匙需交還系辦公室，關門前對著油畫：「蘇老師，我就做到今天了。」

直到民國九十七年，當時擔任文學院長的陳昌明老師向學校提出「蘇雪林文物、作品整理、研究計畫」，我才能再有空間與時間全力繼續這項工作。十多年過去了，在這三年裡，慢慢體悟上天自有美意，我從未忘記對蘇老師「心的承諾」，當年，「機會」在我的認知裡，必然是慈悲的佛祖或法力無邊的上帝或神秘的奇蹟，但是，現在我明白，「機會」是陳昌明老師，沒有他，我們不會有今天的成果。由於陳老師的計畫，我有三年時間協助陳老師把雜亂的文物歸類、出版蘇老師作品、舉辦藝文活動，以及在閱讀資料後，寫出這本書。蘇老師在世時，常嘆世無知音，文人本寂寞，對這位即使將她擺在廿一世紀的今日，依然顯現著獨異氣息的女作家，此書是蘇老師與我一段「沒有實際因緣的因緣」之紀念。我不知道若蘇老師在世，對此書有何意見，只能說，我用「相同心情的了解」同情蘇老師，而在很難得三年博士後研究日子裡，完成當年在中正堂廊下的心願。只要蘇老師地下有知就好了。

依舊是靜靜的下午，我讀蘇老師《浮生九四》，電腦播放著〈浮生千山路〉歌曲，想遙遠的安徽嶺下村山坡上，蘇老師墳草幾度青黃，我記得來時路，但獨立無語；紅塵回首，還是從心裡要告訴蘇老師「涼淨風恬，人間依舊」。

謝謝陳昌明、江建俊、王偉勇老師。陳老師給我機會回來工作，江老師、王老師在擔任中文系主任期間，對我的處境的了解；江老師教誨「直道而行」、王老師「有始有終」，今生今世，永銘在心。

十三年的生涯，解人寥落。衷心感謝臺灣學生書局鼎力支持，看見蘇雪林；何淑蘋學妹的鼓勵以及引薦此書。

這本書，送給陳昌明老師。

吳姍姍識于民國一〇一年，夏天

蘇雪林研究論集

目次

緒論

關於蘇雪林

一、生平略述

蘇雪林（1897-1999），原名蘇小梅，字雪林。祖籍安徽省太平縣嶺下村，光緒二十三年農曆二月廿四日出生於浙江省瑞安縣，其祖父蘇錦霞的縣署，民國八十八年四月二十一日病逝臺南成功大學附設醫院，享年一百零三歲。幼名瑞奴，父親蘇錫爵，字少卿；母親杜躲妮，後隨丈夫在山東上任，改名浣青，育有三男二女。

民國三年，蘇雪林就讀安徽省安慶第一女子師範，民國六年畢業，留在母校附小教書二年，廬隱亦在該校擔任體育課程。民國八年，與廬隱同時考入北京高等女子師範學校（今北京師範大學），將「小」字省去，改名蘇梅。就讀女高師時，開始在報章發表評論文章，因為批評北京大學學生謝楚楨出版的一部新詩集《白話詩研究集》，引起與易君左、羅敦偉諸人的筆戰，易君左發表〈嗚呼蘇梅〉惹起軒然大波，後由胡適支持，風波始平，但蘇雪林厭倦南北文壇終日談「蘇梅」，遂興起離開中國之念。民國十年，吳稚暉、李石曾在法國里昂興辦中法學院，於北京、上海、廣州招生，蘇雪林與同學林寶權、羅振英一起考取，赴法留學，主修藝術，後因水土不服，愁病交侵，改修語文。蘇雪林赴法前，將此行目的告知父親但是瞞著母親；居法三年，母親因思女急病，家鄉又屢傳變故。民國十四年夏天，母親病危，輟學返國，並為了安慰母親，與由祖父代訂而她三次拒婚、拖延婚事十餘年的南昌五金商人之子張寶齡，在母親病榻前完婚。蘇雪林這個婚姻完全為了讓病中的母親安心，因為母親傳統的觀念裡，認為女兒不嫁，無人可託，衷心懸掛；然而，對蘇雪林而言，她的這份孝心並沒有得到命運垂憐，母親在她婚後的幾個月，依然撒手人寰。蘇雪林與她互不相愛的張寶齡結婚是為了母親，如果說，這是一種犧牲的話，蘇母在她婚後不久即辭世，蘇雪林心中的傷痛與怨悔是犧牲之後，更大的傷害。

婚後，蘇雪林開始在各大學執教。先後任教於景海女子師範學校，擔任國文系主任，東吳大學、滬江大學、安徽大學。其間，蘇雪林與張寶齡的婚姻出現裂痕，主要是個性難契，因張氏的成長背景，欲娶傳統三從四德女子，而早在蘇雪林第一次留法期間，當時張寶齡在美國麻省理工學院修業，蘇雪林嘗試雙方通信以拉近彼此距離，但魚雁之中，發覺張寶齡性情冷酷，蘇雪林認為是他學習工程之故，因此冰冷。直到婚後，更嚴重的反目來自於蘇雪林將她教書所得接濟母家，所以張寶齡怨恨，總計這一段婚姻，兩人難得和睦日，聚少離多。民國二十年，新創立的武漢大學在京滬招生，由袁昌英介紹給校長王世杰；秋天，應聘武漢大學教書。直至民國三十八年為避戰亂，流離香港；三十九年再赴法國，原計畫進修西方神話，因法文久荒，在巴黎法蘭西學院又找不到願意指導屈原研究者，民國四十一年旅費告罄，七月回臺，任教省立臺北師範學院

（今臺灣師範大學），擔任一年級國文、三年級《楚辭》課程。民國四十五年，臺南成功工學院改制成功大學，為了與住在左營的大姐蘇淑孟就近照顧，應聘成大中文系。民國六十一年，摯愛的大姐去世，傷痛欲絕，感於死生如游絲，決心以餘力完成屈賦研究，民國六十二年退休。堅持不願麻煩他人的原則，住在臺南市東寧路十五巷五號成功大學教職員宿舍，只有女傭幫忙買菜、作飯，每天中午過後，除了特別來訪之客，一人獨居，生活中只有養貓、閱報讀書、寫作，清骨嶙峋。

婚姻不幸是觀照蘇雪林人生的一個重要觸發點，她一生成敗幾乎都由這個婚姻作為隱形舵手與殺手。蘇雪林生性喜幻想，愛讀民俗、神話之書，不懂得溫言軟語，在民初的婚姻觀念與習套中，她極力作自己，又有經濟能力條件，導致與張寶齡貌合神離，愈行愈遠，後來索性分居。但是，蘇雪林將這一份失敗婚姻苦汁嚥下，再反芻成為她後半生屈賦研究的成果。蘇雪林一生大部份都在為別人而活，早年為母親，晚年為大姐；她生活極端苛儉，存下的錢財用來接濟家人朋友。惟一為自己的事，是學術研究，尤其屈賦神話；退休後的蘇雪林，深居簡出，繼續修改論文，將懸心的屈賦研究出版，期待後世知音；間或為報刊雜誌撰文，以貼補生活。她沉浸其中，歡然自得，是一個典型中國讀書人，而典型之中又有她的個別性，此為蘇雪林之獨特，需要從各個角度細析其中的複雜性，予以縷析，為本書寫作目的。

二、寫作生涯

蘇雪林在中國現代文學史上，與冰心、廬隱、陳衡哲、凌叔華、袁昌英、馮沅君、石評梅等人被譽為新文學第一代女作家。所謂「第一代女作家」之名，緣由黃人影編《當代中國女作家論》一書，討論這幾位女作家，因為中國興辦女子教育，是民初的事，此書於民國二十二年出版，而女子因受教育、能發展才華，成為作家，在當時屬於先聲，隨著時光流逝，「當代」慢慢遞變為「第一代」，成為現今普遍名稱。事實上，這一群女作家，確實打破文言寫作，以白話文實踐中國新文學文體改革，並且都有作品發表，雖然蘇雪林、凌叔華依然同時寫舊體詩，但是她們為中國現代文學別開生面，堪稱開路先鋒；這些女作家雖被歸為同類，但是她們的作品、人生都各有自貌。以蘇雪林來說，雖列名這一作家群，卻是一位堅定選擇由作家轉入學者之人；蘇雪林的寫作生涯，可從文藝創作、筆戰、轉入研究三方面分述。

蘇雪林早年以《綠天》、《棘心》在文壇嶄露頭角，兩書多次再版使她聲名大噪，由於文筆幽麗，在「第一代女作家」被歸入閨秀派；她的個性耿直，亦喜在報刊雜誌為文批評，繼上述「嗚呼蘇梅」事件後，民國二十五年，魯迅逝世，蘇雪林寫信阻止蔡元培擔任魯迅治喪委員會成員，託人代轉，但受託者恐傷蔡元培之意，沒有送達，蘇雪林後來投稿《奔濤》雜誌第一卷第二期，再度引起軒然大波，受到當時中國文壇的主流勢力左派作家口誅筆伐，蘇雪林於是正式「向魯迅挑戰」，與左派作家打筆戰，此後，以「反魯」為半生事業。民國二十年，任教武漢大學後，因教學備課，無意中發覺屈原作品似乎有西亞文化的因子，當時「珞珈三傑」之一袁昌英任教外文系，專長為西方戲劇，蘇雪林與她情誼深篤，課餘閒談，聊起西方神話，給予蘇雪林啟發。民國三十八年避戰亂，流離香港，原希望在香江得到更多的西方神話資料，但經過一年，所獲不多，於是，民國三十九年再度轉往法國巴黎法蘭西學院，當時，她仍支領香港真理學會一筆稿費，需按時為該會撰寫宗教性文章，亦分散了她從事西亞神話的時間與精力。如此，求學障礙與經濟拮据兩面夾擊，蘇雪林於民國四十一年黯然來臺，但是，相對地，由於她歸國學人的資歷，來臺後的十年間，生活穩定，知名度亦高，這一點又是她黯然來臺卻升起的另一波人生高峰。民國四十五年，臺南成功工學院改制成功大學，為了與大姐互相照顧，應聘成大中文系，繼續鑽研屈原作品。同時，獲得當時「長科會」補助，得以專心發表一系列屈賦論文。蘇雪林在臺灣文壇依然發生筆戰事件，分別是：一、民國四十八年與覃子豪辯論象徵詩，反對李金髮象徵詩，覃子豪認為蘇雪林對象徵詩觀念不清楚，蘇雪林駁斥象徵詩風潮刮起，青年競寫，會將詩壇帶入晦昧的死胡同。二、民國五十二年劉心皇自印《從一個人看文壇說謊與登龍》抨擊蘇雪林藉胡適攀緣名利，蘇雪林四處奔走，請求南北文壇人士協助反擊，但無人肯加入戰場，只在往返信件中安慰她不必與對方共舞，以不變應萬變，因此，求救徒勞無功；蘇雪林是個極珍惜名譽之人，民國五十三年，藉成功大學休假之便，以六十八歲高齡，避走新加坡南洋大學一年半，擔任教職；民國五十五年回臺，仍任教成功大學。三、民國五十三年，唐德剛出版《胡適雜憶》，因大陸易幟，胡適寓居美國七八年，唐德剛以同鄉後進關係，伴隨胡適，得有親見親聞之經驗，書中對胡適生活細節、思想主張提出褒揚中夾有諷刺的看法，蘇雪林一生敬愛胡適，針對唐書中提出的「誣衊」，一一尋找資料，於民國七十一年出版《猶大之吻》與之辯駁，為了維護胡適形象，撐起衰憊之軀，親自執筆，「知我罪我，在所不計」（〈猶大之吻引言〉），這是蘇雪林生性伉直、不隨意苟同個性之表現。蘇雪林對胡適有一種超乎尋常的擁護，唐德剛指胡適博士學位是假的，且冒認績溪三胡為祖宗，又慕陳衡哲不得才與江冬秀結盟等，書中言詞對胡適生活、思想之細節敘述，雖沒有直接指責，但隱含酸味；蘇雪林為了替胡適辯誣，如此努力。另外，她於胡適逝世後五週年，寫成《眼淚的海》一書，民國五十六年出版，觀此書名，胡適之逝對她而言是一片淚海，若非蘇雪林採用了修辭學的誇飾，她為胡適所作的事是異常擁戴的，換言之，胡適屍骨已寒，蘇雪林仍然要為他說話。

這也說明蘇雪林一生行事作風反映出的個性非常自我，甚至可說是一種急切的自我，這樣具有藝術家氣質的人卻選擇了沉穩的學術研究，蘇雪林生前，不計毀譽，以退休金自費出版「屈賦新探」四書，她從作家轉為學者，以及勇敢面對失意愛情帶來的一生孤寂，是蘇雪林的楷模形象，而她一生因個性、經歷影響創作與研究的現象，是本書著力探討的地方。

三、本書綱要

蘇雪林享年一百零三歲，一生跨越兩個世紀，經歷許多中國近代社會、政治、歷史、文學等重要的世局變化。

蘇雪林的生活很單純，但總觀其一生卻是複雜的，由於她是最長壽的「五四」作家，以及經歷近代中國重大事件變革，所以，關於此一人物存在著駁雜無奈的一再被轉述的迷霧。本書各章所提出的論點針對專論不同主題，這些主題分析出的結論各自與每章題目呼應，每章的結論正所以說明蘇雪林在個性、心理、文學、學術、人生抉擇等方面的複雜性，這也是研究蘇雪林不能定下某個專一論點，而必須在關於她的各個領域分別看待之處。蘇雪林一生足跡，以時間先後來說，有三個地點，即大陸、海外（包括香港、法國、新加坡）、臺灣，此間，以最長的大陸、臺灣兩地而言，這兩個在時代、文化背景存在著差異的時空下，再由於蘇雪林一生反魯反共，尚在求學即膽敢與當時名士發生筆墨戰，魯迅逝世後又開始「反魯事業」，因此，民國三十八年遠走香港，為了避戰禍同時也為了避人禍。民國四十一年，蘇雪林落足臺灣，當時「反共抗俄」的時代背景更加深了不容於大陸的身份。所以，長期以來，蘇雪林研究在大陸是封閉的，在臺灣則由於她「新文學第一代女作家」、「歸國學人」及晚年長壽被尊為「國寶」之背景，所有的桂冠在蘇雪林在世時，報章雜誌過多且一再重複她的生活瑣事、生平經歷。而大陸開放之後，上世紀八〇年代，由於兩岸開通，資訊開始活絡，蘇雪林得到「平反」，但是「反共」是大陸學界避談的。因此，總體來說，蘇雪林辭世之前，關於她的研究並不深刻且存在著歧異，若不釐清這個時代背景，蘇雪林研究將會因歷史的現實加上人為有選擇性的研究點而游離「蘇雪林」愈來愈遠，最後導致模糊甚至失誤的評斷。

由於目前並無蘇雪林研究之專書，筆者不揣淺陋，在寫作論文時，時時自勉勿落入以往的過分褒揚或一再貶抑之極端。蘇雪林著作類別廣泛，包含小說、散文、戲劇、童話、評論、神話研究，亦有繪畫作品傳世等等。本書以蘇雪林文本作基礎，除首尾之緒論、結論外，主要有八個篇章，每章獨立，作重點討論。乃筆者自民國九十四年於成功大學《雲漢學刊》發表〈蘇雪林《棘心》中的宗教改革主張〉起，陸續關注蘇雪林論題所作，針對蘇雪林身兼創作者、學者，其一生所接觸的領域，包括她的文藝與舊詩創作、評論、宗教、學術研究等幾個重要問題的發掘與闡述。曾經發表於學術刊物之文，部份作了增刪。以下略述各章之主要論點：

第一章〈蘇雪林之舊詩創作與新詩評論〉，討論其舊詩創作與新詩評論的特色及關聯，蘇雪林是新舊時代擠壓下的文人，在其創作生涯中，她寫作舊詩但卻評論新詩是一個特殊現象，考之其生平與所處時代，此特異現象非常恰切地說明在中國新文學初起時，一位女作家在新舊交替下，以創作與評論對時代作出「半調子」的回應。

第二章〈蘇雪林記遊文探析〉，乃蘇雪林成名於中國現代文壇的兩部作品《棘心》與《綠天》分別是小說及散文，雖然二書之後，蘇雪林持續有散文、雜文寫作，但總觀她的散文中之遊記，是她發揮得相當成功的一種文類，而且，關於《綠天》她曾自言是「一個美麗的謊」，若此，吾人從謊言的另一面來看，其散文內容多與大自然相關，在尋覓補償心理下，蘇雪林的遊記值得被格外重視。

第三章〈蘇雪林戲劇創作之價值與影響〉，鑑於蘇雪林將近八十年的創作生涯，成績堪稱二十世紀創作量最豐碩的女作家，戲劇作品卻僅有兩部：《玫瑰與春》、《鳩那羅的眼睛》，因為稀有，且後者改編自佛經故事，本章分析蘇雪林自評戲劇作品是「唯美劇之試作」，但表現在她的戲劇評論中有「為藝術」與「為人生」之衝突，因此，這兩部鳳毛麟角的劇作，「唯美」的意義勝過戲劇意義。

第四章〈蘇雪林屈賦研究之「格義」化〉，在學界對其西亞神話研究的肯定、否定兩端外，提出其西亞神話主張並非如其所言「獨闢蹊徑」，而是承襲前人之作並加以轉化，從學術思潮分析蘇雪林「西亞文化東來」之說所夾帶的引進西方神話並改造中國文化之個人與時代意義。蘇雪林之神話研究一向被視為「野狐禪」，其研究系統的缺失是：以平行研究入手卻得出影響研究的結果，但考察蘇雪林之神話主張，隱約有「古史派」的影子而又與「古史派」有別，本書認為蘇雪林西亞神話研究引起各方的疑問，除了需要等待考古資料問世作為支持證據外，從當時學術環境趨勢來看，是一種「格義的」神話，此正是蘇雪林神話主張源於顧頡剛疑古派而又自成一派之重點所在。

第五章〈蘇雪林尚武思想析論〉，提出蘇雪林思想中，「尚武」成份之先決主導性與堅實性，有別於學界定義蘇雪林為「閨秀派」的舊思維。蘇雪林自《綠天》、《棘心》問世，轟動文壇，從此被歸入「閨秀派」浪漫女作家，且由於實際人生中屈服於父母之命的婚姻，學界對她的評價亦多言她的委屈求全，然而，更廣泛來看，蘇雪林其他作品與日記所載，她是一個極有主見、倔強之人，更重要的，在其作品裡，蘇雪林之主戰、個性頑強、將自己的思想以強悍的文字表現出來，是她與同時代女作家迥異之處，本書提出蘇雪林的「尚武」，除有別於學界一貫論述之外，亦凸顯蘇雪林正因個性鮮明，反映在作品裡，其特異獨行有更值得研究的價值。

第六章〈蘇雪林之宗教改革思想——以《棘心》為例〉，在普遍對《棘心》的婚戀主題討論之外，觀察該書蘊含的宗教改革議題，而這也是蘇雪林以小說文類表現當時知識份子救亡圖存意識的特殊性。

第七章〈蘇雪林與凌叔華——從「文與畫的交會」談起〉，一個特別的觀點，即：第一代女作家中，只有蘇雪林與凌叔華兩人，在文藝創作上兼涉繪畫與文字，此一特殊現象值得多作思考，因為，對於蘇、凌兩人，學者較多研究凌叔華的小說、蘇雪林的小說與神話，本章從兼擅文與畫這一點，分析兩位擁有相同美感經驗的女作家，而且自年輕至老亦維持通訊不斷，在創作成績上的異同，藉此說明第一代女作家同中有異的價值性，而第一代女作家雖被以群體歸納，但各人之間的差異分析，也值得進一步研究。

第八章〈蘇雪林形象綜考——臺灣文學作品中的蘇雪林形象〉，探討蘇雪林是唯一一位自大陸易幟後，待在臺灣一所大學時間最長的「五四」作家，自民國四十五年應聘至成大中文系，以至退休並終老，由於她的身份特殊，與當時臺灣文壇人士多有往來，彼此之間有文字唱酬，檢閱當代臺灣文人筆下的蘇雪林，可以了解蘇雪林在臺灣的形象，在她辭世後，大多數臺灣文學史並未記錄此人，摒除身份因素外，與蘇雪林同有交情來往之作家卻是被記錄的，原因之可能：從文學來說，在於蘇雪林後期創作的文章性質屬於雜文而非純散文；從身份來說，她由作家轉為學者；從時空來說，蘇雪林自願自隱於文壇，所以，我們發覺蘇雪林在臺灣與現代文壇逐漸退場，以致在文學史中雖為重要人物但已經因為難以記錄、不被記錄而被遺忘，這也是蘇雪林獨特的身份背景需要深入觀察之處。

附錄部分，蘇雪林身經兩個世紀，經歷時代動盪、政治紛爭，自己又半生漂泊，其著作隨著她一生遊歷也有著流離的命運，書末所附著作表為目前在臺灣能夠看到的版本，至於早年在大陸出版之書籍，除《棘心》與《綠天》是再版多次的暢銷書，其他亦隨著戰火與蘇雪林海外遷徙，版本難掌握，所幸，蘇雪林來臺後，逐一將早年著作重新再版，其中包括成功大學近年來搜集出版的蘇雪林散落在報章雜誌的短篇文章以及成功大學「蘇雪林研究室」（http://suxuelin.liberal.ncku.edu.tw/）所整理的資訊。大陸易幟後，蘇雪林由於「反魯」被文壇封殺，一直到有幸於及身之年得到「平反」，但是仍然因為政治立場的關係，大陸方面的研究存在著一些特定的空隙。改革開放後，蘇雪林受到她當初離開大陸時沒有預料到的遲來的關愛，但是這份關愛其實有著需要作深入了解的判讀。近年大陸出版的幾部「蘇雪林評傳」十分熱門，但是在真實資料的要求下，人們有必要摒除評傳中疑義之處，進而在正確文本中閱讀蘇雪林，不至於讓蘇雪林研究，在她生前身後都包裹著裊裊煙霧。大陸雖出版「蘇雪林評傳」，然而因為資料來源問題，較多地存在著作者個人在短時間所獲得的蘇雪林材料之意見，所評之言固有值得提出商榷之處。

其次，有蘇雪林逝世十年後，兩岸學術界關於蘇雪林研究之綜述，以及民國九十九年，武漢大學與成功大學聯合召開的蘇雪林學術研討會紀要，條列當時發表與座談的蘇雪林研究論文，可提供蘇雪林研究一個綱要式的鳥瞰。本書所引用之文本，均是蘇雪林留存成功大學而成大也經過多年整理搜集，成立「蘇雪林研究室」的第一手資料。蘇雪林是個勤學又自律極嚴之人，她所有著作均有一個特色，即刊出後必詳加校對增刪，本書期許在這個基礎下，對蘇雪林的觀察具有一定程度的準確性及價值。筆者對蘇雪林的研究，基本立意不在理論方法上有什麼大作為，而是實實在在地透過文本材料的整理、搜集、歸納，提出：若過去對蘇雪林的看法是「那樣的」，本書各章嘗試說明「蘇雪林是這樣的」。謹願在蘇雪林已被習慣定論之今日，以不同的觀點，從她的文本入手，不論是已刊行或未面世的著作，對長久以來的蘇雪林研究作新的了解，這也是本書所引用的文獻，大部份都是蘇雪林的著作原文之故。至於蘇雪林生平，參考的是《棘心》與《浮生九四——雪林回憶錄》，蘇雪林對於《棘心》是否為自傳體小說，在不同的文章裡都沒有完全認可，有時說它是，在〈棘心自序〉則說：「將自己的身世及人生經驗，攙入虛構的小說……，何必咬定說此書是我的自敘傳呢？」，但同時也說「鼎嘗一臠，可知全味，我以為這樣也儘夠了。」，故雖然所謂小說，有虛構的成份，且蘇雪林在〈我的家世及母親〉云:「(《浮生九四》）字字真實，無一虛構之詞，想研究我者以此為據，當無大失。」，因此，《棘心》配合《浮生九四》可找到大致線路，本書關於蘇雪林生平事蹟，即以此兩書作為參照。

本書宗旨期望從蘇雪林留在成功大學的文獻資料，以及透過整理搜集她生前散落報章雜誌、未被發掘的文章，在此資料中評價蘇雪林，提出新的觀點，期許未來繼續發展更多蘇雪林研究論題。

第一章　蘇雪林之舊詩創作與新詩評論

蘇雪林的舊文學創作，有詩集《燈前詩草》及散見日記集、報刊之偶作，屬古典詩。《燈前詩草》的創作時代在晚清與民初之際，蘇雪林乃身經「五四」新文學運動之人，曾自言「余所為詩詞皆不足觀」，後又有新詩評論著作。本章透過蘇雪林之古典詩創作及新詩評論探討其對新舊詩的接納與排斥，蘇雪林以創作與評論的實際行動對新舊接替的時代作出回應。

第一節　前言

蘇雪林一生著作生涯，計有散文、小說、童話、戲劇、神話、雜文、翻譯等類，計千萬餘言，亦有繪畫作品傳世，為二十世紀創作研究成果最豐碩的女作家。舊詩作品收錄在《燈前詩草》一書，晚年又發表〈消夏雜詠〉於《中國國學》。[1]〈消夏雜詠〉乃民國七十七年間，蘇雪林突發詩興所作，記錄生活瑣事，包括詠花果、蓄貓、感時傷亂等，皆絕句。蘇雪林生於民前十五年（1897），其〈我與舊詩〉[2]一文自述十二三歲開始作詩，故《燈前詩草》創作之作品最早約在民國初年。[3]中國文學史上，這一段時間正是新舊交替之際，蘇雪林傳世的新詩很少，[4]相關的古典文學著作尚有《中國文學史》、《唐詩概論》、《玉溪詩謎》，

1　蘇雪林，《燈前詩草》（臺北：正中書局，1982）。〈消夏雜詠〉，《中國國學》第24期，1996年10月，頁251-255。

2　蘇雪林，〈我與舊詩〉，《我的生活》（臺北：文星書店，1967），頁161-180。

3　少數作品例外，如詩集中：〈爐星之什〉之〈白壤即事〉寫於第二次赴法，時在民國40年；〈題提籃話舊〉寫於臺南，是自法返臺，任教成功大學，在民國45年之後；〈賀蔣承贊先生蜜月畫展〉、〈乙未重陽書懷〉、〈迎接自強年〉、〈華岡頌呈文化學院院長張公〉、〈庚申上巳蒓老紀念〉、〈恭賀王雪艇先生夫人九十雙慶〉皆寫於來臺之後。

4　蘇雪林於民國10-14年留學法國，曾在法國創作新詩，寄回中國報刊發表，但由於使用筆名，至今頗難查考。成功大學中文系目前保留的蘇雪林文物，有刊於民國16年間的新詩剪報三首。

[5]前兩書屬於文學史敘述，《玉溪詩謎》為考證文章；關於新文學評論則有《中國二三十年代作家》[6]一書。雖然，創作與評論可以是兩件事，但蘇雪林活躍於現代文壇的時候，她寫古典詩而評論現代詩是其文藝生涯的一個特殊現象，本章即從這個特點，由蘇雪林的創作——舊詩，與評論——新詩，兩者之間的參照，論述蘇雪林詩歌批評中，舊與新詩的重疊潛意識影響她的批評觀念。

第二節　情滿山林的舊詩創作

蘇雪林《燈前詩草》一書，除了集末為三弟婦紫娟遺詩外，共有〈山居之什〉、〈柳帷之什〉、〈燕庠之什〉、〈旅歐之什〉、〈爐星之什〉、〈少作集〉及詞作〈繡春詞〉八卷。蘇雪林於〈自序〉敘述各卷創作時間與背景，〈山居〉、〈柳帷〉作於民國二至八年，首尾六年，為返鄉之間所作：

> 余之為舊詩雖曰首尾六年，實則大都作於暑假返鄉之數月，而收穫較豐碩者，則又常在出山數日之旅途間。[7]

5　蘇雪林，《中國文學史》（臺中：光啟出版社，1970）；《唐詩概論》（臺北：臺灣商務印書館，1988）；《玉溪詩謎》（臺北：臺灣商務印書館，1969）。蘇雪林另有〈李賀的詩歌〉一文，歸納李詩特色，同時指出李賀詩與〈離騷〉頗相似，此文應是其神話研究的附屬品。收在《雪林自選集》（臺北：神州書局，1959），頁 95-105。

6　蘇雪林，《中國二三十年代作家》（臺北：純文學出版社，1983）。

7　蘇雪林，〈燈前詩草自序〉，同註 1，頁 2。

收穫在「出山旅途之間」，可知所寫為行遊山水及途中景物，屬於描寫大自然之山水詩。〈燕庠〉作於民國八、九年間，多為窗課之詩，〈自序〉云：

> 五四後，倡導新文學諸公痛詆舊詩為落伍，以為無一顧之價值，余頗以為然，遂亦不屑為舊體詩，窗課所迫，勉強綴句聊以塞責，既為應付之作，自亦不能出之以性靈。[8]

由於「五四」新思潮飇起，舊有的一切被重新估價，凡舊皆無價值，蘇雪林「頗以為然」，於是不屑為舊詩；從民國二至八年，其舊詩創作心態經歷汰換，不屑之因，主要是「五四」思潮帶給知識份子否定老舊事物的衝擊。〈旅歐〉作於民國十至十四年第一次留法期間，〈自序〉又云：

> 余一生中，興會之淋漓，意氣之發揚，精神之悅樂，以郭城之遊為最。以後雖亦遊覽名山勝水，詩興則罕有所動。性靈類桎梏之者，其故不能言也。[9]

其生活所樂在遊覽名山勝水時，興會頓起而作，性靈桎梏則不作；〈旅歐之什〉內容亦以與友人偕遊、記錄歐遊山水景觀為主。民國十四年，蘇雪林自法返國後，因母喪及開始在各大學任教，課業繁忙，心緒寥然，對舊詩的熱忱逐漸消失，偶有星火爆出，旋歸寂滅，故當時所作名為〈爐星之什〉，這是創作心態的第二次轉變。蘇雪

8 同註 1，頁 3。

9 同前註，頁 4。

林創作舊詩之初，由於暑假期間之樂遊山水，直到「爐星」之將歸熄滅，雖其中轉變主要為環境使然，但總觀其歷程，蘇雪林對於創作舊詩的動力意願並不多也不高。

一、自然山川之景

以上是蘇雪林〈燈前詩草自序〉所述創作背景與歷程，她的舊詩創作動機不大，但作品能結集成冊，畢竟也累積相當數量，有趣的又是作者因意願不高未以全力創作，則此書頗饒意味，因此，從詩集中歸納作品特色可進一步了解蘇雪林的舊詩創作。《燈前詩草》作品特色有二：一、以描寫大自然景物者居多，二、詩中往往充滿情感，換言之，全書以寫景兼抒情為主。詩集之分卷，雖以年代及創作背景為別，然視其名〈山居〉、〈旅歐〉知為遊覽寫景；〈柳帷〉、〈燕庠〉為讀書課學之作；〈爐星〉雖云詩火歸寂，所詠除〈黃海紀遊〉依然是寫景外，實為蘇雪林決心成就名山事業的表白；[10]〈少作集〉幾乎全為寫景作品。這一部詩集也說明蘇雪林舊詩創作生涯中，從求學時期之熱情實感、旅歐時期接觸西方文化，一直到回國專心著述，由少年痴狂而修道心虔而堅決著述，是一段段熱情換熱情的紀錄。她心靈流溢的情感是《燈前詩草》之主體精神，「情」本是文藝創作者或作品必具的基本要素，特別指出是先確定蘇雪林舊詩作品的主要成份，至少，她並不以說理、議論取勝。

10　〈釋騷餘墨〉之一：「底事能閒不自閒，生涯都付蠹叢間。年來積習銷除盡，衹有名心不肯刪。」；〈之二〉：「著作原非弋名具，攫金諛墓更堪嗤。燔心願作詞壇祭，勇絕飛蛾是我師。」，同註 1，頁 114。

題材方面，由於多寫行遊詩，《燈前詩草》十九描寫山水景物，卷一〈山居之什〉可視為自謝靈運以降，王、孟以及楊萬里一脈的山水田園詩。蘇雪林的描寫手法，並不以僻澀之字、奇矯之情專勝，例如〈出山〉之二：

> 綠楊一片望中迷，十里堤邊草不齊。滿樹鳴蟬如惜別，一聲聲咽夕陽西。[11]

下聯似沿用杜牧之「蠟燭有心還惜別，替人垂淚到天明」轉化而來，與小杜詩同樣以眼中當下之物，由物之形或聲象徵離別的痛與噎。離別是痛苦的，痛苦是難以承受的，然而蘇雪林並未使用艱深或悍厲的意象來表現這種被撕裂、絕命也似的感受，卻以「綠楊一片」、「十里堤草」之軟語起意，反襯「迷」與「不齊」；「滿樹鳴蟬」也是熱鬧的，「咽」才點出熱鬧裡的真正情緒。〈野遊雜記以詩〉之一：

> 乍晴風日美，扶杖作山行。水碓春雲濕，新泉得雨鳴。沙平鷗鳥集，天遠野煙橫。待到清明近，東郊看偶耕。[12]

寫山寫水、寫風寫日，寫眼中景與心中情，野遊途中的所見所感以平和文字淡淡地表現作者的興致與心情。綜觀《燈前詩草》的風格多是這樣平易淡美，甚少澀難字或濃豔情，而透過作者靜雅文字描述，展示出山水可賞、煙霞可醉的嚮往。

---

11 同註 1，頁 8。

12 同前註，頁 41。

二、懷家念舊之情

自古以來，不論詩歌理論如何發達、詩評家提出多少觀點，詩歌抒情之必須，幾乎是百代共識。蘇雪林舊詩題材之選擇以寫景居多，感事詠物較少，縱使蘇雪林自詡其詩集壓卷之作為〈觀奕〉，[13]但此類因時事而發議論者並不多見，從《燈前詩草》可看出主要傾向於自然山水、寫景抒情一路。如前所述，詩之抒情古今無大異，蘇雪林在滿紙情感中，所抒者誠然是自我情愫，且以思鄉、思家、思友占多數。

例如〈秋夜在校聞雨〉之二：

> 檐前颯颯復瀟瀟，似與愁人助寂寥。料得故園今夜裡，小溪新漲已平橋。[14]

檐前雨聲備添寂寞，因風雨瀟颯「料得」故園溪流已滿，這是一種跳脫時空、以內心揣測思念達到化解遠距隔絕之愁寥的作用。又〈北京中秋對月〉：

> 耿耿銀河玉露滋，依依寶篆颺輕煙。鄉邊歸夢空千里，客裡中秋又一年。皖北故交應我憶，天涯浪跡有誰憐。新詩吟罷無聊賴，愁看冰輪分外圓。[15]

13　蘇雪林，〈我與舊詩〉：「在女高師讀書時，竹侯師曾以『觀奕』命題，我撰寫了一首五古，竹侯師擊節讚賞，我亦自負為集中壓卷之作。」，收入《我的生活》，頁173。

14　同註1，頁23。

15　同前註，頁49。

此詩由望月而感歸鄉夢空。人在異鄉心靈空虛，益更思念家鄉友朋，「故交應我憶」採用杜甫〈月夜〉：「今夜鄜州月，閨中只獨看。遙憐小兒女，未解憶長安」的對面寫法，杜甫本思家，偏言家人思己，而兒女不解憶，正言杜甫苦相憶。蘇雪林之「故交憶我」即自己深憶故人，而誰憐浪跡天涯實亦自憐天涯飄泊。又有歌誦故鄉者，如〈假滿赴校遇斜嶺口占一律〉；有思鄉傷寄者，如〈夜靜土山上作時在法國里昂〉、〈夜失眠曉起攬鏡失容愴然有作〉等。與家鄉有關者，有〈輿中口占〉、〈過斜嶺〉、〈秋風〉等；因思念故鄉，人情必然生發眷懷家庭與朋友之感觸，因此，有寫家庭之愛、親人之情者，例如〈夜坐偶成〉：

> 半窗新月色，花影弄蕭疏。坐憶兒時事，如溫舊讀書。韶華似逝水，壯志竟何如。欲趁長風起，翱翔遍九衢。[16]

此為感時念舊兼以年華似水自我勉勵。蘇雪林少懷壯志、遠赴法邦留學；壯年時期，將屈賦研究許為後半生志業，無視學界對她「野狐禪」、「非正法眼藏」的批評，此詩前段柔軟與後段激昂的對比，說明蘇雪林性格上，至少在屈賦研究路途上堅持努力的態度。

寫家庭之愛有〈謁大父厝所〉：

> 紙錢飛蝶颺輕煙，掩淚悽然對夕嵐。劇悔今年寒食節，杜鵑聲裡客江南。[17]

16　同註1，頁27。

17　同前註，頁12。

掃墓祭弔而悔今春之作客江南，「悔」字點出了身在他鄉，思親情深而引動的劇烈心緒；又有〈到家作〉、〈青陽旅店枕上〉等均是。蘇雪林自言詩集以「燈前」題名是為了紀念母親，集中有〈燈前〉二首，描述的正是母女之間的親情以及不論歲月流逝、人事變遷，對母親的不盡思情：

> 燈前慈母笑，道比去年長。底事嬌癡態，依然似故常。
> 歲月雖飛逝，難泯赤子心。百年應不變，萊夢總相尋。[18]

蘇雪林享譽三〇年代文壇之小說《棘心》，書名取自《詩經·邶風·凱風》：「凱風自南，吹彼棘心。棘心夭夭，母氏劬勞。」，以及將任教臺南成功大學的教職員宿舍書房取名「春暉閣」都顯示了母親在蘇雪林心中的地位與影響。詩集中表現情感的還有朋友之情，如〈再贈墨君〉：

> 飄泊此身猶浪跡，艱難末路見人情。相思萬疊還須說，莫問晨雞唱幾聲。[19]

在晨雞聲中，暗寓了對朋友相思之情而不寐，因相思不眠，故「莫問雞聲」；此「莫問」是否定詞，但是，以否定而肯定的卻是「相思萬疊」，蘇雪林舊詩作品中運用了許多傳統古典詩的寫作技巧，這種情況是她同時代許多創作者都不自覺地被新舊交融世代所養成的一種表現。此類作品又有〈懷友〉、〈暑假返里過銅湖寄同學〉、〈寄楊密存自績同學〉等。從上述引詩來看，蘇雪林舊詩以寫景為

18　同註1，頁3。

19　同前註，頁64。

大宗，又藉觸景感物引動情感，所引之情為鄉思，鄉思則又念家與念友。

此外，蘇雪林有感時憤世之作，〈書憤〉：

> 塊壘難消酒百鍾，自搔短髮問蒼穹。胸中豪氣囊中劍，併化長虹亙碧空。[20]

〈雙十節夜遊天安門〉：

> 天子無愁猶守府，中原多難遍兵屯。可憐八載經離亂，回首興亡欲斷魂。[21]

〈獅城歲暮感懷〉：

> 客鄉久作故鄉待，又挾琴書別客鄉。不任青蠅污白璧，肯搔華髮走炎方。[22]

蘇雪林青壯年時代，正當列強侵略與國家內戰。外在環境是中原多兵，內在心理是豪氣囊劍都無用。這類詩寫壯志難酬，但是，《燈前詩草》在內容比例上，這種傷世之作與寫景思鄉念友相較仍屬少數。因此，在抒寫情感的特色中，蘇雪林舊詩作品情感又可歸結為——念舊之情。

作品表現出這種情感，間接啟示蘇雪林是一個深情之人，縱使她在現代文壇上與易君左、魯迅、覃子豪、劉心皇等著名的筆戰尖

20　同註 1，頁 25。

21　同前註，頁 55。

22　同前註，頁 120。

銳，但是感情淺薄的人寫不出懷舊、贈別的詩，原因在於這種詩需要作者內心本懷極多誠摯深刻之真情。

三、真情與自由

蘇雪林舊詩的特色是寫景與抒情，且「情」又是其中總重點，[23]此因受袁枚（1716-1798）影響。蘇雪林愛讀袁詩，其〈讀小倉山房詩集有慕〉云：

> 由來詩品貴清真，淡寫輕描自入神。此意是誰能解得，香山而後有斯人。
>
> 多少名姝絳帳前，馬融曾不吝真傳。阿儂讀罷先生集，卻恨遲生二百年。[24]

看得出來頗恨自己不在小倉山房門下為憾。袁枚主張性靈，蘇雪林受其浸染，對詩的主張亦貴「清真」。上引〈燈前詩草自序〉說〈燕庠〉之作乃「五四」新文學興起，故不屑為舊詩，但迫於窗課，勉強為之；這段話：「應付」是為了交差，「勉強」即非作者自己的真實情感，說明詩之不能以「應付」為之的「性靈」是其創作的追求。又〈山居雜興〉之三：

23　蘇雪林，〈我所認識的詩人徐志摩〉：「詩之為物，『感情』、『幻想』等等為唯一要素，像胡先生那樣一個頭腦冷靜、理性過於發達的哲學家，做詩人是不合條件的。」，收入《蘇雪林自選集》（臺北：黎明文化事業公司，1977），頁139。

24　同註1，頁6。

> 幾叢寒竹繞廬生，自覺瀟瀟木石清。隔水荷香風十里，滿樓花影月三更。地當僻處稀冠蓋，詩到真時見性情。一片天機忘物我，入山猿鶴總相迎。[25]

詩之能見性情是由於「真」，「真」便有一片天機。袁枚「性靈」說，包含性情、靈機、靈感等義，[26]均與個人情感的真誠有極大關係。情感的真誠外，蘇雪林亦不棄事物之真實，十二歲時所作〈種花〉：「滿地殘紅綠滿枝，宵來風雨太淒其。荷鋤且種海棠去，蝴蝶隨人過小池。」為平生第一首詩，〈燈前詩草自序〉云：「自惡其淺俚，為存真故，不忍刪削，特收之於附刊。」，她對此詩的心態是厭其俚淺，不忍刪則因其真，此存真者，存的是寫詩的真實而不計較是青澀的少年之作。據此，寫詩不能「應付」、重視個人真誠之情與事物之真實，可知蘇雪林對舊詩的觀念，求「真」的理念是所服膺的。

蘇雪林初愛隨園，後愛杜工部：

---

25 同註 1，頁 7。

26 參見鄔國平、王鎮遠，《中國文學批評史·清代卷》「性靈說之涵義」，袁枚對於「性靈」二字的涵義並未作直接明確的界定，但由其論詩文的篇章可探觸性靈說的主要論點。例如〈錢璵沙先生詩序〉：「嘗謂千古文章傳真不傳偽，……今人浮慕詩名而強為之，既離性情，又乏靈機，轉不若野氓之擊轅相杵，猶應風雅焉。」；又，袁枚〈遣興〉詩：「但肯尋詩便有詩，靈犀一點是吾師。夕陽芳草尋常物，解用都為絕妙詞。」；再次，《隨園詩話補遺》卷三引何獻葵語：「詩無生趣，如木馬泥龍，徒增人厭。」，可知「性靈說」強調性情、靈感、活潑靈機之主要論點。（上海：上海古籍出版社，1996），頁 478-497。

工部詩之沈鬱頓挫，感慨蒼涼，與隨園老人又大異其趣。我常說我的心靈彈力強大，輕飄飄的東西壓不住它，一定要具有海涵地負力量，長江大河氣魄的作品，才能鎮得平穩，熨得貼伏。杜工部詩風既與我的個性深相投合，我之愛杜詩當然更在隨園之上。[27]

基於心靈「彈力強大」原因，故以里中童養媳事寫了〈姑惡行〉，以及當時洪楊之亂的〈慈烏吟〉、模仿杜甫〈北征〉而寫的〈己未夏侍母自里至宜城視三弟病〉等，她創作這些作品是因為學杜詩後，自覺與杜甫個性投合之故。文藝創作者的風格多變、取向歧異，本是創作歷程中習見之事，而蘇雪林不論寫行旅遊蹤，沉浸於山水之美而引發念舊之情，或愛隨園更愛杜詩，自前引詩例來看，其舊詩的表現手法是以自然無華、語言平易、不使用難澀字來表現「情感」，這種形式的情感是從「真」流露出來的，而「真」則源於作者個性之童質無華。

蘇雪林舊詩多以寫景為主，創作題材也就是詩料的使用。清末民初，詩界的「新學」即是「新詩料」，用舊格律寫新材料。[28]梁啟超《飲冰室詩話》云：

27　蘇雪林，〈我與舊詩〉，《我的生活》，頁 168。

28　譚嗣同把他在三十歲以前所作詩叫做「舊學」，從此以後，另做所謂「新學」的詩。梁啟超：《飲冰室詩話》引其〈金陵聽說法〉：「綱倫慘以喀私德，法會盛於巴力門」，云：「喀私德即 caset 之譯音，蓋指印度分人為等級之制也。巴力門即 Par-liment 之譯音，英國議院之名也。」。梁啟超又評黃遵憲〈以蓮菊花雜供一瓶作歌〉「半取佛理

> 當時所謂新詩者，頗喜撏新名詞以自表異。丙申丁酉間吾黨數子皆好作此體，提倡之者為夏穗卿，復生亦綦嗜之。[29]

對創作者來說，作品與時代互相作用而反映作者內在心理，有時可以被讀者發現，有時是隱而未見的。在蘇雪林而言，若當時的「新詩」是以「新名詞」為之者，我們發現蘇雪林舊詩作品林並未追隨當時的以新詩料寫詩，可以說形式與內容仍傾向所謂「舊派」。清末民初，性情一度被視為「遊戲」，署名「泉堂天虛我生」之〈遊戲世界發刊詞〉云：

> 世界人眾，競談自由，而吾謂以上世界未必果有其自由之權力也。世界之獨可以自由者，惟吾性情。性情之可以發達自由者，惟吾筆墨。筆墨之可以揮洒自由者，惟遊戲文章。[30]

亂世，人的自我極易被挖掘出來，因為彼時，萬事皆非，只有人的自我情性可以掌握，並以之與外界的紛亂抗衡以確認個人的存在感。亂世，世界不自由，而信仰性情則個人是自由的。晚清維新人士倡議新小說，目的為了開啟民智、喚醒國魂、裨國利民，另一批

又參以西人植物學、化學、生理學諸說，實足為詩界開一新壁壘。」，《飲冰室文集》（臺北：臺灣中華書局，1983）第 16 冊，頁 40、25。

29 同前註，頁 40。

30 轉引自楊聯芬，〈在悖論與調和中建立文學的「現代」平臺〉，《晚清至五四：中國文學現代性的發生》（北京：北京大學出版社，2003），頁 31。1906 年 9 月，「失業秀才」寅半生在杭州發行《遊戲世界》月刊。

讀書人以「不載道」理念展現他們的創作態度，即遊戲文學，這種遊戲：

> 並非萬念俱非的無為，而是功利欲求消失之後，個體所尋求到的與自然世界交通交融的方式。[31]

如果以正襟端坐的角度看待「遊戲」，那麼，遊戲是輕薄的；然而，如果不預設端正與輕薄的對立，則性情是自由，遊戲也是性情。蘇雪林是舊時代的人，她覺得環境固陋、空氣發了霉，[32]她有幸能遠赴法國留學，與蘇雪林同時代的一批腳踏傳統舊土壤又呼吸西方新空氣的知識份子，其實處於一種被新舊撕扯的邊緣化心理處境。能夠一心堅決趨新或堅決守舊者，也許都可以走向自己明確立定的路而發光發熱，得到嚮往的自由；然而蘇雪林〈一個皈依天主教五四人的自白〉[33]文中，敘述她於民國十年第一次留法的始末，以及歸國後所受的「恥辱」。生活經驗影響創作，蘇雪林以民初女子出國留學的前衛身份，回國後的待遇卻是周遭朋友的輕蔑，[34]如此所栽

31　同註 30。

32　蘇雪林，〈我幼小時的宗教環境〉：「我既誕生於中國一個舊式家庭，出世時代不幸又早了一點，我所處的環境是極其閉塞固陋的，所呼吸的空氣也是一種發了霉的空氣。」，《我的生活》，頁 45。

33　蘇雪林，〈一個皈依天主教五四人的自白〉，《靈海微瀾》（臺南：聞道出版社，1980）第 3 集，頁 75-106。

34　蘇雪林所受的恥辱，起因於五四崇尚科學、理性，她卻在留法期間皈依了天主教，在打倒迷信的新思潮下，出國留學卻帶回來「不科學」的宗教信仰，因此備受輕視。她「返國後，約有數年之久，不敢翻閱一行法文書，不敢會見一個留法學友，不敢聽關於法國的一切。……

非所穫的結果，不容諱言地，長期以來，形成一個不為人知的陰暗角落佔據著蘇雪林內心深處，因此，為了衝破這種非自願又難以輕言改變的幽冥心境，在舊詩創作領域中，蘇雪林寫山林行遊、詩重情真，與當時詩壇背道而馳，採取非載道亦非遊戲的態度，運用彼時維新改革的留學生不喜使用的內容表現自我情感，她以「舊詩」中的「真情」追求了「自由」。

蘇雪林《燈前詩草》所凝聚的真情，在她的實際創作和時代影響下，達到了表現自我之效，與她在〈記敘和寫景的技巧〉文中說：「詩歌以抒情寫景為其天職，關於描寫天然的美文，正該到詩歌裡去找。」[35]正合符節，然而，到了評論二三十年代新詩作品時，是否依然一貫呢？

第三節　古典中國的新詩評論

民國八年的「五四」運動之後，新文藝成為時代寵兒，作品紛紛問世。蘇雪林也因自法歸國，開始在各大學任教，《中國二三十年代作家》一書是民國二十年蘇雪林任教武漢大學後，開設「新文學」課程所編講義敷衍而成。當時新文學運動不過十二三年時間，資料缺乏且作家與作品均未足定論，此書是當時開山之作。蘇雪林在書中的新詩評論部份，對詩人作品、性情、人格等，都帶有她個

我的精神痛苦，雖沒有里昂時代的尖銳，卻也很難忍受。」，同前註，頁 83、87。

35 蘇雪林，《讀與寫》（臺中：光啟出版社，1959），頁 71。

人主觀評價標準。例如蘇雪林憎厭魯迅，則與魯迅或左翼作家相關者，在其筆下貶多於褒，但偶有「偏愛」者，[36]這一點即可了解蘇雪林文藝思想與自我個性互相詮釋的一個特色。除了個人偏好外，民國初年是新舊文學互相拉鋸的環境，蘇雪林的新詩批評內含舊詩模樣是值得注意的。以下，從技巧、內容兩方面面析介其新詩評論。

一、技巧

《中國二三十年代作家》新詩部，所討論的作家依次有胡適、五四左右幾位半路出家的詩人（沈尹默、沈兼士、李大釗、周作人、周樹人、劉半農）、冰心、郭沫若、徐志摩、聞一多、朱湘、新月派詩人、白采、邵洵美、李金髮、戴望舒與現代詩派。蘇雪林的新詩批評，在風格上重視詩人道德與理想、詩的情感與意境、文學的社會功用；在「工具」使用上，指出「五四」以前雖有文學變局，但所用的文言工具沒有更換，「五四」運動後，舊工具整個汰換了，故「五四」是「三千年來中國文學史上一大變局」；[37]在創作技巧上，重視詩之結構、辭藻、音節。歸納言之，由於蘇雪林認為新詩的形式就是一個工具更換問題，因此，她的評論方向多落點於詩的寫作技巧與內容。

36　蘇雪林，〈新詩·後語〉云：「筆者自己也承認對謝冰心有點『偏愛』，實則也出於『憐才』之念。就是對於田漢、鄭振鐸、葉紹鈞等，我也說他們對共產主義的幻想，都出於太天真，不忍多所貶責，尚望讀者萬勿誤會。」，同註6，頁181。

37　蘇雪林，《中國二三十年代作家·總論》，同前註，頁4。

蘇雪林關於新詩技巧的評論可由四方面言之：辭藻與氣勢、情感與哲理、言外之旨、反對象徵詩。其一，強調辭藻繁富且需加以氣勢補足，評徐志摩（1895-1931）云：

> 詩則雄且厚，凡辭藻過於富麗者，氣每不足，足者即為上乘。[38]

辭藻能使作品有力量，但僅憑此力量無法表現雄渾，最上乘者要辭藻加氣魄，故蘇雪林並不贊成人們對徐志摩「濃得化不開」之評，因為徐志摩並非僅以華麗辭藻取勝，這是她的獨見。又評俞平伯（1900-1990）〈冬夜〉、〈草兒〉：

> 〈草兒〉是念來爽口，聽來爽耳，真像老牛之嚼乾草；〈冬夜〉則和冬天之夜一樣的沉滯。……〈草兒〉的長篇，彌見其氣勢淋漓，〈冬夜〉長篇，則更顯其造語之煩冗。[39]

同是長篇，優劣在於是否氣勢淋漓盡致或語言煩贅，蘇雪林認為辭藻可以補沉悶之憾，但辭藻如果缺乏氣勢則可能架空或成為累贅。在這一則評文裡，「老牛嚼乾草」、「冬夜一樣的沉滯」其實可看出她利用聯想而善馭文詞的功力，巧妙地將篇名與評語連接起來。此外，辭藻需鍛煉但要煉得自然無痕，評聞一多〈死水〉云：「〈死水〉字句都矜鍊，然而不教你看出他的用力處，這是藝術不易企及的最高境界。」，[40]所以，詩歌需以辭藻發揮文藝功效，而蘇雪林

38 同註 6，頁 101。
39 同前註，頁 56-57。
40 同前註，頁 123。

是用了心思去看待它的，並沒有因為她受了舊詩薰陶而只顧講究音韻學上的平仄音節。

其二，文學作品中駕馭辭藻之能力與個人性情有相當關係，性情溫良者，辭藻秀雅；性情勇猛者，辭藻剛硬；至於氣勢，則可由加強作者的思想而成。蘇雪林評論新詩，除講求情感外亦注重思想，欲達成兩全雙美的方法則是需情感融合思想。她認為郭沫若（1892-1978）《女神》成功的條件是由於直抒情感、包含哲理、有濃厚西洋色彩，因此使人獲得新鮮感。所以，如果「西洋色彩」的功能只是引起新鮮感，那麼，蘇雪林將情感與哲理並提，認為是新詩成功的條件，可知她雖受袁枚影響卻不一味以情為唯一訴求。詩能「直抒情感」則詩人必須具備熱情，熱情為詩之原動力，徐志摩詩即具此特色：

> 文藝的創作，若缺乏熱情，便如鍊鐵成鋼時缺乏火力，……凡是詩人，無不是熱情的化身，而徐志摩更是熱情化身之化身。熱情最具體的表現，是關於兩性的情愛。[41]

徐志摩的熱情，是祈求由戀愛得到靈感，達到精神上圓滿之境界。蘇雪林頗偏愛徐志摩，從偏愛徐詩也可看出她的重視真情，認為真情是一種「元氣的自在流行」。[42]徐志摩逝世後，蘇雪林特別寫了

41　同註 6，頁 111。

42　「還有一種樸素的、淡遠的、剛勁的、崇高的作品。這些作品不假修飾，全是真性情的流露，不必做作，全是元氣的自在流行，不講章句法，全似流水的行乎其所不得不行，止乎其所不得不止。」，同前註，頁 116。

〈北風——紀念詩人徐志摩〉一文悼念，[43]稱讚徐氏有「詩人風致」並以「博大的人格，真率的性情，詩人的天分」三並褒獎。天分與性情來自先天，人格是後天知識學養累積而成的，表現於詩，即情感與思想問題。

詩中情感與思想之間的關係，是二者應該融合而產生外美內實的效果，不致偏枯。蘇雪林用美人必須外貌與才華兼具來形容，評郭沫若詩：

> 詩不是發表哲學思想的工具，但詩而不蘊藏幾分哲理，就像沒有腦筋的美人，雖然面目姣好，肌理曼澤，也就沒有什麼意思。[44]

詩需要包含些許哲理的目的，乃詩人為了藉此尋求人生之美，以安慰自己並改善人生，這是文藝必須兼具感性與知性的主張。由此，蘇雪林分析唯美派與理想派不同，徐志摩即屬於理想派：

> 唯美派的文人對於俗眾以為不足與語，把自己深深藏閉在「象牙之塔」裡，或高坐藝術宮殿上，除遊心於古代希臘或異國文藝之外，與現實世界非常隔膜。理想主義者不然，他們看定了人生固然醜陋，但其中也有美麗，宇宙固是機械，而亦未嘗無情。[45]

---

43 蘇雪林，《青鳥集》（長沙：商務印書館，1938），頁 227-236。

44 同註 6，頁 88。

45 同前註，頁 108。

蘇雪林肯定理想派優於唯美派，唯美派有「隔」而理想派能「創造一切」。在此亦可反映蘇雪林感性與理性兼備的性格，並不因心儀「性靈」而以瀰漫作者全副心靈的「象牙塔」為高。所以，人們一般的印象因徐志摩文筆優美稱之為唯美派，但蘇雪林表示不同的看法，她認為徐志摩詩中有情、有美、有心靈，並非置現實世界於不顧，因此是理想派，這是她能提出自己獨特看法之處。「幾分」哲理，表示詩不能完全說理，「未嘗無情」則是蘇雪林仍以詩心詩情為優先。對於哲理詩，又見評論胡適（1891-1962）詩：

> 哲學是屬於理智方面的事，文學是屬於情感方面的事。……若讀「哲理詩」，理智與感情並用，同時冷熱，很覺不痛快。況且這類詩必須安上「序」、「跋」才可知道它說的什麼。我們讀一種文學作品，不能以心靈直接游泳於作品中，卻須憑藉橋樑渡船之屬，趣味自然減低不少。[46]

其意乃：詩不需要經過理性頓挫才理解，而是「直接游泳」的趣味。「詩歌的作用無非表達情感，發表思想究竟不算正途」，[47]所以，蘇雪林認為詩應以情感為主，詩中寫入思想只需占一點點篇幅即可，若全是說理就不是詩的正貌了。

其三，蘇雪林雖然認為像胡適那樣過於理性的哲學家不適合做詩人，[48]但她評胡適《嘗試集》特點是：明白清晰、富於寫實精神、

46　同註 6，頁 49。

47　同前註，頁 178。

48　同註 23，頁 139。

哲理化。更重要的，詩若無「言外之旨」，那麼，不如寫平易近人之詩：

> 詩是貴有言外之旨的，他的詩大都有幾層意思，不像別人之淺薄呈露。……有些新詩學著扭扭捏捏的西洋體裁，說著若可解若不可解的話，做得好，固然可以替中國創造一種新藝術，做得不好，便不知成了什麼怪樣，反不如胡適平易近人的詩體之自然了。[49]

如果新詩作者盡學習西洋體裁，寫出似可解又似不可解的詩，說好聽一點是「新藝術」，說不好聽是「怪東西」，可見蘇雪林並不唯新是求，而是「貴言外有旨」但必須使人懂得。對於哲理詩，她覺得「很不痛快」，因為讀一首詩若需要其他媒介來輔佐，則失卻直觸詩味的感受，詩的趣味便減低了。因此，蘇雪林注重詩之含蓄性，其評論郭沫若的藝術缺點有：用筆直率、結構單調、未修飾句法字法、生硬；由此四項反推，那麼，詩要注意的是：含蓄、變化、修飾、活潑。不論小詩或長詩都要講求含蓄，所以，重點在於表現方法要委婉，不能太直接。[50]詩之能「直接游泳」、「吟詠玩味」即真情流露且兼顧含蓄。

---

49 同註 6，頁 54。

50 「凡詩文過於直致，將應說之話一齊說盡，不使人有吟詠玩味之樂，不算是有價值的作品。而且不但小詩貴含蓄，長詩亦何嘗不貴含蓄。」，同前註，頁 90。

又評聞一多詩特具的優點是「意致的幽窈深細」，[51]而生硬的哲理詩可以轉個方向，用「具體方法表現」補救，那麼，詩歌要在自然流動中玩味，且靈動趣味中亦需表現言外之旨。「言外之旨」本為中國舊體詩論之一，它是：非寫實、必須經過個人與外境的冥解去把握的心領神會，蘇雪林又以「羚羊挂角」、「不落言詮」、「拈花微笑」等，讚許為最精妙的藝術。[52]她主張的情景相融，基本上亦未超出傳統詩家之作法與古典詩論的說法，[53]於此可知她將古典詩論移用於新詩批評，其批評基礎多有傳統詩論的概念。

其四，反對象徵詩，蘇雪林的二三十年代作家評論，一般看法均推崇為新文學蓽路藍縷之作，似乎無人持反對意見。惟民國四十八年，蘇雪林曾與覃子豪（1912-1963）論辯李金髮（1900-1976）象徵詩問題，[54]這是一件臺灣新詩發展史經常被提及的事件。此事

51　同註 6，頁 121。

52　評聞一多〈死水〉：「最高深的思想是不落言詮的，最精妙的藝術，也超過了言語文字解釋的能力。羚羊掛角在樹枝，你偏滿雪地裡尋牠腳跡，豈不是太笨？世尊在靈山會上拈花示眾，是時眾皆默然，惟迦葉尊者破顏微笑。以這樣的態度去讀〈死水〉，你的態度才對了。」同前註，頁 124。

53　蘇雪林，〈舊詩新論序〉引趙壽珍之語，認為適用於新舊詩。案：趙壽珍之語為：「情要真深，才能激動讀者的心弦，而起極大的共鳴作用。……景要明顯生動，才能給人以深刻的印象……情與景應該適當地配合，因為情與景雖是兩樣的東西，但是彼此都有相輔相成的關係存在著，不可分離。」，收入《讀與寫》，同註 35，頁 167。

54　蘇雪林，〈新詩壇象徵派創始者李金髮〉，《自由青年》第 22 卷第 1 期，1959 年。後收在蘇雪林，《文壇話舊》（臺北：文星書店，1967），頁 152-160。

件代表著臺灣新詩的一個歷史意義，不在本章所論範圍，而她反對李金髮象徵詩則可補充其新詩批評在形式上的一些觀點。蘇雪林從流派角度評論李金髮，指出頹廢派與象徵派詩歌同出一源，而李金髮創作特點是：聯繫奇特，用擬人法、省略法，完全不講組織法，[55]蘇雪林反對用這樣的「象徵性」來創作新詩，[56]將新詩引進牛角尖、走入死胡同。稱象徵詩是巫婆、道士、盜匪之言似是苛刻了，但是，由此也可知蘇雪林所強調的新詩，要能：不隨便亂寫、不拖沓雜亂、能朗朗上口者，她認為李氏象徵詩好處只在藏拙，那麼，蘇雪林就是主張新詩要認真地寫、確實地表達，不能造成空昧，即使——詩人運用了一種新方法。這種「真實」的要求也出現在她評現代詩派時，引用戴望舒《望舒詩草》後所附〈詩論零札〉：「詩是由真實經過想像而出來的，不單是真實，也不單是想像。」，並以戴望舒和李金髮相較，舉戴望舒〈夕陽下〉為例，云：「照李金髮的寫法，他寫了山哭、塚流芬芳以後，筆頭便飈開去，並且飈到十萬八千里以外，永遠把讀者懸掛在空中。」，[57]把讀者懸在半空

55 同註 6，頁 166-168。

56 蘇雪林，〈新詩壇象徵派創始者李金髮〉：「李氏作品卻是隨筆亂寫，拖沓雜亂，無法念得上口，雖有俊語也就抵消了。但這種詩體易於藏拙，於是模仿者風起雲湧，新詩壇遂歸象徵詩佔領。上焉者如現代派的杜衡、戴望舒，所作比李氏更多一層工力，可謂青出於藍；下焉者，各校學生，及所謂文藝青年，提起筆來，你也『之』，我也『而』，他也『於是』與『且夫』，已經是萬分可厭，說的話更是像巫婆的蠱詞，道士的咒語，匪盜的切口，更要叫人搖頭。」，收入《文壇話舊》，頁 159。

57 同註 6，頁 169-170。

中是蘇雪林反對李金髮的理由之一，則詩之追求腳踏實地自是不言而喻了。

值得思考的象徵問題還在於蘇雪林第一本問世的學術著作《李義山戀愛事跡考》，此書於民國十七年由上海北新書局初版，來臺後，改名《玉溪詩謎》由臺灣商務印書館發行，二〇年代以後研究李商隱詩者，多必提及此書。有趣者，蘇雪林批評象徵詩，卻去研究頗含象徵意旨的李詩，雖然該書的研究主要是考證，而此事卻可進一步了解蘇雪林對於象徵的看法。蘇雪林批評胡適反對詩中寫虛幻而不合事實之事物，她反而極力贊成想像之必要：

> 詩人原是些「夢遊者」，最喜張開眼睛，白日作夢。他的身體雖寄居於現實界，而精神則常遊遨於幻想界，現世所無，或昔有今無之物，詩人能以其「想像」憑空創造和補足。[58]

詩人本有權利以想像漫遊人世間而表現於作品，這是一種補償作用，象徵與想像同時也是引起讀者共鳴的方式。此外，她對於李義山詩「隱僻」覺得並不可厭，卻有一種玄妙奇麗之味：

> 文學的範圍是廣大的，顯明固好，隱僻也何嘗不好，……詩歌本是寫情的工具，我們敘一件事貴其顯豁明白，而寫情則不妨迴環曲折引人入勝。有時寫一種玄妙的想像或纏糾複雜

58　同註6，頁47。

的情感，便成了一種似可解似不可解的筆墨，讀之不惟不覺可厭，反別有一種奇麗神祕的趣味沁人心田。[59]

因此，蘇雪林反對象徵詩是有條件的，即象徵詩可作，但它至少：一，必須以真實為根據，二，仍須顧及平易以及情感，三，若象徵能造成迴環曲折亦別有一番趣味引人入勝。顯然蘇雪林並不完全反對象徵詩，而是詩人以什麼方式表達出什麼內容的問題。然而，退一步說，是否蘇雪林反對新詩中的象徵詩而接受古典詩中的象徵詩呢？

二、內容

蘇雪林評論新詩的內容時，同樣也重視古典風情，換言之，她的新詩批評裡隱約有著東方舊風情，戀惜著古典。

詩之作，除了必須要有真實情感、幾分哲思增補詩意外，蘇雪林強調詩的社會價值以及詩人人品。例如，評冰心（1900-1999）詩的價值在內容不在形式；[60]評徐志摩詩，在精神方面：追求人生美、表現真詩人人格等。[61]蘇雪林經常提到作家的「思想」，因為什麼樣的思想會形成什麼樣的內容。詩之「舊格調」為其所賞，她肯定朱湘（1904-1933）《草莽集》，並讚賞〈採蓮曲〉：

全曲音節宛轉抑揚，極盡嘽緩之美。誦之恍如置身蓮渚之間，菡萏如火，綠波蕩漾，無數妙齡女郎划小艇於花間，白

59 蘇雪林，《玉溪詩謎》（臺北：臺灣商務印書館，1969），頁 115。

60 同註 6，頁 82-85。

61 同前註，頁 98-114。

> 衣與翠蓋紅裳相映，嫋嫋之歌聲與伊鴉之畫槳相間而為節奏。這種優美幽閒的古代東方式生活與情調，真使現代的我們神往啊！[62]

幽閒的「古代東方式生活與情調」使人神往，說明蘇雪林意識裡的舊風舊情依然根深蒂固。蘇雪林所重視的內容又是屬於中國文化的，其評論白采（？-1926）詩中出現的「骷髏」、「棺材」、「惡魔」、「鴟梟」等，認為雖類似法國詩人波特萊爾的惡魔作風，但白采和這個惡魔不同，在於「他究竟深受中國文化的薰陶」，[63]因此並非頹廢派，只是一個神秘詩人。又評論胡適《嘗試集》的三個特點，其二為「富於寫實的精神」，也就是絮語家常的柴米油鹽；評康白情詩的第一長處是擅於模寫自然的景物；[64]評周作人〈過去的生命〉「頗有趣味」，而〈慈姑的盆〉「頗有閒適之趣」，[65]前者是將「時間」用擬人法表現，讓讀者從時間感受生命，後者的閒適是落日飛來的黃雀，在枯了的慈姑盆中悄悄洗澡。這些都使人想到宋代詩論裡的平淡風味。在〈冰心女士的小詩〉中，蘇雪林對於周作人說他的朋友裡有三個具詩人天分的人（俞平伯、沈尹默、劉半農）提出不同意見，而認為冰心是中國新詩界早有天分的天才。

62　同註 6，頁 130。

63　同前註，頁 144。

64　同前註，頁 47、54。

65　同前註，頁 65-67。

蘇雪林讚譽冰心的天然、如芙蓉出清水、秀韻天成、餐冰飲雪，是不可以學的，[66]又說：

> 冰心思想則如一道日光直射海底，朗然照徹一切真相，又從層層波浪之間，反映出無數窮虹光霓彩，使你神奪目眩，渾如身臨神秘的夢境。[67]

凡此，出水芙蓉、秀韻天成、餐冰飲雪等，評價新詩內容的標準，基本上都有和「中國文化」互相檢視的、印象式批評的蹤影。欣賞新詩裡的東方幽情外，蘇雪林常會提到中國古代詩人作為比喻，如評胡適少年所作詩有「香山風味」，鍾敬文的遊記有「漁洋詩的意味」等，[68]不能否認蘇雪林新詩批評筆下的處處古典、東方風情。

以上，蘇雪林評論新詩時，強調辭藻與氣勢、情感與哲理、東方風情、以真實為基礎而加以想像、反對象徵詩等，這些針對新詩的形式與內容之評論是否透露出蘇雪林詩歌批評觀念的什麼訊息？

第四節　蘇雪林詩歌批評之舊與新

蘇雪林一生的文學作品，除了早期著名的《綠天》、《棘心》與後期神話探索外，甚少舊詩評論。綜覽其著作涉及舊體詩評論

66　同註6，頁77。

67　同前註，頁78。

68　同前註，頁45、239。

者，依時代先後有：《玉溪詩謎》書末〈附錄：李義山的詩〉一文；《雪林自選集》有〈李賀的詩歌〉；[69]《讀與寫》有〈陶淵明評論讀後感〉、〈清暉吟稿序〉、〈舊詩新論序〉、〈記敘和寫景的技巧〉，[70]以及民國六十一年於《暢流》雜誌發表〈東坡詩論〉六篇，這些文章內容，大抵介紹多於評論，至於她的寫詩經驗則有〈我與舊詩〉一文。因此，若欲了解蘇雪林的新舊詩觀念，除上述《燈前詩草》的分析外，可由這些篇章探知。

關於新詩評論，從《中國二三十年代作家》新詩部來看，蘇雪林的新詩批評存在一種個人的特殊立場，她有很大程度順著自己的個性、愛憎說話，甚至在往後的許多學術著作裡，可以說，都能從中看出蘇雪林心裡想什麼就說什麼的個性。蘇雪林寫舊詩而評論新詩，此現象其實已頗耐人尋繹，從她的新詩評論來看，蘇雪林在觀念上是將新舊併合成一起的，頗有「你泥中有我，我泥中有你」意味，[71]但她的新舊合併並沒有成為一系堅實的理論基礎，因此，蘇雪林的詩歌批評出現一些不相合或矛盾之處，值得分析。

69　蘇雪林，《雪林自選集》（臺北：神州書局，1959）。

70　同註 35。

71　蘇雪林，〈舊詩新論序〉：「舊文藝是新文藝的基礎，是新文藝的土壤、空氣、水份、陽光。沒有基礎，雖有莊嚴的七寶樓臺無從建築，沒有土壤等等，萬紫、千紅、淺青、濃綠的陽春美景，也無法形成。況且文體雖明新舊之別，道理則是一般，能應用於舊文藝者也未嘗不可以應用於新文藝。」，同註 35，頁 167。「新舊合併」亦即蘇雪林並不排斥新詩，且又以古典詩論評論新詩；而她對新舊文藝的觀念是：在舊文藝的土壤上開出新文藝的花。則新舊互相作用且互相成就。

一、態度取向

蘇雪林對新舊詩的態度各不相同。新詩方面，她肯定這種新形式是中國文學三千年的一次大變局，因此，「五四」運動的意義，在文學形式上的使用白話之意義非凡。再者，蘇雪林《中國二三十年代作家》一書，其中除了新詩，尚有現代散文、戲劇、社團等類別的評論，以創作心理來說，一位作者寫作並出版書籍顯見他是關心該議題的。但是，對於舊體詩，蘇雪林則表現了複雜的心態。

（一）愛恨交織

蘇雪林對舊詩的態度是矛盾的。首先，舊詩給她的益處很大，坦誠舊文學基礎實由舊詩紮根而來：

> 我在舊詩歌上所獲得的益處誠然很大。如前文所說，我的舊文學根柢非得之四書五經，而實得之於舊詩歌。舊文學的「詞彙」「辭藻」，詩經三百篇不能供給你，為的那是太古老，言語太不相同了，但舊詩歌卻能供給。[72]

而且，也從舊詩得到樂趣，那是一種靈感極度昇華迸發的舒放，〈我與舊詩〉云：

> 所謂「三昧味」或所謂「靈感的白熱化」，我作舊詩的時候曾屢次經驗這種樂趣。[73]

72　同註 2，頁 178。

73　同前註，頁 179。

然而，蘇雪林卻對舊體詩的信心不多。上述〈燕庠之什〉創作背景是由於「五四」新思潮興起而不屑為舊體詩，〈燈前詩草自序〉敘述不再作舊詩的理由：

> 余亦知吾人若思於舊詩界有所建樹，必犧牲其畢生之精力與時間，向詩神作全燔之祭，而余則嗜好龐雜，興趣廣博，實愧有所不能。再者，舊詩園地已被前人開闢殆盡，推陳出新，談何容易？為舊詩者即能在舊詩王國中占一席地，究以無以超越古人，則為之又有何意義？是以余立志與舊詩道別。[74]

不屑創作舊體詩已到欲與之絕交地步，又，自己滿意之作品少，因此並不以「舊體詩成績第一」，[75]那麼，蘇雪林是否在「五四」新思潮披靡下，不屑作舊詩、對自己的舊詩信心不夠而願意「棄舊從新」了呢？上述引文所說詩爐之火日趨滅熄的原因有三，前兩項作舊詩必須犧牲畢生精力時間以及自己嗜好龐雜，屬於個人問題，第三個原因舊詩園地已被開發殆盡是詩的外在環境問題，所以，蘇雪林自身的態度顯然占了較大成份。〈自序〉言「余所為詩詞皆不足觀」包含兩層意思，一是謙詞，另一義何嘗不是對自己的舊詩並不看重？蘇雪林對中國舊體詩的前途不抱希望，這是清末民初一部份詩人的心態，例如南社、詩界革命諸人貶抑舊詩，以及「五四」前後崛起的詩人競寫新詩，他們的言論各有不同且尚有探究之處，但

74　同註 1，頁 4。

75　蘇雪林云：「蓋我各種文體用白話體裁寫，無從比較，舊詩用文言寫，已有定型，優劣易於識別而已，其實我的舊詩和諸體文是一樣的說不上有什麼好處。」，同註 2，頁 178。

中國詩歌必須求新的立場是相似的。晚清詩人多以「殘棋」、「枯棋」比喻世局，國事「落日愁」，[76]清廷在世界舞臺之節節敗退以及時代思潮之潮起潮落，讓知識份子重新思考中國舊的事物，反映在舊體詩上，舊詩何嘗不也既殘又枯了呢？因此，他們對舊詩失望。

蘇雪林又認為一個人要以作詩為職志，是件難事，〈燈前詩草自序〉云：

> 顧余曾於近代諸公集中求其如杜陵「詩史」或人境廬「感時」之作，亦竟百不得一。乃知人當道路顛沛或米鹽瑣屑中，不能為詩；及生活稍得安定，又須從事其名山事業，亦無暇為詩。[77]

在此，蘇雪林不將舊詩視作「名山事業」價值，並認為只有杜陵詩史與人境廬感時之作才是好詩，其青眼所在只有此二人，標準很嚴格。在此序中，顛沛流離不能作詩、生活安定亦無法作詩，其實，詩並非無處可作，況且她的舊體詩借感物觸事而表現出的才情更不容抹殺，而是蘇雪林之心思在她所謂名山事業的神話研究。當寫詩與名山事業成為選擇題時，她選擇後者，也就是蘇雪林後半生心力

---

76 陳衍，《石遺室詩話》輯錄許多晚清詩作，卷十七有：「滄趣有〈感春〉四律，作於乙未中日和議成時。其一云：『一春無日可開眉，未及飛紅已暗悲。……輸卻玉塵三萬斛，天公不語對枯棋。』」，又卷三十引林西園〈秋日雜興〉：「中原此局算衰殘，蕭瑟江關活計難。白髮黃金雙怪物，看人老大與飢寒。」；徐桴有詩述閩廣搆兵時事，句云：「遍地哀鴻天有淚，半床孤影月當頭。人情始識浮雲薄，國事那堪落日愁。」（福州：福建人民出版社，1999），頁 235、421、642。

77 同註 1，頁 5。

所注的屈賦研究，這是她自剖志向的問題。雖然，詩人未必一定要將詩視為終生志業，但蘇雪林肯定舊詩的好處卻又對它不抱信心的態度，可以看出她對舊詩的愛恨交織心理。

（二）當局者迷

在舊詩體裁方面，蘇雪林自云：

> 我做詩喜歡五七言古風，絕句少作，律詩更不多。……其實律詩並不難，正如胡適之先生所說：「做慣律詩以後，我才明白這種體裁是似難而實易的把戲，不必有內容，不必有情緒，不必有意思，只要會變戲法，會搬運典故，會調音節，會對對子，就可以謅成一首律詩。」[78]

此語與蘇雪林的實際創作情況並不相符。查《燈前詩草》及〈消夏雜詠〉之作，絕句最多、律詩次之、古風最少。絕句與律詩所展現的才情不同，前者必須以較少字數涵蘊較多情感，故難；律詩有較多字數可供迴旋但須講求平仄對仗，也難，但是律詩與絕句不同者，最低限度律詩可表現學才。蘇雪林引胡適之語，可見肯定胡適的意見，那麼，律詩是可以利用耍文字、變戲法就「謅成」的，所以她似乎又輕視律詩。蘇雪林一向自詡富於「發現」的眼光，[79]在

78　同註2，頁176-177。

79　蘇雪林，〈我為什麼要寫作〉：「我的肉眼自幼不行，靈眼則相當明敏，故讀書善能『得間』，我的頭腦也善於連結貫通，故常能見人之所不能見，也能言人之所不能言。」，《聯合報》〈聯合副刊〉，1986年2月19日。

心理上，認為自己創作最多的是能展現學才、鋪敘議論之古風，其實並不然，〈澗底松并序〉云：

> 余年十四讀漢魏人詩若干首。一日，伯兄戲以澗松命題，限作五古，援筆立就，父兄皆詑，謂有天稟。余自此有志為詩，然所作仍多為絕句，學力所限也。[80]

這裡說少年時「多作絕句」是因當時「學力所限」，那麼，蘇雪林肯定古風的理由是詩中議論能夠表現才學，她很在乎舊詩中「才學」展示學力的部分。事實上，她一生創作絕句最多，此創作體裁的「錯認自己」，筆者以為是個重要訊息，蘇雪林自負詩集中壓卷之作為〈觀奕〉，乃民國八年在女高師時作，[81]將自己當時的思想在詩中加以發揮，所以，她滿意的是有思想議論之詩。既然強調詩之必須寫真情而又以理性的、有思想議論之詩為豪，蘇雪林終其一生都沒有發現自己在這件事情的誤認，而此創作體裁的錯認在很大的意義上說明蘇雪林對舊詩的迷惘潛意識。

二、寫作技巧

（一）辭藻

蘇雪林對新詩技巧的評論已如第三節所述，至於舊詩的詞藻，她的看法是不確定的。蘇雪林將清末民初二三十年的舊詩壇分為四

80　同註1，頁132。

81　蘇雪林，〈我與舊詩〉：「民國八年間，正當世界第一次大戰結束不久，當大戰時，死人之眾多，破壞之慘酷，我們每日看報，劌目驚心，所以這首詩的下半首發了那一番議論。」，同註2，頁174。

派，稱這四派詩為「垂死人之呻吟」、「假古董」，[82]其理由是舊詩不能表現作家個性和時代意識，徒以典故對仗為工，格局太小，而新詩可表現民族心聲與抒發現代情感，其中的好惡心態是維護新詩、貶抑舊詩。她對舊詩詞藻的看法是負面的：

> 詞藻雖為詩不可少之物，而數千年來腐辭爛調，陳陳相因。寫景則夕陽、芳草、茅屋、板橋；寫女子則朱顏、皓齒、雲鬢、娥眉；寫愁則中酒、如酲；寫別則驪歌、折柳……我們若到舊詩王國裡去巡禮一回，至少要沾些晦氣。若非下大決心，一舉而將這些叢生的荊棘，摧陷廓清，哪能撒下新鮮種子？[83]

前述舊詩帶給她辭藻、典故方面的益處，但這裡又形容舊辭藻是「叢生的荊棘」、「腐辭爛調」。中國文學發展到近代，如果能持平地看待詩之「新」，應該認識到「新」並不在於把這些「荊棘」廓清，詩之詞藻關鍵在「熔鑄」，固不在陳陳相因之詞，蘇雪林似乎在「新」的放大鏡下，對於「舊」詞藻作出相對嚴格的評價。在〈青年〉一文中，引述法國作家左拉：

> 曾以人之一生比為年之四季，我覺得很有意味，雖然這個譬喻是自古以來，就有許多人說過了，但芳草夕陽，永為新鮮

82　同註 6，頁 42-43。

83　同前註，頁 47。

> 詩料，好譬喻又何嫌於重複呢？[84]

這裡，她不反對某個譬喻從古至今的重復使用，且認為芳草夕陽永遠是新鮮材料，如此，與她在上引對舊辭藻、典故所說的話，就有雙重標準了。

（二）雅俗對立

蘇雪林評聞一多詩特色，提到「完全是本色」，[85]她所謂「本色」是相對於西洋文字典故，指中國的辭藻、人物、器用、事件等，此處是肯定中國風情的精細高級。因此，蘇雪林認為文學的層次有高下之別，她評論劉半農使用販夫走卒的口語寫詩雖然逼肖，但是：

> 我們創造國語文學的宗旨，是要將國語提高程度，作為士大夫的言語，不是要把士大夫的言語降低，去與車夫談話。[86]

人力車夫的對話是「下等階級的言語」，雖然蘇雪林所謂「國語」指的就是「官話」，推廣國語目的也是文學的實驗，但是她很嚴格區分知識階級與非知識階級。又評劉氏《揚鞭集》之用方言作詩，民歌和兒歌都極粗俗：

---

84 蘇雪林，〈青年〉，《人生三部曲》（臺北：文星書店，1967），頁 1。

85 同註 6，頁 117-123。

86 同前註，頁 106。

> 民歌和兒歌都極粗俗幼稚，不夠文學資格。我們從它擴充發展，如杜甫、白居易採取古樂府格調，另創新作，才是真正途徑。[87]

認為擬民歌兒歌只是一種文藝遊戲，民歌兒歌若能入詩就要擴充，方法是「取其格調」，也就是說，詩中不要使用小兒歌唱的無意義的象聲聲調（例如：氣格隆冬祥），所以，蘇雪林認為未經修飾的語詞粗鄙，應取民歌格調變為理想文學，主要是表現民歌兒歌的真質情感而非直接取用口語。於此，她雖然強調直率真情，但以士大夫與販夫走卒對比，其中流露出文學貴賤觀。

蘇雪林另有〈文學有否階級性的討論〉一文，[88]反對無產階級鼓勵平民文學，認為平民文學比不上士人文學：

> 文人讀書多，閱歷廣，表現的技術純熟，一題到手每能措置自如；而平民靠一點自然的創造衝動，或特殊天才之外，別的都沒有，所以每作一歌，僅能小有風致，或幾句佳話，不能成為一首完全作品。[89]

她以小說為例，認為低下階層頭腦簡單，容不下內容複雜的東西，所以人力車夫閱讀《羅通掃北》、《薛仁貴征東》比《三國演義》、《封神榜》適合。雖然，蘇雪林的結論是不反對普羅文學，容許它在文學花圃裡佔一席之位，但是，從她對平民文學與士人文學所作

---

87 同註6，頁71。

88 蘇雪林，《風雨雞鳴》（臺北：源成文化圖書公司，1977），頁312。

89 同前註，頁7。

的比較，蘇雪林依然有著士人文學較高級的意味。如果對新詩的新與舊有明確概念，何以會有雅與俗、平民與士人之高下呢？

三、批評標準

(一)社會道德

蘇雪林的新詩批評存在著雙重標準，即主張詩之情感但最終重視的卻是詩的思想，並且道德情操為其所強調的思想內容。她重視詩的作用，不只限於安慰心靈也在於對社會人心引起教育，簡言之：詩言志，志又必須載道，表現了傳統士大夫經國立身精神。李歐梵〈現代中國文學中的浪漫個人主義〉評論「五四」價值曾說：

> 五四的個人主義或許應該被看作是當時知識分子肯定自我，並與傳統社會束縛決絕的一種普遍的精神狀態。[90]

蘇雪林並未免於此精神狀態之外，只是，她肯定的是一種具有家國傾向的自我。前述她所欣賞的杜甫、人境廬詩，除了杜甫的海涵地負特色，此二人詩的感時現實風格即佐證蘇雪林評詩的標準。她又評冰心文字與思想澄澈，云：

> 文學的對象是人生，人生如海洋，各種人事波詭雲譎，氣象萬千，普通作表面的描寫，每苦不能盡致，而冰心思想則如

90 李歐梵，《現代性的追求》（北京：三聯書店，2000），頁45。

> 一道日光直射海底，朗然照澈一切真相，又從層層波浪之間，反映出無數的虹光霓彩。[91]

文學的對象是人生，文學必須對人生作一種深度描寫而反照出七彩虹光，因此，蘇雪林雖然強調詩之情感，但是，她心目中的文學情感，最後的表述有一種嚴肅成份，或者說是一種凝結為莊重、永恆的人生之情，推而廣之為一種家國之情。

蘇雪林來臺後，與各領域的文壇人士頗多來往，並且交情深刻，劇作家李曼瑰亦為其好友之一。李曼瑰逝世後，蘇雪林曾寫文紀念，即〈李曼瑰教授及其重要劇作〉，[92]文中提及李曼瑰劇作與價值：

> 本來舞臺就是現實社會的縮影，也是古今歷史的素描，換言之就是整個「人生」的表現。……戲劇並非將歷史上、社會上的事件照樣搬上舞臺，便算盡了寫劇的能事，應該有個主旨。這主旨或勸懲、或諷刺、或指示人們應走的道路，避免過去的覆轍、或懸鵠未來，叫人們趨向光明世界，安樂國土，這就是人生哲學。[93]

91　同註 6，頁 78。

92　文章分上、中、下三期，分別刊登於 1975 年《暢流》半月刊，第 53 卷第 1、2、3 期。

93　蘇雪林，〈李曼瑰教授及其重要劇作（下）〉，《暢流》半月刊，1975 年 3 月 16 日。

此雖為劇評，但是蘇雪林認為在文藝中應表現出人生應走的道路、人生價值的終極目標，這是非常傳統的詩教觀。此外，評白采〈羸疾者的愛〉，說此詩好處在白采深受中國文化薰陶，而能掃除舊辭藻、舊格律、舊意境，最重要的詩中主角不肯接受女郎之愛，勸女郎另擇壯碩之人結婚：

> 好改良我們這個積弱的民族，正是尼采超人思想。而且寧願犧牲自己為中國下一代種族著想，思想之正大光明，也真教人起敬起愛。[94]

白采詩中的主角令人敬愛，因為他表現了種族的光明思想。冰心澄澈爽朗的文字，讀之「每覺其尊嚴莊重的人格，映顯字裡行間」，[95]可以發覺蘇雪林的新詩評論，對每一位作者的結語都匯聚於一種莊嚴的道德批評。因此，馬森先生評論《中國二三十年代作家》一書，指出蘇雪林的一貫觀點和主張有三：一，相當強調一個作家的品格，二，有唯美主義傾向，特別重視文字與意境的優美，對寫實主義的作品有所保留，三，堅決反共。[96]筆者以為唯美主義傾向是由於蘇雪林服膺袁枚性靈說，因此重視詩的情感，而強調作家品格則是她的詩觀中主張作品的道德功能之故。

(二)家國民族

---

94 同註6，頁151。

95 同前註，頁80。

96 馬森，〈一種另類的現代文學史觀——論蘇雪林教授《中國二三十年代作家》〉，《海峽兩岸蘇雪林教授學術研討會論文集》（高雄：財團法人亞太綜合研究院，2000）上冊，頁259。

蘇雪林之文藝唯美觀來自於受到袁枚性靈說影響，重視性情卻在評論李金髮象徵詩時顯露出批評的選擇性。李金髮二〇年代的象徵詩，意欲帶給中國詩壇別開生面，被多數人斥為晦澀，臧棣〈現代詩歌批評中的晦澀理論〉對此有詳細分析。[97]蘇雪林並不反對用象徵筆法寫詩，事實上，讀者覺得一首詩晦澀，其中牽涉作者表現力與讀者理解力問題，所以，蘇雪林反對李金髮，看起來是詰責其表現力，但在批評李金髮的表現力背後，或許蘇雪林真正責難的是：象徵詩中的「象徵」並沒有家國與時代。李金髮自述其創作態度是個人隨性的，不希望人人能了解，只是個人靈感的紀錄表，[98]在這樣的心態以及波特萊爾《惡之華》影響之下，李金髮詩並沒有直接的社會意義。他寫得最多、最有個人特色的詩是「表現作者心態，抒發無以名狀的情緒，在夢幻中討生活，在愛情世界惝恍」，[99]因此，以蘇雪林新詩批評的道德觀來看，在形式與內容上都反對李金髮。但是，耐人尋味的是蘇雪林重視詩的真情，而李金髮所寫的精神感受、情緒心態、愛情等等不也是真情嗎？蘇雪林何以反對，顯然因為這些「真情」並非家國與民族的熱血。

97　王曉明主編，《二十世紀中國文學史論》（上海：東方出版中心，1997）第 2 卷，頁 186-209。

98　李金髮〈詩問答〉：「我平日做詩，不曾存在尋求或表現真理的觀念，只當它是一種抒情的推敲，字句的玩藝兒。」又，〈是個人靈感的紀錄表〉：「我作詩的時候，從沒有預備怕人家難懂，只求發泄盡胸中的詩意就是。……我的詩是個人靈感的紀錄表，是個人陶醉後引吭的高歌，我不能希望人人能了解。」轉引自馬良春、張大明主編，《中國現代文學思潮史》上冊，（北京：十月文藝出版社，1995），頁 460。

99　同前註，頁 468。

詩之重視愛國與道德情操，最遠可溯源儒家詩教，因此，本章認為蘇雪林的新詩美學觀是雙重取向的，換言之，既唯美又唯智，或可說再融入儒家的教化而形成一種多元批評觀。何以造成如此現象，應該來自蘇雪林個人天生氣質與後天的環境，從她的生平經歷來看，極有可能由於她初次接觸希臘藝術之影響。《中國二三十年代作家》初稿為武漢大學的教學講義，當時蘇雪林與武大同事袁昌英於課餘閒談希臘神話，這個因緣亦開啟蘇雪林後半生屈賦研究之機。[100]蘇雪林編寫新文學講義時，也正是她接觸希臘神話之時，希臘文化中美的概念，訴諸於「理解」的部分大過於訴諸於「感官」，[101]蘇雪林形容當時希臘神話帶給她靈光電殛，正因為神話的某種靈機與她的個性在剎那間達到一種深度內心撞擊，雖然，此後她所鑽研的是西亞神話與中國文化同源論題，但是，在蘇雪林的學術評論生涯中，希臘藝術的美之概念影響其新詩批評，是一個值得注意的問題。

---

100 蘇雪林，〈由整理天問而引起屈賦研究的興趣談〉，《天問正簡》（臺北：文津出版社，1992）。〈我在抗戰時期的文學活動〉，《文訊月刊》第 7、8 期，1984 年。

101 Wladyslaw Tatarkiewicz *A History of Six Ideas*，劉文潭譯，〈美的概念〉，《西洋六大美學理念史》：「希臘人在比例中所讚賞的，不是被『看到』的秩序，而是被『知道』的秩序。」（臺北：聯經出版公司，2001 年三版），頁 101-104。

第五節　蘇雪林之「半調子」批評

如上所述，蘇雪林對新舊詩的觀念是「新舊夾雜」的。一方面繼承傳統的詩之性情與思想的「舊」，一方面尋求詩之工具與外來思潮的「新」，新與舊的雙重標準使得蘇雪林的詩歌批評呈現混雜狀態，而且產生一些矛盾。「五四」前後的新詩觀念仍屬薄弱階段，舊的觀念未完全摒除，也難於摒除；新的思想未必是新，也尚未落實，故駁雜。蘇雪林承認自己是個半調子的人，《浮生九四》云：

> 我倒幸運，雖服膺理性主義，還知選擇應走的路。……人家批評我思想很新，行為則舊，是個半新半舊，矛盾性人物，只好由他。我是天生這個胚子，又能奈何！[102]

「半新半舊」、「矛盾性」正是蘇雪林的自我寫照，不自覺地表現在她的新詩批評，因此，援引蘇雪林自述之語，用於她的新詩評論，可以說是一種「半調子批評」。新文學運動初期，詩人們多有「半調子」情況發生，蘇雪林藉著評冰心小詩，指出：

> 當胡適《嘗試集》發表之後，許多中年和青年的詩人，努力從舊詩格律解放出來而為新文藝的試驗。或寫出了許多似詩

102　蘇雪林，《浮生九四——雪林回憶錄》（臺北：三民書局，1991），頁 46。《棘心》形容醒秋為「半吊子新學家」，（臺中：光啟出版社，1957），頁 25。

> 非詩，似詞非非詞的東西；或把散文拆開，一行一行寫了，公然自命為詩。[103]

她沒有積極創作新詩的打算，或許因為發覺當時新文學運動出現「似是而非」詩作，因此可以理解，但是，即使她新詩創作不多，在舊詩創作與新詩評論之間，亦悄悄地隱示其心理傾向，也就是說，雖云「半調子」，但不論在社會思潮的接受或文學的表現方面，這個新與舊「一半」、「一半」之間，蘇雪林是有選擇性的「半」。例如，對於外來語的看法，外來語是「新」的，蘇雪林認為對於外來事物應「慎重考慮」，[104]外來語可以使用，但歐美文明並不是「好壞只管往自己屋裡拉」，[105]這是她謹慎之處，但又何嘗不是用「一半」的觀念對新舊詩採取各半保留態度？

而且，她對新文學的形式與內容，有時又從技能看待，白話文之用途是為了「謀生活」：

> 古文本身呆板枯窘，究竟不能充分改造。……我們要謀生活就有許多必須學問技能之肄習，……所以文學工具的改換，

---

103 同註 6，頁 77。

104 蘇雪林云：「照我個人意見，運用外來文字應當慎重考慮，至於外來典故術語等等，可救固有文字之窘乏，只有歡迎，決無反對之理。好像印度文化入中國後，文化也起變化，現在有許多言語便是從佛典上來的。……其他西洋文字或譯音，或譯義而附註其原文，並無不可。」，同前註，頁 118。

105 同前註，評聞一多〈有個東方靈魂〉。

> 是刻不容緩的事了。[106]

對於取法西洋文學，則說：

> 接枝之樹，結實愈碩；混種之花，蓓蕾更盛，同樣一國文化與外來文化調和，每每改變其精神面目，一國文學與別國融合，也能產生一種新文學。[107]

新文學的工具使用與外來文學都著眼於「作用」，此作用又是用於「舊」文學，故基本思考仍在傳統文學，此時，前述蘇雪林重視詩的感情質素是暫隱的。她所強調的是混種之「後花」，而非直取用來接枝之「異花」，而且，在「後花」的敘述裡仍可看出她隱約的「前花」基因，故蘇雪林並未完全以新取代舊，這是她新詩批評的「半調子」核心。

那麼，蘇雪林對於新舊詩的半調子矛盾心理基礎為何？清末民初→五四→二三〇年代，新舊並陳是文壇趨勢，影響蘇雪林的則有她個人經歷與時代因素，大約可從三方面言之：一、一種追新心理，二、新舊夾纏的時代替換，三、飄搖駁雜的生命際遇所致。首先，所謂新，是一種與「舊」相較的某種突破性意念或作為，它是有對照值的。蘇雪林評論康白情、俞平伯、汪靜之詩的價值微小，但是，在他們所處時勢下則表現令人驚奇之勢：

106　同註 6，頁 8。

107　同前註，頁 34。

> 我們批評草創的新文學，尺度不能不略放寬，……詩人寫他的創作，正無異魯賓遜在荒島上手造他的屋宇。那簡陋的茅屋和繩梯，那樹枝編成的牆，和由土崖掘成的倉庫，出之以一手一足之力，似乎比我們這世界的瓊樓玉宇，還令人驚奇。[108]

康白情等人創建的「新」稍嫌簡陋，這種簡陋雖然微薄卻抵得過眩麗，因為是一種「驚奇」。所以，蘇雪林的「新」並未全然從「捨棄舊」的立場去看待，也就是說「新」不一定是「舊」的相反，只要它「新」就是「新」，她所舉例的魯賓遜故事，荒島上並沒有什麼「舊」事物可供對照，故只要一出現就是「令人驚奇」的，在此，「新」無標準，也因此她的新詩批評中，舊的影子仍深。新文學的特色在於「新工具」的使用，以及一種「驚奇」之感，這是「五四」運動的旋風，蘇雪林新詩評論的心理基礎在此。因此，以其文藝美才，在長達一百有三的生命裡，新詩作品寥若晨星，但是她始終注意新文學，民國四十一年，自法歸臺以後，也與當年文壇上新詩與舊詩的創作者皆有來往。她一生都同時關心舊詩與新詩，但蘇雪林的關心其實存在著一份撲朔迷離的弔詭，欲解開此弔詭，啟鑰就在於她觀念上依然是傳統，肯定的只有「新」之「工具」與「驚奇」意義。所以，嚴格說來，蘇雪林的新詩評論存在著「舊」的影跡，也因為如此，我們從她的詩歌評論中會發覺有此處說此、彼處說彼的現象；蘇雪林對新舊文學的態度是交叉互用的，她的論述始終在

108　同註 6，頁 59。

變動之中。例如引用中國古典詩論批評新詩，評論聞一多〈死水〉即以蘇軾評陶柳詩「所貴乎枯澹者謂其外枯而中膏，似澹而實美」；[109]前述蘇雪林與覃子豪辯論象徵詩問題，她指出詩是要讓人能讀得懂的，但評論聞一多字句矜鍊，除了引中國古典詩論（叔苴子論文）以之為對〈死水〉的批評是「天造地設」，接著又說：「至於體裁、可懂性的問題比較不重要，可以不論」；[110]以及蘇雪林自負壓卷之作〈觀奕〉中表達了思想，但是評胡適詩又說：「詩歌的作用無非表達情感，發表思想究竟不算正途」，這些都是蘇雪林評論新詩時的標準之抵觸。最值得思考的是：蘇雪林身經「五四」思潮洗禮，亦躋身中國現代文壇知名作家，她為何多創作舊體詩而少寫新詩？如果舊體詩的空氣令人窒息，有心人應該轉換跑道，以另一種體裁再度書寫自己的詩心，但是蘇雪林沒有這麼做，反而傳世之古典詩作較多，原因是她在舊與新之間還沒有準備好對待心態。

其次，蘇雪林以舊體詩的創作經驗評論新詩，在這樣的舊新交磨中，其詩歌批評呈現不自覺的多重面向且不斷變動，此矛盾是當時時代潮流之下，新舊青黃不接的普世現象。值得注意的是，《中國二三十年代作家》一書，顧名思義與新詩有關，但事實情況是蘇雪林所評論的詩人，他們都無法脫胎換骨，本身仍是半新半舊之人。[111]追根究底，蘇雪林對新文學的觀念是因時代變化使得文學不

109　同註6，頁122。

110　同前註，頁123。

111　評「五四左右幾位半路出家的詩人」云：「他們作詩腕底常有『舊詩詞的鬼影』出現的。」，評成仿吾：「詩有『流浪』一集，大部分沿

得不改變，而改變的重點是「工具」問題，[112]在詩的內容上，她依舊擺脫不掉舊文學的影子。雖然清末民初的文學改革始因於外境迭至，因此思索內在的改變，然而，這個改變並不徹底，或者說是別有用心，鄭方澤〈論晚清文學改革運動的歷史經驗〉指出：

> 這些作家受強烈的政治欲望所驅使，有著高度的社會責任感和創作欲望。與其說他們要改革文學，不如說他們在政治上需要文學的改革，因而較好地克服了文學創作中的消閒化和商業化的傾向。[113]

蘇雪林新詩評論並沒有強烈的政治需要之跡象，但是，她所表現出來的「抑舊揚新」其實是「似新實舊」，說明了其詩歌批評的主要特徵，此特徵的根源即是過渡的時代之「鹵莽滅裂的現象」。[114]再次，蘇雪林一生飄泊，無家無依，在其生涯裡，起始於婚姻不如意，

襲舊詩詞的聲律——一般青年用此方式者很多。」，同註6，頁63、97。

112 蘇雪林，《中國二三十年代作家·總論》：「及至現代，各工業國家的政治經濟勢力，竟席捲了全中國，文化起了空前急劇的變化，我們的思想，我們的感情，都帶上現代色彩，再使用那古老工具來發表時，便不免顯出捉襟露肘，左支右絀之窘態，非更換一個工具是不行的了。」，同註6，頁4。

113 熊向東、周榕芳、王繼權選編，《首屆中國近代文學國際學術研討會論文集》（南昌：百花文藝出版社，1994），頁575。

114 蘇雪林云：「在文學革命的過渡時代，舊的聲律格調完全打破了，新的還沒有建設起來，於是什麼鹵莽滅裂的現象都出來了。我們只見新詩壇年年月月出青年詩人，我們只見新詩一集一集粗製濫造出來，比雨後春筍還要茂盛。」，同註6，頁115。

對愛情倒盡胃口；接著迫於戰亂，流離失所而遠走異國，雖然，民國四十一年，她因行囊羞赧，自法國萬里歸來，後落足於臺南成功大學教職員宿舍，有大姐與她相依為命，但蘇淑孟女士於民國六十一年撒手人寰，而蘇雪林逝於民國八十八年，亦即她又孤單地獨居僻巷長達二十五年歲月。[115]在文藝學術路途上，她因個性秉直，就讀北京高等女師之時，即與易君左展開一場筆墨官司，後來又因「反魯」備受文壇擠壓，而真正花費畢生精力完成的屈賦研究更得不到學界贊同，在期許等待百年後的知音中溘然長逝。凡此種種，蘇雪林生命歷程中不安的靈魂影響了她的文藝批評之矛盾，從缺點來說，這是她的侷限與不足，從優點來說，她誠實地交待了時代與自我的印記。

最後，蘇雪林承認舊詩給她的益處很大，但如果此益處僅是辭藻、典故等知識的功能，何以蘇雪林殘燭之年仍有〈消夏雜詠〉之作，還要再作舊體詩？〈消夏雜詠〉之〈老人詩〉云：

> 少時摛句盡浮詞，日露風雲古有之。洗盡鉛華見真質，告君此是老人詩。

這樣的舉措與文詞，我們看見：即使蘇雪林再如何謙稱舊詩之作不足觀，以及其創作過程的生滅心態，〈消夏雜詠〉是她遺世的舊詩作品，創作時已高齡九十二歲，當鉛華洗盡時，惟見「真質」，是她最終要告訴讀者的衷心話。蘇雪林晚年對於老、死的感受極深，

115　蘇雪林於民國 85 年 11 月住進臺南市北安路之安養中心，日常生活多抑鬱寡歡。

雖然，人生終為一場空夢，但是蘇雪林對真情之追求，這一份自少至老的心思，不變的是她借山水幽景所反映的詩之「靈」、「興」是其詩思的不貳宗旨。

蘇雪林直到老年仍創作舊體詩，而其實，她的文學生命已至尾聲，但她的心思依然是「真」之追尋。所以，雖然蘇雪林對於新舊詩的觀念存在著雙重標準，但是，此雙重現象正是其所處時代的寫照，在這個相應於時代的寫照之中，蘇雪林仍對詩歌表現著屬於她個人的內在堅持。

小結

蘇雪林因應「五四」新文學運動，在新舊詩的評論與創作之間，她所謂的新只有形式上的革新，在內容方面並沒有提出積極的主張；換言之，對新文學僅提出了「第二標準語」工具的更換成功，並未建立一套現代詩的理論架構，其精神改革意義遠勝於創作的實際意義。蘇雪林創作舊詩，詩這種體裁是需要辭章的，辭章卻又不為其所專重；至於評論新詩，新之為新，在當時時代思潮影響下，蘇雪林較多地仍以舊詩觀念看待新詩。「五四」是一個矛盾的時代，矛盾來自於當時對舊與新難捨之雙重標準。蘇雪林在清末民初，雖然以女子讀書、出國深造、勇於議論，在當時文壇掀起一陣波瀾，其思想仍屬「舊派」。《中國二三十年代作家》一書所論述的時間範疇只是「五四」以後至抗戰之前，是應該充分注意的，它沒有代表某種理論建樹，但卻能讓後世讀到蘇雪林批評詩歌強調「真」的心理。分析了蘇雪林的舊詩創作與新詩評論，我們看到其接受態度是保守的，蘇雪林詩歌批評中的「新」是有選擇性的。她的舊詩創作與新詩評論，對二十世紀初年中國文學的現代性之矛盾做了極富特色的注解，即青黃不接的新舊沓疊。正因為沓疊，釐清其中幽微，所以顯示蘇雪林的文藝思想是一個可以繼續追索的重要論題。

原刊《東華人文學報》第十七期，民國九十九年七月

第二章　蘇雪林記遊文探析

蘇雪林創作具有自傳色彩的作品有三：小說《棘心》、散文《綠天》、劇本《玫瑰與春》。這三部作品往往以婚戀悲劇、女性文學、傳統道德等觀點被討論，然而，此三部著作有一共同描寫對象——大自然，這個大自然透過旅遊展現出來。其中，旅遊性質明確的：《綠天》遊青島，而蘇雪林於民國三十九年第二度赴法國巴黎尋找神話資料，兼具朝聖目的，時有《三大聖地的巡禮》一書。本章以《綠天》、《三大聖地的巡禮》兩書為主，從蘇雪林的記遊文觀察她透過旅遊所看到的大自然，論述自然、宗教、生命三者的互轉融匯，彌縫了蘇雪林的心靈與時代裂痕。

第一節　前言

遊記作為一種文學體裁或類別概念，是透過旅遊經驗所作的文學性紀錄，以記敘、寫景為主，亦兼議論、抒情，屬旅遊文學的一個類別。有別於地理學者、近代域外政治家考察記錄，遊記以描寫山水名勝為主，故狹義地多指「山水遊記」。遊記文學來自於旅遊，因此，旅遊過程及目的地的自然風光、社會生活、器物文化等，成為遊記文學的主要內容，而基於旅行者身份與目的，其遊記亦會顯現它的史學、文獻、或其他等待被發掘的潛在價值。文學藝術作為人類社會的一種特殊精神現象，其中包含人的豐富心理活動，因此，西方文學理論出現文藝心理學派別，它的理論系統與研究歷史成為一門專門學術，雖然，在研究範圍、對象、方法上有所不同，但大致集中在藝術創造與藝術欣賞兩部分。前者注重創造主體（藝術家）、後者則討論藝術欣賞（讀者、觀眾、聽眾）的心理活動。文藝心理學探求從事藝術創作活動和藝術欣賞的深層心理，而人的深層心理不能不被社會與文化鐫刻，故藝術創造與欣賞同時也是社會性、文化性活動，文藝心理學關注的主要是創作主體的意識與行為。蘇雪林作品在其生前與身後，被討論最多的是小說、散文、神話，其中，小說集中在《棘心》，神話則是關於《楚辭》的研究，而遊記是蘇雪林散文不受到重視的一環，人們過多地注意她的成名作品之既定框架而忽略她的遊記作品有著與「大自然」相關的主題，它們均以旅遊為骨、大自然為肉架構出來。

鄭明娳《現代散文類型論》說遊記的特性：「它通常是作者遊歷陌生地域的主觀記敘，有明顯的敘事秩序；而且作者脫離了日常生活的生存空間，屬於一種特殊體驗，它的篇幅可寬可窄，有的可有組織地擴展至數萬言。因以上種種特性，所以遊記雖不乏小品中以人格美和藝術造境為求的特質，但是它的發展，已儼然獨立於小品之外，別豎一幟。」，[1]本章不以遊記為名，乃因蘇雪林所有的關於旅遊作品並未有嚴格的遊記意識，換言之，她僅單純記下所遊之人事物地，這些作品對她而言，她視之為散文的意義大於遊記這一專門類別。本章以《綠天》、《三大聖地的巡禮》為主，分析蘇雪林記遊文的寫作特色及其內在意義。

第二節　蘇雪林記遊文之主題

蘇雪林《棘心》、《綠天》兩書奠定她在中國新文學史的地位，其中，她形容《綠天》是「撒了一個美麗的謊」；[2]《三大聖地的巡禮》寫於第二度赴法國時，是以朝聖之名兼尋找神話資料為由，記錄民國三十九至四十年遊歷羅馬、露德、里修等地聖堂之遊記。[3]蘇雪林民國三十八年離開大陸，前往香港是為了避亂，再輾轉法國，雖然表面上朝聖、尋找學術資料是莊嚴目標，但是她的記遊文含藏之幽意卻值得注意。

1　鄭明娳，《現代散文類型論》（臺北：大安出版社，1989），頁 220。

2　蘇雪林，《浮生九四——雪林回憶錄》（臺北：三民書局，1991），頁 197。

3　蘇雪林，《三大聖地的巡禮》（臺中：光啟出版社，1957），後更名《歐遊獵勝》。

蘇雪林〈燈前詩草自序〉曾云喜遊山水，欣悅城郭之遊。事實上，記遊占了蘇雪林散文作品的大部分，其躋身中國現代文壇兩本代表作即屬此類。方英〈綠漪論〉說：「在她的著作裡，關於自然描寫最多，而技術的成就特好，這一點也足證明她的『醉心自然』。只要遇到自然，她就感到『暢心樂意』。」，[4]方英描述的是蘇雪林的散文，如此一語中的，蘇雪林記遊文應該探討，因為這是她的散文之主要類別，雖然，蘇雪林自己並未有意識寫作此類文章。

藝術品本是想像的產物，《綠天》雖是一個謊，但它還是包含著經驗事實，蘇雪林該書〈自序〉云：「裡面所說的話，一半屬於事實，一半則屬於上文所謂『美麗的謊』。」，[5]藝術活動不能脫離現實但也不委屈於現實，而是有意或無意呈現或超越現實。《綠天》一書內容共三輯，第一輯即「美麗的謊」原文，第二輯是民國二十三年與丈夫同遊青島，描寫一對夫妻甜蜜生活，但實際現實裡，蘇雪林的婚姻並不盡如意，她在〈自序〉中說：「個人的婚姻雖不能算是一場噩夢，至少可說是場不愉快的夢。」，[6]那麼，這本書從「一半事實，一半謊言」來看，以「不愉快的夢」對照，則書中描寫夫妻和樂相處的內容為謊言，而其餘則為真實。蘇雪林所謂謊言，因為《綠天》是一對夫妻的生活記錄，書中兩人間的互動、對話呈現出一幅夫賢婦嬌景象，尤其〈鴿兒的通信〉十四篇，道盡了一名女子思念丈夫的軟語柔情；然而，現實生活裡，蘇雪林始終

---

4 黃人影編，《當代中國女作家論》（上海：光華書局，1933），頁 141。
5 蘇雪林，〈自序〉，《綠天》（臺中：光啟出版社，1956），頁 2。
6 同前註，頁 1。

稱呼她和張寶齡是一段「不幸的婚姻」，證之《玫瑰與春》寫作動機，她說：

> 記得我寫這個劇本時，心靈正為一種極大的痛苦所宰割，當痛苦至極之際，獨自盤旋屋外草場。有如被毒箭射傷的野獸，自覺臟腑涓涓流溢鮮血，這樣煎熬了三日夜之後，方寸間靈光豁露，應該走的道路發現了，而靈感亦如潮而至，伏案疾書，不假思索，半日間便將這個小小劇本的輪廓寫出。雖寫得還是那麼幼稚淺薄，但因其為痛苦的結晶，又因其為我一生趨向的指標，自己倒頗為愛惜。為了當時對於那個不幸的婚姻，尚有委曲求全之意，不便收在《綠天》裡面。[7]

張寶齡是蘇雪林祖父自小就替她代訂的婚約，但是蘇雪林長大成人後，為了求學，三度拒婚。甚至蘇雪林在里昂的最後一年，與張寶齡通信，發覺他是冷酷無情的人，當時張氏在美國留學，蘇雪林寫信請他來法國，再相伴一起回國，被張寶齡拒絕。蘇雪林之所以答應與張寶齡結婚是為了安慰病中的母親，而婚後，張寶齡性情暴躁，兩人鬧脾氣等，都在《浮生九四》一書裡，將這個婚姻的不幸交待一二。[8]但是，讀者不能得見全豹，因為蘇雪林仍然有所隱避，[9]但上述引文的「宰割」、「毒箭」、「野獸」、「鮮血」字眼，

7　同註5，頁3。

8　同註2，頁81、97。

9　蘇雪林在民國80年11月1日的日記寫著：「寫了一點傳記資料，乃我在里昂城中寄宿受補習老師海蒙之勸化，皈依天主教事，我打算將張寶齡事完全隱去不說，蓋我已立誓不言彼過，婚姻不如意就不如意，

想必即使不在婚姻中人，也能了解蘇雪林在她的婚姻中所遭受的是什麼痛苦了。

據此，《綠天》裡夫妻恩愛是謊言，那「一半的真實」就是蘇雪林書中所寫的對大自然之欣賞與體悟。《綠天》與《三大聖地的巡禮》同為記遊，但兩書的主題不同，前者是：「謊言的真實——大自然」，後者是：「朝聖的虔誠——宗教」。換言之，《綠天》是個謊言，但謊言中有真相；《三大聖地的巡禮》是朝聖，而聖心之外有人心。蘇雪林記遊文的主題，基本上有大自然、宗教兩類。

第三節　蘇雪林記遊文之表現技巧

藝術創造過程中，「媒介」在觸發藝術家心靈而產生藝術作用上扮演了極重要的角色。藝術家使用的媒介各不同：畫家用線條色彩、雕塑家用各種實體材料、音樂家使用聲音、文學家使用文字；後者透過文字所經營出的意象又涵括了宇宙萬物與人間萬事。以下試析蘇雪林記遊文的文字經營及特色。

蘇雪林的散文集《綠天》，民國十六年由上海北新書局出版，來臺後，民國四十五年由光啟出版社再版。再版內容有所增益，分為三輯：第一輯為初版原書所有篇章；第二輯為民國二十三年與丈夫同遊青島，紀念結婚十週年所作；第三輯為童話體裁的三篇故事，其中包括劇本《玫瑰與春》。《綠天》第一輯即為「美麗的謊」，

算了！」收入《蘇雪林作品集·日記卷》（臺南：成功大學出版組，1999）第14冊，頁293。

但內容是以描寫自然景物為主，視篇名〈綠天〉、〈鴿兒的通信〉、〈我們的秋天〉、〈收穫〉即知屬於大自然範疇；第二輯之〈島居漫興〉、〈勞山二日遊〉明確為記遊文。至於《三大聖地的巡禮》乃蘇雪林民國三十九年由香港轉赴法國，目的有二：因香港圖書館的神話資料沒有帶給蘇雪林更大的突破，又因同年羅馬有「聖年大會」，[10]所以，蘇雪林是以朝聖之名兼尋找神話資料第二度赴法國。但是，兩年之後，蘇雪林原先預期的理想並無進展，於是決計回國，《三大聖地的巡禮》一書以跳躍式日記方式記載蘇雪林繼民國十年第一次留法，相隔三十年後對歐洲的專注遊歷。[11]第一次赴法時，青春正盛，《棘心》裡的醒秋前往法國北部來夢湖畔的日子，是為了養病，[12]健康不佳與少年痴夢，感性多於理性；第二次赴法，蘇雪林已逾知命之年，人生重要關鍵紮紮實實地烙印，理性多於感性。又由於《三大聖地的巡禮》主要是朝拜宗教聖跡，文中對天主教讚揚有加、衷心誠服。總觀蘇雪林記遊文表現出題材豐富、設色多彩、鍛鑄奇想、善用譬喻等文學技巧。

一、題材豐富

蘇雪林記遊文內容非常豐富，她寫下所遊之地的事物且仔細描述。《綠天》記青島未滿一月之遊，在篇幅上，〈島居漫興〉有二

10　蘇雪林，〈三大聖地的巡禮自序〉，同註3，頁2。

11　所謂跳躍式日記方式是指一種並不嚴謹的日記體，因為其中並不是以逐日記載的方式敘述，而是以所遊之地為標題，只是每一標題內容，蘇雪林都會寫下是「某月某日」之遊，故暫稱是跳躍式日記體。

12　蘇雪林，《棘心》（臺中：光啟出版社，1957），頁73。

十篇、〈勞山二日遊〉九篇，後者的兩日時光可以寫出九個章節，而每一章節所描寫的事物又不只一項，可以看出她用心觀察所遊歷景物的細密心思。《三大聖地的巡禮》亦同，每一小節的每一段落都不只寫一種事物、一種情懷，例如〈燈光的行列〉寫露德聖母殿的火炬遊行，蘇雪林描寫燈籠的製作、販賣地點、價格、遊行群眾、提燈隊伍、隊伍的變換隊形、大殿播放的聖歌，將提燈的相關事件與氣氛全部照顧到了。蘇雪林觀察事物的敏銳眼光是獨具的，或者說，她同時擁有文學與繪畫創作者天生稟賦的洞察能力與敏感的心靈。

蘇雪林曾說自己的寫作技巧：「我寫景的詞彙本甚有限，寫作的技巧也僅一二套」，[13]或許這是謙詞，但是從她的文章可看到，她擅長利用其他資源來豐富內容。譬如引用古典經籍與文句，〈黃海遊蹤〉在觀景同時聯想到古籍〈圖書編引黃山考〉、袁枚〈黃山遊記〉、徐霞客〈遊黃山日記前篇〉等篇，[14]並以之作為陪襯，使文章顯得更有份量。又〈島居漫興〉描寫海中大魚，引用了李白及陸游詩句，[15]都顯示其記遊文所以成為散文作品中最勝，在豐厚文章題材方面，蘇雪林善於摻入古典詩文，使白話文質感更形厚實。

---

13 蘇雪林，〈黃海遊蹤〉，《蘇雪林自選集》（臺北：黎明文化事業公司，1977），頁 12。

14 同前註，頁 12-13。

15 蘇雪林，〈島居漫興〉：「『日暮紫鱗躍，圓波處處生』『銀刀忽裂圓波出，宛似姑溪晚泊時』，我忽然想到李謫仙和陸放翁的詩句，更覺灑然意遠。」，收入《綠天》，頁 66。

另一方面，記遊文顧名思義是描寫旅行遊歷，而旅行內容則包括途中的人、事、物，最直接的又是旅行者所浸身的大自然。《三大聖地的巡禮》本是記錄一次朝聖之旅，因此，書中著力最多的是聖城景物，《綠天》第二輯是青島之遊，描寫青島風物，兩者都是大自然的景象。蘇雪林記遊文之題材豐富，而總題材是大自然，她筆下的大自然運轉出兩種藝術功能，一是欣賞的，二是宗教的。換言之，大自然在蘇雪林眼中兼具欣賞性與宗教性，前者是一般人的普遍認知，後者則是蘇雪林由大自然所轉化出的心理意識。從大自然延伸出雙重藝術美感則也是蘇雪林記遊文題材豐富之深一層技巧。

欣賞性方面，大自然對於人們的作用，就是一般的尋幽訪勝、感受美景，扮演著一個被接受的客體對象，蘇雪林記遊文中的大自然不免如此；但是，另一層次卻又是可以安心與之相對的對象，蘇雪林帶著滿腔憂悶或者滿心愉悅投向它，又在大自然裡面獲得進一步的心靈滌淨，撫慰創傷，故它同時具有接受者與被接受的角色。〈太平山頂〉：

> 整個青島是一個世外桃源，……走到這裡便覺得應該抖落一襟凡塵，抱著完全寧謐純潔的心情攀登絕頂，去與莊嚴雄麗的大自然晤對。[16]

她領略造物者的天工，「桃花源」除了象徵避世心態，蘇雪林借青島之美體悟一個人應該用純潔之心面對世外桃源。凡人尋覓桃花源

16　同註 5，頁 93。

必然是想要找到一份塵外依靠，但是，一旦找著後，若攜帶被紅塵污染的身心進入，不啻污辱了桃花源。

〈勞山二日遊·千石譜〉：

> 於自然界的風景，我之愛賞奇峰怪石，也勝於春草落花，平沙遠渚。這次勞山形勢，恰恰對了我的心路，所以一路在輿中叫好不絕，康和雪明都笑我為狂。[17]

當大自然是接受者時，蘇雪林與它晤對並投入其懷抱中；當大自然扮演被接受者角色時，蘇雪林「一路叫好不絕」，大自然又引發她愛賞的審美感。故蘇雪林熱愛大自然，在《綠天》裡有兩種對待態度，她欣賞大自然也同時投入大自然之中。另一個思考角度是：如果她欣賞大自然的動機之一是那個謊言，那麼，蘇雪林在《綠天》時期的欣賞大自然就有兩種可能的內在心理：其一，大自然對她具有補償作用，因為，她必須藉山水抒愛情受挫之鬱結，其二，她愛大自然勝於愛人。

宗教性方面，《三大聖地的巡禮》一書所遊之地包括羅馬、法國北部及聖女小德蘭誕生和修道地、露德等，雖屬遊記，更具體地說是宗教記遊。它的特色是：一、略具日記形式，並非逐日記載，多數段落均載有日期，是一種日記與主題合一的體裁；二、集中在聖堂聖蹟的描寫，對所遊景點有鉅細靡遺的介紹；三、在描寫遺蹟之後，常發出對上帝的讚嘆、世人的宗教勸說。由於是遊歷聖堂，因此也連帶記錄當時與宗教儀式互相陪襯的藝術活動，例如遊羅

---

17 同註5，頁137。

馬，除了寫宗教聖堂，亦有歌劇形式、演唱者的介紹；遊「梵蒂岡藝術陳列所」同時發表了蘇雪林對西方藝術的看法，所以這次遊歷兼及宗教與藝術內容，並有評論。

例如反駁「反天主教者」言論，讚美天主教：

> 對於崇欽於萬有之上的天主，貢獻我們的聰明才智及努力，那本是極其自然，而且該而又該的。天主創造這個廣大宇宙，盡善盡美，……我們只有自愧能力有限，哪能說貢獻太過呢？[18]

蘇雪林於民國十年留學法國時受洗，皈依天主教對她而言是一次人生的變數與坎坷路程，[19]「五四」講求自由，蘇雪林的從傳統中國走來卻走入西方宗教絕對是她個人抉擇，雖然在日記裡常見她因生活上的小事而對天主懺悔，自覺並非是個全德的教徒，但是，相對於蘇雪林的一生，我們幾乎可以說「幸好皈依天主教」，因為天主教義的力量幫助她度過人生許多黑暗期。蘇雪林散文裡出現讚美天主之語，撇開信徒對教主的禮貌性讚嘆，我們可以感受那是她在人生歷經困頓後，對於在人與宇宙之中找到一種寄託的真情呼救並同時被拯救。蘇雪林另有一篇〈羅馬的露天劇場〉，讚美古代宏偉建築之餘，她依然表現出不管面對任何事物，必會出現個人色彩濃厚的批判文字：

18　同註 3，頁 109。

19　蘇雪林，〈一個皈依天主教五四人的自白〉，收入《靈海微瀾》（臺南：聞道出版社，1980）第 3 集。

> 在這樣一個有名的古代大建築徘徊瞻望的時候，任何人都不免要大發思古之幽情。羅馬，這個歷史的名字，是多麼光榮，多麼令人嚮往。這座露天劇場，不正是她的代表嗎？可是，以我個人而論，卻是愛希臘而憎羅馬。為什麼呢？因為一提到羅馬，我便會聯想到兩件事：其一是羅馬的奴隸制度，又其一則是羅馬的淫刑。……今日以蘇俄為首的共產主義國家，把千萬無辜人民驅進集中營，作為勞動力的泉源，便是效法羅馬。「始作俑者，無其後乎！」我痛恨蘇俄和她的那些尾巴國家，因而也更憎惡羅馬。……今天我們又遇著「愛」與「恨」尖銳對立的時代，我們應該走什麼道路，緬懷先烈高風，應該知所抉擇吧！[20]

蘇雪林在欣賞永城（永遠的城市，指羅馬）時，雖然讚美它的壯偉，但羅馬的高貴不能全然擄獲她的心，而是表現一貫的民族國家強烈的道德感，這成為閱讀蘇雪林記遊文時必須注意的一點。此外，蘇雪林在書中往往多次提到朝見聖蹟與教宗時便「感動不已」或「淚流不止」，其實，此書名已透露寫作宗旨是宗教性質遊記，因此，宗教情感占了主要成份，所以，若旅遊中的聖地聖堂也可視為大自然的一部份，則蘇雪林對大自然的欣賞在此時轉化為宗教性。

蘇雪林在《讀與寫》中指出漢賦以後，客觀的寫景文學才算成立，但那也只是平面藝術，沒有美感；繼而指出寫景的格式有新與舊，新式的寫景方法又可歸納為三種典型：一、不脫舊文學氣息的

20　同註 13，頁 53-55。

作品，也就是辭彙、情調、意境都由舊式詩詞產生；二、全憑想像力自由馳騁的青年作家作品，雖有新鮮活潑趣味，但觀念突兀，語病很多；三、鎔鑄新舊，再加以自己獨特性靈的作品，而她認為從事新文藝者應該多讀寫第三種。[21]從這一段敘述可知蘇雪林主張將新式與舊式的寫景法一起混合使用，她將古典寫景散文方法以巡禮行遊加料，冶煉出屬於自己的寫法。

二、設色多彩

《綠天》第二輯記錄了在青島度假的日常起居、觀光遊覽及感想，也透露蘇雪林彼時的心靈情感。全書的色彩十分豐富，因是寫景散文，眼中所見之景均可入字，而入字則多以色彩著墨，幾乎大自然可見之色全都網羅入文。蘇雪林早年習畫的背景，對於色彩敏感度之掌握，在她的記遊文裡是有加分效果的。《綠天》隨處可見顏色，例如〈島居漫興・青島的樹〉：

> 近處萬瓦鱗鱗，金碧輝映，遠處紫山擁抱，碧水縈迴，青島是個美麗的仙島，也是我國黃海上一座雄關。[22]

〈島居漫興・魚樂園〉：

> 人工造的五色繽紛的電光，照耀水晶宮殿裡，……美妙絕倫的水族，圍繞在屋子四周，在透明的牆壁外游來游去，……

21　蘇雪林，〈記敘和寫景的技巧〉，《讀與寫》（臺中：光啟出版社，1959），頁 64-77。

22　同註 5，頁 68。

> 在青萍紫藻間與那些文魚一同游泳，不然，便到珊瑚林中散散步，金砂平鋪的地上打打球。[23]

又如〈中山公園〉：「綠得叫人透不過氣來的大樹，……形成了一條蜿蜒無窮的碧巷，也可說是一片波濤起伏的綠海，……晚間雖有燈月之光，也黑魆魆地有如鬼境。」，接著再形容樹林動搖是「翻金弄碧」。〈太平山頂〉：「石壁蒼苔蒙密，雜以深黃淺紫的野卉，如山靈張宴，鋪設著一條條彩色斑爛的錦氈毹」。[24]出人意料的是還可以用顏色形容世運，在和康爬上太平山頂後，山頂好似一座荒廢大園林：

> 第一次世界大戰，不過四年有半，許多強國倒下去，許多衰微的民族興起，迴黃轉綠，世運變遷，這區區太平山頂昔日金碧的樓臺，化為今朝的荒煙蔓草，也只算是盛衰之常，我們又何須為此而感嘆欷歔，支付過多的情感。[25]

可以將顏色運用得如此之廣，則蘇雪林胸臆中它已是一種創作泉源，取用不絕，絲毫不費力，她在這方面的才力是自然湧溢，不須刻意尋思。又〈勞山二日遊·明霞洞〉：

---

23 同註5，頁82。

24 同前註，頁93。

25 同前註，頁95。

室中洞黑，須燃燈方可著衣履而火柴久劃不燃，燈雖明，燄搖搖作碧色。[26]

隨手翻閱《綠天》，不論翻至哪一頁，都可以找到顏色字。其實，它的書名即有一個象徵生意盎然的顏色——綠，但除了綠色外，在書中各種顏色幾乎隨處可見、隨手能採，人間的各種顏色均被作者掌握，約計有：青松、紫山、翠葉、白鷗、紅嘴綠毛的鸚鵡、七色的虹霓光、銀紗般的薄霧、淡黃的光、暗綠的樹影、粉紅色的小鴿、臙脂似的紅衫、黃金色的曉霞、深靛的波面、彩虹似的光、淺碧色衣裳、縷縷銀絲頭髮、雪白的胸臂、麝香花的粉霞色衣裳、翠雀花凝住了淺藍色的秋波、金色的太陽、鴨卵青的天、褐色的厚雲、透明如水銀的融液、鮮紅的夕陽、淺青色的霧、青灰色的牆壁和雪白的牀單、粉霞色的小被、淺栗色的髮、紅色小蟲、黑紫色的法國櫻桃等等，《綠天》全書好似由多種彩色織成的一匹錦緞。

從設色如此豐富的角度來看，我們可以說《綠天》一書「並不樸素」，因為它以五彩繽紛的顏色呈現給讀者一個光耀炫麗的世界。如果對照「美麗的謊」，當年在無奈、慘敗的婚姻裡，蘇雪林抓住文藝創作的尾巴，此一懸浮於她的命運之遊絲，倒也使得蘇雪林能夠一葦渡江，輕身而過曾經艱難的冷湖冰水。

26　同註 5，頁 142。

三、鍛鑄奇語

除了顏色外，蘇雪林在《綠天》中表現了佳妙想像力而能鍛鑄奇語的能力。〈島居漫興·五隻妖龜〉以妖龜形容礮臺，並且描寫她想像中礮臺運作的情況：

> 五個屋子大的妖龜，躲在樹林裡，靜靜不動，海上仇敵來了，牠們眼光霍霍，伸頭四面窺探，當牠們發見了仇敵的所在時，陡然四足著力，聳起那龐大的身軀，砰然一聲，噴出一顆光華耀眼的寶珠，給仇敵一個出其不意的沉重打擊，又將身子伏下去。[27]

她的想像力奇妙甚至可以用烏龜形容礮臺，這種具有強大殺傷力的殘忍武器，竟然經由烏龜，再用「光華耀眼的寶珠」形容礮彈。還有形容身騎老馬的顛簸，〈島居漫興·騎馬〉寫民國十五年間，蘇雪林以閒員資格代表蘇州景海女師到杭州參加中等教育會議。同事忙著開會，她背著畫架去寫生，租了一匹風燭殘年的老馬遊西湖，走在路上頗為顛頓：

> 西湖上的道路，又都用堅硬的青石板鋪成，反彈之力特強，馬蹄「踼踏」、「踼踏」跑在上面，好像一蹄一蹄踼到我的心裡，直踼得我胸口發痛：直踼得我四肢百骸幾乎像脫串明珠，一落地即將飛迸四濺。[28]

27 同註5，頁83。

28 同前註，頁127。

四肢百骸脫落是一種痛楚感覺，蘇雪林以此形容道路顛簸之外，又進一步用「脫串明珠」形容她的骨骸幾乎被堅硬的道路震落之狀。以修辭技巧而言，「明珠」在這裡不需看作蘇雪林自擡身價，用珍珠形容自己的骨骸，而是她可以將騎馬時，反彈之力痛徹胸口的震動以明珠言之，痛感是不悅的，明珠卻是美麗的，這是十分別緻的反襯法。至少，白居易〈琵琶行并序〉裡傳世的「大珠小珠落玉盤」形容樂音清脆，而蘇雪林以「明珠飛濺」形容的卻是馬蹄震聲及被震的痛感，它同時表現了堅硬青石板及馬背上憾動的感覺，令人佩服她青年時期經營奇想奇語的功力。

四、使用譬喻

蘇雪林記遊文中，譬喻法的使用很頻繁且多用明喻。例如登上勞山，發現勞山的特點在石，是「以石勝」之地，描寫滿山谷之石，全用譬喻。[29]又〈黃海遊蹤〉寫西海門：

> 東西兩門實由無數小峰攢聚而成、萬石稜稜，如排籤、如束筍、如鎔精鐵、如堆瓊積玉，斜日映照，煥成金銀宮闕，疑有無數仙靈飛翔上下，令人目眩頭暈，但也令人氣壯神旺。[30]

「如……」在修辭學屬明喻，是一種不須轉折停頓即可擷得的意象，好處是讀者能直接探取作者心思，而作者可表現高度馳騁的遣

29　《綠天·千石譜》：「那些石頭的情狀：有如枯株者，有如香菌者，有如磨石者，……有斑斕如虎者，有笨重如熊者，……有甲胄威嚴如戰將者，有端笏垂紳如待漏之朝官者。」，同註5，頁136。

30　同註13，頁14。

詞功力；此處蘇雪林將石頭比喻為人間各種物品，也是人與自然合一、物我相融的審美態度。〈高里賽與羅馬皇城遺址〉遊歷古羅馬公場，形容羅馬帝國之崩潰：

> 到亡國的末期，……野草荊棘淹沒了整個城區，巍峨的建築，或崩倒，或陸沉地中。過去如日中天的羅馬光榮，由衰弱的黃昏，過渡為沉沉的黑夜，羅馬僅成一個歷史名詞了。[31]

自然景色與歷史興亡互相為喻，帝國興亡以日中→黃昏→黑夜作為浮沉之喻，這或許不是什麼了不起的譬喻，然而從大自然取用形象，再轉化出文字，從大自然引出的人事歷史跨度是廣泛的。大致說來，《綠天》與《三大聖地的巡禮》同為記遊文，但所寫主題有異，因此，上述設色、譬喻之使用，在《綠天》較多，《三大聖地的巡禮》較少，但不能否認設色與譬喻是蘇雪林記遊文在描寫技巧上專擅之處。

善用譬喻再度使得蘇雪林記遊文展現駕馭文字的功力，〈勞山二日遊·入山之始〉形容下雨：

> 裝滿了雨水的雲囊，一層一層疊積在東方的天上，只須天公一高興，拽開囊口，傾盆大雨便會淋漓而下。[32]

這是標準的擬人法，大雨是天公「拽開」祂裝雨的「囊袋」。再如坐轎走山路，〈勞山二日遊·千石譜〉：

31　同註 3，頁 70。

32　《綠天·勞山二日遊》，同註 5，頁 132。

> 我們在轎裡，被搖簸得難受，願意下來步行，不意轎夫扛了空轎更自健步如飛，趕得氣喘汗流，依然趕不上。……只好仍舊一個個回到轎裡，讓他簸湯圓般簸著。[33]

遊人坐在轎中，行於艱險山路，蘇雪林形容受到的搖晃是「讓他簸湯圓般簸著」，這時候轎子是竹篩，人是湯圓。蘇雪林推崇林語堂的幽默文學，雖然她本身未必是個幽默的人，但在她早期散文中，這是幽默也是善於駕馭文字。其他，如〈大堂的更衣所和圓頂〉：「自圓頂的基層走進一道狹門，我們的身體便鑽進這龐大建築物皮膚內了。原來這圓頂乃係夾層，外面包了一層青藍色鉛皮，不怕風吹雪打，雨淋日炙。」，[34]這些文字技巧在蘇雪林而言是熟練的，因為能駕馭修辭與想像，使她的記遊文極富畫意。蘇雪林早年赴法，學的是西畫，後又改學國畫，民國四十一年離法前夕還曾在寄寓的宿舍舉行過一次小型畫展。[35]所以，繪畫的訓練形之於文學創作，使得蘇雪林記遊文有豐饒的色彩以及富有畫意，與此繪畫經歷有極大關連。

---

33 同註 5，頁 135-136。

34 同註 3，頁 23。

35 蘇雪林，《蘇雪林作品集·日記卷》（臺南：成大出版組，1999）第 2 冊，頁 19。

第四節　蘇雪林記遊文之特色

不論文學作品的主題、技巧、寫作背景如何，最終仍須分析其中思想風格，方能較完整呈現前述文藝創作所形成的作者與文化社會的跡痕，文章的思想風格凝聚成作品特色，因此，本節論述蘇雪林記遊文之風格及價值。

蘇雪林記遊文之風格，是她少有的、篇幅上比較不具家國之思的作品。蘇雪林一生活過兩個世紀，兩世紀的動盪與烽火，錘鍊出她的人生觀與思想傾向。心理經驗表現於文學作品是作者不自覺的，而這種不自覺是神秘、隱匿的，需要從作者的身世背景多方觀察，如此，作者內心意識與客觀世界方有聯繫。從寫作背景來看，蘇雪林在主觀上，並不打算在她的記遊文中寫入太多的思想，因為前述兩書的寫作背景，可知它們都是「有所為而為」——「謊言」為了掩飾，朝聖為了信仰，似乎是再簡單不過的跡象，但是蘇雪林文章中卻不自覺出現微妙的心理意識。除了上述在文字技巧上的特色外，前後期的《綠天》、《三大聖地的巡禮》在主題方面，兩書有大同小異的描寫對象，早期是山水景物，後期是以聖堂遺蹟為主，這兩部記遊文隱藏著大自然給予蘇雪林的心靈轉變，山水與宗教透露蘇雪林不自覺的內心秘密。

一、以山水寄情

如果從《綠天》是一個謊言來看，它既是謊言，作者何必說出這個她可以永遠不必自曝的創作真相？這是一本曾經轟動文壇又伴隨許多成名作家青少年時期閱讀生涯的作品，[36]既然作者自己說出來原本可以不必說的理由了，其中蘊含的意義是值得深究的。因為謊言應該是不道德、被唾棄的，但它為什麼又那麼吸引人？暫時拋開文學是想像的產物，這個謊言之所以受歡迎的原因不可能是它的謊言本質，因為作者早已表明態度了，以讀者來說，何必去閱讀謊言？那麼，這個謊言的價值必然就在謊言之外。前述《綠天》的謊言是「我與康」的甜蜜生活，排除謊言（甜蜜）的部份，《綠天》的價值就在描寫自然的篇幅上面，因為這才是真實。而《三大聖地的巡禮》沒有謊言或撲朔迷離等待澄清的成份，它非常實在是一次虔誠的朝聖之旅，所以，蘇雪林這兩部記遊文的風格，可以歸納出以山水聖跡作寄託，又兼具記史之價值，也就是說蘇雪林以山水寄情、以聖跡託信仰，而這些寄託的深層意義暗藏著她內心必須藉山水與信仰以化解愁悶的理由；記遊兼記史則存錄了旅遊當時當地的地理、史料價值。

蘇雪林的婚姻有缺憾，在人情心理上，這是必須填補的傷口，因為無情之人自不必有愛，但偏偏蘇雪林心中有愛，早期《綠天》充滿人生之愛。〈勞山二日遊〉到王哥莊時正逢村中演戲謝神，蘇雪林描寫鄉下戲班的戲子、行頭破爛、鑼鼓刺耳，所以並不會讓神經細膩的她感動，但：

36　成大中文系主編，《逝水浮雲曾照影——名家與蘇雪林書信選》（臺南：成功大學，2007）。許多女作家如張秀亞、林海音等人均在信中追述少年時代，此書對她們文藝創作的影響。

> 我不看戲，只看看戲者。看到這許多村民臉上那種滿足的神形，我卻不由得眼睛酸溜溜地有些潮濕起來。今年南方鬧乾，北方鬧水，青島倒算雨暘時若，所以村民們演劇謝神，一半也帶挈他們自己娛樂娛樂。可憐這些天不管、地不管的好百姓，一年到頭和旱魃戰鬪，和洪水戰鬪，和土匪潰兵以及一切人為的災害戰鬪，好容易多收得幾擔麥子，幾堆山芋，勉強可以填飽一家老少的肚子，哪能不這樣喜出望外、歡騰慶祝呢？[37]

前述蘇雪林對大自然之愛勝於對人之愛，那是她面對大自然時的一種崇慕之感以及切身感受人生缺憾後的追尋，但當她的心眼落至人間，所體會的又是一種悲天憫人之情。僅從一句「我不看戲，只看看戲者」，不難理解蘇雪林對於人本的關懷。大自然與人類都是生命，生命與生死相關，遊〈萬國公墓〉從墓碑上的裝飾與遺留的弔悼物品，推知墓中所葬之人的身份及來祭拜者的心情，說：

> 無情的黃土，可以吞噬世上任何人，卻阻擋不了情人兩心的相偎，和慈母淚痕的注滴。「愛」，將生和死扭成了一個環，「愛」雖不能教生命永久延續，但卻能教生命永久存在。「死人活在生者的記憶裡」，一位歐洲作家不是曾說過這樣意味深長的話嗎？[38]

37 《綠天·勞山二日遊》，同註5，頁138。
38 同前註，頁103。

愛是生命之源且可以切斷生死阻隔，使陰冥相通、生命圓滿，所以，蘇雪林之崇尚大自然、憐惜人類，其匯集之旨即「愛」。她從大自然體會到人本之理，例如〈黃海遊蹤〉寫天都峰頂一石室，每夕點燃一油燈，有人主張換成強力電炬，照亮整個黃山，蘇雪林說：「我以為天有寒暑晝夜，人有生老病死，乃自然的循環之理。我頗非笑中國道家之強求不死，也討厭夜間到處燈光照得亮堂堂，尤其山林幽寂處，夜境之美無法描寫，用光明來破壞，豈非大煞風景嗎？」，[39]這裡可以與前述蘇雪林認為人要以純淨心進入桃花源相同，她心目中的大自然是相當淨質的，純淨之質透入生命本真，蘇雪林記遊文在描寫大自然事物裡蘊藏著這份生命之感。

此外，她的〈黃海遊蹤〉、〈擲缽庵消夏記〉[40]是來臺後，對於故鄉黃山的憶寫，其中也寄託了濃厚的思鄉之情。

二、以聖跡託信仰

自然、宗教、生命三者交融的美學態度恰是蘇雪林對大自然與神性的追求而在所處時代社會中作出的反求諸己的抉擇。這表現在《三大聖地的巡禮》一書中，尤其又以對宗教寄與至高無上的價值為此書的主要精神。蘇雪林在〈行前艱阻的克服〉中說到此行目標：

> 我現在遠赴永城朝聖，並不是為了貪圖看熱鬧，也不完全為了個人贖罪求福問題，從那個峻極於天、淵深似海的寶藏

39　同註13，頁6。

40　同前註，頁1-26。

> 裡，吸取一點東西來，重新建立我的人生觀，鞏固我的哲學觀點，確定我的政治路線，才是我此行的真正目標所在呢！[41]

在此書中，我們得知蘇雪林欲重建的人生觀是追求智慧，以及鞏固所求得的智慧；至於政治路線，蘇雪林一生堅決反共、反魯是無庸贅言的，而這些目標都與她所生存的時代社會有著密切關係。從書首所說的「目標」可發覺蘇雪林記遊文具有傳統遊記寫景抒情兼議論，以及達到人與天心契合之特色，但她的議論隨著旅遊地點而不同。例如《綠天》多寫大自然，人處其中，引發哲思之論，接觸大自然而產生對人生哲理的思考：

> 大自然的「美」是無盡藏的，……把你的靈魂，輕輕送入夢境，帶你入於沉思之域。教你體味宇宙的奧妙和人生的莊嚴，於是你的思緒更似一縷篆煙，裊然上升寥廓而遊於無垠之境。
>
> 遊覽山水亦如閱歷人生。經過饑寒顛沛，世路艱難者，領略人生意味自然比那一輩子足食豐衣，過著安樂歲月者，來得廣闊而深刻。[42]

而《三大聖地的巡禮》寫宗教聖跡，藉由宗教的導引抒發生命之感。〈聖伯多祿大堂〉記述朝聖者進大堂必須由一道聖門進入，蘇雪林詳細地描寫這個聖門的四周環境、門的圖案、入門儀式，在入聖門之後，她寫下結語：

41　同註 3，頁 3。

42　同註 5，頁 70、頁 150。

> 現在我來歐洲了，並居然入了這個聖門了。我的朋友卻因經濟的限制而不能來，實在可惜。但假如我不把過去的生命像卸除一件破衣般，委棄在聖門之外，從此開始一個新生命，這一趟還是白來的。我應該怎樣警惕自己，策勉自己呀！[43]

聖伯多祿寶座後面有一個古銅製大光輪，蘇雪林感覺它「眩麗之至」、「神秘之至」，覺得此光輪的意義是：

> 表示著我們天主聖教乃由天主聖三親自建立，傳授宗徒聖伯多祿，再由聖伯多祿傳授以後的教宗，代代相傳，綿奕萬世，直將與宇宙同其永久！[44]

從人、天的角度來說，宗教信仰解釋人與宇宙的關係，在透徹自己與天的關係之前，人必須先明白自己生命的意義，所以，蘇雪林在宗教記遊裡，她經由信仰之心取得生命存在的訊息，最後獲知人與宇宙的終極關係何在，在這一點上，她並沒有辜負宗教帶給她從一名無神論者轉變為虔誠信徒的恩澤與力量。

三、記遊兼記史

蘇雪林記遊時，常將當地的歷史、地理、人文融入於描寫景物之脈絡裡，形成了記遊兼記史的特色。例如遊翡冷翠「聖魯倫大堂」，穿插敘述翡冷翠自中世紀以來，受梅蒂契大公爵一家統治，此堂亦成了他們貴族家庭的專用聖堂，以及翡冷翠「花城」之稱的

43　同註 3，頁 10-11。

44　同前註，頁 15。

由來。[45]記史最後亦對歷史稍作評論，這也是蘇雪林記遊文之特色，她借寫景而託物言志：

> 本來作品不但是作家心血的結晶，也是他整個自己的蛻變，作家壽命終結，便歸塵土，而他所蛻變的作品，卻能卓立宇宙，永遠銘刻於人類的記憶，他摩挲愛情，不是應該的嗎？我想這絕不能和那些陋儒自珍敝帚，相提並論吧！[46]

她詳細描寫所遊歷之地，包括該地歷史、事物來源及建築物。例如〈高里賽與羅馬皇城遺址〉說明「高里賽」昔稱「鬪獸場」、「競技場」，它的作用還可賽馬、閱兵、行刑、最大用途為演劇；始建於佛蘭溫皇朝，據羅馬語，高里賽是高大的意思，從前還有一尊高達十丈的尼羅皇帝銅像，並詳寫其建築外貌。[47]蘇雪林在《三大聖地的巡禮》書中，以所遊之地作為篇名來區隔，而對於該地點的歷史都有簡介，如〈梵蒂岡藝術陳列所〉、收藏「末日審判圖」的西克斯廷經堂等篇，也將陳列所或經堂歷史簡介一番，再寫裡面的景觀與各廳擺設裝置與文物，本書還附有實物插圖，編輯上是圖文並存的。目前，成功大學保留蘇雪林文物中有一批風景明信片，對照

---

45 同註3，頁100-101。

46 同前註，頁102。

47 《三大聖地的巡禮·高里賽與羅馬皇城遺址》：「這座建築開始於紀元七十二年，……從外部一眼看去，它的形式好像正圓，但從高處向下打量，才知它實係橢圓。本係三層建築，外面又用一座四層高牆，包圍了半個圓圈，這半圈較大，建築設計大約經過許多科學上的研究，極其巧妙。兩端壁頭，斜削而上，皆係磚石堅砌。」，同前註，頁67。

後確知，其中幾張即書中所附之圖。蘇雪林日記亦記載，若遊覽某地必購買當地風景明信片作為收藏，除了紀念之外，後來亦可用於翻印在著作中，也透露在攝影並不普遍的年代，蘇雪林保存記憶的方法。所以，《三大聖地的巡禮》類似徐霞客遊記的內容，即記遊中兼顧了歷史地理介紹，記錄了旅遊當時的自然景觀與人文特色，它不完全是為了寫景抒情唯一目的而作。描寫羅馬露天劇場，細緻的筆調道盡了劇場內部設置的豪華；參觀聖伯多祿大堂時，鉅細靡遺的描繪，不但表現作者的觀察入微，也讓讀者即使未去過羅馬亦能心領神會雕刻家的鬼斧神工，此時的蘇雪林又表現出以藝術家的角度欣賞大自然。蘇雪林另一篇〈黃海遊蹤〉，記錄輿夫的裝扮、登山的情況，以及「以前黃山有專門背負遊客者，以布襁裹遊客如裹嬰兒，登山涉嶺，若履平地，號曰『海馬』」。[48]所寫雲海、天都峰、蓮華峰、文殊院、一線天、鰲魚峽、獅子林、始信峰等，有爬山過程與風景描寫，它記錄遊歷地點景觀特色，可令無緣壯遊之人，在她的文字裡領略山川風物之美以及相關的歷史地理。

《綠天》中〈島居漫興〉、〈勞山二日遊〉亦經由旅行觀察青島，記錄景色風貌之中並論述該地的歷史人文。郭麗〈蘇雪林青島遊記略評〉[49]一文曾針對〈島居漫興〉、〈勞山二日遊〉兩文指出蘇雪林對青島城市風貌、歷史蹤跡的描寫，代表了青島旅遊市場的今昔對比。筆者並未去過青島，據郭麗所說，此書記錄了六十多年

---

48 同註 13，頁 5。

49 郭麗，〈蘇雪林青島遊記略評〉，《中國海洋大學學報·社會科學版》，2003 年第 6 期。http://g.wanfangdata.com.hk/

前的青島，不論在社會景觀、教育規範上都表現青島當年的現代化。如今雖已人事變遷、物換星移，而《綠天》在文學價值外，對當時的歷史地理學貢獻亦不能抹滅。

蘇雪林對寫景文的意見，認為中國寫景文起源晚，因此以技巧而言，「寫景最困難」，一個作家應該在這方面勤加練習，否則不能成為純文藝家，[50]所以，她推崇寫景文，但由於難寫，因此提供寫作方法：

> 我們想養成寫景的能力，應該將詩經、楚辭、漢賦、六朝小品、歷代詩詞及唐宋散文遊記關於寫景文章，分類鈔錄，再參考近代中外作家的作品，總要卓然留個「我」在，不要陷入窠臼。還須多多遊覽風景區，巡禮名山大川，以紙上文章與天然景物互相印證，而後這一項技巧，才可培養成功。[51]

這裡說的其實是寫景文創作的前置作業，亦即要多讀古代佳作再參以近代作品，最後還需「行萬里路」。值得注意的是，蘇雪林認為，不論如何，寫景必須有「我」存在，所以，雖然寫景難，但是能創造出有「我」的個人特色也就能衝破寫景之難了。上述蘇雪林記遊文特色，可以印證她對於寫景文的主張與實踐是相符應的，即：寫景文難，所以，蘇雪林自創了記遊文寄情、信仰、記史兼融之特色。

---

50 蘇雪林，〈記敘和寫景的技巧〉，《讀與寫》：「這一種技巧應用極廣，一個作家對這項技巧若不加意培養，僅能成為雜文家，而不能成為純文藝家。」，同註 21，頁 72。

51 同前註，頁 77。

四、同時期女作家比較

蘇雪林記遊文之「以山水寄情」其實並未擺脫自古以來標準遊記的框架，但是，以聖跡託信仰及記遊兼記史則是她的獨特。中國新文學史上有「第一代女作家」之稱，其中，蘇雪林、凌叔華、冰心、丁玲、馮沅君又被歸類為這群女作家之「五大女作家」，事實上，五大女作家遺世作品存在著互有同異的特點。語言形式暫且不論，以題材來說，女作家們寫得最好的分別是：冰心——小詩；凌叔華、丁玲——小說，不同的是凌氏小說多寫兒童、女子，而丁氏由於曾擔任「左聯」刊物主編，小說中的政治色彩較濃；馮沅君則與陸侃如合著《中國詩史》馳名。如果再從記遊類文章來看，冰心的遊記篇幅短小，這或許是她擅長寫作小詩的連帶影響，其〈山中雜感〉即可視為一首優美的散文詩；[52]而凌叔華的遊記不多，《愛山廬夢影》[53]所錄只有五篇。可以看出，蘇雪林雖與其他四人同列第一代女作家，但是她的記遊文章在主題、風格方面具有較強烈的個人色彩。大自然的景物觸發作者情思而寫出對於大自然的熱愛、閒適生活的追想、人生的領悟應該是作家們普遍的藝術手法，但是，相同的題材與寫法縱使是大多數作家對文藝創作的共同理解，畢竟，經由不同的個人仍展現出相異的質素、風味與節奏，而這也才是蘇雪林之所以為蘇雪林的地方。

張瑞芬〈棘地荊天霜雪行——論蘇雪林散文〉曾云：

52　王炳根編選，《冰心文選·散文卷》（福州：福建教育出版社，2007），頁 20。

53　鄭實選編，《愛山廬夢影》（北京：北京燕山出版社，1998）。

> 蘇雪林遊記散文敘寫俱佳，前後期風格變化不大。其古風與畫意，頗有徐霞客、袁宏道的引人入勝，即使寫羅馬技場、龐貝廢墟，亦無二致。引用古詩典故，將口語和文言完美結合起來，又使文字的節奏舒緩自如，跌宕多變，這也是她與其他女作家遊記文學最大不同處。[54]

然而，本章以為蘇雪林前後期記遊文的風格是有變化的，或許，古風畫意、文白結合、節奏舒緩是其未變，但取景角度、借景寄託、議論性加強是其變化之處。所以，蘇雪林散文在《綠天》以後有了轉變，在描寫技巧上，已漸脫「五四」白話美文身影而朝向一種雜文性質轉進，她的所抒所感也偏向社會人情或時論性質，換言之，蘇雪林後期散文表達的純粹情感較少，這一點在目前的蘇雪林研究上並沒有被發現。臺灣現有兩篇碩士論文，發表時間相距十年而題目同為《蘇雪林散文研究》，[55]但是並沒有針對蘇雪林散文的此一特點而發揮。這個轉變其實蘊含十分深刻的文學史意義，蘇雪林民國四十一年來臺，後半生精力傾心於神話研究，直至去世，幾乎再沒有更好的散文出產，她之所以被記憶，依然停留在《綠天》階段。一名作家何以因「過去」而被傳誦，她的「現在」又如何存在？更值得後人尋思。

---

54 張瑞芬，《五十年來臺灣女性散文——評論篇》（臺北：麥田出版社，2006），頁 19。

55 張君慧，《蘇雪林散文研究》，東吳大學中國文學所碩士論文，1999 年 12 月。張素絚，《蘇雪林散文研究》，中國文化大學中國文學研究所碩士論文，2009 年 6 月。

第五節　蘇雪林記遊文之「現實的補償」

綜上所述，蘇雪林記遊文之表現技巧及特色，我們發現蘇雪林記遊文中的「大自然」意義是有轉變的。不同意義的「大自然」蘊藏著蘇雪林內在心理轉折，此轉折解釋蘇雪林藉大自然得到一種「現實的補償」。

一、大自然的印象

首先，由蘇雪林對大自然的觀感談起，此可以從兩方面言之。一、讚嘆大自然。這恐怕是所有愛好旅行者的基本態度，而蘇雪林的旅遊地點都是預先經過選擇安排，她是有目的之旅遊而非盲目隨性地到處遊走。旅行，可以是不知所之的漫遊，也可以是這種有計畫、有目的之遊，不論哪一種，旅行者的心裡都是崇尚大自然的：

> 我們只知畫家會模倣自然，誰知大自然也是位丹青妙手，高興時也會揮灑大筆，把大海的異景在高山中重現出來，供你欣賞哩！
>
> 自然界蒼莽雄奇的氣魄，一定要到深山大澤之中才能讓你領略。[56]

大自然在蘇雪林眼裡是「丹青妙手」、「有氣魄」。她不但讚嘆大自然並且又能從遊人的行為領會出旅行的一種「詩人氣質」，在描寫「接引松」時云：

56　同註 13，頁 13。同註 5，頁 143。

> 有板橋將三峰加以溝通，有名的「接引松」橫生橋上，遊客可藉之為扶手。據說從前橋未架設時，遊客即攀住此松枝柯，騰身躍過對面。我國人對大自然頗知嚮往，遊高山亦往往不惜以性命相決賭，這倒是一種很可愛的詩人氣質。[57]

中國名山上的天然景觀往往被一代代遊人或山中寺廟主持者塑造出許多神蹟，遊山者為了不辜負到此一遊，經常會隨俗畫葫蘆，諸如祭拜、添香油、觸摸聖跡、結鎖等，甚至若能完成某個高難度動作就可得福加壽、晉爵增財；觀光愈發達，主事者為了遊客安全，有的著名景點已禁止危險行為，或無法禁止就加裝安全設備。蘇雪林以「詩人氣質」形容這些搏命的遊人，倒也是用另類眼光看待一個人面對危險的勇氣。所以，蘇雪林雖一生執教鞭、文筆尖銳，但並非是個嚴苛道學形象，反而有她獨到心靈，蘇雪林其實也是極富「詩人氣質」的人，此氣質不能先論斷是非，而是——值得欣賞。

蘇雪林在旅遊中接觸大自然，大自然在她的眼裡包含了自然、宗教、生命的虔誠，因為她認為大自然中原本就流注著原始的血液，此為生命之源：

> 我常自命是個自然的孩子，我血管裡似流注有原始蠻人的血液，我最愛的自然物是樹木，不是一株兩株的，而是森然成林的。[58]

57 同註 13，頁 11。

58 同註 5，頁 69。

由於自覺心性裡充溢著原始蠻性血液，所以蘇雪林自命「是個自然的孩子」，確實，大自然的特質與「自命自然」、浪漫幻想性格、一生不諳世務又嫉惡如仇的蘇雪林深深契合。上引蘇雪林崇尚自然，喜歡森林，卻不喜萬樹如雲的景象：

> 巴黎的盧森堡、波魯瓦、里昂的金頭公園，雖萬樹如雲，綠蔭成幄，我可不大中意，為的遊人太多，缺乏靜謐之趣。你的心靈不能和自然深深契合，雖置身了無纖塵的水精之域，仍不啻馳逐於軟紅十丈的通衢，還有何樂趣之足道？[59]

喜歡森林又不中意大片的森林，看似矛盾語，仔細尋思，原來是大森林引來的遊人太多，她厭惡吵嚷。所以，大自然本身的「淨」與大自然外圍的「靜」是蘇雪林同時接受的自然之美。她只為了「純粹」「欣賞」大自然，在遊明霞洞時，轎夫錯過了洞前的華嚴寺，雖頗悵然，但蘇雪林「不甚介意」，[60]因為她到勞山的宗旨只為了欣賞大自然，某一個景點是否親自踐履斯土就不是重點了。所以，她旅行目的極為單純，並沒有想要刻意遠離塵囂、躲入靜幽，或學作高士歸隱之想，是一種極為簡單的心思。蘇雪林畢生不能忘記的是第一次留法時，在里昂中法學院附近菩提樹林的散步。它之所以

59　同註 5。

60　《綠天·島居漫興》：「聽說勞山寺院多為道觀，華嚴為唯一禪林，建築之美也為諸寺之冠，咫只相失，可為悵悵。但我卻不甚介意，因我到勞山來的宗旨，不過為欣賞大自然，至於人工建築，則北平的故宮、歐洲的名寺，及江浙一帶規模甚大的佛廟，所見無數，又何在於這座窮山裡一個小小禪院呢！」，同前註，頁 143。

難忘，是融身自然時所獲得的視覺、觸覺、靈性三者並起的美感，而達到與大自然共同昇華的境界。[61]看來，蘇雪林雖然對大自然懷抱著簡單的心思但又不是被某種單一的美所感動，而是綜合的美感，這樣綜合的美又烘托出簡單之美，既簡單又綜合，綜合中也有簡單，其間之意頗富莊禪境界。

又，形容雨後瀑布：

> 大自然的喜怒哀樂，隨時地而異。高山是她的雍穆矜嚴，大海是她的曠邈深遠，和風麗日，是她的歡欣，雲暗天低，是她的愁悶，疾風捲地，迅雷破屋，則是她的憤怒。飛瀑奔濤，是她的什麼呢？我以為應該說是她才思奔放，沛然莫禦。[62]

此處形容瀑布壯觀，是以喜、怒、哀、樂分寫，在技巧上是擬人法，在感受上是與大自然的互相知解。宗白華從美學角度觀察魏晉時代之人物品藻，曾云「晉人向外發現自然，向內發現了自己的深情」，[63]亦即自然美和人格美同時被魏晉人發現。蘇雪林的性情或許不具魏晉風度，但是其記遊文之描寫可說她在大自然中發現了人與自然相對冥解的深度價值。與魏晉人相同的是遊覽山水為了寄幽忘憂，但是對蘇雪林而言，這份抒懷是有時間性的，她並未對大自然始終保持如癡如狂或者藉大自然抒憂的態度，其中緣由當然是她晚年致力學術研究，心思轉向，以及幼年纏足導致不良於行，都讓她慢慢

61 同註5，頁69-70。

62 同註3，頁149。

63 宗白華，〈論世說新語和晉人的美〉，《美從何處尋》（臺北：駱駝出版社，1987），頁187-210。

對大自然失去了青壯年時代的追求欲望與美感知覺，這也是我們必須對於蘇雪林著作中占有重要地位的記遊文，而旅遊又在她生命中轉變的心理狀態加以分析的地方，也就是說蘇雪林記遊文未脫「屢借山水，化其鬱結」之框架，但這個理由在她的記遊文中又並非唯一。

二、崇尚大自然而領略旅行的好處，加以鼓勵。蘇雪林於〈勞山二日遊·遊志的決定〉文中提到在中國旅行並非痛快的事，教師只有暑假自由，但盛夏中舟車勞頓、途中飲食起居都不比家裡舒服，似乎不值得。但她仍勸人把握機會旅行，原因有三：其一、「讀萬卷書，行萬里路」究竟有道理，「自然」遠勝於人間的蟲書鳥篆；其二、應趁腰腳尚健，多多尋幽訪勝，以免將來憾恨；其三、機會不一把逮住，以後永尋不著。[64]她對旅行的心態是「遊覽名勝應講現在主義，抓住機會便遊，萬不可把希望寄託於將來」。[65]從這三項可略窺蘇雪林因崇尚大自然而鼓勵旅遊的另一層意義，它至少是：人應該多旅行，大自然可能比家中書桌有趣；再者，行樂及時，莫待體力不健時悔恨莫及；最後，機會不等人。蘇雪林所說的旅遊的好處，可推想她早年的個性活潑、勇於實踐、鼓勵行動。

二、記遊發現個性

從蘇雪林對大自然的觀感又可以深入探討她因崇尚大自然，透過筆下文字所表現出的個性心理。除了上述活潑、積極、實踐外，在蘇雪林記遊文中可挖掘出的不自覺潛意識，其實很值得分析的是

64　同註 5，頁 130-131。

65　同前註，頁 129。

她的個性。首先，是蘇雪林的「好奇」；〈動物園〉描寫有一雙異鳥，既稱異鳥即蘇雪林說「這種四不像的鳥兒我以前也未見過」，不知鳥名，蘇雪林說道：「牠喫肉，頭部又像鷹，當然屬於猛禽類，但不知何以又生有這一雙無力的長腿？又不知牠何以竟能在這樣生存競爭十分激烈的自然界傳衍下來？恨不得有一位生物學家指教一下才好。」，[66]在遊賞動物園的時刻，對於未知事物有「恨不得」當下找人問清楚心理，則蘇雪林好奇心強而個性急切於焉可見。好奇必然產生想要研究那奇特之物的心理，〈在海船上〉：「我嫌二等艙裡太悶熱，常常站在艙口趁風涼，順便研究這特別統艙的生活。」，[67]她所「研究」出來的艙內人士之穿著行為以及在艙口看見海裡游魚及水母的情狀，都可以作為解釋蘇雪林為何從文藝創作轉向學術研究的心理基礎，亦即她內心早已埋下因好奇而觀察而研究的潛藏因子。其次，是她的推理心，蘇雪林後半生轉向學術研究且自負富於「發現」眼光，[68]她在旅遊中對所見聞事物往往表現出喜歡推理的傾向。在〈動物園〉文裡，她看見：

66 同註 3，頁 74。

67 同註 5，頁 65。

68 蘇雪林，〈我為什麼要寫作〉：「我的肉眼自幼不行，靈眼則相當明敏，故讀書善能『得間』，我的頭腦也善於連結貫通，故常能見人之所不能見，也能言人之所不能言。……我給屈賦以比較正確的詮釋，並把中國歷史上、社會上、大小近百的問題一併解決。雖至今尚無人肯予承認，我卻自信彌堅，在寫作上有這許多『發現』的興趣，就是我為什麼要寫作的答案。」，《聯合報》副刊，1986 年 2 月 19 日。

一類鳥兒，身大僅如鴉鵲，嘴作黃色，卻有五寸長，不但長，而且很闊很厚。鳴聲如瓦石相戛磨，很難聽。不知這鳥的身體怎支得起這嘴的重量？這樣大嘴又有何用？我不知牠吃葷？還是喫素？倘喫葷，則牠的食料必係蚌螺之類，喫素，則必係胡桃榛實之類，那些硬殼，要有這樣大嘴才磨得碎，所以大自然便把這個「喫飯傢伙」賞賜給牠了。[69]

另外，在動物園的魚區，蘇雪林發現是「動物園最好看的部份」，既認定最好看，則其中所讚賞的「有涵泳江湖之樂」、「宛似一幅畫」，玻璃櫃「設計變化萬千」、「比中國金魚有趣得多」，[70]亦可推知蘇雪林之審美觀傾向於一種自由自得、活潑趣味、炫麗五彩的感受。在〈幾個陳列館．萬神廟．白骨堂〉篇，蘇雪林在參觀過程中，因其所見而順便考古，[71]也印證了幼時閱讀林譯小說的記憶對她的重要意義，都說明蘇雪林喜歡觀察、研究、發表自己見解的

69　同註3，頁75。

70　《三大聖地的巡禮．動物園》：「這些魚都養在玻璃櫃中，水管通活水，源源不斷，並設寒暑表測量溫度，故魚遊其間，亦有涵泳江湖之樂。我頂愛看的是觀玩魚類，室中光線甚暗，玻璃櫃嵌於壁中，電光自內部映照，宛似一幅幅的畫面，而景象則比畫來得靈幻。……所難得的是每座玻璃櫃設計均不同，碧波綠藻，變化萬千，又不知哪裡找來那麼多的小樹，那些小樹又居然能種在水中，配以玲瓏的崖石，鋪以五色的沙礫，儼然一座小小園林，魚遊其間，悠然自得，我覺得比中國金魚有趣得多。」。同前註，頁75。

71　同前註，頁78-79。

個性特質。再如參觀聖若望教堂附近的「聖階」，對於這耶穌曾上下數次的石階：

> 我心裡對耶穌說道：……你受難的這件事，我不是天天在書裡誦讀，常常聽神師談講嗎？可是，我其實並不如何動心，只覺得這是二千年前的事，它早和一切歷史成為陳跡了，雖不敢說何須替古人擔憂，但總不免感到隔膜，現在面對著這座你從前曾踐踏過的石階，你當日在羅馬公署受鞫的一幕，宛然湧現我的心目，我的心才不禁深深感動，才了解你救世工程的偉大，才認識自己辜恩負義的可恨。[72]

所以，蘇雪林對事物的感動是一種「眼見為憑」的動心，這應該由於她受胡適實證主義的影響。再次，《綠天》所記以大自然景象為主，從寫作情況來說，因為大自然畢竟是一個普遍且容易被喜愛的環境，旅行者離開旅行地後，憑藉記憶仍可將之描述出來，但《三大聖地的巡禮》對各聖堂建築物的外觀與內部詳細描寫，若非隨手筆記，或回程即記，其敘述之仔細亦可見蘇雪林「強記」能力。

最後，蘇雪林前往露德朝拜聖女小德蘭，拜謁聖女大殿之感想是：

> 即以筆者自己而論，志行薄弱，信仰每易動搖，若非《靈心小史》時常的提撕警覺，則我的靈魂，能否避免世紀學說惡魔的牽引，實屬未定之秋。三十年來，《靈心小史》是我隨

72　同註 3，頁 88。

> 身珍籍之一，聖女小德蘭在我心靈裡的位置，除卻聖母瑪利亞，更沒人像她重要。[73]

因此，重視精神力量是蘇雪林藉著洗滌心靈，慰藉自己創傷以及向前邁進的動力。此行在馬薩比岩穴啜飲聖水、掬水擦洗耳目也有一番表白：

> 實際上，我們企圖聖水恢復我們生理的功能，倒不如求它將我們靈魂的宿垢與積滯，徹底洗滌一下。我們的靈魂經過一番浣濯之後，變成明珠般的瑩潔，美玉般的無瑕，水晶般的透剔，金剛鑽般的堅固，這才足以悅樂聖母之心，不枉露德朝聖之行呢！[74]

上帝的愛與人間藝術是合一的，上帝就是美的化身，蘇雪林表示願意學習上帝的愛來改變自己。她在《三大聖地的巡禮》屢言自己信德薄弱，事實上，以她傳世的著作來看，此書是唯一以宗教背景描寫且充滿宗教情懷之作，雖然她於第一次留學時，在法國皈依天主教，此後終生未棄教友身份，但相較此後所寫的文章，只有這是宗教色彩最濃的一本。此書之後，蘇雪林並沒有再專門以宗教為主題之作，原因是她甫自香港真理學會轉赴法國，作第二度遊法之旅，宗教之情因為身在教會的工作環境而浸潤滿溢於心，故《三大聖地的巡禮》充滿對上帝的崇敬與愛，還有她對宗教信仰的誠服與依靠之強度，是蘇雪林著作中最堅固的。

73　同註 3，頁 135。

74　同前註，頁 143　。

然而，蘇雪林卻又是一個淺信的人，她雖然皈依天主教，但時時自覺信德不堅定，必須依賴某些外力來支撐。在〈聖衣院經堂中聖女的遺跡〉中，法國友人贈送聖女照片一幀：

> 當我在人生的戰鬥裡感覺疲倦之際，她微笑的雙眸似在撫慰我。當我那半弔子的舊日科學思想，腦中復活，信心動搖，她英毅的眉宇和堅決的雙唇，又似在勉力（勵）我，扶助我。這幀照片，成了我精神的良友，靈魂的導師，我願永不離開它，直到我的末日！[75]

可知《三大聖地的巡禮》雖是蘇雪林宗教記遊實錄，但是以她的個性來說，此次朝聖撇開尋找神話資料外，未嘗不是蘇雪林期待以投身聖地之旅，以聖心的光耀來堅定自己內在暗自搖擺的宗教信仰。可以肯定的是：她有心以宗教撫定疲憊不安的心靈，但是這種來自外境的力量，最終能否發揮成效，其實是值得質疑的。所以，此書主題雖是宗教記遊，內容充滿聖主愛德，我們卻要提問：宗教對蘇雪林的文學創作藝術風格之形成，有無決定性意義？答案似乎是否定的，因為總觀她所有作品，教義對蘇雪林並沒有產生太大影響，是取自己所需，安慰受傷的心靈，蘇雪林對現實人生的進退應對並不是由宗教之愛形成，而是她自己的性格。

75 同註 3，頁 130。

三、記遊文之補償作用

以上，從蘇雪林所描寫的大自然觀察她的內在心理，再進一步，內在心理經歷轉變，而且是透過不同時期的記遊文表現出來。嚴格說來，蘇雪林的記遊文尚有《燈前詩草》一書，收錄古典詩詞創作，題材亦以寫景記遊占大半，本書第一章即有專論。《綠天》寫於民國十五、六年，《三大聖地的巡禮》寫於民國三十九至四十年間，不惟蘇雪林後半生精力在神話研究，不再著力風花雪月之作，這兩部作品同為記遊文而其間差距二十七年，或許從一部文學史來說，二十七年算不上多麼大影響力，但對於生年不滿百的凡人而言，二十七年的時間可以改變許多人、事、物。因此，我們從這兩部記遊文看到蘇雪林心理轉變的蹤影，她記遊文的主題、技巧、心理轉變，表現大自然贈與蘇雪林的補償。

主題方面，明顯地，《三大聖地的巡禮》宗教意識極強，原因是：蘇雪林年齡已至中年，將邁入老年，她顛沛流離，無室無家，心靈上企乞宗教救贖頗為熱烈。兩書主題，一貫是大自然引發的「愛」，但《綠天》之愛是大自然，《三大聖地的巡禮》之愛是上帝。前述大自然在蘇雪林心目中兼具欣賞性與宗教性，相同的主角「大自然」，在不同時期的意義轉化，可以探討蘇雪林記遊文裡，內心藏著的潛意識。《綠天》時代，大自然是欣賞的、藉以抒懷忘憂的，《三大聖地的巡禮》雖也是旅遊，但其中的心靈呼喊已大不相同。〈露德朝聖母〉描寫從宗教信仰獲得平靜：

> 這是最純潔、最和平的時刻，……每個人的心境都變成了無知無識，一張白紙的嬰兒心境，縱有無休止的利權妄念，到

> 了此時此地，也全部澄清；縱有不可解的宿恨深仇，到了此時此地也渙然冰釋；縱有駭浪驚濤、艱危萬狀的世途經歷，到了此時此地，也變成了澄潭千頃，明月一天！[76]

權力、仇恨、世路艱難，到了神的面前都變成清潭明月，一笑泯之。這或許是人到中年，逐漸對萬事無求的智慧，然而，蘇雪林在此書中，對宗教的崇拜情懷幾乎是誇飾的：

> 萬千顆心，併作一顆大心，這顆大心又化成了一股氤氳鬱勃的乳香，繚繚繞繞、盤盤旋旋，隨風而上，透入蒼穹深處，直達於那昔在永在的最高主宰的座下。[77]

這一段文字的震撼力，認定有「昔在永在」的最高主宰，最高主宰——神，在蘇雪林心中的價值是永不毀滅的。此外，《三大聖地的巡禮》之風格是宗教愛與遊子情並具，聖主之愛雖然偉大，異國遊子難免鄉愁縈懷，八月十日遊近代藝術院，在樹林中靜坐，突生鄉愁：

> 注目高天如如不動的白雲，忽覺一縷鄉愁，裊然起於靈海。想起前年這個時候，我尚優遊於珞珈湖畔，去年這時候則已在香江，今年竟來到萬里以外的羅馬，世事倉皇，變化是太多了！回憶八年抗戰，歷盡艱辛，好容易盼到和平到來，誰知竟是一場春夢，我又被逼踏上征途。廿年來，已沒有什麼

76 同註 3，頁 146。

77 同前註。

家庭溫暖，尚有一個同胞愛姐，相依為命，誰知惡風吹送，雁序分飛，於今她在臺南，我在海外，我們何時再享從前團聚之樂呢？啊！這動亂的血腥時代，何時終了？可愛的祖國，我何時再投入你的懷抱呢？……於今四海無家，一身飄泊，我倒能享受更多自由，我更能全心全意來愛慕天主，依恃天主。[78]

這是蘇雪林第二度留學法國，而且已是中年之身，天涯飄零與國仇家恨齊湧心頭，只有神的愛可以撫慰離亂之慟。

從遊歷時間來看，蘇雪林此時是因避難與求學來到巴黎，《三大聖地的巡禮》主題是朝聖，但在虔敬之心、聖跡偉大、鄉愁之外，蘇雪林於篇中又由所見聞之景物抒發議論，這些議論與《綠天》不同，它多了對於藝術品的看法與讚美、神的崇拜、呼籲迷途之人覺醒。前述〈行前艱阻的克服〉，蘇雪林說明她朝聖的目標是意圖以宗教重建自己的思想，因此，朝聖之旅所欣賞的事物雖是聖堂遺跡，但與《綠天》時期不同處又在於：青島之遊以大自然為主要描寫對象，而聖地巡禮所遊多是建築景觀，因此又有蘇雪林對現代藝術、建築藝術的看法。在她的記遊文中，《三大聖地的巡禮》比《綠天》多了議論藝術的內容，例如八月十日到近代藝術院有一番發揮，[79]又：

---

78 《三大聖地的巡禮·近代藝術院與現代化的宗教藝術》，同註 3，頁 82。

79 《三大聖地的巡禮·近代藝術院與現代化的宗教藝術》：「藝術本來講究真、美、善，這派藝術家偏反其道而行之。譬如他們畫匹馬竟有

> 我以為現代藝術的革命精神未可厚非，但過於放縱，則是它的最大毛病，否則它那一種亂頭粗服之美，原也可愛。[80]

蘇雪林對現代藝術頗不以為然，所可愛者是它的亂頭粗服，因此，她以「自然」的原則，評價所喜惡事物，依然是一把屬於她個人的明確的尺。蘇雪林以朝聖之名遊歐洲，而在朝聖中，往往由所遊歷之聖跡發出個人感喟。在羅馬巡禮，她寫羅馬是「世界城市的女皇」：

> 在這欺詐橫暴的國際，和荒淫墮落的社會裡，她不斷發出正義的呼聲，厲行強有力的道德裁判，所以她又是精神勢力的

十幾條腿，雕刻一個人，宛如一束麻繩的盤糾，這是真嗎？把一個美婦人畫成青面獠牙的惡鬼，把座好園林，塗抹成糞草一堆，這是美嗎？本來藝術的作用，是想把人們從現實世界解放到（出）來，優遊於靈魂的自由天地，暫時得到忘我忘人的陶醉，現在這派藝術離奇古怪，使人莫解所謂，不去說它了；又都故意弄得這麼醜惡不堪，看了以後，正如歷史家房龍所說：聽近代政治宣傳，有似置身瘋人院，觸目是畸形扭曲的臉貌，哭笑無常的動作，只惹得一腔子的不痛快，這是善嗎？……我們的作品，不但盡真、盡美、盡善，而且還有你們所缺乏的力。你們只能表現自然的表面，我們卻能表現自然的精神。我們看見人們肉眼所看不到的，我們掏摸到人們靈魂的深底；我們跨越時間的洪流，同時又翱翔於大千世界之外，你們徒斤斤以跡象求者，是不足與論的。是啊。中國古人曾說『論畫以形似，見與兒童鄰』所以宋元的院畫發展到明清的文人畫，我們說它退化，無寧說它進步。」，同註 3，頁 83-84。

80 同前註，頁 86。

總樞紐。……她又是文學、繪畫、雕刻、建築的薈萃地，從那裡所漏出點滴的靈感，都可以啟發高貴的創造天才。[81]

這一段開篇的文詞裡，可知蘇雪林此次朝聖的心態兼有旅遊、自我反省、社會批判、藝術追求，後三項是《綠天》沒有的主題。《綠天》也有議論，但或許當時年紀較輕、見識未廣，蘇雪林議論語氣比較平和，〈島居漫興之六〉在欣賞湛山的高偉建築後，批評此建築物因突兀而缺乏美感，認為建築上的「中西合璧」未必可行：

據說清代圓明園便有幾座宮館帶有西風了，直到於今還不能融會貫通，造成兼有中西之長的特殊型式，究屬何故？中國文化果然像法國某藝術家所說不容易與別的文化融合呢？還是我國學術的胃消化力過於薄弱呢？[82]

《綠天》評論事情時所表現的語氣比較委婉，沒有過份地諷刺。

技巧方面，蘇雪林這兩部記遊文的描寫技巧保留一貫的善於譬喻、色彩豐富、強調描述、夾敘夾議之特色，只是後者更有借景寫史的現象，前者的設色多彩特點，展現在描寫戈貝湖：

那蒼莽中的嫵媚，雄渾中的明秀，疏野中的溫柔，倒像一個長生蠻荒的美麗少女，不施脂粉，別有風流；又似幽谷佳人，翠袖單寒，獨倚修竹，情調雖太清冷，卻更增其翛然出塵之致。但我們所愛於她的，則是她所泛的那種靈幻之光。湖水

81　同註3，頁1。

82　同註5，頁77-78。

> 澄澈，清可見底，本來碧逾翡翠，映著蔚藍的天色，又變成太平洋最深處的海光，再抹上幾筆夕陽，則嫩綠、明藍、淺黃、深絳，暈開了無數色彩。不過究竟以「藍」為主色，那可愛的藍呀，那樣明豔，又那樣深湛，那樣流動，又那樣沉靜，像其中蘊藏著宇宙最深奧、最神秘的謎，叫你只有坐對忘言，莫想試求解答。[83]

蘇雪林擅於役使色彩的寫作方式從《綠天》延續到《三大聖地的巡禮》，不同的是：一樣設色豐富，但前者是大自然之色彩，而後者多為建築物及聖堂所供奉器物的人為色彩，而且，後者的顏色不如前者的處處可見。換言之，顏色在《三大聖地的巡禮》裡已隱退於宗教信仰背後，或者說是融入宗教情緒而不再表現炫麗光耀。如果《綠天》的色彩迷目是謊言，那麼，可以說第二度赴法時期，蘇雪林不再以謊言安慰自己，而是以宗教信仰。

所以，蘇雪林兩部記遊文的描寫技巧不同是：早期較多奇幻異想、想像馳騁、柔美之情；晚期轉變為心靈成熟、筆鋒沉穩、柔美與莊嚴並濟。又由於《三大聖地的巡禮》以描寫聖跡為主，所遊之地除了自然景物之外，聖堂內的典藏物與裝飾品都連帶著表現蘇雪林的藝術觀點。《綠天》與《三大聖地的巡禮》之別，因為寫作時間及環境之差異，前者呈現一個彩色世界，後者多了知性的成熟，但都是蘇雪林少見的沒有家國民族著墨的作品。若以人生為喻，《綠

---

83 同註 5，頁 148。

天》是少年而《三大聖地的巡禮》是中年，蘇雪林的描寫方法雖保持她特有的基本風格，但詳細區分，兩者仍有不同之處。

心理方面，蘇雪林曾評價自己的散文作品：

> 綠漪的散文集有《綠天》，在冰心、盧隱兩位女作家之外特具一格。她以永久的童心觀察世界，花鳥蟲魚，無不蘊有性靈與作者的潛通、對話；其中〈小小銀翅蝴蝶的故事〉特加昆蟲以人格化，象徵她自己戀愛故事，風光旖旎，情操高潔，唯其書只能算是童話文學。[84]

這是作者出面說明自己的特色，因此值得重視。蘇雪林把《綠天》稱為童話文學，此語頗耐人尋味，所謂童話即作者指出的「童心」，也就是蘇雪林以童心看待事物，那麼，從心理層面而言，她為何用童心看待世界？《綠天》是中國現代文學史代表作之一，這麼重要的創作，作者卻自認為童話，那麼，後世應如何看待這部「童話」？

藝術家進行創造時，「感覺」是初步的心理活動，其他如知覺、情感、想像、思想等因素與初步的「感覺」互相連結，成為藝術家創造的內在動力，而「現實」始終是這個內在動力的心理基礎。蘇雪林這兩部作品的現實基礎是有差異的，《綠天》於民國十五年開始寫作，是她婚後第二年，這既是「一個美麗的謊」，一句話其實已透露許多蘇雪林的內在心理，至少：一、她的婚姻不盡如意，二、當年她是恐慌的，包括面對丈夫、家庭與未來，三、她必須思索前

---

84 蘇雪林，《中國二三十年代作家》（臺北：純文學出版社，1983），頁 251。

途，此三者是她的婚姻所引發的心理匱缺而表現在《綠天》。情感與現實又是息息相關的，龔自珍〈題紅禪室詩尾〉：「不是無端悲怨深，直將閱歷寫成吟。可能十萬珍珠字，買盡千秋兒女心。」[85]說明了沒有對象就沒有感覺和情意，即使「無端」本身也是一種感受的對象。在心理學上，動機屬於一個人的積極性，即個性需要被表現出來的衝動，對藝術家來說，這動機是多樣的，其中之一是創作者的生活感受與情感體驗需要宣洩與傳達。[86]證之蘇雪林的遭遇，這兩部作品的創作環境都不盡平順：從她民國八年升學北京女高師起，就開始在文壇上與人發生文字爭鬥；民國十年赴法求學又水土不服，多愁多病；民國十四年因母病，輟學回國與不相愛的人結婚；婚後與丈夫貌合神離，甚至長年分居。民國三十八年大陸易幟，又再度飄泊異國。這一段「履歷表」足可說明蘇雪林記遊文的寫作動機與情感的背景。劉鶚〈老殘遊記自序〉云：

---

85 龔自珍，《龔自珍全集》（臺北：河洛出版社，1975），頁470。

86 周文柏，《文藝心理學》：「藝術家的個性需要是多種多樣的，通常不外乎有三種：其一，他胸中積聚著豐富而強烈的生活感受與情感體驗，需要宣洩與傳達，以求得心靈的平衡；其二，他企圖依附與歸屬於某個集團或權貴，借藝術創造作『敲門磚』，以求得騰達，中國封建時代的文人以『應制詩』、『應制畫』向帝王求歡即是；其三，他追求名望、榮譽、錢財，嚮往藝術創造事業的成功與個人財富的增殖。」（北京：中國人民大學出版社，2000），頁161。

> 吾人生今之時，有身世之感情，有家國之感情，有社會之感情，有種教之感情。其感情愈深者，其哭泣愈痛；此洪都百煉生所以有《老殘遊記》之作也。[87]

不論藝術家想要表現的主體精神為何，總都是以社會、人生、個人遭際所綜合的個性化情感為基底而形成其作品。

蘇雪林心中一直有個美善的神。早期散文中，這個神是大自然，後期則轉為宗教信仰所謂真正的神了，蘇雪林信仰的神祇是聖女小德蘭，對聖女的崇敬可以從她的生活物品中珍藏其畫像以及翻譯《一朵小白花》看出。其虔誠心態又可在遊覽〈聖衣院經堂中聖女的遺跡〉表露無遺，可怪的是一位信徒在所敬的神祇面前，禱告著：

> 我跪在聖女骨龕的鐵柵外，為多災多難的祖國，為散在四方的親友，為流落他邦、一事無成的自己，竭誠祈禱。我和聖女有似睽隔多年的老友，驀地相逢，夜雨巴山，西窗翦燭，要談的話兒，簡直是無盡無休。[88]

這是一段禱詞，但是蘇雪林向敬仰的神祇吐露的心聲依然傳達某種不安與悲傷。若以《綠天》、《三大聖地的巡禮》作為前後期記遊文代表，蘇雪林早期記遊文對大自然的熱愛表現一般人遊賞山水的自在，但後期記遊文多了宗教信仰的成份，而且她依靠這份信仰撫

87　舒蕪等編選，《近代文論選》（北京：人民文學出版社，1999）上冊，頁 215。

88　同註 3，頁 131。

平經年離亂、室家破碎的空虛心理。蘇雪林坦誠自己「信德薄弱」，但是她每在祈禱或面對聖跡、眼見他人的虔誠時便感動不已，[89]重點是這些感動都是由外力引發的，並非因為她內心真正得到的心靈平靜，但又不能說蘇雪林虛偽，因為她確實希望藉由朝聖堅定信仰，問題是，她此番流下眼淚的時間為第二度赴法之時，在現實層面上是大陸易幟、遠走他鄉，心理層面上是幾番飄泊後的感受，所以，這種感動是蘇雪林兩頭失落的產物。避亂是歷史的困境，當時她尚有另一份理想是尋覓神話資料以完成研究，但現實情況是婚姻不如意的「家破」與政權易柄的「國亡」以及理想的幻滅同時來至眼前，[90]蘇雪林筆下的旅遊、美景、讚嘆其實隱藏著一份外人難解的悲傷，她的悲傷有時代也有自己內心雙重之瘡痍。

---

89 《三大聖地的巡禮·四大聖堂的參拜》：「但見朝聖者潮水般湧來，許多修會團體一色黑衣黑帔，排成整齊的隊伍，前導的人手持明晃晃的蠟燭一雙和大十字架一具，一齊朗誦經文，魚貫而入，到墳前跪下，誦經行禮。一舉一動，均遵號令，儼如軍隊，其一種虔敬之情，看了叫人感動得眼淚也要湧出。」，頁 41-42。又如晉見教宗，〈公觀庇護十二〉：「他的身體則向人群彎俯下去，……那神情的親愛、誠懇，簡直熱烈到萬分，看了叫人感動得整個靈魂都像融化了一般。」，同註 3，頁 50。

90 蘇雪林決定離開巴黎，記載於民國 41 年 5 月 8 日的日記：「今日為余前年動身來法之二週年，余第二次來法時，雖不如第一次之快樂及前程感之豐富，但亦頗有幻想，以為法文本有根柢，到法後精他一精即可對付，屈賦問題定可解決一部份。誰知來法後，以後匆匆二年，法文不但無進步反比來時為退化，而生理狀況則日益衰憊，近數月各種惡徵一齊呈露，又聞大姐風溼未愈，故決計返國。」《蘇雪林作品集·日記卷》（臺南：成大出版組，1999）第 2 冊，頁 69-70。

在參觀〈教宗圖書館和拉斐爾畫室〉時，蘇雪林敘述中西方畫動物不同：中國人畫動物多靜止且悠然自得，但西方畫動物都是殺死過的，她對西方畫法頗不以為然，因為「藝術的目標不是要使我們忘記現實人的人生嗎？不是想用人為的力量改善自然嗎？」。[91] 對於曾經陷身痛苦的人，「現實」很難無緣無故就自動消失而忘記了，除非轉化。蘇雪林說「忘記現實」正代表她承認脫離痛苦的方法是透過藝術途徑，她的作法是藉由文學創作而轉化，她的記遊文完成了這項任務。

蘇雪林的記遊文在「文化生態惡劣的二十世紀」[92]呈現一種自然、宗教、生命融匯的平靜感，即使它的心理基礎是蘇雪林的不安與憂愁。因此，其記遊文與同時代作品有著迴異風格，當時的遊記是：

> 一片深重、悲愴，由理性與情感交織而成的憂患之雲，浮動在現代遊記山水之間。它的存在，使中國現代遊記文學具備了沉甸甸的歷史份量，成為一軸蘊含極豐的時代畫卷。[93]

心理學把主體在環境壓力與刺激面前保有自身的相對獨立性、自主性，稱為「心理自由」，這種因素有利於創作者與外在欲望世界隔

91　同註 3，頁 28。

92　邵建，〈tolerance 的胡適和 intolerance 的魯迅〉，《二十世紀的兩個知識份子——胡適與魯迅》（臺北：秀威資訊科技公司，2008），頁 43。

93　傅瑛，《昨夜星空：中國現代散文研究》（合肥：安徽大學出版社，2004），頁 206。

絕，促使創作者傾訴情感，賦予創作者發揮潛能的力量。[94]只有自由的心境才能從容創造，表現作者一時一地、一個階段、一次人生情緒的的獨特經驗。藝術創作的想像自由根源於作者的心靈，由此心靈去改造現實，再造現實的超越性，也就是作者以自由改造現實而達到超越的過程。當作者掌握或者擁有超越能力後，他的心靈自由會更高一層，不再是僅與「束縛」相對的表面淺層自由而已。

蘇雪林一生的宗教心靈是有轉變的，當她第一次留法時，雖然在法國受洗皈依，但深究其動機有負氣成份，她在〈一個皈依天主教五四人的自白〉中說「永不回中國」，[95]當時蘇雪林最大的壓力來源是張家逼嫁，這是民國十三、四年的事。相隔將近三十年，從《綠天》、《三大聖地的巡禮》中我們看到一位歷經環境、身世、戰火煎熬後的女子，在面對她所熱愛的大自然、景仰的上帝面前的虔誠與堅定，以及虔誠底下的心理變化。綜觀此二書之創作，蘇雪林記遊文很符合傳統詩教「興、觀、群、怨」的文學功能，她因大自然起興，飽覽旅遊地的風物人情，以自然、宗教、生命融合的潛意識——愛，讓她「有怨而不亂」，得以在一生中，雖身世坎坷以及因環境關係始終與人筆戰的煙焇昇華為另一種情愫，此情愫支持蘇雪林一生面對生命時的堅強力量與永保童心。

---

94 周文柏，《文藝心理學》（北京：中國人民大學出版社，2000 年 12 月 2 版），頁 102-103。

95 同註 19，頁 81。

小結

廚川白村說文學是「苦悶的象徵」在蘇雪林記遊文中得到十分貼切的詮釋，只是單從蘇雪林記遊文的字句不易察覺出來，必須配合她的人生經歷及文章中散發出來的微妙訊息得知。透過蘇雪林創作中不自覺的潛意識傾向，揭開蘇雪林創作的深層心理，可深入理解她與作品的關係，看蘇雪林如何反映生活、表現自己。

自然、宗教、生命是蘇雪林記遊文所表現的「興觀群怨」的關切，如果排序其間聯繫，一是生命，二是自然，三是宗教，宗教對蘇雪林而言只是一座橋樑，藉由宗教，使她堅定地以自然通向生命。蘇雪林的天涯遊蹤表現了由匱缺移轉成就名山事業的補償心理，這就是為什麼蘇雪林捨棄她比較能駕馭的文藝作家而決心作為一名學術研究者的心理抉擇。《綠天》與《三大聖地的巡禮》記遊時，文筆的清麗、對大自然的讚美、上帝的靈愛都非常平靜地鋪陳讀者眼前，但寫作當時，現實世界的茫昧隱藏在對大自然的追尋與對宗教的誠仰之下更深層的匱乏心理。為了彌補——於是以創作填空，如果蘇雪林不說出「美麗的謊」，這兩部記遊文是很完美、典型的遊記，但是探析蘇雪林當年的環境現實與心理因素，這兩部遊記表面上記錄了旅遊的見聞與心情，其中充滿了對大自然與宗教的熱愛與虔信，這是人類心靈的最高級情愫，但我們同時也看到蘇雪林心靈的裂縫，她選擇用文學的絲線縫補，文學確實以替代方式達成心理補償的作用，但這也僅是「文學的」補償而已。對於一位民初纏足女子所面臨的世界、她的奮鬥、一輩子在文壇上自陷的深淵或落入他設的坎坷，以及活過兩個世紀而生命必須承受之重，若求之九原，蘇雪林的答案——不論對讀者或者她自己而言，恐怕都是心酸的。

第三章　蘇雪林戲劇創作之價值與影響

蘇雪林戲劇作品不多，僅有《玫瑰與春》、《鳩那羅的眼睛》，而且討論者較少。蘇雪林亦身兼批評家，對中國新文學的評論有《中國二三十年代作家》一書，其中第四編為戲劇之部。本章分析蘇雪林之戲劇創作與戲劇批評，藉以探討其間的實踐與差距，並說明蘇雪林戲劇創作的意義。

第一節　前言

《玫瑰與春》、《鳩那羅的眼睛》（以下簡稱《玫》劇、《鳩》劇）是蘇雪林遺世的兩齣戲劇作品，目前關於這兩部戲劇的討論，論文數量很少，幾乎屈指可數。由於《鳩》劇改編自佛經故事，其中涉及不道德的愛情、愛欲、復仇等，而《玫》劇寫於蘇雪林遭受一種莫大的痛苦之後，因此，學者對兩劇的關注多在於女性主義問題。又因為蘇雪林將鳩那羅故事中不道德的愛情以唯美模式改寫，學者亦從唯美主義切入，探討蘇雪林唯美劇作的成功。蘇雪林兩劇均屬早年作品，《玫》劇作於民國十六年，《鳩》劇作發表於民國二十四年第五卷第五期的《文學》月刊，後由商務印書館出版。蘇雪林在「五四」運動剛開始的十多年後，由於在武漢大學擔任新文學課程而編纂講義，後敷衍成《中國二三十年代作家》一書。[1]此書共計五編七十二章的結構裡，討論戲劇的只有八章，相較於其他四編，數量相對減少。在文類的創作趨勢上，當時戲劇原本就比詩、小說、散文少，由於蘇雪林自評其作是唯美劇，作者既已現身說法確定性質，本章探討蘇雪林劇作對其自身「唯美」的意義。

第二節　蘇雪林的戲劇創作

目前關於蘇雪林之研究，有云「《鳩那羅的眼睛》是蘇雪林唯

1　蘇雪林，《中國二三十年代作家》（臺北：純文學出版社，1983）。

一的戲劇作品」，[2]事實上，蘇雪林有兩部戲劇創作，除了《鳩》劇尚有《玫瑰與春》，收在《綠天》一書。[3]由於創作的時代背景，學者對於「五四」新文化運動時，中國知識分子借鑑西方文藝思潮之唯美主義的風尚，多從英國劇作家王爾德《莎樂美》劇討論唯美之風帶給中國劇作家的藝術觀念、思想轉變等，進而剖析西方唯美主義如何中國化的過程，因此，近來逐漸被注意的蘇雪林戲劇作品亦多如是被討論。最早的兩篇《鳩》劇論文是：潘訊〈《鳩那羅的眼睛》的唯美主義風格〉與林朝成、楊美英〈唯美的風景·形式的交融──蘇雪林劇本中的形式結構舞臺景觀與女性形象〉，前文認為《鳩》劇有：人物心理真實自然、結構剪裁得當、唯美主義風格濃郁三項特色，指出劇中人物內心自我交戰、別具匠心的結構形成此劇的唯美風格；沒有婦女解放，也沒有愛情至上，甚至沒有任何主題，蘇雪林抒寫著自己的夢。後文認為：「《鳩那羅的眼睛》貫穿全劇，成為引發國王喜愛、王后迷戀、王子得大智慧的重要意象，回頭參照《玫瑰與春》，毫無疑問的，唯美的、象徵的，正是蘇雪林劇作的共通特質。」，[4]筆者頗贊同「自己的夢」一說。蘇雪林

2　張素貞，《蘇雪林散文研究》，中國文化大學中國文學研究所碩士論文，2009年6月，頁72。

3　蘇雪林，《綠天》（臺中：光啟出版社，1956）。

4　潘訊，〈《鳩那羅的眼睛》的唯美主義風格〉，《淮北煤炭師範學院學報·哲社版》，第28卷第4期，2007年8月，頁25-28，http://cnki50.csis.com.tw/。林朝成、楊美英，〈唯美的風景·形式的交融──蘇雪林劇本中的形式結構舞臺景觀與女性形象〉，國立成功大學「中國文學系紀念蘇雪林教授暨創立五十週年學術研討會」宣讀論文，2006年11月。未出版論文集。

在中國現代劇壇未必是個代表性人物，但是她唯一兩部劇作所透露的意義卻足以助於後人對蘇雪林的作品有更深了解，因此，本章試析此兩劇所蘊含的屬於蘇雪林個人以戲劇形式構成其文藝生命的意義。

一、《玫瑰與春》

據蘇雪林自述《玫瑰與春》是童話式的象徵劇。劇中人物很簡單，只有四個人：春，別名「心」，少女；玫瑰，別名「愛情」，是春的情人；惠風，別名「同情」，春的小友；春寒，別名「自私」，春的老友。[5]主要情節是春與玫瑰佳期已近，但是玫瑰反對春營救受傷的母鹿及面臨餓死的小鹿，二人發生口角，春寒勸春遣走惠風並放棄鹿母子，春不忍心如此絕情沒有依議而行，最後玫瑰決絕離去。這齣戲的創作原因與動機，蘇雪林在〈綠天自序〉云：

> 這篇文字表示一個人心靈裡兩種感情激烈的衝突，最後劇中主角，遵從了一種較為高尚的原則之指示，選擇了自己應該走的道路。記得我寫這個劇本時，心靈正為一種極大的痛苦所宰割，當痛苦至極之際，獨自盤旋屋外草場。有如被毒箭射傷的野獸，自覺臟腑涓涓流溢鮮血，這樣煎熬了三日夜之後，方寸間靈光豁露，應該走的道路發現了，而靈感亦如潮而至，伏案疾書，不假思索，半日間便將這個小小劇本的輪廓寫出。雖寫得還是那麼幼稚淺薄，但因其為痛苦的結晶，又因其為我一生趨向的指標，自己倒頗為愛惜。為了當時對

5　同註1，頁515。

於那個不幸的婚姻，尚有委曲求全之意，不便收在《綠天》裡面。[6]

很明顯地，此劇之作在發洩某種作者沒有明說的心靈創傷，根據蘇雪林的身世，應該就是與張寶齡的齟齬情事，甚至夫妻之間爭吵或更激烈反目而外人無法知悉的絕大傷害。春沒有放棄的鹿母子應是蘇雪林的大姐及外甥之化身，從自序及蘇雪林回憶錄推論，此劇暗含張寶齡反對蘇雪林照顧母家之人而導致夫妻決裂。「一種較為高尚的原則」即同情，「春寒勸春遣走惠風」，春寒是春的老友（自私），蘇雪林選擇同情（蕙風）之心，不要自私地放棄無依的大姐，但是卻給自己的婚姻招惹出原已沒有愛情基礎的更大風浪。蘇自己的看法：「結局春的一大段獨白，道出全劇中心思想，頗為感人。」，[7]結局的對白，雖是一大段，但引用出來可以明瞭蘇雪林之心情，那是春「倒在地上大哭……哭定立起，拾著玫瑰的冠帔又哭，在上面親吻」說：

唉！唉！這就是他所給我的傷心紀念嗎？他是非常執性的人，說永遠不回來，定然真的不回來了！從此我的生活將變成怎樣的淒涼呢？……唉！與愛人同坐垂楊下聽夜鶯唱歌的夢是消滅了，以後不過那啼血的杜鵑，在冷月空山中哀訴我的心緒罷了！……鋪滿蓮馨花的芳徑啊！我和你永別了！以後我所走的只是荊棘崎嶇的山道了！噯！我為什麼

6　同註 3，頁 3。

7　同註 1，頁 515。

> 要無端把自己的幸福摧毀了，把自己的繁華生活，把自己旖旎的前途完全滅掉了呢？愛人啊，你回來，萬一你可以回來，……（將冠帔溫在心坎上，傍著鐵椅跪下，肝腸斷絕似的像要暈去。片時間忽若有所悟，挺然立起身來）我錯了！這樣悲傷是不應該的。我是春，我不能忘記我的唯一工作是要使萬物從冬的威權中解放出來而欣欣向榮；我的唯一使命是滅亡自己而教萬物得著生命。我以後要勇敢地向前奮鬥，在我尚未滅亡之前，不但不再嘆一聲氣，再流一滴淚，而且臉上還要永遠浮漾著溫和愉快的微笑。玫瑰，你究竟太自私，你不配作我理想的伴侶。去吧，永遠去你的吧！（一擲將玫瑰冠帔擲於腳下）從此我是脫然無累，可以安心幹我所要幹的工作了。不過，我還怕我力量過於薄弱，支持不了自己。宇宙的大神啊！望你鼓勵我，扶助我，使我能夠走上成功的道路！（舉手向天，如祈禱狀。陽光自葉罅下射，恰恰照在她的臉上，顯出她滿臉虔肅威毅的神采。）[8]

試析「全劇中心思想」，是蘇雪林遭遇婚姻這麼大的傷痛後，想到的、決定的是：「工作」、「使命」，而將玫瑰冠帔「擲於腳下」，因此，此劇其實更大的寓意是蘇雪林不再囚困於夫妻貌合神離情愛樊籠以及情緒受傷而能勇往直前的氣魄。林朝成、楊美英之文云：

> 切割情愛，心志絕決，前瞻成功道路，大抵是本段流露出來的腳色形象，也是全劇從甜蜜情愛糾纏、吵架衝突等情節一

8　同註3，頁170-171。

> 路延展的最後結局。使得原本充滿童話色彩的獨幕劇畫上強烈的句號，同時勾勒出一個自主自由的女性形象。[9]

「強烈而自主自由的女性」是蘇雪林在婚後發覺自己的愛情與婚姻全然不是想像的一回事後，從此堅定「無愛之人」的人生去向之寫照。蘇雪林評袁昌英《孔雀東南飛》曾說：

> 從前離婚，無論男女，均須受相當的社會裁制，現在則可以絕對自由。於是婚姻本不痛苦，只為見異思遷，喜新厭故的心理作用，而離婚者有之；不能忍耐小小挫磨，不肯犧牲細微意見，而離婚者有之；本由戀愛結合，現在為了別的卑劣動機，而離婚者有之。……如其任感情之衝動，視婚姻為兒戲，則色衰見棄，金盡而離，夫婦之道苦矣。[10]

《孔》劇的焦仲卿與劉蘭芝的不幸婚姻對蘇雪林而言應有切膚之痛，所以，《玫》劇的「唯美劇」性質略遜於《鳩》劇，倒不妨說「夫婦之道苦矣」是《玫》劇比「唯美劇」的意義來得更大的思維所在。平心而論，蘇雪林陷於不幸婚姻，對一名女子而言是個「這件事為什麼是我？」的悲劇，從《棘心》與《浮生九四》敘述中，蘇雪林的婚姻與普天下的婚姻一樣，其中交纏著很難解釋的情傷與冤仇，所以，春才會「拾著玫瑰的冠帔又哭，在上面親吻」，傷心大哭又親吻傷害她的人之冠帔，這樣的極端，說明了對所謂不幸婚姻的欲別還留。在《玫》劇中，春救了一隻受傷的鹿，蘇雪林如此

9　同註 4。

10　同註 1，頁 512。

寫：

> 我昨日走過荒山，在「人間」疆界邊，看見一隻被由「生活之崖」墜下之石壓傷的鹿。……那鹿才可憐哩！一大塊崩崖的石，壓在她的一隻腿上，使她動彈不得。見我過去時，張開她那痛苦的充滿了血光的眼，呆呆地對我望著，像求救似的。我走近她的身邊，才看見伏在腹下的還有兩隻小獐似的乳鹿。我替她移開壓著的石塊，咳！可慘，腿骨已輕斷折了！鮮紅的血灑滿了綠草，那傷勢真不輕呀！[11]

從原文引號所強調的「人間」、「生活之崖」，以及被壓傷之語，蘇雪林似在透露：生存於宇宙之中，作為一個人徘徊於人世，生活重擔如壓傷鹿的石塊，受傷的鹿何嘗不就是已鮮血淋漓的「人」呢？所以，玫瑰說：「生活的崖石，壓著人自然不輕的，但我們又奈它何？」，春和玫瑰在劇中最後決裂，但他們二人心同此理的是生活的崖石壓著人傷勢不輕，蘇雪林借此劇抒發她在感情與生活中的傷痕及不順遂，其寓意值得從劇中角色對話看待。春與玫瑰在劇中的爭論，也說明蘇雪林與張寶齡個性思想不合的跡象。在描寫技巧上，蘇雪林用美麗的散文創作劇本，她常利用一大段獨白陳述哲理或心靈的呼喊，例如春和玫瑰嘔氣後，向春寒訴苦：

> 人們大都是殘酷褊狹，不講理的。他們只因不歡喜那「古河」，便連我幫助白兔的善行也一筆抹煞。他們有一種到死

11　同註 3，頁 157。

> 也不能更改的偏見，凡是屬於現代的，都是好的，屬於古老的，便都成了詛咒。那條「古河」慈祥聖潔，從前不知慰解多少疲乏於人生旅途者的煩渴；她兩岸濃密的樹影，不知替多少苦於熱暍的人遮過蔭；直言之，她曾救渡千千萬萬的苦惱眾生誕登彼岸。但因為她有了差不多二千年的生命，大家諡之為「古河」，便從此受人厭惡了。難道是她本身的罪惡嗎？[12]

接著，春寒亦有一大段回應，此暫不列舉。因此，《玫》劇充滿了個人獨白，如果了解蘇雪林婚姻遭遇的話，很容易明白此劇完全是她個人心情的抒發而戲劇性極小，幾乎可以說，把劇前的登場人物、場景說明及人物對話的格式去掉，它就是一篇非常優美的散文，文學性極高。

蘇雪林此劇所安排的角色「玫瑰」是愛情的別名，玫瑰之象徵愛情是普世認同，而蘇雪林在另一篇以「靈芬」筆名發表的文章〈玫瑰花串〉，[13]該文「小引」云：「玫瑰是熱愛的象徵」，並未直指愛情，此文寫宗教信仰中的信疑生滅心態，她祈求天主賜與堅定的理性，甚至「超性之光」，讓她度過煩悶徬徨，但是從這篇文章參照蘇雪林的人生，可以看到她始終受到理性與感性、愛情與痛苦拉扯的折磨：

12　同註3，頁162。

13　陳昌明主編，《蘇雪林作品集·短篇文章卷》（臺南：成功大學，2011）第6冊，頁236-253。

> 我的理性與感情，本來分國而治，互不侵犯，然我的理性總想凌駕感情之上，想把我的靈魂整個作為她的俘虜。我的感情亦復實力堅強，豈甘示弱，於是我靈臺方寸之地，便成了他倆逐鹿之場，往往殺得難解難分，使我整個心靈失其平靜，痛苦遂隨之而生了。[14]

此文大約寫於民國三十二年，距《玫》劇已有十六年光陰，以不同的文學形式書寫的情懷還是瀰漫著心靈交戰煎熬。文學具有療癒功能，但蘇雪林的傷痕似是無法治療的，或者說，破裂的傷口經過時間安撫後是癒合了，但疤痕尚在。

二、《鳩那羅的眼睛》

《鳩那羅的眼睛》故事敘述印度阿育王后愛上太子鳩那羅的悲劇，因求之不得，設計陷害，逼得鳩那羅太子失去美麗的雙目，後來太子返國，真相大白，王后自刎。關於《鳩》劇，蘇雪林自敘此劇之寫作：

> 自舞臺布景到人物服裝，資料均取之佛經，對話也都用佛經典故。作者寫作這個劇本時，曾參考不少梵典，及印度史實，無一字無出處，慘澹經營，良工心苦，成為水準相當高的唯美劇。[15]

蘇雪林這齣戲在她自己的認知裡是以文詞取勝的，因為她在〈唯美

14　同註 13，頁 246。

15　同註 1，頁 515。

劇的試作者〉舉例另一名作者白薇：「用唯美文體寫劇，沒有成功，而綠漪則以其國學基礎較深之故，收到相當好的效果。」，她批評白薇〈琳麗〉：「文字也算美麗，可惜作者中國文學的修養，究竟太嫌膚淺，西洋文學方面的涵泳也不深，不過靠點小聰明，運用向同時文人學來的寫作技巧，亂寫一氣而已。」。[16]從以上文字可知蘇雪林界定的唯美劇是傾向於：文詞上的優美，或者說是文字的藝術性，然而，必須釐清的是這並非戲劇真正精神所在，只能稱為寫作技巧之一；蘇雪林並沒有受過戲劇訓練，她若要創作劇本，必須尋求另外的把握，以她著名的《綠天》來說，可知文學性是其拿手又輕易能派上用場的利器，故《鳩》劇是以優美文詞取勝的一齣戲。而且，蘇雪林目的要用「唯美」掩飾「不道德」，則創作動機上，其戲劇性已不高，那麼，筆者以為這兩部作品似乎不能以戲劇視之，它們更適切的屬性是文學作品，此可由兩個特色看出，而這兩特色又互為表裡，即：有大段獨白及喜用描寫。兩劇中，詩意的獨白、長篇大段的議論，前述《玫》劇引文，《鳩》劇則三幕裡所見多有，例如第一幕王后向太子求愛遭拒，第二幕王自知病情無救，第三幕王、太子、王后亦各有大段獨白。蘇雪林筆下的這些獨白並不是平鋪直敘的抒情，而多著重在人物內心的矛盾、交戰、個人的痛苦。獨白通常是大段表現的，因為主角要傾訴的個人心緒往往一發不可收拾，不訴盡不止，因此，嚴格說來，戲劇結構鬆散，勉強為之名，更傾向案頭劇，劇本沒有脫出小說的模式，它的對話太長、文詞華美，又時有低語的插入，如果要搬上舞臺的話，最起碼的障

16　同註 1，頁 515、514。

礙是：觀眾不能即時領會，對於演員來說，能否承擔這種大段獨白也是個嚴苛的考驗，因此，是不適合演出的劇本。

所以，學者從唯美劇討論蘇雪林劇作，或者是因為蘇氏在《中國二三十年代作家》將自己劇作定義為「唯美劇」，但是詳細咀嚼她的意思，蘇雪林所謂的唯美劇並非西方近代的唯美劇意義，而是寫作上充滿中國文學優美境界的創作，或可說，從蘇雪林對自己劇作的評論看，她的唯美劇即是案頭劇，其實，這也正是蘇雪林這兩部戲劇適合作為文學作品閱讀，它們並不適合演出的特點所在。一齣戲的靈魂在情節，但觀之《玫》劇是蘇雪林人生經歷之心聲，《鳩》劇若對照她的屈賦研究以及她寫作過程，她所說的「梵典、史實、出處」，何嘗不是以作學問的方式寫成此劇？在此兩劇裡，是以文詞與描寫取勝，而且可讀性在此——筆者並不認為有戲劇的可看性。因此，學者以為《鳩》為唯美劇，但更深入的說法，本章認為蘇雪林迷戀於佛經故事的悲劇淒美，但是當蘇雪林將它改寫後，呈現了較多學問性的內容，亦即與佛教相關的知識，更公允地說，蘇雪林以此劇本表現了兼具文學、學術（佛學）的結構。蘇雪林很小心地以〈唯美劇的試作者〉評論自己劇作，「試作」之語，一由於謙虛，二由於她也不確定「唯美劇」，而且在《中國二三十年代作家》裡也只談到兩位劇作者，一是白薇，另一是自己，因為份量少，所以名之「試作者」；同時，蘇雪林對唯美劇的評論不多，甚至可說只指文詞一字，這在嚴格意義上源自王爾德的唯美劇似應重新觀察。《鳩》劇文詞華富、譬喻優美，例如讚美王后：

> 你的眼光閃動處，猶如破曉時的明星，你的笑猶如春波之映朝日，又像嬌花之盈盈承露。你行走時，長裾揚起香塵，飄逸得像青天中風送過一朵彩霞；誰想不投到你的裙幅之下，一親你的玉趾？你的滿頭蜷髮，好像一簇鑲著日光的雲，絲絲發亮。[17]

這樣的文句，恰恰是標準的散文，而且是詩意的散文。戲劇的張力由情節與人物發展出來，情節是戲劇的主線，而人物性格可從對白及行為來表現，但在此劇中，蘇雪林大量運用美麗的修辭，例如王后敘述一件寵物：

> 當我幼小時，有人獻了我父王一隻產自雪山的鳩那羅鳥，父王就賞賜了我。這鳥真好看極了，渾身潔白如雪的羽毛，紅如珊瑚的嘴和爪，都是鳥類中所不常見的。但最美的還是牠那雙眼，這鳥雖然不能說話，牠那雙眼却能說話，常常與我作肺腑的密談。我們中間那一種無言的了解，精神的潛通，靈魂深處的款洽，我在同類伴侶中那時還沒有經驗到呢！[18]

王后向太子告白，激情地形容他的眼睛：

> 更可愛的還是你這雙冒火的眼睛，正如被絳紅夕陽所燃燒的大海；又似閃於重雲之中的電光。啊！王子，我親愛的天眼

17　蘇雪林，《鳩那羅的眼睛》（臺北：臺灣商務印書館，1968），頁 9。
18　同前註，頁 12。

> 王子，來吧，用你紫金柱似的臂膀擁抱我。珊瑚似的嘴唇親吻我。我願意死在你醉人的眼波裏，直到形消骨化……。[19]

而醫者為王診病，在診斷出病情嚴重時，亦以美麗的文詞交代：

> 華燈將燼，光燄驀然上騰；暮色垂合，晚霞更見燦爛；春盡忽寒，秋終忽熱，都不是好現象，病人又何能例外？我看大王的病情之可憂，正在這兒。[20]

又，在說明第三幕佈景時，文筆之華美外，更摻入哲思：

> 兩扇高大的晶窗，懸著織金輕綃幔子，珊瑚鈎高高掛起。我們眼光溜出這些窗子外去，那座水木清華的御園景物便一半入望；花草、噴泉、大自在天石像、濃碧的樹影、白雲舒卷的藍天。蒼瞑深處更有一線蜿蜒明滅的銀光，——這就是落日光中美麗的松河。熱帶的光和影：澹麗的、明秀的、流轉的、幻滅的，織成一個夢的網，無窮無盡地展開在宇宙裡。這夢如其不醒，便有詩、有音樂、有長駐的青春、有情愛、有醇化了的，超凡入聖的情愛；如其一醒，便什麼都消滅，只剩下一片永劫漫漫的黑暗和空虛。[21]

「一片永刼漫漫的黑暗和空虛」觸及了宇宙與人的存在之深層，此處，蘇雪林是在敘述佈景，一般劇本寫作，說明佈景時，用簡潔明

19　同註 17，頁 15。

20　同前註，頁 24。

21　同前註，頁 39。

白的文字表達舞臺上物件即可，即使某個佈景代表特殊意義，可以在演出時，借演員的對白點出，倒不必在劇本的佈景欄位上使用如此篇幅，這樣的設計很別出心裁，而它表示的是蘇雪林將劇本當作純文學創作處理。劇本屢見這些華瞻之句，出現在對白、佈景中，蘇雪林劇作並沒有以事件或確切的對白表現戲劇的張力、人物的特性、戲劇對觀眾的吸引力，她最強的力道是散文文詞，說明了雖是戲劇創作但戲劇性薄弱。因此，本章以為蘇雪林的兩部劇作並非唯美劇，而是具有唯美主義風格的純文學作品，只是運用了戲劇的人物、佈景及對話獨立之戲劇格式呈現而已。

陳白塵、董健主編《中國現代戲劇史稿》[22]將白薇、袁昌英、濮舜卿定為中國現代劇的女作家，且認為白薇是成就和影響最大的一位。蘇雪林在她全方位的創作生涯裡，戲劇作品僅有兩部，以數量來說，固無法在中國現代戲劇史有什麼偉大的建樹，但是，從其中的特色來說，應肯定的是文學而非戲劇價值，這一點正是蘇雪林戲劇創作的意義所在，也就是說，一如以往地，蘇雪林保有自己的特色——以文學成就其他文類創作，包括劇本的文學性強過戲劇性，以及以文學的想像架構學術研究。新文學第一代女作家，涉獵戲劇專長的是袁昌英，寫文又寫劇者不多見，在這鳳毛麟角情況下，蘇雪林劇作的特點更凸顯她的創作面向，亦即她的詩文才華畢竟勝於戲劇。

22　陳白塵、董健主編，《中國現代戲劇史稿》（北京：中國戲劇出版社，1989年7月1版，2008年9月2版4刷）。

第三節 「為藝術」與「為人生」的美學衝突

蘇雪林的作品表現出跨文類特色，她的著作，除《棘心》、《綠天》是很明確的小說、散文文類外，其他作品內容，都可以發現蘇雪林不用純粹的某一種既定格式表現，即使如《燈前詩草》一書屬於古典詩創作，但其篇幅有一卷〈旅歐之什〉，詩中歐洲地名，如「盧丹赫」、「阿爾卑」，也有篇名直寫西方名詞者，如〈猶城訪古堡〉、〈薩賽那齊石窟觀瀑〉等。[23]近代學人多有遊歷或出使西方國家的經驗，而將所遊經驗感想記錄為文，例如黃遵憲、梁啟超等人，蘇雪林浸染時代氣氛，也有相似的表現。除了遊歷異國之外，回到蘇雪林其他著作來看，這樣跨文類的創作成為她個人的寫作特色。

一、「為藝術」的唯美

蘇雪林是一個複雜的人，表現在她的創作、為人處世都可隱約看到這個特質。第一章已論述蘇雪林寫作古典詩但評論現代詩之特異性，在戲劇領域方面，《中國二三十年代作家》一書，其中的戲劇評論，蘇雪林還是呈現著衝突之筆觸。該書討論的主要作家有八人：熊佛西、郭沫若、田漢、袁昌英、白薇、丁西林、洪深、曹禺，其中以白薇為例評論唯美劇，亦包括蘇雪林自己的兩部劇作。從《中國二三十年代作家》的戲劇評論以及她的唯美劇作品，歸納蘇雪林對中國現代戲劇的觀點，她的戲劇創作與評論表現了「為人生而藝

---

23 蘇雪林，〈盧丹山紀遊〉，《燈前詩草》（臺北：正中書局，1982），頁 84、81、87

術」與「為藝術而藝術」的美學衝突，亦即她的劇作本質是「為藝術」，但評論戲劇的觀點多半是「為人生」。蘇雪林一生困於顛沛流離與身心糾葛，並未完整實踐唯美主義態度於生活或著作中，唯美主義表現於創作也僅出現在蘇雪林早年屈指可數的作品，即本章所論之兩劇作。唯美主義最主要的文學理念是「為藝術而藝術」，但蘇雪林《鳩》劇的創作理念集中在：用唯美掩飾不道德以及創造劇中的美麗文詞，從這一點來說，蘇雪林的唯美劇特質不是戲劇而是文學的「唯美」，因此，比較她的戲劇創作與評論，就出現了「為藝術」與「為人生」的衝突。

「為人生而藝術」與「為藝術而藝術」是「五四」時期的文藝主張，前者反對載道、遊戲文學，強調文學要反映人生、關心民生疾苦；後者原是法國十九世紀的唯美主義運動的重要潮流，文藝觀念包含了藝術的無功利性、獨立性等。蘇雪林自言喜愛十九世紀象徵主義和唯美作品，[24]對自己劇作的說明是：

> 綠漪的《玫瑰與春》獨幕劇及《鳩那羅的眼睛》三幕劇，都用唯美文學的體裁寫成。[25]

而她所謂唯美，表現的是含有中國文學境界之美的文詞，蘇雪林似乎對唯美主義的定義僅關注於此，她所說的「唯美文學的體裁」之「體裁」二字必須重視，亦即蘇雪林的唯美主義戲劇只是文學的表現技巧而不是文類，那麼，將蘇雪林放在唯美主義裡討論，就不應

24　蘇雪林，《我的生活》（臺北：文星書店，1967），頁 154。

25　同註 1，頁 482。

該是戲劇的問題。所以，《鳩》劇、《玫》劇雖是所謂唯美劇，但對照蘇雪林的實際創作與戲劇評論，其間存在著需要釐清之處。

二、「為人生」的現實

在《中國二三十年代作家》中，對幾位劇作家的評論，可歸納蘇雪林的戲劇觀念。首先，注意劇作的趣味、藝術價值、創新，例如評蒲伯英：

> 他雖然對新劇是半路出家，所發議論多偏於「直覺」，並沒有什麼理論上的根據，但他的態度真摯嚴肅。他對於中國那些不合理的舊劇，抱深惡痛絕的態度。[26]

一般對中國舊劇的「不合理」包括只以唱、唸、作、打為重點訴求，以及情節中才子佳人、善惡有報之格套化，蘇雪林提到蒲氏不滿舊劇「態度真摯嚴肅」，可知她也不贊同舊劇；又評歐陽予倩：「注重趣味，……論者謂其亦不脫『文明戲』典型。其代表作為《潘金蓮》，取《水滸傳》潘金蓮的故事，而加以新的解釋」，[27]所以，真情、趣味是蘇雪林肯定的戲劇條件。她又認為戲劇需要創新，評田漢《江村小景》：「此劇似亦係事實，不過經過作者匠心的鎔鑄，妙腕的剪裁，便成了一件動人的藝術品。婚姻不自由和階級不平等反抗呼聲，五四以來早已聽膩了，表現手腕差，便成了濫調。作者用這種新鮮形型式表現出來，卻覺得別有風味。」；[28]評熊佛西：

---

26 同註 1，頁 483。

27 同前註，頁 483-484。

28 同前註，頁 501。

「是個喜劇家，善作『諷刺的喜劇』（comedy of satire ）和『趣劇』……三幕劇《洋狀元》……露骨的諷刺，劇中到處都是。雖然可以迎合淺薄觀眾的心理，獲得舞臺上暫時的效果，卻缺乏諷刺劇真正的藝術價值。」；[29]田漢《名優之死》：「其形式之新奇，色彩之絢爛，情調之沉鬱磊落，在新式話劇中，實別開生面」。[30]在這些評論當中，蘇雪林表達了她讚賞戲劇的：剪裁、將陳腐濫調重塑出新風味、不可迎合觀眾心理，這確實是針對中國舊劇切中肯綮的新觀念。

其次，強調現實性，評郭沫若：「以古代有名女子王昭君、卓文君、聶嫈為題材，寫了幾篇散文劇，自稱『史劇』。其實這種藉歷史人物來表現自己主觀和見解，或藉以傳佈某種思想的東西，如其名之為歷史劇，倒不如名之為『教訓劇』或『理想劇』。……三個女性所表現的究竟是什麼呢？錢杏邨曾寫了一篇〈郭沫若及其創作〉，論到這幾個劇本時說到：『這三個戲劇裡所表現的思想祇是一個思想，女性的反抗，反抗歷史因襲的婦女舊道德——三從主義！……』。其實，郭氏這種教訓劇或理想劇，真正淺薄可憐。……議論之通不通——保全你的宗室云云實費解——暫不去管它，但問在帝皇威權高於一切，帝皇神聖幾於宗教化的中國，一個宮女是否能有這樣思想？是否能說出這樣的話？」；[31]評凌叔華小說《楊媽》：「作者描寫這個『日常悲劇』，只用一種冷靜閒淡的筆調平

29　同註 1，頁 484-486。

30　同前註，頁 499。

31　同前註，頁 487-488。

平敘去，沒有一滴淚、一絲同情、一句嗚呼噫嘻的話，卻自然教你深切地感動，自然教你在腦海裡留下一幅悲慘印象，這就是她的力量所在了。」。[32]蘇雪林相當以環境或事情之現實情況為考量，要求必須有具體性：

> 有人說 「郭沫若的一貫精神是反抗」，……不過文學藝術究竟不是主義宣傳品，他這些劇本與標語口號的文學有什麼分別？就退一萬步說文藝是宣傳品，至少也要使它具體化。像這樣浮泛空洞，放在誰的口裡都可以說的抽象話，我覺得實不能叫做文藝。[33]

既重視現實情況，所以，蘇雪林不贊同概念化，一切要以「實在」為前提，她批評郭沫若戲劇說：「除了思想淺薄而外，說白的粗鄙也令人難耐，……又『聶嫈』劇中酒家少女的王權反抗論，更概念化得厲害。」；[34]又評楊獨清：「作者也像郭沫若一樣是抱著『觀念論』寫文章的。自己腦筋裡先抱好一種固定的觀念，然後硬叫劇中人物表現出來，情節切不切，環境合不合，人物個性宜不宜，則一概不管的了。」[35]試析蘇雪林強調語言要實際，因為抽象語從它的非具體特質而言，等於說任何人都可自由發揮，她認為這樣不能算是文藝，這一點與她反對李金髮象徵詩的道理相同，蘇雪林一向反對空虛浮泛的作品，當然，最終的理由是放任這樣的現象是戕賊

---

32 同註 1，頁 365。

33 同前註，頁 489。

34 同前註。

35 同前註，頁 493。

年輕創作者且荼毒了文壇。蘇雪林又讚賞洪深劇本結構慎重是其第一長處，因為：「戲劇是具體性的東西，如人物多而不賦以個性，則觀者視線錯亂，精神散漫，戲劇的效果便失去了。洪深戲劇人物雖複雜，而指揮調度，煞費苦心，所以每個人都具有相當的使命，其駕馭的魄力不能說不大。」，[36]蘇雪林不認同不近情理之作品，評田漢《蘇州夜話》的情節：「我以為不近情理。……這事發生於數百年千餘年前古代則說可以，在交通便利，報紙郵遞非常便利方現代，則不可能會有。」，[37]於此可知蘇雪林講究情理化的戲劇，應該要普遍化且合乎實際人情世理、發自個人體會的情節與對話始能被觀眾接受。

蘇雪林自己由文藝創作轉入學術研究，所以她所強調的也包括戲劇的考證，她引蒲伯英為林卜琳遺著《X光線裡的西施》作序：

> 於主角西施及其餘重要之人物之身世、個性、史蹟之遺留、圖書之參證，搜羅審察，極費心力，有此基本工作，方可談到歷史劇。而此種工作不但舊劇本所無，即新的編劇家，也僅依照舊書，完成形式，即謂為改正歷史劇觀念之新紀元亦奚不可，此可重視者一。……按此劇「歷史的」三字雖然比郭沫若、王獨清注重，但仍含「教訓劇」的意味，不能算是嚴格的歷史劇。其歌辭採用曲譜有崑腔、西皮搖板、二黃原板、二六板、小上墳調、琵琶調、四平調、梨花大鼓、吹腔等，鎔金銀銅鐵於一爐，而不問其品質，似病雜糅，而且也

36　同註1，頁533。

37　同前註，頁500。

> 不是我們創作新式歌劇的原來目的。惟劇中服裝均照《三禮書》、《詩經傳說圖》、《漢書輿服志》，而不用京劇之服裝，則頗足供我們之欲寫古裝劇者之參考。[38]

當然，「參證、搜羅、審察」的基本功夫，她自己在《鳩》劇是身體力行了。〈我如何寫鳩那羅的眼睛〉云蒐集資料即費了半年，且：「寫信託人到上海佛書流通處買了許多參考書，更買了一部丁福保編纂的佛學大辭典。恰好武漢大學圖書館新到一部約有四五百本之多宋磧大藏經，靠辭典的指引，沒事便到這座寶山去挖掘一回。」；[39]然而，蘇雪林又云她不承認《鳩》劇是歷史劇：「幾個獨立的故事，我東一針，西一線，硬將它任連綴在一起，的確耗費了些心血，換稿約有三四次之多。如其有人罵我不合史實，我就要告訴他我寫的本來不是嚴格的歷史劇。」[40]，「不是嚴格的」一語遊走於奧妙意旨內外，其實，此正是蘇雪林大部份作品的特色，她的作品都很難用某一種觀念或判斷去界定限制，以這兩部劇本來說，蘇雪林意在抒情而非戲劇，她是想試作戲劇，卻又以散文完成了。其他方面，如戲劇需講求藝術之美，蘇雪林也相對關注：

> 有人說郭沫若的作品「好還好，只是煙火氣太重」，果然。[41]

不能有煙火氣，則柔和溫美應是其所欣賞。所以，不宜在舞臺上出

---

38 同註 1，頁 494-495。

39 蘇雪林，《青鳥集》（長沙：商務印書館，1938），頁 74。

40 同前註，頁 76。

41 同註 1，頁 489。

現的場景亦所反對，評郭沫若〈卓文君〉：

> 夫趨承勢利之譬喻亦多矣，何必以吞食皇帝的尿屎為比？而且譬喻以切為貴，這種譬喻，試問它切不切？因為中國歷史上從來沒有以吞食皇帝尿屎為光榮之事——詩人的工作在將宇宙一切事物加以美化，即醜惡之物亦可使之美化。然郭沫若則專使之醜惡化，甚至美麗之物，亦使變為醜惡，對於藝術實可謂侮辱之至。還有王昭君一劇毛延壽被殺時，毀罵漢元帝一段，其粗俗穢惡，真令人作嘔，不便再去引它。孔子曰「出辭氣斯遠鄙倍矣」無論文言白話，總以溫雅為主要，如此鄙俗之辭出之傖父之口則可，出之文學家之口則不可。[42]

「詩人的工作在將宇宙一切事物加以美化，即醜惡之物亦可使之美化」應該就是蘇雪林唯美觀之基礎，亦即一切事物均以「美」飾之，當然包括繼母愛上丈夫前妻之子的《鳩》劇。蘇雪林反對戲劇之不適宜舞臺演出，雖然她坦承《鳩》劇本也不打算演出，這是她在〈我怎樣寫鳩那羅的眼睛〉文中說的，同時是反駁向培良在北平《晨報》批評此劇不適合演出所提出的辯解；蘇雪林認為要演出亦可，但她的本意是不預備演出，不知此語是否有兩面討好之意，可確定的是她明白此劇演出的困難度，蘇雪林明白此劇不適合演出卻沒有看到它更深層的原因在於此劇的非戲劇性。歧異的是：既然認為戲劇應該適合舞臺演出，蘇雪林卻又為何創作了不適合演出的劇本？

42　同註 1，頁 490。

對白方面，蘇雪林主張不可鄙俗污穢，需以溫雅為主，在指出田漢劇作的價值之一「情節安排妥當與對話緊湊」說：

> 戲劇最重對話，而對話更重緊湊。因為人物性格的表白，人物思想，情感之達於觀眾，補敘舞臺所不表演之故事，劇情之逐漸的發展，都靠對話決定它。所以必須針鋒相對，輕重適宜，明晰瀏亮，千錘百鍊，必須一句句打入觀眾耳鼓，攻進觀眾心坎。[43]

對白講究輕重適宜、攻入心坎，也是她一貫的道德化批評論，至少在對話中不能出現不雅或負面暗示的情形。蘇雪林的文藝批評有著一定程度的教化觀念，她之「試作唯美劇」應該也是源由文藝道德觀的趨使。在評袁昌英時：

> 袁昌英《活詩人》表示作者對於詩人人格之見解，中國古人於文學士品行之修養最為注意……西洋亦有「美的人格」說，日本本間久雄曰：「就事實看來，偉大的作品，優秀的作品，深刻的作品，其作者總常是偉大、優秀、深刻的。其反面亦然，決沒有偉大、優秀、深刻的作品而作者卻是委瑣、卑俗、淺薄的。」[44]

人格之美被含括在蘇雪林的文藝之美中，從她對於各類文學作品的評論裡，讀者都不難看到她的此一傾向。

---

43 同註 1，頁 506。

44 同前註，頁 511-512。

三、唯美與現實的衝突

以上是蘇雪林戲劇評論的大致觀念，以之檢驗其戲劇創作，我們發覺蘇雪林戲劇作品模糊了戲劇與文學之別，她傳世的兩齣戲雖是「唯美劇」但其中的文學性極高，如果勉強說是戲劇，可能只在於它們具有劇本的寫作形式，即篇首有場景說明，以及劇中有分幕、對話而已，所以，此兩劇的文學性高於戲劇性，蘇雪林戲劇有唯美與現實的衝突。文學性對於蘇雪林作為一名作家的追求是毋庸贅言的，她絕對可以表現得可圈可點，至於戲劇性，若從「唯美劇的試作」來看她對藝術至上的觀點，她認為那是一個「美夢的世界」，她評論田漢劇作第一階段「主張藝術至上主義」時，以〈古潭的聲音〉為例：

> 芭蕉原意謂飽和使人睡眠，完全脫離人事，而遊樂於天地之大者，久亦失其樂趣。真正善於遊樂的藝術至上主義者的世界，是美夢的世界，而非安眠的世界。他們依上求下化之法，以濟度眾生為目的，再來接觸苦的婆娑。其樂趣祇有從苦世界逃回或回憶之一剎那，與蛙躍入水中的一剎那相似（松浦一氏解釋之大意）。田漢將自殺的詩人象徵藝術，而以想留住他的老母象徵人生，以為這劇裡有生與死、迷與覺、人生與藝術、緊張極了的鬥爭，命意固甚深奥，劇情卻矯揉造作，不近情理，我以為不算是什麼成功的作品。[45]

在這裡，蘇雪林提到「美夢的世界」和「安眠的世界」，唯美主義

45　同註 1，頁 497。

是「美夢的世界」而佛教真空寂滅則是「安眠的世界」。不同的是，美夢仍會甦醒，安眠之夢卻不一定，因為寂滅後再來，未必仍是難得的人身，蘇雪林選擇唯美主義之美夢，因為它可以安慰不幸的人生，而「安眠的世界」是「逃離的剎那」，自然是尚在人間活著、有勇氣的人不能追求的。對於「命意深奧」者，蘇雪林覺得不算成功作品，因為深奧的東西矯情、不近情理，在這一點上，如此理性、重視現實人生，則蘇雪林又是「為人生」的。除《中國二三十年代作家》「戲劇」評論外，蘇雪林在後來的作品中，還有替兩位戲劇作家寫過評論，即李曼瑰（1907-1975）及袁昌英（1894-1973）。袁昌英之劇作介紹，原在《中國二三十年代作家》已有專章，蘇雪林於民國七十一年又再寫〈袁昌英教授《孔雀東南飛及其他獨幕劇》介紹〉一文，[46]雖同是敘述袁昌英，兩文內容有異，因此可以互作參考。這兩篇劇評亦可一併與《中國二三十年代作家》中的戲劇部，讓蘇雪林的戲劇評論有更多材料可供分析。

蘇雪林的「為人生」，於評論田漢劇本價值「描寫極有力量，富於感染性」一項亦可見：

> 文學本具有改造人心，革新社會的偉功，但戲劇還更進一層。因為戲劇由舞臺表演出來，能給人以具體的感覺；而且文學繪畫等等藝術，僅能從視覺攻進人心裡去，音樂演講，

46 原刊《珞珈》，卷期未明，所據為成功大學「蘇雪林研究室」資料，該抽印本文末注寫「民國七十一年十一月蘇雪林於古都臺南」，收錄在《蘇雪林作品集·短篇文章卷》（臺南：成功大學，2011）第6冊，頁260-266。

> 僅能從聽覺攻進人心裡去，戲劇卻能從視聽兩路進攻，其感染力自然不同了。又戲劇一時內可以集合觀眾數百人，所以又比較別種藝術易於民眾化社會化。我們的同情心，創造的衝動、美感、正義感、戀愛的熱情、冒險的勇氣、英雄的崇拜、獻身全人類的熱忱，還有其他美德，都可以在不知不覺之間，被戲劇引誘著向發展的路上走。因觀劇而受催眠，完全忘記自我，而與劇中人採取一致行動的故事，中外皆數見不鮮。[47]

「五四」前後，戲劇的主流是現實主義，而現實主義與「為人生而藝術」相互應和。蘇雪林在戲劇評論時強調現實，自己的劇作卻極蘊藝術性，她表現了「以文為劇」的特點，而值得思考的是，蘇雪林身為「五四」人，在戲劇創作上，反而脫離主潮，當眾人向外（現實主義）看齊之際，蘇雪林卻擲出一記「向內」（心靈、唯美、藝術）的力道。不只戲劇創作的唯美與現實衝突，與她所有的文藝創作一般，蘇雪林祈願人們重視她的學術研究，其他作品是不值一顧的，這就是蘇雪林的複雜之一，她總是錯認自己，明明文筆極佳卻覺得自己適合作學術研究，所以，她也使用優美的文筆創作了這兩部劇作。她一生不解何以《綠天》銷售奇佳而「屈賦新探」乏人問津，這個蘇雪林作品的現象是可以探索的論題。蘇雪林在世時，始終嗔怪每逢「五四」文藝節，文壇大幅報導她的白話美文之作（《綠天》、《棘心》）成績，她希望別人不要注意散文而去讀她的屈賦

47　同註1，頁504。

研究。蘇雪林樂意成為一名學者勝於一名文藝創作者的心態，因為奠定她在中國新文學地位的《綠天》、《棘心》中，包藏著她內心極大的創傷，而此創傷對蘇雪林來說是永世不癒的，據此就可了解她何以希望人們關注她自認是獨闢門徑的學術研究之深層心理癥結了。從另一個角度來說，蘇雪林早已說明《棘心》、《綠天》的創作背景及心理，這兩本書的暢銷及人們一再提及讚美，對蘇雪林本身卻無異於一次次揭瘡疤，這恐怕是中國現代文壇「五四」作家的一個特別現象吧！

陳白塵、董健《中國現代劇劇史稿》從戲劇美學原則指出中國戲劇向現代性的轉變主要表現在以下四種：戲劇價值觀念、戲劇精神內涵、舞臺人物形象體系、戲劇藝術生態構成上的變化，[48]由於這些變化，中國現代戲劇成為一門真正的「人」的藝術，取代了舊戲中刻板的忠孝節義模式與虛擬表現手法而更貼近生活本貌。杜吉剛〈拯救現世人生——西方唯美主義批評的一個詩學主題〉一文指出：「抗戰時期的戲劇體現出要求文學擺脫外在功利因素的束縛，回歸文學獨立的個性和自身價值領域與空間的努力。雖然這種單純從審美的角度來探討文學建設的聲音，在血與火的歷史語境中，顯得不那麼和諧……但它們的始終在場卻保證了中國現代文學不可或缺的藝術維度。」，[49]如果從時代是向前進的觀點來說，前述蘇

48 陳白塵、董健，《中國現代劇劇史稿·緒論》（北京：中國戲劇出版社，1989 年 7 月 1 版，2008 年 9 月 2 版 4 刷）。

49 杜吉剛，〈拯救現世人生——西方唯美主義批評的一個詩學主題〉，《廊坊師範學院學報·社會科學版》，2009 年 10 月，第 25 卷第 5 期，頁 1-5，http://cnki50.csis.com.tw/ 。

雪林兩部劇本創作之特質，在戲劇觀念意義上，它反而是倒退的，不論在觀眾欣賞、舞臺演出上，幾乎並不足以步隨時代之流而呈現中國戲劇的現代轉變，反而在那樣的時代，凸出於現實主義外的一枝獨秀。藝術的發展是多種形式並存的，如果蘇雪林的作品可以用一個系統觀之，她的系統特色是涉獵領域廣泛，慣用的技巧則是把這些各類領域「將咱倆一起打破，再將你我用水調和，重新和泥，重新再做」，而且，如本書各章所論，大部份表現出蘇雪林之所以為蘇雪林——在文壇展露的銳度。蘇雪林傳世的兩部劇作在她的總著作數量中，是少有的在意義上與《綠天》等齊的浪漫成績，唯其浪漫唯美，也唯其蘇雪林本身並不注重她這些作品，在作者自身「當局者迷」的條件下卻是後人更應該回眸的精品。

總之，這兩齣戲只有劇本的形式結構，至於劇中內容，嚴格說來並不是戲劇，故筆者以為把它當作一部文學作品看待比較適宜，而探討其中價值。兩劇均以心靈取勝，而且圍繞著「愛情」，《鳩》劇寫作背景是民國二十三年避暑青島，閱讀《法苑珠林》，有感於鳩那羅太子故事「一種強烈的情感襲擊我的心靈，好像做了一個夢，一個淒厲哀豔的夢，醒後還有餘怖，有餘悲，有餘纏綿，有餘迷醉。」；[50]又將原阿育王處死王后改為王后自殺，理由是太子深信佛教因果，替王后乞命，蘇雪林說：「我的劇本則表明愛情力量之如何偉大，雖然像鳩那羅那樣一個束縛於禮教思想的青年王子，也有感動的時候。」。[51]蘇雪林況且自稱《鳩》劇是「教授戲劇」，

50　蘇雪林，〈我怎樣寫鳩那羅的眼睛〉，收入《青鳥集》，頁 72。

51　同前註，頁 77。

剖明此劇缺點：

> 尤其使我覺得大大為缺憾的：第一，對話不合言語自然，我不會國語，所以寫不出漂亮活潑的言語來，這是先天病，沒法補救的。第二，考據佛經得來的材料總要想法編入劇本裡去，不忍割愛，有時顯得太笨重，太沈悶。雖說無一字無來歷，而犯了「掉書袋」的毛病，不算「當行」之作，仿『教授小說』的例，我這本戲可以滑稽地呼為「教授戲劇吧」。還有許多毛病，不及細說。[52]

顧名思義，「教授戲劇」即學者戲劇，學術性是其深度內涵，由作者自己的說明使得作品的來龍去脈、寫作動機趨向明朗化，它是學問的結晶，而從她的自序及劇本內容都可以觀察到這一個嚴肅「心靈」的主角，不正是蘇雪林自己嗎？關於新文學作家後來成為學者，陳樹萍《北新書局與中國現代文學》云他們沒有以文學創作為終生事業，因為：

> 作品只是一個新文學時代的過渡，但是因為他們的存在，新文學初始階段才不至於落寞與虛空。[53]

蘇雪林的文藝作品具有這方面價值，而且她亦是後半生選擇成為學者的一例。新文學作家轉入學者，他們的存在曾使環境不落寞空

---

52 同註 50，頁 78。

53 陳樹萍，〈從新潮社到北新書局〉，《北新書局與中國現代文學》（上海：三聯書店，2008），頁 28。

虛，由此論點延伸，從現實環境對照當時作家的生命處境，我們看到死亡與再生是現代戲劇頻繁呈現的主題，《玫》劇中的春與玫瑰決裂、《鳩》劇的以極端奪取愛情，死亡是再生之始，此一玄意主題，蘇雪林用兩齣唯美劇表現她人生的轉折與忠實記錄。在藝術的世界裡，人可以真正獲得滌淨的自由，《玫》劇是蘇雪林「痛苦的結晶」也是她「一生趨向的指標」，這兩個角度頗符合悲劇的淨化作用；至於《鳩》劇，蘇雪林是「把它當作『案頭讀曲』之一種，本不希望上演。」，而且「我本來不是佛教徒，不怕瀆經的罪過，況且又明明知道這不過是印度文學故事，何妨將這膾炙古代印度人之口的美麗悲劇，用中國文字表現出來。至於表現的成功與失敗，那卻是另外一回事。」，[54]所以，兩部劇作，蘇雪林在經歷愛情的痛苦後昇華為人生的努力，她也窮其一生實踐了，並且將印度美麗的悲劇改寫，讓中國讀者有幸能閱讀。蘇雪林在創作動機之初，都無意從戲劇的角度出發，而將《鳩》劇改成唯美以掩飾故事的不道德是否因蘇雪林心中也有不道德心理現象的反射，必須求之更多文獻資料求證的了。可以肯定蘇雪林藉此創作所表現的是她「衝突的人生」[55]獲得了以文學解除人生難以承受之重擔，在她當時受到極大痛苦的打擊下，得以能再鼓起勇氣面向人生，這是蘇雪林傳世兩部劇作對她自己的價值與意義，至於放在中國現代劇壇來看，由於「試作」則顯見其戲劇性薄弱。婚姻不幸對蘇雪林的一生影響是個

54　同註 50，頁 78、80。

55　第二幕末，王后說：「不過，我這行為，究竟是為報仇，還是為了別的，連我自己也弄不明白。……咳！愛情的力量，咳！女人的心！」。同註 17，頁 35。

重要的關鍵點，她借用佛經故事抒發「復仇」心理，劇中「不道德」指繼母愛上丈夫前妻之子之「亂倫」，然而蘇雪林此劇中，女人在愛情裡的失意，或者說一個被愛情拋棄的女人之復仇心理比亂倫的著墨更多。在復仇與亂倫之外，蘇雪林借這個不道德的故事，以及《玫》劇的決裂心態所退思的生命抉擇，其意義作用於蘇雪林自身的積極力量大大超過兩劇在中國現代戲劇的歷史價值，而且，也是蘇雪林傳世的兩部劇本「唯美」之義。

小結

一如蘇雪林之新詩評論，在創作實踐上，其文藝創作與評論之間並沒有明確的並行性，換言之，她並不全然以創作去實踐她的評論。從《中國二三十年代作家》的戲劇評論與蘇雪林自己創作《鳩那羅的眼睛》之「試作」唯美劇來看，其中有著「為人生」與「為藝術」的衝突，「衝突」是兩種正負力道之碰撞，而它是蘇雪林作品中一直在訴說的質素，作者不自知，需要讀者探測而得。因此，應該釐清的是：蘇雪林自評《鳩》劇是唯美劇，但我們看到「唯美」，「劇」的意義寡而淡。

晚清時期，戲劇是知識分子改良社會的利器，梁啟超乃倡導以戲曲宣傳變革，進而挽救國家命運的先鋒者，因此，戲劇革新在民初智識界成為十分重要的事務。但是，從蘇雪林的戲劇創作來看，她作為當時文壇健將之一，並沒有完成或參與以戲劇進行變革的行列，這與她生性中的革命性格不符，但蘇雪林是在別的文類裡進行。從她僅有的這兩部劇作而言，它們所表現的價值是：非常具有說服力地代表了蘇雪林作為一名全方位創作者而她在戲劇此一文類中依然以文學的力量修復自己，並同時藉以梳理她的戲劇觀念。時論依循蘇雪林自云「唯美劇」而認真討論蘇雪林唯美劇之創作，然而，我們應該看到她與唯美劇同列的「試作」之語，既是試作，其中有更多空間足讓我們思考雖是嘗試而其中更深潛的內涵，能對第一代女作家中，多方面嘗試創作的少數者給予比較深刻的分析與釋義。

第四章　蘇雪林屈賦研究之「格義」化

蘇雪林後半生的寫作生涯集中於神話研究，主要研究《楚辭》，提出的觀點是：中西文化同出一源，且西亞文化早在周代即已傳入中國。蘇雪林早年的美文作品備受中國現代文學史推崇，而神話研究則頗受爭議，然而，不論從推崇或爭議引發出來的，絕不僅是作品本身的特色，更有那個時代的歷史意義與文化現象。本章提出蘇雪林屈賦研究所架構的神話主張乃是她回應於所處時代的一種「格義的」神話。

第一節 前言

蘇雪林崛起於民初文壇，原以創作白話美文躋身中國新文學女作家之列，後來轉入學術領域，即關於屈原的《楚辭》研究。她的《楚辭》研究也是神話研究，因懷疑屈原作品雜有西亞神話痕跡，經過半世紀整理鑽研，提出「西亞文化東來」之說。主要打破傳統《楚辭》學者「呵壁說」而認為屈賦裡藏有許多西亞神話的變種，屈原的時代即已接受西亞文化。屈賦研究最能代表蘇雪林的學者特色，相對地，她的屈賦研究提出的主張至今存在著疑義，此疑義有很大成份需等待考古文物證明，即使若干年之後文物有幸出土，但能證明的也只是蘇雪林神話主張的「對」或「錯」，如果換個角度，可以對蘇雪林屈賦研究給予一個近代中國文化思潮意義上的說明，她的研究即有另一種思考價值。本章兩個切入點是顧頡剛疑古說、佛教之格義。晚清民初，顧頡剛（1893-1980）提出「疑古說」，主張中國古史是「層累地造成的中國古史」觀，其意義為民族自信力應建立於理性之上，打破中國傳統學術範圍和治學方法，是中國近代歷史學之一次變革。而佛教初傳中土，有「格義」之說，目的是為了兩種異質文化進行融合，以輸入異國文化為最終目標。蘇雪林屈賦研究，至今是毀譽雙刃的，本章闡述蘇雪林的屈賦研究受到顧頡剛疑古精神與同時代學者啟發，所提出的主張並非獨創；再借用佛學中國化的「格義」用語，說明蘇雪林之神話研究在觀念與意義上與佛教東來且最後成為影響中國宗教的方式與意義近似，在此相似的基礎上，本章探求蘇雪林屈賦研究的文化蘊涵，以評估其神話研究充滿想像之外的另一層歷史思考。借用佛教初傳東土的「格義化」理解蘇雪林之屈賦研究，可以突破對其「西亞文化東來」之說的「對或錯」兩極評價作另一種解釋，並考察蘇雪林身為「五四」人物，所提出的神話主張在中國新文化運動的意義。

第二節　蘇雪林之屈賦研究

蘇雪林的屈賦研究集中在「屈賦新探」四書，此語是蘇雪林自訂之《楚辭》研究著作總稱，分別是：《屈原與九歌》、《天問正簡》、《楚騷新詁》、《屈賦論叢》。[1]「屈賦新探」一詞，出現在蘇雪林日記之民國四十九年八月一日：「余將來屈賦新探寫成，一定不令其過重。」，[2]後來，民國五十六年八月三十一日又載：

1　「屈賦新探」包括《屈原與九歌》、《天問正簡》、《楚騷新詁》、《屈賦論叢》四書，民國 62 年，廣東出版社出版《屈原與九歌》，次年，廣東出版社再出版《天問正簡》；民國 67 年，國立編譯館出版《楚騷新詁》，民國 69 年，國立編譯館再出版《屈賦論叢》；後因廣東出版社結束營業，民國 81 年，《屈原與九歌》、《天問正簡》由文津出版社重新出版。《楚騷新詁》（臺北：國立編譯館，1978）；《屈賦論叢》（臺北：國立編譯館，1980）；《天問正簡》（臺北：文津出版社，1992）；《屈原與九歌》（臺北：文津出版社，1992）。

2　蘇雪林，《蘇雪林作品集·日記卷》（臺南：成大出版組，1999）第 3 冊，頁 79。

「整理屈賦新探副編之天問三神話、崑崙之謎，又將舊著一些獨立論文分類，寫童話二篇。」，[3]對照前後文意，「屈賦新探」是她所有關於屈原作品相關論題的結集，一共四本，並非一本書名。其中，《屈原與九歌》、《天問正簡》為屈原作品之注釋，《屈賦論叢》、《楚騷新詁》兩書則由不同論題，包括西亞文化東來的時間、緣由，以及與中國神話比較等論文組成。梳理這些論文內容，可對蘇雪林龐雜的神話論述作一觀察，以下敘述其屈賦研究之過程、方法、主張。

一、研究始末

根據蘇雪林自述屈賦研究過程之相關文章有〈我研究屈賦的經過〉、[4]《浮生九四——雪林回憶錄》，[5]又於民國八十二年一月自印一小冊〈我研究屈賦的經歷及所遵循的途徑〉，[6]若從年代來看，因其後出，則此篇應較〈我研究屈賦的經過〉詳細，可互為補充材料。據〈我研究屈賦的經過〉敘述，蘇雪林開始發表的論文是民國三十二年《說文月刊》之〈天問裡的舊約創世紀〉，這篇文章是由民國二十七年在武漢大學教文學史（《楚辭》）時寫的〈天問整理的初步〉而來；[7]又《浮生九四》所載，蘇雪林發表的屈原文章是

---

3 蘇雪林，《蘇雪林作品集·日記卷》（臺南：成大出版組，1999）第5冊，頁274。

4 蘇雪林，《屈賦論叢·總論之部》，頁1-26。

5 蘇雪林，《浮生九四——雪林回憶錄》（臺北：三民書局，1991）。

6 〈我研究屈賦的經歷及所遵循的途徑〉未公開發行，資料來源為成功大學中文系「蘇雪林研究室」。

7 衛聚賢主辦《說文月刊》邀稿。同註5，頁133。

民國十六年《現代評論》上的一篇〈屈原與河神祭典關係〉（後數衍為〈九歌中人神戀愛的問題〉），此文反駁游國恩認為〈九歌〉是男女戀愛，提出「人神戀愛」說，彼時蘇雪林尚未有意識要研究屈賦。真正所謂得到解決屈賦線索是抗戰末期，因講授文學史，寫了〈月兔源流考〉、〈國殤乃無頭戰神說〉、〈山鬼與希臘酒神〉，蘇雪林云此時「也僅線索而已，並不能知屈賦全體的奧妙」。[8]所以，蘇雪林「正式」開始屈賦研究而發表論文是民國三十二年的那篇文章，從這一段關於屈賦研究歷程可得到的訊息有：一、從嘗試到正式開始，經歷十五年時間，二、因反駁當時《楚辭》學家之說，以及教學備課而起，三、起步是由〈天問〉入手。起步之〈天問裡的舊約創世紀〉文中，蘇雪林的「發現」是：《山海經》的崑崙四水即《舊約·創世紀》的伊甸園四河，既然相同，所以，屈原〈九歌〉、〈天問〉不能解決的問題不應再繞著舊注家的故紙堆旋轉，須求之西亞，去尋找源頭。她斷定屈賦受了西亞神話影響，這是在此之前，《楚辭》學者未曾提出的論點，當然無法得到認同，於是，蘇雪林乃於民國三十九年，第二度赴法國，希望尋找更多資料佐證她的主張。

蘇雪林這次法國之行，對她的神話研究並無太大進展。原因是她的法文久荒，學習上頗有力不從心之慨，而她原想追隨當時的漢學家戴密微（Paul Demiēville,1894-1979），但戴氏並不贊成研究屈

8 同註5，頁107。

原，因此並未正式指導。[9]民國四十一年，蘇雪林因旅費告罄返臺，從此憑著長達三十年由偶然嘗試、開始留意、正式計畫研究但過程並不十分順遂的情況下，繼續努力她的神話研究，直到四本書出版問世，完成蘇雪林一生引以為豪的異於屈賦舊注家意見的研究。蘇雪林主要從〈九歌〉、〈天問〉的疏證，提出「西亞文化東來」之說，著力點在西亞神話與中國神話的相似度。

二、研究方法

從以上蘇雪林的屈賦研究始末，接著進一步說明其研究方法。她先定下文化同源的大前提，據此再搜尋許多西方神話、民間傳說，彼此對照，以西方印證中國。蘇雪林〈我研究屈賦的經歷及所遵循的途徑〉自述她獨闢兩條蹊徑：一、域外文化與中國文化之互勘，二、民間文化與官方文化之互補。因此，她的研究方法是比較法，主要將西亞與中國神話進行比對，從各類文化的神話之間相似度入手，加以列舉，再推斷世界文化同出一源。蘇雪林〈希伯來文化對中國之影響〉一文，將中國的上帝與希伯來上帝對照，相類之點非常多，[10]因此，兩方的上帝來源為一。至於官方與民間文化所

---

9 〈我研究屈賦的經過·關於屈賦第二步的探討〉，收入《屈賦論叢》，頁 8-9。

10 蘇雪林，〈希伯來文化對中國之影響〉，此文原名〈中國傳統文化與天主古教〉，民國 38 年任職真理學會編輯時所寫，後更名現在的篇題。蘇雪林考證的相類之點計有：一、希伯來的上帝自來便有，且非常純潔，沒有妃匹與羅曼史；二、希伯來的上帝無形無像；三、希伯來的上帝以人民為其子；四、希伯來的上帝是仁慈正義的；五、希伯來信奉上帝者死後靈魂都要升天，其有特殊功德者，則坐上主左右；六、

指為何？官方文化指正經正史所載者，民間文化為稗官小說及民間祭典與傳說者。[11]她的屈賦研究，「多建築在融會貫通這兩種文化之上，這是我探索出的特獨途徑」，[12] 然而，兩種文化互相融會的困難度是：中國的官方文化從來就是高堂正典，民間文化來自鄉野草澤，性質本自不同，前者莊雅，後者俚俗，更遑論它們被記錄時的歷史、時代、社會環境所隱蘊的內容與程度不同，否則何以有「官」、「民」、「朝」、「野」語詞之異呢？這是兩個不同的單位，欲打通它們固然立意可佳，但實際操作時，是必須考慮的事。蘇雪林強調研究中國宗教神話或歷史，不可忽略民間祀典和傳說，[13]事實上，後人在她的著作中很難看出官方文化和民間文化打通出來哪些內容。〈屈原與九歌自序〉認為民間文化之重要性更在官方文化之上，所舉之例是「譬如伏羲竟稱『人祖』，魏晉人常言『自伏羲以來』猶言自亞當以來。魁星為科第之神，人皆不知其出處或以為其起甚晚，不知其與甲骨文中『夔』字相通，蓋夔一足立，持契刻之筆，魁星亦然，實西亞傳來之筆神。」，又林默娘為易士塔兒變型之一，臺灣王爺為西亞水主衍化之一，[14]但夔與筆神、林

希伯來上帝顯現時，常有大光；七、希伯來上帝所居，光明洞澈如水晶，如琉璃海，並有火攙雜；八、希伯來上帝的地位高於一切；九、希伯來上帝的祭祀以牛為主，牛宰殺後，必用火焚燒，稱為燔祭。收入《靈海微瀾》，（臺南：聞道出版社，1996）第 4 集，頁 14-20。

11 蘇雪林，〈屈原與九歌自序〉，收入《屈原與九歌》，頁 7。

12 同前註，頁 8。

13 蘇雪林，〈死神特徵與伏羲女媧人首蛇身之考證〉，《蘇雪林作品集·短篇文章卷》（臺南：成功大學，2010）第 5 冊，頁 186。

14 同註 11，頁 8。

默娘與易士塔兒、臺灣王爺與西亞水主，它們兩者之間如何是民間文化與官方文化之會通，其意未明。又，蘇雪林認為自己的研究比舊注家正確的理由是她「另闢蹊徑」，此獨闢的蹊徑「僅有二項，「僅有」兩字說明這是蘇雪林神話研究之「精粹」，若印證她百萬餘言「屈賦新探」所處理的「文化」問題，難免有頭重腳輕之感，換言之，文化問題僅用兩個項目解決，那麼，是屈原作品輕簡，還是中國文化浮率？

學說觀念的形成，必以一個論點作為出發點，但蘇雪林之神話研究沒有確實的理論基礎，而是先認定一個答案，然後按著這個預設答案去搜集材料，來證明這一個預設的正確，亦即先下結論再找證據。[15]這是胡適「大膽假設，小心求證」研究歷史的方法，在蘇雪林手裡似乎做到了，她的假設很大膽，但是她的「證」只做到「找證據」，在證據的運用和論證方面時常會顧此失彼，最後走到叉路上，造成矛盾。

三、提出的主張

蘇雪林的西亞神話觀之形成，經歷相當長時間，從〈天問裡的舊約創世紀〉到「屈賦新探」正式出版，其間四、五十年，許多論點是陸續提出來的，如果說自成一個系統的話，此系統主要有兩大

15 蘇雪林，〈談寫作的樂趣〉：「每次解決一個問題，我總是先下結論，然後去找材料。材料也真奇怪，一找便在手邊，手到擒來，毫不費事，正如中國人所說：『好句天生，妙手偶得』；也像俗語：『踏破鐵鞋無覓處，得來全不費工夫。』」。收入《歸鴻集》（臺北：暢流出版社，1955），頁 148。

綱領，在兩個綱領下又發展出許多篇小論文。兩大綱領即：一、世界文化同出一源，二、域外文化東來，希伯來文化最早於周代即傳入中國。蘇雪林認為世界文化同出一源而「源於小亞細亞」，在〈希伯來文化對中國之影響〉文中，云：

> 蓋世界文化源於小亞細亞，其後乃逐漸佈於地中海一帶、希臘、印度、中國及其他各地。初傳播時，各地文化尚保持其原來色彩，傳之愈久，則走樣愈甚，形成各種的型式。[16]

提出崑崙在小亞細亞的阿梅尼亞高原，即阿拉拉特山，這也是《崑崙之謎》的結論——世界文化同出一源，中國文化是世界文化之一支。既然世界文化同出一源，蘇雪林又認為中國文化是外來的，域外文化兩度來華時間，一在周代，二在戰國中葉。[17]所以，中國接受西亞文化，域外文化包括：兩河流域、埃及、印度、波斯、古希臘、巴比倫等。

民國三十八年，蘇雪林離開大陸赴香港，一是為了避戰禍，二是想去香港尋找神話資料，最後因香港大學圖書館藏書沒有她的研究所需，因此再轉赴法國巴黎。蘇雪林在港期間，任職真理學會編輯，在此時期，完成與她的神話研究有關且完整成篇的是〈中國傳統文化與天主古教〉（後更名〈希伯來文化對中國之影響〉），蘇雪林對此文頗珍愛，[18]它代表蘇雪林開始發現西亞神話與屈賦的關

16 同註 10，頁 8。

17 蘇雪林，〈域外文化兩度來華的來蹤去跡〉，收入《屈賦論叢》，頁 36-46。

18 同註 10，蘇雪林，〈靈海微瀾第四集自序〉、〈自跋〉，頁 2、65。

係以來，第二階段的研究心得。此文提出兩項觀點：一、我國古代的上帝（即六經裡的上帝），性質完全與以色列的上帝耶和華相似，且天主古教在商周以前就已傳入中國；二、墨子是猶太教大師，不是中國人，而是隨著西亞文化東傳，來到中國講學的學者。

前述蘇雪林的神話研究是從〈天問〉開始，關於〈天問〉，蘇雪林從洪水故事、十日故事、神魔大戰故事、印度諸天攪海故事、后羿射日故事等神話的比較分析，因相似而斷定這些神話故事不僅存在我國文化，並且同樣存在於西亞、印度、希伯來、希臘等文化中。再將〈九歌〉中的神與西亞的神對照後，宣佈〈九歌〉是一整套神曲，並以此證明中國文化與西亞文化同出一源。由於「世界文化同出一源」，接著蘇雪林比對中西經典、名家說法，總結心得，都收入《屈賦論叢》一書，所談的是她發現的中西神名、神格、祭典、故事之相同處，或單獨討論中國的神明。歸納蘇雪林的結論，約有：戰國時，參與稷下言論之鄒衍是外國人；《山海經》是域外地理書；明堂制度是域外文化第一度入華時帶來的，成為《呂覽》、《月令》、《淮南》所言的狀況，且疑係鄒衍來華時所增益；[19]羅馬丘比特是希臘宙士的化身；封禪是祭死神；九歌為祭九曜之歌等，這些結論的特色是：中國文化裡的人事物來自西方。

〈天問〉之後，接著研究〈九歌〉。關於《楚辭》，舊注家主張〈離騷〉、〈天問〉、〈九歌〉、〈九章〉等篇為屈原所作，其

---

19 蘇雪林，〈屈原評傳〉，收入《屈原與九歌》，頁 112。

中〈九歌〉是屈原在民間巫辭基礎上加工創作而成，[20]是兼具文學性與神話性的作品，而蘇雪林認為〈九歌〉是一組神曲，歌詠九位神祇。基本上，對於屈原作品的認知與前人大致相同，但卻有一根本差異，即同意屈原作品裡有神話，只不過傳統研究者認定是「中國」的神話，而蘇雪林說屈原作品是「西亞」的神話。蘇雪林為何主張屈原作品中的神話是西亞的神話，固然有她自己洋洋灑灑「屈賦新探」的說明，本章討論的是：蘇雪林打破傳統屈原作品是「中國的神話」說法，而提出西亞神話這一條異類思路的文化理由。

其實，蘇雪林獨闢之兩蹊徑範圍實在太大，提出的主張似天外飛來之語，把中國文化釘在西亞文化之上。我們並不能把現代學術研究的基本素養求諸於民國二三十年代，但蘇雪林神話研究確實存在一些問題。釐清這些問題，對於蘇雪林屈賦研究而言，是足資思考的重要之處。

四、蘇雪林屈賦研究之疑點與矛盾

蘇雪林研究屈賦的經過是在「無意中」發現的，亦曾言「本人研究屈賦實出於無心」，[21]「無心」「無意」的研究動機，在廣冥學海中，姑且不論其主張能否在學術史留名，如果這條路線真的能

---

20 朱熹，《楚辭集注・九歌》：「九歌者，屈原之所作也。昔楚南郢之邑，沅湘之間，其俗信鬼而好祀，其祀，必使巫覡作樂歌舞以娛神。蠻荊陋俗，詞既鄙俗，而其陰陽人鬼之間，又或不能無褻漫淫荒之雜。原既放逐，見而感之，故頗為更定其詞，去其泰甚。」，（臺北：藝文印書館，1983）。

21 蘇雪林，〈由整理天問而引起屈賦研究的興趣談〉，收入《天問正簡》，頁466。

夠振聾啟聵，至少她在「無意中」發現，是得到一個好運。前述蘇雪林於民國十六年提出〈九歌〉是人神戀愛，以及民國三十二年「發現」崑崙四水即伊甸園四河，前者還尚未意識到有關西亞的神話主張，後者則使她狂喜於「學術靈感」：

> 詩歌的靈感，我遭遇不止一次，學術的靈感則僅得之於屈賦研究，而且為第一次。我整個身心沉浸於這個靈感裡，足足有十天之久，彼時胃口完全失去，睡眠時身雖偃息在床，心靈則清清朗朗的醒著。我的一顆心像一顆晶瑩透徹的大寶珠發射閃爍的光芒，照徹我靈臺方寸之地，不，竟可說照徹了中國幾千年的故紙堆，一直照到西亞、埃及、希臘、印度等國的古代史。[22]

她「如遭電殛」的靈感來自於閱讀中想到：「崑崙四水、帝之四神泉是在西亞了，屈原的〈九歌〉、〈天問〉許多不能解決的資料必須求之西亞始可，我想研究屈賦得到門徑了。」，[23]這樣的契機似乎帶有某種程度的神秘，用以形容學術研究，頗有輕虛之感，此神秘感若發生在文藝創作更能顯現價值。

如此研究動機下，檢索蘇雪林的神話研究，其實，字裡行間存在著疑點矛盾，是應該深入思考的。歷來，不認同蘇雪林神話研究者最大的質疑是：夏商及戰國時期，東西方文化交流的可能性到底有多少，因為彼時交通不便，如何傳佈？此疑問散見在學者論文

22 同註 5，頁 134。

23 同前註。

中，但是大部份學者又沒有確實反對，而是贊同與反對兩說並存。蘇雪林〈屈賦論叢自序〉言：「讀者每以我中國文化承之域外之說為憾，以為必須說中國文化乃我們閉門自創，始可保持文化血統的純粹，謂其混有外來份子，乃是對中國文化莫大的褻瀆與不敬。」，所以，蘇雪林自身的經驗已說明「讀者有憾」；此外，例如楊希枚〈蘇雪林先生「天問研究」評介〉：「我們可以說，四和七十二（甚或其它）一類的數字在中國先秦時代人的觀念上應同樣有著神秘感的，而〈天問〉語句的結構很可能就是這一種信仰的有意或無意的具體表現。至如中國與希伯來究否有過文化刺激的交流，雖據此難予斷言，但對於雪林先生關於〈天問〉文體的推論或多少是一點補充。」；孟愷〈屈原研究的新發展——介紹蘇雪林的「屈賦新探叢稿」〉：「我們或者不能同意她這『同源』的主張，可是經她的指證，我國在秦以前早與世界文化接觸已互通有無，則是很明顯的事實，大約戰國時鄒衍的陰陽派學說和屈原的全部作品是最受外來影響的，而《山海經》正是外來神話地理的譯文混入了中國自己地名的書。」；楊家駱〈蘇著《屈原與九歌》〉：「她說的這些話，口氣之大，不僅令一孔之儒咋舌失色，即在愛新好奇之士，亦搖頭不敢置信。」。[24]與蘇雪林同代的學者，多數已作古，如今難訪其人，即使孟愷贊同先秦已與世界文化接觸，亦未說明所自何來？筆者以

24　此三篇文章分別原刊於：《大陸雜誌》「慶祝朱家驊先生七十歲論文集」特刊第二輯，1962 年 5 月。香港《祖國週刊》第 94 號，1954 年 10 月 18 日，案：孟愷為糜文開筆名。《中央日報》副刊，1973 年 6 月 6 日。三文已收入成功大學中文系主編，《側寫蘇雪林》（臺南：成功大學，2010）。

為他們基於尊重前輩，語帶保留，但不難看出字裡行間語氣模糊而不直接點破。

至於，中國文化源於西亞而非西亞文化源於中國，蘇雪林的證據是因為中華文化有五千年而西亞文化存在的時間遠超過此數。這兩個問題現在都可以推翻，例如三星堆遺址之發掘證明它是中國夏商時期前後或甚至更早的一個文化中心，並與中原文化有著聯繫，而將古蜀國歷史推至五千年前。這是考古新發現，即使證明西亞文化確與屈賦有直接關係，值得提問的是：除了這些歷史時間、地理位置的疑問外，蘇雪林的神話研究在結構系統上是否有什麼問題？從蘇雪林論文裡，她的屈賦研究出現一些疑點。

（一）缺乏脈絡

蘇雪林屈賦研究使用比較法，但是所互相比較的兩者或三者之間，往往缺乏脈絡聯繫。例如論證彭咸：

> 彭咸為二人。彭為巫彭，咸為巫咸，即離騷將夕降的巫咸。二者皆死神，屈原以彭位置於咸之前，則彭之死神資格比咸更老，就是九歌的大、少司命。不過死神頭銜雖係固定，人則屢易。好像官名固定，做那個官的人則不同。我所考定的大司命之名在西亞為尼甲，在我國為巫咸，而在西亞凡大神差不多都做過死神，最早的是水主哀亞，相傳為尼甲之父，那麼中國的「彭」，當是哀亞。[25]

25　同註 1，蘇雪林，《屈原與九歌》，頁 138。

人界與天界畢竟不同，若蘇雪林所云成立，則以媽祖為例，難道「媽祖」此神有許多人做過？既然是神，身份永世不易，如何能「換人做」？似未聽說中國有另一位關公、城隍、土地公或其他神明。至於「最早的是水主哀亞，那麼中國的『彭』，當是哀亞」，哀亞與彭其間有何關聯呢？即使有，關聯的脈絡何在？蘇雪林的論文時常沒有進一步說明所比較的事物之間承襲的關係，而在比較文學法上，這部份反是更重要的地方。陳炳良〈楚辭國殤新解質疑〉一文說：「她的論證方法，通常是把中國和外國的材料並列，跟著便下結論，對於雙方材料是否能吻合無間，她卻沒有仔細去討論。」。[26]類似的例子又有：

> 筆者曾說九歌是整套神曲，九歌歌主又是隸屬於同一集團的神明，屈原以前的人固做不出，屈原以後的人也做不出，既如此，則九歌的寫作年代，當然在公元前三四世紀頃，與屈原在世的年月相當。[27]

> 西亞謂死神之國係在地下，但又在地下水中，西亞人築七星壇基礎必深達地下水中，侈言「直透死城」。鄭莊公與母誓「不及黃泉，無相見也」，就是說母子到死後始能見面，活

26　原刊《大陸雜誌》第 43 卷第 5 期，286-288。後收入蘇雪林，《屈賦論叢》，頁 228-234。

27　蘇雪林，〈九歌總論〉，收入《屈原與九歌》，頁 153。

> 著時決不可能。後穎考叔告他以補救辦法：「闕地及泉，隧而相見」可見西亞之說早來我國。[28]

《左傳》鄭莊公掘地，在地下隧道與母親相見，破除因當年一時氣憤立下要與母親黃泉相見的誓言，轉悲為喜，克盡孝道。西亞死神國在地下，穎考叔何必是西亞死神傳入中國，才有此一智？

缺乏脈絡則導致論證的斷裂，證據與所論之事就有空隙。例如蘇雪林云域外文化兩度東來，一度在夏朝，一度在戰國，屈原所接受者乃第二度傳來之西亞文化，至於將文化攜來的域外學者則寄食於當時王公大人之門，即當時戰國四公子門下。蘇雪林在〈外來學者傳播其知識〉一節，[29]肯定「鄒衍與公孫龍都是域外來華的學者」，所引的《史記》〈孟子荀卿列傳〉、〈田敬仲完世家〉〈孟嘗君列傳〉、〈平原君虞卿列傳〉、〈魏公子列傳〉、〈春申君列傳〉等，至少，司馬遷之文記載有當時諸侯養士的人名、情況，而蘇雪林說的來自西亞、寄食當時王公大人的食客名字身份，為何沒有舉例？其次，即使域外學者確實來到稷下講學，語言不通何以致事？中國的歷史記載，稷下之士所談者，並非柴米油鹽閒事，而是宇宙生命之道、倫理哲思之學，雖然蘇雪林強調域外學者來到稷下帶來許多天文地理知識，但不論哲學生命、天象宇宙，要交談必須具備深厚的語文能力，因為其中必有專有名詞及複雜的邏輯推論過程，雙方沒有相當語言基礎，如何交談，所以，這一點還必須證明有外語能力，否則無法溝通成功。再次，蘇雪林對其說法提出的理由是：「齊

---

28 同註 1，蘇雪林，〈屈原評傳〉，收入《屈原與九歌》，頁 138。

29 同前註，頁 99-102。

國的稷下才是這些域外學者棲身之所，為的齊宣王即位與亞歷山大侵印度時代相當」，只因「時代相當」可以得出對於一個民族至關重大嚴肅的「歷史文化亦相同」的結論，這樣的說法似乎說服力不夠。再如〈希伯來文化對中國之影響〉：

> 據開封一賜樂業（四字為伊撒爾即以色列方對音）碑，言該教在周時，已入中土，此說從前無人肯信，本人則已於古籍中發現證據，可以證實此言。[30]

文中既未針對開封之碑多作說明，後云已發現證據，但讀者並沒有看到證據何在？關於這一條引文，開封之碑不是應為主角嗎？所以，蘇雪林的論述缺乏脈絡的最大問題在於解說證據不足，但蘇雪林又自言搜集了許多西亞神話資料，這其間到底出了什麼問題？依比較文學的方法，應該以所建立的理論基礎，結合中國神話，實際追尋古代風俗，將已失卻原貌的神話恢復本來面目與含意，而且加以解說這些古代風俗的淵源與流變之跡，幫助後人了解古代神話，然而，蘇雪林並未如此進行。

筆者認為蘇雪林在文藝創作與學術研究之間走錯了路，她更適合作一名文藝創作者，從蘇雪林的研究方法來說，她進行比較的是：兩個民族神話的情節「相似」，故斷言兩者之間的承襲。神話本具有故事的性質，她的著眼點既然在故事，說明蘇雪林以自己喜愛幻想的個性去從事她的學術選擇。在這個部分，即使我們肯定情節相似的比附是可行的，她所欠缺的還有：並未繼續深入探討為何

30　同註 10，頁 9。

相似，以及其間的轉化變異，因為，就算西亞文化東來，在中國生根千年，這些神話情節不可能在傳來以後，沒有變異或轉化成具有中國色彩味道的成品。退一步說，即使「中國文化源於西亞」、屈賦裡都是西亞神話的影子，但蘇雪林並沒有說明兩者之間「所以然」的源由，以及兩者之間的發展變化。這是一種「點水蜻蜓」式的論述，蘇雪林勤於尋找資料，我們若將她所尋到的資料比喻作水面上被蜻蜓所觸動的形象，許多個「點」佈成了水池的景觀，這一池點點水面就是蘇雪林的屈賦研究而非「一面」池水，蜻蜓飛走了，它只是來踼動一下水面而已。蘇雪林並不是處理神話學的例如神話的性質、神與人的轉變、神話與宗教的關係等內部問題，而是兩種文化之間的源頭與遷徙之外部問題；雖然她又用文獻學方法，比較兩者之間的相似處，表面看來似乎是研究神話內在問題，其實，蘇雪林的屈賦研究沒有方法的系統性、脈絡的完整性。真正複雜的是傳說與史實之間的變遷情況，[31]亦即顧頡剛「層累地造成的中國古史」是用研究故事轉變的方式來研究古史，關於這個方法，胡適〈古史討論的讀後感〉歸納出：一、把每一件史事的種種傳說，依先後出現的秩序排列起來；二、研究這件史事，在每一個時代，有什麼樣子的傳說；三、研究這件史事的漸漸演進，由簡單變為複雜，由陋野變為雅馴，由地方的（局部的）為全國的，由神變為人，由神話

---

31 顧頡剛，〈答李玄伯先生〉：「從此以後，我對於古史的主要觀點，不在它的真相而在它的變化，……把所有的材料依著時代的次序分了先後，按步就班地看它在第一時期如何，在第二時期如何……這是做得到的，而且容易近真的。」，收入《古史辨》（臺北：藍燈文化事業公司，1993 年二版）第 1 冊，頁 273。

變為史事，由寓言變為事實；四、遇可能時，解釋每一次演變的原因。[32]但蘇雪林正巧略過這一段，她只說明是這樣（what：西亞文化東來），至於如何這樣（how：如何來的），也僅說是通商與移民兩個原因，但是通商與移民的實際情況，以及如何影響了中國等進一步發展的論述亦付之闕如。蘇雪林坦言作文章喜「跑野馬」、「溜韁」，[33]因此，雖然她自言採用兩大方法，但實際操作上，她在這兩個方法的操作上出現問題，或許她的主張令人眼睛一亮，但是全盤來看，是走到叉路去了。

對照民初古史派學者顧頡剛拋棄「經書即信史」的成見，在沒有實物證明的情況下，要辨明古史史跡的整理還算是輕，而看待傳說的經歷卻是重的。凡一件事，應當看它最先是怎樣的，以後逐步的變遷是怎樣的，蘇雪林最多只看到「是怎樣的」，並沒有說明「以後逐步的變遷是怎樣的」，人們宜其然不能同意其說。

（二）過度詮釋

蘇雪林認為湘君是土星之神，湘夫人則金星之神，「他們的歷史淵源西亞，到了我國之後，湘君在湘山有祠，湘夫人大概也在那裡，因而題目同有『湘』字，兩篇恰又相次，所以自古以來，便將這二神都當作陰神而附會於舜之二妃了。」，[34]接著解釋〈湘君〉：

32　同註31，胡適，〈古史討論的讀後感〉，收入《古史辨》第1冊，頁189-198。

33　蘇雪林，〈兒時影事〉，《我的生活》（臺北：文星書店，1967），頁9。

34　同註1，蘇雪林，〈湘君與湘夫人〉，收入《屈原與九歌》，頁300。

「蹇誰留兮中洲？」之「蹇」即「跛行」，原因是印度迦尼薩神話提到土星莎尼看了迦尼薩一眼，遭到群神處罰終身跛行，之所以跛，因為土星周行太慢，[35]所以便認為「湘君為土星之神」。這是以小細節擴大解釋，《說文解字》：「蹇，跛也」，但何必對照土星周行較緩，而把〈湘君〉中之蹇字說成是土星。如果這是想像，但蘇雪林又忽略了別人的想像，她說：「胡適考西遊記之孫悟空，謂來自印度摩羅史詩之猴王哈奴曼，顧中譯佛經無猴王事，有之亦極簡略。作西遊記之吳承恩並不解梵文，何以能將印度猴王故事援入中土，其故皆難言。」[36]，令人質疑的是蘇雪林可以自作解釋，但是當別人援用中西事物時，又有「其故難言」之語。

相同之例又見於〈清代男女兩大詞人戀史研究〉。[37]蘇雪林認為納蘭容若有一謝姓戀人，後來此女被選入宮，容若另婚盧氏；謝女在宮中鬱鬱而死，容若悲悼終身，兩人相戀事在《飲水詞》中。蘇雪林此文，分別從：戀人姓謝的證據、親串關係、戀人入宮、戀人早夭容若追悼、戀人之性格、兩人知己之感六段論述。其中，指出容若〈為友人賦〉六首，寫秘密愛情但不敢明指，故託之友人；她分析第二首第一句「往事驚心玉鏡臺」，云：

> 「玉鏡臺」代表婚姻之約，這是誰也知道的。容若與戀人雖未經父母主盟，他倆私下裡卻早訂有婚約了。又「玉鏡臺」

---

35 同註1，頁304。

36 同前註，蘇雪林，〈屈原與九歌自序〉，頁13。

37 蘇雪林，〈清代男女兩大詞人戀史的研究〉，《九歌中人神戀愛問題》（臺北：文星書店，1967），頁61-123。

> 也可以指明他和戀人有親串的關係。《世說新語》：「溫嶠姑有女，託嶠覓壻。嶠曰：『佳壻難得，但如嶠如何？』，姑曰：『何敢望汝』。少日報云已覓得婚處，因下玉鏡臺一枚。姑大喜。既婚，交禮，女大笑曰：『我固疑是老奴。』」。所以我疑心納蘭容若與他戀人的關係，不像寶玉與黛玉之為姑姐妹，則必像寶玉與寶釵之為姨姐妹。[38]

所引《世說新語》，溫嶠與姑表妹之婚是以一枚玉鏡臺為媒，後來之典故可追溯元代關漢卿《溫太真玉鏡臺》雜劇，[39]劇本情節即敷衍《世說》此事。從《世說》與元雜劇出處來看，「玉鏡臺」作為聘禮代稱之義比較確實且廣泛，婚姻之親串關係則較狹隘，蘇雪林反而從狹隘方面取作證據。玉鏡臺所代表的婚約未必就有親串關係，她以《世說》證明「玉鏡臺」是容若與戀人之親串關係，那麼，是否古往今來，凡以玉鏡臺為媒聘之婚姻，都有親串關係呢？其間的跨度似是太大，而且難以信服。

（三）比附偶合

蘇雪林解釋域外文化兩度來華的途徑是「通商」與「移民」，舉例我國河南仰韶出土陶器的形式花紋與義大利西西里島、希臘、波蘭、俄國、土耳其等地所發現的「極相類似」，且我國直隸北邊石像與裡海西岸所掘出者「作風畢同」。[40]「極相類似」與「畢同」

38 同註 37，頁 68。

39 臧懋循，《元曲選》（臺北：臺灣中華書局，1983 年 12 月臺 4 版）第 1 冊。

40 同註 1，蘇雪林，〈屈原與九歌自序〉，收入《屈原與九歌》，頁 12。

的形成，有「偶然」的因素，蘇雪林為何獨獨忽略了「偶然」？也就是她把「偶然」視為「必然」，這樣的學術研究是很大膽的作法。再者，她對於「偶同」、「暗合」的理解是：

> 語曰「人同此心，心同此理」，又曰「東海有聖人出，此心同，此理同；西海有聖人出，此心同，此理亦同」這話誰敢說它沒有理由？不過「偶同」「暗合」之事，僅能一二，至多六七而已，現在我在屈賦及先秦古籍裡所發掘者大小凡數百證，尚強謂為「偶同」「暗合」，則似乎說不過去吧。[41]

所謂人類心與理的同，是本性之同產生心理之同，心同而後理同，但未必可以斷言「心」同、「理」同而「事」就必同；上引之文還談到人類膚色雖異卻有相同的感情思想，理由是：相同的感情思想產生同樣的學術文化，這也是危險的說法，因為其間的關係未必是互通的，也許可找到兩三個例子相似或相同，但是這個情況中，偶然的機率會大於必然。而且，蘇雪林斷定中西文化同出一源的理由，上引文之「一二」、「六七」、「數百」，可知是從數量判斷；另一方面，又從生物學而說：

> 人類思想暗合固有，但僅能偶然符合一二端，像本文所舉大小證據如是之繁多，實非說傳來不可。況以生物學而論，兩地氣候土壤即完全相同，草木禽獸的種子，也不能自然發

41 同註 1，頁 14。

> 生，非傳衍不能有，草木禽獸且然，又何況博大精深如宗教信仰和學術思想者呢？[42]

數據應是作為參考之用，不論「暗合」的偶然或必然，為何所列舉事物因「暗合」即能斷定所比較之對象是同源？統計學的數據只能作為旁證，不能當作結論；學術與生物都需要傳衍，但需要傳衍之目的相同，方法殊途卻是應考慮的一環。又，蘇雪林主張世界文化同出一源，則中國人種西來，她說「近三百年來外國學者頗有討論」：

> 這些說法當時雖喧闐一時，風從者甚眾，後來則被一一推翻，沒有一個能更存在的了。我現在的屈賦研究又唱起這種論調，並非舊調重彈；——在我寫〈崑崙之謎〉時，這些說法尚一概不知道——實是確有所見。我取西亞希臘印度等國的宗教神話與其他文化因素和屈賦對勘，發現我國古文化與兩河流域吻合者十之八九，便說十分之十也未嘗不可。至於埃及的文字問題，我沒有討論的資格，但我總覺得中國與埃及文字，既同屬象形，則必有同者，如日月及牛馬等動物，似未可因幾個字之偶似便指為同源。至於埃及宗教神話據我浮淺的研究，覺其與我國相距實在太遠，不過他的太陽神奧賽里士與其妻埃西故事，情節頗類西亞的旦繆子與易士塔兒，則由於埃及與西亞彼此感染，與我國無關。[43]

42　同註 10，頁 62。

43　同註 1，蘇雪林，〈我研究屈賦的經過〉，收入《屈賦論叢》，頁 16-17。

既然從前的說法都被推翻，為何蘇雪林的可以成立？從引文知，她對勘後「吻合者十之八九」則她的「外來說」即成立，依然用前述的統計數據作結論，蘇雪林更沒有說明從前的說法「一一被推翻」的理由何在，顯得她用「量」作為支撐。蘇雪林「世界文化同出一源」而中國文化來自西亞，不來自其他國家的理由也是「以量比較」，〈我研究屈賦的經過〉說「希臘和印度與我國吻合者約十之五六，……不像我們之與西亞簡直是一對孿生子，面貌精神無一不似」，[44]諸如此類，用資料的「量」為基礎，東西方民族原始時代的先民神話故事之偶然被蘇雪林以上述方式說成必然。

再如前述〈清代男女兩大詞人戀史的研究〉，蘇雪林分析納蘭容若少年時有一謝姓戀人，理由是：《飲水詞》屢提及「謝娘」、「道蘊」、「柳絮」、「林下風」等語，而《世說新語》稱「謝道蘊有林下風」及謝道蘊有詠雪名句「未若柳絮因風起」，因此：

> 「柳絮」、「林下風」均為謝姓女子的代名詞。《紅樓夢》林黛玉之「林」字是由「林下風」轉變來的。曹雪芹用此，明明暗指黛玉姓謝。[45]

〈希伯來文化對中國之影響〉：

> 巴比倫古象形文字中有一個个字，其音為 E-dim，義為天。又有一個米字其音為 Din-gir，或 Di-mmer 或 Dimer，其義

---

44 同註 1，頁 17。

45 同註 37，頁 66。

為天帝或人王。中國甲骨文裡的天字為𠀘，金文則作亽，說文作穴。其字體的構成，均以个字為基礎。

〈深淵巨魔鎖繫故事之衍變〉：

巴比倫風神脩上天盜命運牌，係在洪水時代，而希臘柏洛美索士也與天帝宙士所降消滅人類的大洪水有關。中國共工更為洪水故事的主角，盡人皆知，無庸細述。巴比倫的風神脩被太陽神俠馬脩用羅網捉住，故北歐神話關於羅吉的被擒，也有魚網的節目。[46]

蘇雪林的推論大都如此，因為 A 裡有 C，B 裡也有 C，故 A=B；而各民族神話故事中的情節，都曾有大洪水、魚網等，就用來證明不同民族有相同的來源，其薄弱是無法迴避的。

這種先假設、後求證的過程，可說是以推測去找證據，檢驗自己預先的假設之成立，這種作法難免帶有強烈的主觀色彩；它並不是從文本去歸納出結論，而是尋找證據來證明假設，雖然，不能否認其求證過程之費心，畢竟在方法上無法稱得上嚴謹。關於研究方法，毛慶〈試論屈賦之域外文化背景——從蘇雪林先生的楚辭研究說起〉[47]提出非常有力的見解，讓人認識了蘇雪林西亞神話洋洋大作的致命傷：「將比較文學、比較神話的平行研究方法運用於實例，

46　同註 1，收入《屈賦論叢》，頁 115。

47　毛慶，〈試論屈賦之域外文化背景——從蘇雪林先生的楚辭研究說起〉，《荊州師範學院學報·社會科學版》，2000 年第 4 期，頁 51-54。http://cnki50.csis.com.tw/。

卻得出影響研究的結論，實際上是犯了比較研究的大忌」，這是多年來，當頭棒喝指出蘇雪林神話研究癥結的見解。

此外，幾乎很少看到蘇雪林完整敘述某一位民族學者、文化學者的著作或思想。在真實生活上，從日記中只說找到許多神話著作，第二度赴法時，她得到一筆資助，買了一些書，但什麼書依然付之闕如。[48]蘇雪林雖一再強調「西亞有種傳說……」，但是大都沒有注明其說出處，即使是民間流傳的街談巷語，總應該有個來路，但是蘇雪林論文很少看見這個部份，這也是她的學說之瑕疵。蘇雪林對於沒有注明域外資料出處的說法是：

> 我雖沒有將域外資料，一一註出；但那些事實，都有根有據，決不是我憑空編造出來的。而且要請問我又怎樣有憑空編造的能力？我的屈賦新探既有一百八十萬字（同姚先生談話時尚沒有），若像那些學院派者的學者援引資料時，某書何人所著，何地出版，那年那月出版，所引的話出自該書第幾行，第幾頁，一一註出，那麼，一部一百八十萬字的書，恐怕要延長到一千八百萬字了。……我又在某一文中答覆一個讀者說：我們都是中國人，所討論者又是中國問題，自當以中國為主，域外為賓。中國方面資料，不厭其詳，域外的則稍從簡略無礙，否則便會鬧成「喧賓奪主」的局面。況且我所援引的域外宗教神話是寥寥可數的幾種書，又多屬四、五十

48 參考蘇雪林，《蘇雪林作品集·日記補遺》民國 39 年在法國生活的日記。（臺南：成功大學，2010）。

出前的舊著，何必多註，將來在全書之後，附個總目錄就算了。[49]

這段話有兩疑點：一，學術本是求真之事，資料即使再如何地微不足道，既然引作證據就應該注釋，何況蘇雪林所從事者是在證明一個大問題，且愈舊愈老的書籍因為見之者少，更必須加注。因此，蘇雪林並未確實掌握西方神話證據，只表現出：一、直接說「就是這樣」，如〈惠施及公孫龍的詭辯學派〉引公孫龍與惠施之言，云：「希臘在蘇格拉底前有一派詭辯學派，其所辯理論，今已失傳，但有幾條則頗與戰國惠施、公孫龍等所言相類，如『輪不蹍地』、『飛鳥之影未嘗動』等條。」同樣沒有注解。問題是：既然「今已失傳」，那麼「有幾條」從何而來？且蘇雪林何由得知？如果能注釋出「失傳」處而被蘇雪林發現了，不就更能顯示挖掘之功的貢獻嗎？這些最應該注釋的，反而缺漏了。二，蘇雪林文中常出現「可能」、「懷疑」、「很像」、「或」等字詞，[50]亦為蘇雪林片面式的神話論述缺點，也可說她的論證不合邏輯。

蘇雪林論文裡，常出現「或」、「也許」、「似」、「姑且」等詞，例如〈希伯來文化對中國之影響〉云甲骨文裡稱「帝」有時用「上」，常與「下」相對，而引胡厚宣之文，說「證此，知上下

49　同註 1，〈寫在「屈原與九歌」出版之後〉，收入《屈賦論叢》，頁 379。

50　同註 1，蘇雪林，〈墨經中之科學定理〉：「筆者曾懷疑墨翟是希伯來的學者，……又一意闡揚『天志』很像羅馬舊教的前身。」，收入《屈原與九歌》，頁 116。

之上，必為上帝，而下者或指地祇百神而言。……今日出土的甲骨文，最早尚未過殷高宗武丁時代（約在公元前一千三百年左右），但我們可以推論武丁以前的各朝，也許都是崇奉上帝的」。[51]接著自問：「或者有人要問：甲骨文裡的天、帝二字既與古巴比倫文字相類，安知中國的上帝非來自西亞嗎？這則須將上帝的性質和最高神道的性質，比較一下，才可明白究竟是不是。」，接著，她討論《易經》爻辭與《梅瑟五書》相關的文字，舉例〈乾卦〉：「大哉乾元，萬物資始，乃統天，雲行雨施，品物流行，大明終始，六位時成。」云：

> 這好像是創世紀第一章的縮寫，指造物主創造天地萬物的事。「六位時成」，舊注指為乾卦之六位，但照我看則似指上帝以六個階段的時間將宇宙造成功。[52]

又《崑崙之謎》：

> 關於崑崙山之想像，殆始於石器時代之原人。顧此事苦無可考。今日文獻之約略可徵者，唯有文化最早之兩河流域，故吾人亦唯有姑定兩河流域為崑崙之發源地。[53]

所以，蘇雪林始終感嘆無人懂得她的研究，其實，如果她屢言「或、似、也許、好像、姑且」等詞，等於自己也沒有明確的把握，從說

---

51 同註 10，頁 10-11。

52 同前註，頁 21。

53 蘇雪林，《崑崙之謎》（臺北：中央文物供應社，1956）。

話的語氣而論，反而顯示與人商榷的意味濃厚，又何怪於人們不贊同呢？即使蘇雪林的時代尚未有現今的完備論文格式，但蘇雪林的論文令人難以折服之處亦在此。關於崑崙山，在中國文化裡，有地理與文化兩意義；地理的崑崙山指西起帕米爾高原，全長約二千五百公里的一組峰群，文化的崑崙山是中國神話的西王母所居之處，當然還有姜太公修煉、玉帝兩妹妹化身等仙人仙蹤傳說。蘇雪林〈崑崙之謎〉考證崑崙山的位置即西亞神山，對於崑崙山而言，不是將地理與文化意旨相混，甚至以地理意義去談文化意義嗎？又例如她分析〈九歌〉的時代：

> 將九歌時代移後的理論是不值得辯駁的，漢武帝固祠太一，但他那個太一與九歌東皇太一並非一神，雲中君的「未央」是無盡無極之意，乃「爛昭昭」的副詞，所以形容月光，並非宮殿名字。「壽宮」確與武帝所祠神君宮室同名，但此二字早見於晏子春秋及呂覽，知春秋時代便有。[54]

論證武帝所祀的太一與〈九歌〉太一不是同一神，只作了「解釋名詞」的工作，而且「壽宮」之確定春秋時代就有，也是以「年代先後」為證據標準。

用語不肯定，其例又有：

> 為什麼易經與聖經關係特別密切？理由是不易說明的。也許希伯來民族的史書歸祭司掌管，中國古代的史官也雜於巫祝

54　同註1，蘇雪林，〈九歌總論〉，收入《屈原與九歌》，頁150。

之間，為其性質相同，所以當然將傳來的舊經文句混到卜筮上去了。……

天問全篇體裁，似乎受約伯傳三十八到四十一三章的影響。[55]

蘇雪林論文時常出現的這些不定詞，或許，不定詞因為蘇雪林處理的是一個文化融合的問題，既是融合之事物，就會牽扯多個對象，因此本身就混沌，但說明其間關係與轉化是更重要的事，偏偏蘇雪林並沒有在此著力。

另一方面，雖然蘇雪林是從事「比較」研究，但她的比較，也「只求同，未析異」。假設蘇雪林的神話主張是成立的，然而她的研究只求中西文化之同，並未比較兩種神話之異，例如〈希伯來文化對中國的影響〉以「舊經創世紀」和中國古籍六經比照，舉出中國文化與西亞文化相同之處，證明中國文化源於西亞。然而，各民族之原始創世神話多少都有相同之處，因為人類的原始本性大致相差無幾，謝六逸《神話學 ABC》談到神話的類似相（Analgousness）原因有二：

一為人心作用同似說，因為原始人的心是同一的，在同一時，有同一情節的故事，在這裡那裡被造成功。二為傳播說，

55 同註 10，頁 23、25。

神話由中心移傳到別的地方。傳播以後，經過長年月，有的被侵蝕，發生變化；有的有永久生命，所以相似。[56]

類似性是神話的特質之一，因此，即使世界文化同出一源，但隨著各民族之遷徙，後來各自發展出的文化勢必有它們因時因地所開展出來的樣貌，比較研究應該注意這個區塊，但蘇雪林在這一方面反而是空白的，故此又為其缺失之一。

（四）論證獨斷

蘇雪林在其神話研究論文裡，立論不明且論述不合邏輯，則導致獨斷。例如〈希伯來文化對中國之影響〉云「謂世界文化同出一源，必須承認世界民族也同出一源」，但「所謂人類來源如何」，她說：

> 人種一元論，據人類學的說法，又非常複雜，至今尚無定論。本人既非神學家，亦非聖經學家，更非人類學家，對此實一詞莫贊。惟對於一派歷史學者的主張，頗樂於接受，因為有一派歷史權威根據許多證據，推測世界人類策源於地中海一帶……。關於世界文化同出一源之說，倡導者亦頗有人，本人研究古史的結果，極其贊同。[57]

若「世界文化同出一源」則「人種同出一源」必須一起肯定，但蘇雪林對人種一元論「一詞莫贊」，而世界文化同出一源則「極其贊

56　謝六逸，《神話學 ABC》（上海：上海書店，1990），頁 59。

57　同註 10，頁 8。

同」，如此，不是前後矛盾嗎？又，此文舉例西亞最高神道為「倍兒（Bel）」，但是其產生形態及行為與中國的上帝不同，所以「中國上帝與西亞的倍兒實非一物。不但巴比倫而已，中國上帝與任何民族的最高神道都無相似之處」，[58]但同文又說「中國上帝與西伯來的上帝一比，相類之點非常之多」，[59]因此，僅在此文裡，令人不明白到底中國文化與希伯來文化的關係如何？——雖然，蘇雪林開篇是說「世界文化同出一源」。

論證獨斷與論述不合邏輯互為因果，故她的文章有矛盾。例如蘇雪林說她的方法是官方文化與民間文化打成一片，但蘇雪林又質疑筆記，在談論屈原之死日時，她考證確於五月五日自殺，而：

> 對於屈原的自殺，以前頗有些學者懷疑其不實，無非為了他死於五月五日，乃屬六朝人的筆記，史記屈原列傳不載，而筆記總是靠不住的居多。[60]

接著又說「至於死的日期，則不必深論，民間口耳相傳，其真確性往往勝於歷史的記錄，其例正自不少。」，在上述引文裡，「筆記靠不住」，那麼，是把筆記定位為官方或民間？而不論是官方或民間的，既要打通，不是應將筆記也包含在內且不能遺漏嗎？再如〈黑面媽祖中國人？〉敘述參觀媽祖廟，「見媽祖臉黑如尼各羅人」，

58 同註 10，頁 13。

59 同前註，頁 14。

60 同註 1，蘇雪林，〈屈原評傳〉，收入《屈原與九歌》，頁 142。

文中敘述後來她的〈九歌〉問題逐一解決，即云「媽祖前身為西亞金星之神」，[61]這樣的說法自亂陣腳且十分武斷。

因此，蘇雪林屈賦研究之結構存在著危險性。其「文化東來說」之危險是：必須保證她所追溯的用來反駁前人研究的史料是顛撲不破的，但是蘇雪林在解釋史料時，似乎有誤釋之處。例如，她認為鄒衍是外國學者，「五行」是鄒衍從外國帶來而被中國學者剽竊成「五常」，在〈鄒衍的學說〉中，引荀子〈非十二子〉說：

> 五常是儒家所極力鼓吹的道德規條，若真是五常，荀子為什麼要加之僻（避）違無類，幽隱無說，閉約無解的抨擊？[62]

不論五行是否衍變成五常，荀子避違儒家規條，因為他是儒家的性惡別支，荀子固然不必贊成孔孟之說。同文裡，蘇雪林指出《史記·孟荀列傳》「說鄒衍在孟子之後，那是錯的」，她的理由是：鄒衍是亞歷山大侵略印度時，和一些域外學者避亂來華，時在孟子適魏前，所以鄒衍年紀比孟子大一截；又云：「荀子說『子思唱之，孟軻和之』，可見孟軻盜竊鄒衍學說，而託之子思」，平心而論，荀子所謂「和之」，一般理解是唱和、應和，有贊同附和或繼續發揚光大的意思，何必是剽竊之義？蘇雪林認為鄒衍比孟子年長，並把荀子的話用在自己的文章中，不是誤導荀子也認同「鄒衍是西域學者，而孟子剽竊鄒衍之說」嗎？再如〈蠶神——馬頭娘〉云民間祭

61　蘇雪林，《蘇雪林作品集·短篇文章卷》（臺南：成功大學，2010）第 4 冊，頁 74。

62　同註 1，蘇雪林，〈屈原評傳〉，收入《屈原與九歌》，頁 113。

祀的馬頭女神即是蠶神，此篇敘述中國人傳說馬皮裹著一個思念父親的女兒而變成蠶的故事，[63]在〈童年瑣憶〉一文中也提到蠶：

> 黃帝妃嫘祖為蠶絲始祖，未聞她有馬頭之說，但《三才會圖》所畫嫘祖像背後隱約有一馬形。三國時代張儼有《太古蠶馬記》，干寶《搜神記》敘此故事更為詳備，總之，我們所養之蠶說是由一女郎變成的。我考埃及有河馬女神，巴比倫金星之神易士塔兒也曾一度為馬首神，希臘地母狄美特兒曾幻變牝馬以逃海王之逼，以後即以馬首女神形受人祭祀。印度的馬頭觀音，日本曾有好幾個學者考證未得結果，其實與上述諸故事皆有相聯的關係。[64]

同文，蘇雪林又說她研究民間傳說中的媽祖：「閩臺所最崇祀的大女神媽祖，本來是女水神，也是海女神，具有世界性，傳入我國當甚早。開始時，她的性質與世界古海女神尚相通，自林默娘之傳說起，人們只記得這位女神是宋初人，把以前的傳說都付之遺忘了。」，上述內容，蠶與馬的關係，蘇雪林只因找到三國時代、干寶、埃及、希臘等都有馬形象之神，於是「與上述諸故事皆有相聯的關係」，而媽祖「本是」女水神、「也是」海女神、「具有世界性」都屬於獨斷之語。獨斷語使得蘇雪林的論證不嚴謹且沒有說服力，她從事的是考證工作，但方法是抓住某一點，遽下結論，雖然

---

63 蘇雪林，《蘇雪林作品集·短篇文章卷》（臺南：成功大學，2011）第 6 冊，頁 183-186。

64 蘇雪林，《我的生活》（臺北：文星書店，1967），頁 25。

看似材料很多，可惜並未能深入人心。蘇雪林〈清代男女兩大詞人戀史的研究·引言〉曾云：「我是一個獨學無友的人，切磋討論既無其人，搜羅參考資料，又以環境關係，很感困難，所以我的做學問不容易有進步。」，[65]此語或許是作者謙詞，但多少總有「有感而發」的事實成份。從蘇雪林日記所載，可以發覺她時常在摘錄資料而且都十分認真與興奮，這是作學問的基本工夫，但是擁有資料並不保證能夠成就學問，因為中間需要消化資料的功夫，而消化後的結論應該言之成理、令人信服，但是蘇雪林的論文，因為資料是片段式的，組織起來又頗有疑點，許多人看不懂她的研究，原因就在這裡。由於摘錄的資料瑣碎，加以串連後，提出的理由通常只是：因為「中國這樣那樣，西亞也這樣那樣」或「西亞這樣那樣，中國也這樣那樣」，所以彼此互通。蘇雪林認為找到的資料愈多愈能證明她的主張，她在找資料方面的功夫確實令人折服，但是她忽略了，如果論證方法錯誤，即使找到一千萬、二千萬筆東西方相似或相同的資料，這樣比附的結果並不能證明中國文化由西方來，當然也不能證明西亞文化從中國去。

徐傳禮〈讀解蘇雪林重要文學史——從蘇雪林說起，從世界性思潮流派的視角鳥瞰 20 世紀中國文學史和大文化史〉一文評論蘇氏之屈賦研究：

> 蘇先生「認舊」、「訪古」的方法，往往是先下結論，後找證據，在方法論的運用上似乎大膽有餘而小心不足，自信心

65　同註 37，頁 62-63。

> 大（太）強而自己證偽的努力太少，因此說服力較弱，許多大結論屬推論和猜想，缺少確鑿無疑和充足有力的內證、外證、旁證，更缺少如山的鐵證和周密細緻的論證。[66]

缺少內證、外證、旁證、鐵證、論證正是蘇雪林屈賦研究在系統上的缺點，她的神話研究幾乎完全著力在尋找東西方神話故事傳說資料中度過，找到兩方都出現的情節、物件、譯音等類的資料，就此完成任務。蘇雪林堪稱二十世紀創作數量最豐富的女作家，她費盡半生之力研究、寫作、出版「屈賦新探」，自認溘然長逝最必須完成的事，[67]可以看出這樣慎重此事，蘇雪林欲以建立一套專屬的神話理論系統並流傳後世，她提出的《楚辭》新主張成了一家之言，此「一家」在民國以來的《楚辭》學界有其地位，因為，自她提出後，屈原研究者都不能不在他們的論述或教學中提到蘇雪林此人此說；但是，蘇雪林的屈賦研究存在著論證不足、敘述武斷的缺失，導致後人視她的學術成績定位為：只是推論、是一種想像。[68]本章提出：除了推論與想像外，蘇雪林的神話論述其來有自，並非她所獨創，而是有承襲的。問題是，儘管承襲，如果它確實因前人啟發

---

66 杜英賢主編，《海峽兩岸蘇雪林教授學術研討會論文集·上》（高雄：亞太綜合研究院，2000），頁 227。

67 參見蘇雪林民國 81 年日記，文津出版社重新出版「屈賦新探」之兩書，蘇雪林時有喜悅之語。

68 許又方，〈蘇雪林《屈原與九歌》述評〉、蔡玫姿〈域外文化的想像與詮釋——淺論蘇雪林學術研究方法〉，發表於國立成功大學「中國文學系紀念蘇雪林教授暨創立五十週年學術研討會」宣讀論文，2006 年 11 月 12 日。未出版論文集。

而開創另一種新思維，指引後人續成新世界，這樣的承襲值得讚嘆；相反地，若非如此，應該檢視這個承襲的脈絡，說明其中的足與不足，讓脈絡的情況明朗化。

儘管蘇雪林屈賦研有疑點矛盾，筆者肯定，這些疑點矛盾從另一個角度來說：凡存在必有價值。蘇雪林自民國三十二年開始屈賦研究，至民國八十一年，《天問正簡》、《屈原與九歌》重新出版，底定她半世紀《楚辭》研究成果。早年，學者對她的研究多給予正面稱揚，其實這是我們必須重新審視的地方，亦即應該董理蘇雪林的神話主張而平心靜氣地看待其價值。蘇雪林屈賦研究的疑點已如上述，研究「蘇雪林的屈賦研究」時，對於她的主張不能盲目當真，卻也不應立即推翻，「當真」與「推翻」之間的細節仍有待逐一詳審，筆者以為，蘇雪林屈賦研究最大的貢獻在於「資料整理」之功，以及下述她從事的是一種「格義的」神話研究，此「格義」的價值在近代中國文化裡具有不容忽視的意義。

更深刻的問題是：蘇雪林何以不自覺走著這條並不是被多數人贊同的研究之路而不悔或不知，以及她如何運用當時已被神話學者提出的論點而轉為己用？其中脈絡頗值得目前的蘇雪林屈賦研究重作思考。

第三節　「域外文化東來」說之前驅

「域外文化東來」在蘇雪林之前已有學者提出。

衡量作品或思想的價值，不能忽略是否與前人相比有新意、對後人有啟發；欲知創新與否，必先了解其時代、社會環境。蘇雪林崛起於中國現代文壇的重要時間點有三：一是在民國八至十年，她就讀於北京女高師時，開始寫評論文，此時尚身處於沉浸新文學時期；二是民國十四至十八年間，她已由法國歸來，開始在各大學任教，更由於《棘心》、《綠天》出版，聲名大噪，奠定了她在中國新文學的地位。前兩個階段都是與新文學相關，而第三個時間點是民國二十至三十六年間，則屬於學術研究，即以鑽研屈原作品為主。蘇雪林自言其屈賦研究是「發現」來的，[69]欲明是否真是蘇氏創發，可考察中國二三十年代的幾位神話研究者言論，有助於釐清蘇雪林神話主張，是否有創見或因襲。對照前輩學者對中國神話的研究，其實，蘇雪林借用了他們的論點，以《楚辭》注入，成為她個人的研究。

一、同時代學者

不容置疑地，近代中國史學研究的顧頡剛（1993-1980），其古史辨學派對蘇雪林必有影響。潛明茲《中國神話學》一書指出魯迅（1881-1936）是晚清至現代神話學的承前啟後者、茅盾（1896-1981）是我國二三十年代神話學的集大成者、聞一多

---

69 蘇雪林，〈我為什麼要寫作〉：「我的肉眼自幼不行，靈眼則相當明敏，故讀書善能『得間』，我的頭腦也善於連結貫通，故常能見人之所不能見，也能言人之所不能言。……我給屈賦以比較正確的詮釋，並把中國歷史上、社會上、大小近百的問題一併解決。雖至今尚無人肯予承認，我確自信彌堅，在寫作上有這許多『發現』的興趣，就是我為什麼要寫作的答案。」，《聯合報》〈聯合副刊〉，1986 年 2 月 19 日。

（1899-1946）在神話的還原和重建方面做出卓有成效的貢獻。[70]蘇雪林的屈賦研究是她在武漢大學執教時「發現屈賦研究的新路徑」，不論在文壇活躍及開始研究的時間、主題正好與上述學者重疊，因此，比較同時期的神話研究、對照她的研究始末，可以看出蘇雪林神話主張是前有所承的，所承者是當時的神話學者以及袁昌英、朋友們的啟發。以下由這些人士之言，說明蘇雪林神話研究的方法與內容借用當時學者成果，「域外文化東來」以及《楚辭》裡的神話問題早有其說。

茅盾在《中國神話研究 ABC》一書指出：南方民族曾有不少神話，靠《楚辭》而保存至今，且《楚辭》不論是沅湘文化的產物或北方流傳下來的神話，[71]他基本上肯定是中國的產品：

> 我以為〈九歌〉的最初形式大概很鋪敘了一些神們的戀愛故事。譬如〈大司命〉是「命運神」的神話，而〈少司命〉便像是司戀愛的女神的神話，自來的解釋《楚辭》者都以為是屈原思君之作，便弄得格格難通了。[72]
>
> 戰國——那時離神話時代至少有三千年——方才有兩種人把當時尚活在民間口頭的神話摭采了一些去。這兩種人，一

70　潛明滋，〈百年神話研究略論〉，《中國神話學》（上海：上海人民出版社，2008），頁 3。

71　茅盾，《中國神話研究 ABC》，收入《茅盾說神話》（上海：上海古籍出版社，1999），頁 12。

72　同前註，頁 15。

> 是哲學家，二是文學家。……歷史家，能夠不大失卻神話的本來面目而加以保存的，是一些「野史」的作者。[73]

又云，歷史上，武王伐紂以後便沒有「神代詩人」產生的大事件；學術上，西漢儒術大盛，民間口傳神話被文人採錄去解釋中國神話的產生。[74]蘇雪林自敘其研究神話的方法是將官方與民間文化打通，由上引茅盾已注意到野史在神話中的份量看出，蘇雪林並非獨創，茅盾早有消息。至於中國神話與西方相似，茅盾也從〈天問〉王逸注、《淮南子》、《列子》找到關於遼遠的北方是陰森的、以及一些近乎神人所居的樂土觀念，中國與希臘、北歐都有彷彿或相同之處。[75]茅盾與蘇雪林是同時代人，都在二三十年代文壇頗有聲名，蘇雪林既然在三十年代開始嘗試研究神話，又擔任教職，可以肯定能夠接觸當時學術界、圖書館的論文書籍，蘇雪林讀過茅盾的《中國神話研究 ABC》，[76]那麼，她得到茅盾所言中國與西方神話巧合相似之啟發，然後在此基礎上發揮闡揚則是合理的。茅盾很早就提出《淮南子·覽冥訓》是中國的洪水神話，與北歐神話中的奧定（Odin）殺死冰巨人後，將他的頭蓋骨造成了天，又使四個矮人撐住了天，和我國女媧煉石補天「實在是很有趣味的巧合」。又，

---

73 同註 71，頁 20-21。

74 同前註，頁 8-9。

75 同前註，頁 48-55。

76 蘇雪林於民國 41 年 3 月 28 日日記載閱讀此書。蘇雪林，《蘇雪林作品集·日記卷》（臺南：成大出版組，1999）第 2 冊，頁 48。

中國神話與希臘、北歐「相似」，以及「中國的某某」實是「希臘的某某」：

> 北歐神話說戰死的勇士的魂到了天上，就由神賜與盛宴，天天快樂。大概中國神話亦是這麼說著的罷？可是已經不能考定了。

> 據《淮南子．本經訓》的記載，則神性的羿確實是希臘神話中建立十二大功的赫拉克勒斯那樣的半神英雄。[77]

茅盾已提出中國神話與希臘、北歐「相似」，但尚以「不能考定」作保留，明顯地，「中國的某某」實是「希臘的某某」這個觀念被蘇雪林運用到《楚辭》實例操作，她認真地去尋找這兩方的「某某」，然後肯定兩方相同。中國神話與希臘相似，但茅盾主張中國神話是自體發展出來的：

> 我以為現在的國神話至少是由北方、中部、南部，三支混合而成。[78]

> 我們承認《楚辭》不是憑空生出來的，自有它的來源，但是其來源卻非北方文學的《詩經》，而是中國的神話。我們認清了這一點，然後不至於將〈九歌〉解釋為屈原思君

77　同註 71，頁 96、104。

78　同前註，頁 168。

之詞與自況之作，然後不至於將〈天問〉解釋為憤懣錯亂之言了。[79]

引文所述是中國南北方神話的流傳。茅盾認為各民族有各自的神話，〈楚辭與中國神話〉云：「一民族的神話即成為一民族的文學的源泉：此在世界各文明民族，大抵皆然，並沒有例外。」，[80]因此，《楚辭》不是憑空產生出來的，自有來源，其來源卻非北方文學的《詩經》，而是中國的神話。蘇雪林在茅盾發表這些承認《楚辭》是神話、與西方的某些相似著作之後，合理地從茅盾的研究裡取得線索，且進一步提出她的斷定中國文化來自西方。亦即，茅盾已提出中西神話「相似」、「有趣的巧合」，蘇雪林則將茅盾神話研究所保留的空間填滿，直接推進，而宣佈這兩種神話是相同的，所以肯定中國的神話由西方傳進來。梁啟超〈屈原研究〉也說過：

〈天問〉純是神話文學，把宇宙萬有，都賦予他一種神秘性，活像希臘人思想。[81]

「〈天問〉活像希臘人思想」不正是給予蘇雪林一把啟門鑰匙？至於蘇雪林主張戰國時期的中國文化早已呈大放異彩之勢，在梁啟超〈論中國學術思想變遷之大勢〉中亦有一小影像：

---

79 茅盾，〈楚辭與中國神話〉，收入《茅盾說神話》，同註 71，頁 159。
80 同前註，頁 158。
81 梁啟超，《飲冰室文集》（臺北：中華書局，1973）第 14 冊，頁 49-69。

> 全盛時代，以戰國為主，而發端實在春秋之末。孔北老南，對壘互峙，九流十家，繼軌并作。如春雷一聲，萬綠齊茁於廣野；如火山乍裂，熱石競飛於天外。壯哉盛哉！非特中華學界之大觀，抑亦世界學史之偉跡也。[82]

所以，後世學者每謂蘇雪林神話研究「大膽假設，小心求證」、「憑空想像」，大膽與小心是力行胡適教誨，想像是其獨創，然而，考察民國初年的神話研究，對於中國吸收外來因子、中西方神話相似度等，民初學者已有論述。

茅盾的研究是想要將一部分古代史還原為神話，因為他認為中國古代史，至少在禹以前的，都是神話，中國神話的歷史化非常嚴重，應該將歷史與神話各歸其位，然後中國神話方能建立系統。蘇雪林所作的正好與茅盾相反，她以神話解釋歷史，有趣的是：神話本為充滿奇想之作，神話與歷史之間關係的一個互相轉換能造就蘇雪林學術研究的一大片園地，倒也是文學史一個寡異之象。所以，蘇雪林屈賦研究提出的論點前有所承，她從茅盾的觀點裡去找西方資料，如果我們同意她獨闢蹊徑，其實，只能說蘇雪林所闢的獨徑只是將茅盾的研究引用在《楚辭》文本，並且在中西原始神話相似的基礎上，提出「域外文化東來」的主張，換言之，她將前人的研究，用在《楚辭》裡實際操作，藉此找到一個實驗文本的優勢，然後再將中西神話相似說成「文化東來」。

82　梁啟超，《中國學術思想變遷之大勢·總論》（臺北：華正書局，1981），頁 1-4。

與蘇雪林同時代的神話研究學者尚有聞一多。聞一多和茅盾都從中國自身神話作研究，其〈高唐神女傳說之分析〉所引之文獻從中國古籍出發，結論是中國有幾個民族最初出於一共同的遠祖，而且是女性；[83]又《神仙考》認為神仙的最後歸宿都是山，即西方的崑崙山，和海發生關係那是後來的事，所以，齊地的不死思想並沒有直接產生神仙思想。[84]聞一多談不死觀念源於西方，所以，原始思想的「西來」也已有述及，只是聞一多所謂「西來」的「西」尚在中國境內，而蘇雪林的「西」是從更遠的西亞而來。

蘇雪林擷取前人研究的線頭，加以發揮，亦見於對顧頡剛古史研究的借用，換言之，蘇雪林神話研究是作為「古史辨」的影子而存在。顧氏〈中學校本國史教科書編纂法的商榷〉一文中提到應重視各時代的「社會心理」甚於同時代的「故事」，羅志田〈史料的儘量擴充與不看二十四史〉認為這種睿見之價值是顧氏看到「正史官書不過在『敷衍門面』，而真正能說實話能反映各時代『社會心理』的材料只能出於『民眾』」，[85]「顧頡剛的睿見」就是肯定顧氏指出民間、民俗之重要。蘇雪林與顧頡剛是同時代人，又與他有交情，曾見面、通信，請求指教其屈賦研究，[86]在這層關係上，蘇

---

83 聞一多，《聞一多學術文鈔·神話研究》（成都：巴蜀書社，2002），頁 27。

84 同前註，頁 130-161。

85 羅志田，〈史料的儘量擴充與不看二十四史〉，《近代中國史學十論》（上海：復旦大學出版社，2003），頁 93。

86 參見蘇雪林日記：民國 38 年 3 月 17 日、4 月 17 日、民國 40 年 2 月 13 日。《蘇雪林作品集·日記卷》（臺南：成大出版組，1999）第 1 冊。

雪林的「官方文化與民間文化打通」觀念，來自於顧氏是明顯的，只不過蘇雪林的「民間」特指神話、祭典、傳說等方面，而顧頡剛打破「古史人化」觀念，認為神話中的古人古神都神化了，故宗教比政治真實，〈答劉胡兩先生書〉說：

> 古人對於神和人原沒有界限，所謂歷史差不多完全是神話。……於是把神話中的古神古人都「人化」了，人化固然是好事，但在歷史上又多了一層的作偽，而反淆亂前人的想像祭祀之實……宗教是本有的事實，是真的，政治是後出的附會，是假的。[87]

因此，顧頡剛、茅盾都意圖區隔歷史與神話界限，蘇雪林反之，從神話去論證歷史之外來性，在這一點上，蘇雪林是把神話和歷史合在一起的。又，顧頡剛〈答柳翼謀先生〉說錢玄同認為「禹」字是漢人根據訛文而杜撰的字，「知道《說文》中的『禹』字的解釋並不足以代表古義，也便將這個假設丟掉了」，但丟掉這個假設，顧頡剛並未覺得沮喪：「因為我們知道現在辯論古史的最主要的事情，是在搜集西周至戰國的史實和傳說，以及各項的傳說的背景。」，[88]〈古史辨自序〉是民初疑古派必讀之書，「西周至戰國的史實和傳說」畢竟給予蘇雪林在材料方向上的啟發。可以說，蘇雪林是截取顧頡剛餘緒的，顧氏在〈與錢玄同先生論古史書〉中，由〈商頌〉、〈大雅〉推論古代人：「只是把本族形成時的人作為

87　同註 31，頁 101。

88　同前註，頁 227。

始祖，並沒有很遠的始祖存在他們的意想之中。他們只是認定一個民族有一個民族的始祖，並沒有許多民族公認的始祖。」，[89]此說和聞一多的主張相反，但都從中國自體文化的神話談起卻是一致的。這些當時在北京知名報刊上發表的文章，以蘇雪林身兼創作者與教授的身份都曾寓目，因此，她受了這些研究的啟發，兼融並蓄後，從中擷取重點，再加以連接，發展出自己的一套主張。《古史辨》第一冊出版於民國十三年，當時蘇雪林尚在法國；她於任教武漢大學時發現屈賦研究的新路徑，古史辨派的神話觀不可避免地已影響蘇雪林。顧頡剛以長達六萬言的〈自序〉說明自己研究古史的始末，被胡適稱為「中國文學史上從來不曾有過的自傳」，[90]蘇雪林曾託人將自著送給顧頡剛看，後又有〈我研究屈賦的經歷及所遵循的途徑〉之作，文長雖不及〈古史辨自序〉，但是履顧頡剛之跡是可以察見的。

總之，蘇雪林屈賦研究及相關的神話論述與當時學術界的成果有隱約的關係。除了顧頡剛、茅盾、聞一多之神話專著外，王增永《神話學概論》引夏曾佑《中國古代史》在女媧一節後，有一段案語：「黃土摶人，與巴比倫神話相合，（《創世紀》亦出於巴比倫）其故未詳。」，[91]認為夏氏不僅了解巴比倫和希伯來的神話，而且已有針對各國各民族神話進行比較研究的意識。蔣智由《中國人種

---

89 同註 31，頁 61。

90 胡適，〈介紹幾部新出的史學書〉，《古史辨》第 2 冊，頁 335。

91 王增永，《神話學概論》（北京：中國社會科學出版社，2007），頁 352。

考》[92]引用《史記》、《漢書》及婆羅門的神話來論證「崑崙山就是喜馬拉雅山」、「西王母是黃種的氏族」，這是「漢族西來說」在當時比較有代表性的觀點，受到各方面學者的注意，對後來史家考證華夏民族起源亦有不小的影響。至於王國維在民初學術界指出「二重論證據法」，認為要以「地下之新材料」補正古史的「紙上材料」；而陳寅恪對王國維的學術內容與治學方法，提出三項重點：一、取地下實物與紙上之遺文互相釋證，二、取異族之故書與吾國之舊籍互相補正，三、取外來觀念與固有材料互相參證。[93]以上諸如民間、宗教、互補、文化西來、〈天問〉神話等觀念，在蘇雪林同時代學者都已有論述，蘇雪林卻在論文中很少提及，但實際對照後，她承襲的是這些學者的方法與內容。例如對於崑崙的討論，茅盾主張崑崙類似希臘神話中的奧林匹斯山，不能與實有的山等同，是神話世界中的高山，[94]與蘇雪林指出「崑崙是舊約伊甸園」頗有異曲同工之妙。這些學者的觀點都對蘇雪林的屈賦研究有所影響與啟動。

二、朋友與同道

不可否認地，提出這樣的觀點，蘇雪林自述靈光乍現、神來之筆的那一刻外，必須還有一個具體的契機，蘇雪林始終沒有提到的

92　蔣智由，《中國人種考》（上海：華通書局）。案：本書參考東海大學圖書館藏書，該書之版權頁並未標示出版年月。

93　陳寅恪，〈王靜安先生遺書序〉，《陳寅恪先生文集之三》，收入《金明館叢稿二編》（臺北：里仁書局，1981）。

94　同註 71，頁 167。

受到當時神話學者啟發，而她的靈感還來自於袁昌英。在日記裡，蘇雪林記下她在武漢大學遷校樂山時，與袁昌英往來的點滴，[95]蘇雪林一生最好的朋友是袁昌英，有〈我的知己袁蘭子〉、〈哭蘭子〉兩文，袁昌英在民國三十八年戰亂時沒有離開大陸，後來於文化大革命遭到迫害，晚年淒貧，死於湖南醴陵家鄉，蘇雪林在港、臺替她尋覓舊作，出版《袁昌英文選》一書。[96]蘇、袁二人情誼深婉，蘇雪林稱袁昌英是「生平唯一好友」，[97]她為好友盡情盡義之可以理解外，筆者認為有一個深刻原因是蘇雪林感念袁昌英帶給她的研究希臘神話的啟蒙。在〈我的知己袁蘭子〉文中：

> 蘭子精研希臘神話，又喜歡談。恰恰我也是最愛神話之人，每要求她講給我聽，因之我便自她口中獲得了許多希臘神話的知識。抗戰最後數年，我們在四川樂山縣同賃一屋居住，我忽起了研究《楚辭》的興趣。知道想解決世界屈賦問題，非借助神話不可。蘭子所告訴我神話，僅限希臘部份，那是不彀的，要世界的才行。多方借了西亞、巴比倫、亞述、埃及、印度的原版神話書，生吞活剝地讀下去，遇著不懂之處，便請教蘭子。她也不憚其煩、不厭其詳地替我解釋。雖然我

95 蘇雪林，《蘇雪林作品集．日記卷》（臺南：成大出版組，1999）第1冊。

96 袁昌英，《袁昌英文選》（臺北：洪範書店，1986）。

97 蘇雪林，〈哭蘭子〉，《蘇雪林自選集》（臺北：黎明文化事業公司，1977），頁157。

> 的屈賦研究經過了三十多年漫長歲月始得撰成，蘭子已不及見；但她當日協助之功實不可沒，我對她又安能不感念。[98]

袁昌英是蘇雪林生活上、精神上互相鼓勵的好朋友，那麼，蘇雪林另一位在學術上的良友衛聚賢，兩人長期書信往來。衛聚賢〈中國人發現美洲序〉云：

> 我以為每一個民族如果孤立起來，文化不會發揚光大的。我國在戰國時代，學術特別發達，當有外來的文化參入。我是由這個構想才慢慢的注重到事實。[99]

衛氏「當有外來文化參入」之「當有」語，也是對中西文化關係持保留態度，蘇雪林則是斬釘截鐵地相信。是否她也學習了衛聚賢的研究呢？因為，衛氏又云：「我在香港又著了一本『中國古史中的上帝觀』包括『十字架在中國』，由香港基督教文藝出版社出版。我以上帝的『帝』字，是從巴比倫及埃及文翻來，在中國環境中不能產生的。」，則蘇雪林〈希伯來文化對中國之影響〉從甲骨文去談上帝由來，得自衛氏啟發十分明顯，只是蘇雪林再找別的資料去談同一個問題而已。衛聚賢說他的方式是：

98　蘇雪林，〈我的知己袁蘭子〉，《遯齋隨筆》（臺北：中央日報出版部，1989），頁 245。

99　衛聚賢，《中國人發現美洲》（新竹：說文書店，1982），頁 1。

> 我是在香港出版的雜誌和報紙上，凡有關於美洲的故事我都把它剪下來，在中國古書找類似的材料。[100]

蘇雪林使用相同的方法，也難怪蘇、衛二人是知交；蘇雪林曾從臺灣發起救助遠在香港貧病的衛聚賢，也寫過他的評介文章，[101]衛聚賢與蘇雪林通信頻繁，成功大學保留為數不少的衛聚賢信件，長篇大論地與蘇雪林討論他們共同具有極高興趣的考古、文物、奇蹟等事。

三、重估蘇雪林屈賦研究

筆者以為蘇雪林的神話研究並非「新穎」亦沒有與眾不同，[102]它是抓住「五四」時期新楚辭學研究的尾巴，換了主題論證，例如「漢族西來」改為「文化西來」，「山海經」換為「楚辭」；以及茅盾提出《楚辭》是中國的神話而蘇雪林轉說成是外來神話等。由上所論，蘇雪林的屈賦神話研究基本上並未超出同時代人的論說，我們應該扭轉觀念：蘇雪林屈賦研究並非獨創。清末民初的學者大多看到、也同意屈原作品中的神話性質，因此，屈賦與神話的關連

100　同註 99，頁 2。

101　蘇雪林，〈談反共學人衛聚賢〉，收入《風雨雞鳴》（臺北：源成文化圖書公司，1977）。

102　王慶元，〈蘇雪林與武漢大學及其屈賦研究述略〉：「蘇雪林在『屈賦新探』中所走域外說這條與眾不同的路線，可說是既新穎又前無古人的，然而贊同者不多，而懷疑或反對者甚夥。」，《武漢大學學報·人文社會科學版》第 53 卷第 2 期，2000 年 3 月，頁 243-250。http://cnki50.csis.com.tw/。

問題並不新鮮，蘇雪林自豪的打通官方與民間文化的方法僅是「作比較」而已，並未「打通」。重點是：用當時的神話研究內容減去蘇雪林的神話研究，可以得到的餘數只有「西亞文化東來」這個主張了，換言之，蘇雪林在當時的神話研究基礎下，凸出的是她由既有的屈原作品中的神話性，再拈出那些神話來自西亞罷了。——那麼，這個主張何以被蘇雪林所用，以及被使用後的價值何在，恐怕是我們對蘇雪林屈賦研究應該關注並予以解釋之處。

蘇雪林借用他人的方法與觀點，進一步查考資料、更換文本，以現成的框架引入屈賦內容而成為她的西亞神話主張，筆者以為「方法之借用」、「材料之更換」遠大於蘇雪林自詡的發現或獨具慧眼。前述在研究方法上，蘇雪林先定出「世界文化同出一源」的大前提，再依此查證西亞神話情節；而實際操作上，她借用了顧頡剛的方法。民國十一年春天，顧頡剛因祖母病重，回蘇州家侍奉，而在商務印書館擔任編纂《中學本國史教科書》，便把《詩經》、《尚書》、《論語》中的古史傳說的材料整理出來，他「將這三部書中說到禹的語句抄錄出來，尋繹古代對於禹的觀念」，[103]又與葉聖陶合編《新學制初級中學國語教科書》也是用摘錄的方法，把《尚書》中關於古史的話逐一比較。[104]蘇雪林敘述研究屈賦的經過，方法與顧氏相近，《浮生九四》記載開始屈賦的研究是：找一些舊名片和硬紙，剪成狹長條，將〈天問〉中，四言的寫在一片，七言者

103　同註 31，頁 52。

104　同前註，頁 53-54。

寫二句，放置桌上按其文意推敲韻腳，排列成一片文章，[105]與顧頡剛將研究文本逐一摘錄、細讀、研判亦為同樣的工作方法。對蘇雪林而言，她走的是古史辨疑古戰中發展出的論題卻出現愈來愈分歧的路，顧頡剛說：

> 中國的古史全是一篇糊塗帳。……但經過了長時間的討論，至少可以指出一個公認的信信和疑疑的限度來，這是無疑的。多辯論一回，總可多少得些成績，這也是無疑的。所以我們應該各照著自己的信仰，向前走去，看到底可以走到那麼遠才歇腳。實在像這樣大的一個問題，便是犧牲了幾個人的一生的精力去討論，也是值得的。[106]

顧頡剛歡迎有人與他辯論，因為經過辯論可以督促他更深入揭示假古史的真相，反觀蘇雪林並不如顧氏以辨明假古史為己任，只是一再希望大家接受她的「西亞文化東來」主張，頗有懼沒世而人不知之慮。

以上，對於蘇雪林長達半生歲月的屈賦研究，從萌生意念、經歷之過程、內容方法，分析蘇雪林在新文藝創作外，轉身學術的一個異向選擇。從考察中可知，蘇雪林攝取同時代學者關於《楚辭》、神話研究之言，擷取其中各點，湊出自己的線。不難找到蘇雪林對學者的成果之借用以及再造自己的主張之蛛絲馬跡。由於古史辨派在「五四」時期是極重要的史壇論辯，本章以為蘇雪林受到顧頡剛、

---

105 同註 5，頁 135。

106 同註 31，顧頡剛，〈啟事三則·之一〉，《古史辨》第 1 冊，頁 187。

胡適、茅盾的影響最多，即蘇雪林從同時代學者對古史的言論中擷取訊息而加以延伸，成為她的屈賦神話論述，可稱之為「續疑古派」。

第四節 蘇雪林屈賦研究之「格義」化

蘇雪林西亞神話東來之說並非她的首創，而是當時學術界的啟發，將一個尚未成定論或者說是無人敢武斷的觀點，加以凝聚而成為所謂的「發現新路徑」、「解開千古之謎」。另一方面，蘇雪林始終強調她的研究是採用科學方法，不往故紙堆裡去，這樣的思路很明顯是「五四」時期「整理國故」的翻版。所以，蘇雪林的屈賦研究又可以從「整理國故」的角度切入，亦即它反映的是蘇雪林在一個與她所處時代非常貼合的歷史環境下，鋪設出代表其一生的學術主張。蘇雪林屈賦研究和整理國故有關，後者是一場兼具改造傳統又含有發揚國粹的運動，蘇雪林屈賦研究完成的正是打破傳統又保留傳統之行，本章認為：相對於印度佛教東傳中土，蘇雪林屈賦研究的價值在於提出了一種「格義的」神話；不同的是，佛教的格義是印度思想意欲進入中國，目的是傳輸宗教，而蘇雪林「格義的」神話是引西亞神話入中國，目的要證明世界文化同出一源，兩者運用的方式異曲同工，而蘇雪林談論的中西文化問題大於魏晉之宗教範疇。因此，其「域外文化東來」、「中國文化源於西亞」主張，雖有疑點矛盾，但客觀地說，它相似於魏晉時代佛教「格義」現象，蘇雪林屈賦研究的「格義化」是中國學術史的獨特表現，它從神話領域對於近代中外文化交流以及作家心理所作的歷史新詮釋。

一、「格義」的借義

本章所謂「『格義』的神話」，借用魏晉時代，佛教東傳而為了與中國學術思想融合所使用的手段並產生外來文化與本族文化互相美成之義。蘇雪林屈賦研究對其自身而言，是生前許為志業卻苦於「天下無知己」之悲嘆；但對於她畢竟費了大半生架構的這套說法，在其身後蓋棺論定之時，從「格義的」角度重新看待她毀譽交半的屈賦研究，是對於這位二十世紀文壇女作家兼學者的一個再檢討的視角。

所謂格義，典出魏晉玄學在佛學東來後，中國文化與佛教文化化合的方法。此處借用格義一詞，即因蘇雪林以這種方式介入當時的學術界，其特殊性頗似佛學欲傳入中土，所採用的以尋求類似而得以進入原本堅固難攻的時代語境。馮友蘭《中國哲學史新編》第四十四章解釋：

> 一個國家的哲學，傳到別國的時候，也要經過類似（指翻譯）的程序。佛教初到中國的時候，當時的中國人聽到佛教的哲學，首先把它翻成中國哲學原有的術語，然後才覺得可以理解。[107]

許杭生《魏晉玄學史》：

107　馮友蘭，〈通論佛學〉，《中國哲學史新編》（臺北：藍燈文化事業公司，1991）第4冊，頁231。

> 當時玄學思潮統治了整個思想界，影響很大，……這種崇無的哲學，正好與佛教的大乘般若空學所主張的「一切皆空」的空宗思想相類似，因此在盛極一時的玄學思想影響下，佛教徒們就常用玄學哲學來解釋與宣揚佛教的般若空學，從而使得佛教大乘空宗的思想得到極大的發展。[108]

梁《高僧傳》卷四〈晉高邑竺法雅〉：

> 以（佛）經中事數，擬配外書（老莊），為生解之例，謂之格義。

佛教初傳中國，一些大佛學家把佛教的哲學和中國原有的道家思想聯繫起來，互相解釋的辦法，當時稱為「格義」，這是佛學在中國發展的第一階段。「格義」使得佛教能在中國生根發展，甚至成為影響中國哲學史很重要的一種方式，它的功能是兩種異質文化的連類作用。玄學與佛學之關係，因「格義」而產生「佛教玄學化」，佛教文化終於無礙地納入中國文化原有的體系，成為重要的一環。蘇雪林屈賦研究的方法是用中西文化比較法，提出世界文化同出一源、中國文化西方來的結論，歸根究底，她也是在融通兩種不同的事物，因此，筆者以為蘇雪林的神話研究如果借用佛學東傳的「格義」法，從當時「向西方學習」的時代潮流來看，蘇雪林的屈賦研究表現了一種文化上「格義的」精神。

108　許杭生等著，《魏晉玄學史》（西安：陝西師範大學出版社，1989），頁450。案：本書版權頁著者為許抗生。

佛學東傳的「格義」有內容與方法兩層意義，前者是異質文化的介入，後者則是前者的途徑。上引《高僧傳》之「配」字，目的即幫助中國人理解，因此，近代社會思潮的引進西方文化與魏晉時期佛教東傳的模式有著歷史的相似性，東來的佛教就像後來的西學，都透過傳播的管道進入中國，儘管這個管道或有不同內容，但經過轉譯和介紹的「格義」方式與目的是相似的。

二、「格義的」神話研究之形成

蘇雪林「格義的」神話研究之形成有內、外因素，外在環境是當時時代變遷及疑古派史學對她的影響，內在原因則為她自己的性格所致。以下分述蘇雪林所處的時代環境、個性特質，塑造了她的神話主張。

（一）時代需求

中國社會建立於悠久歷史中，各朝改革不乏其變，「五四」時期的大變局影響知識份子更為深鉅，因為從縱的歷史看，此次變革由於時代較後，背負的傳統包袱最沉重。社會中的一切不能離開社會而存在，因此，對於中國而言，近代知識份子承受舊文化影響，而舊文化又受到新文化輸入的考驗，在此情況下，蘇雪林所處的時代環境喜新厭舊、重視邊疆域外。學者「喜新厭舊」的普遍心態，梁啟超《清代學術概論》有云：

> 又海禁既開，所謂「西學」者逐漸傳入，始則工藝，次則政制，學者若生息於漆室之中，不知室外更何所有，忽穴一牖外窺，則爛然者昔所未睹也。於是對外求索之欲日熾，對內

厭棄之情日烈。

喜新厭舊表現在凡事求變，張俊才《叩問現代的消息——中國近代專題研究》一書指出為了解決近代社會面臨的危機，中國依次出現了三大社會、文化思潮，前者分別是補天自救、維新變法、反清革命，後者是主變、師夷、新民思潮。[109]在「師夷」方面，補天自救思潮所師者是西方長技，維新變法所師者為西方政治文化觀念及立憲政體，反清革命所師者為西方的民主共和制度，即經世致用的文化思潮。文學思潮是社會思潮組成的一個部分，為知識份子的創作領域在特定社會潮流中的表現，[110]在「五四」時期，學習西方早已形成一種共識，如果說學習西方是建設，那麼，建設之前的破壞即傳統文化被嚴肅地質疑。傅斯年即提出古代非正統史料的價值，強調：經過儒家「倫理化」的史料不能全信，它們的史料價值都低於《山海經》和《楚辭·天問》這些帶有神秘色彩的古籍。[111]傅氏的觀念隱含民國新史家的一個基本態度，即：中國上古本非什麼「黃金時代」，在這樣的環境下，再也沒有什麼金科玉律值得鞏固，傳統文化被破壞性地在思維層面瓦解了，因此，近代中國的顯著特徵是西方思潮對傳統文化的衝撞，古老的中國接受極嚴酷考驗。晚清

109　張俊才，《叩問現代消息——中國近代專題研究》（北京：中國社會科學出版社，2006），頁4-6。

110　同前註，〈第一章：思潮篇〉：「社會思潮作為一種群體性、總體性的思想潮流，實際是人們對特定歷史現狀的共識以及改變這種現狀的趨向性思考。」，頁1。

111　同註85，羅志田，〈《山海經》與近代中國史學〉，頁39。

民初，知識份子忙於接受西方文化與文明新思潮的流行，是蘇雪林屈賦研究的時代基礎。

「五四」新文化運動之急於「向西方取經」，同時，知識份子大力號召中國民族性之覺悟，陳獨秀民國五年二月於《青年雜誌》第一卷第六號發表〈吾人最後之覺悟〉：

> 繼今以往，國人所懷疑莫決者，當為倫理問題。此而不能覺悟，則前之所謂覺悟者，非徹底之覺悟，蓋猶在惝恍迷離之境。吾敢斷言曰：倫理的覺悟，為吾人最後覺悟之最後覺悟。[112]

所謂覺悟——覺今是而昨非，在民初時代，「今」是「西方」，「昨」常是中國的傳統，「最後覺悟之最後覺悟」以強調語氣看出陳獨秀的苦心。梁漱溟〈鄉村建設理論〉認為近代中國積弱不振之癥結在「文化失調」，故解決中國的出路在於積極地創造新文化，也就是要從中國舊文化裡轉變出一個新文化來；為了轉出新文化，採取的手段是接受西方。也有不以西方為考量者，如梁啟超〈古議院考〉即近代西學中源說之一例，他後來接觸西譯書，對中西文化觀開始發生變化，〈論中國學術思想變遷之大勢〉：

---

112 陳獨秀，《獨秀文存》（出版地不詳：亞東圖書館，1934）卷 1，頁 49-56。

於彼乎，於此乎，一一擷其實，咀其華，融會而貫通焉，……合泰西各國學術思想於一爐而冶之，以造成我國特別之新文明。[113]

梁氏既不贊成固守傳統，也不贊同全盤西化。茅盾〈新文學研究者的責任與努力〉儘管觀念上的小異，對於引進西學卻有一致的看法，：

介紹西洋文學的目的，一半是欲介紹他們的文學藝術來，一半也為的是欲介紹世界的現代思想——而且這應該是更注意些的目的。[114]

二十世紀初年的學者已表述過「邊緣勝於正統」觀，[115]例如梁啟超〈新史學〉：「雜史、傳志、札記等所載，常有有用過於正史者，何則？彼等常載民間風俗，不似正史專為帝王作家譜也。」，[116]蘇雪林從同輩學者身上學到重視小說戲曲的啟發，相信應離開正統文學，鑽入更屬於民間民眾的神道信仰領域裡去，甚至到更遠的域外，而展開了她的一趟神話研究之旅。

113　同註 82。

114　《小說月報》第 12 卷 2 期，1921 年 2 月 10 日。轉引自方習文，《五四文學思想論稿》（合肥：合肥工業大學出版社，2008），頁 6。

115　羅志田，〈史料的盡量擴充與看不完二十四史〉，《近代中國史學十論》，同註 85，頁 93。

116　梁啟超，《飲冰室文集》（臺北：臺灣中華書局，1983）第 4 冊，頁 1-32。

外在環境所指範圍很廣泛，不專限於物質，舉凡政治趨勢、思想潮流、風俗習慣等，都是時代的環境，而作家不自覺受到他的環境影響。沈雁冰《文學與人生》：「各時代的作家所以各有不同的面目，是時代精神的緣故；同一時代的作家所以必有共同一致的傾向，也是時代精神的緣故。」，[117]因此，時代精神與社會環境密不可分，更影響了作家作品與思想。自「五四」到三、四十年代，東西方價值觀的諸多衝突影響蘇雪林甚鉅。蘇雪林曾云自己雖未親身參與「五四」運動，但卻深受「五四」思潮被及，[118]是一名浸潤「五四」之人，近代中國之求解於西方必然對蘇雪林產生作用，從而蘊釀她屈賦研究提出了「域外文化」思想。

蘇雪林在她活躍於文壇的三十年代時，從文藝創作轉入學術研究並提出「西亞文化東來」主張，說明蘇雪林身為當時的知識份子，時代趨勢給予她的思想重要養分。蘇雪林生於民前十五年，西方文化如入無人之境地強勢進入中國，傳統派學者關注的根源落在中國自身現實上，運用中國古籍提出對歷史、神話、學術史的重新思考；新潮派學者則以留學、譯書等方式肯定西方文化能夠救亡。世界觀的轉變帶來近代中國「格義化」的必須，因此，除了接受西方文化外，研究邊疆地理亦風行於學者之間，例如對遼金元文學的興趣。因為中國不再是世界的「中心」，漢族的文化也不再是世界的「唯一」，這種情況，迫使中國人重新思考中國的定位，由於元代以拓

117 轉引自方習文，《五四文學思想論稿》，同註 114，頁 104。

118 蘇雪林，〈我與五四〉，《蘇雪林作品集·短篇文章卷》（臺南：成功大學，2010 年二刷）第 2 冊，頁 151-158。

展疆界的威勢重新架構了中國的世界觀，所以，晚清民初文學家大多涉獵西北邊疆地理、文學研究。同光體代表人物陳衍有《遼詩紀事》、《金詩紀事》、《元詩紀事》，[119]沈增植有《海日樓札叢》[120]等。蘇雪林延續比她稍早時代學人的興趣，即西北夷狄文學的研究熱潮，所以，蘇雪林的著作另有一值得注意的現象，即民國二十二年由上海商務印書館出版《遼金元文學》一書（民國五十八年臺灣商務印書館重印），此書首並無序言，蘇雪林一反常態地沒有寫出版理由，即使只是為了教學所需而編製的講義，為何不加入她的《中國文學史》[121]書中？再或者，《中國文學史》一書「為節省篇幅起見，對於歷代作家的作品並不引證，或僅於行內引其一二」（〈自序〉），但是，《遼金元文學》詳細列舉金元作家作品，比之於《中國文學史》之大略介紹各時代作品是相對詳盡的，此舉顯示蘇雪林與晚清民初文士喜愛研究並出版地輿書籍、對邊疆地方發生興趣的歷史心理是相同的。

除了「西學之用」、邊疆文學延伸的域外興趣之外，開始於晚清的中國神話研究亦是不能忽略的社會思潮。晚清之前，中國沒有科學意義上的「神話」一詞，我國神話學的正式開始是在二十世紀初，而「五四」新文學運動則助長了它的進展。鼓舞此進展的重要人物是晚清具有覺悟之心的知識份子，他們所作的努力是「從現實

119　錢仲聯編校，《陳衍詩論合集》（福州：福建人民出版社，1999）下冊。

120　沈增植，《海日樓札叢》（瀋陽：遼寧教育出版社，1998）卷2。沈氏對四裔輿地的研究很早，收穫亦多。

121　蘇雪林，《中國文學史》（臺中：光啟出版社，1970）。

反滿清帝制的需要出發，追溯華夏族的形成，強調神話與歷史的關係，重視神話教育作用，萌發了比較研究的方法等等」。[122]因此，蘇雪林啟蒙的民初時代，歷史、社會思潮、知識份子之抉擇等，都是她屈賦研究的形成因素。蘇雪林自言其屈賦研究是打通官方與民間文化，筆者以為她亦嘗試打通文學與史學。民初的學術環境，學者的認知是「漢學的中心在外國」，但早年的西方「漢學」與我們一般認知中，西方的「中國歷史研究」不同，民初的中國學人「欲與西方漢學爭勝，自覺或不自覺地思其所思，所以看到差距而思趕越」。[123]晚清以來，在敗退的國勢中，知識份子的自羞、自覺、自強，強烈表現於吸收、爭勝西方，在力圖反省過去與展望未來的覺悟上，民初文學史學人士的作為都是為了開闢一個「世界的窗口」，胡逢祥《社會變革與文化傳統》說明了這個現象：

> 如果說，二十世紀初年的國粹派由於受到瓜分危機的深刻刺激，其文化思路突出的是民族主義這一基調的話，那麼，五四時期的文化保守主義似更具一種開闊的世界主義傾向。……而世界文化價值多元論則獲得了相對活躍的空間。學衡派和東方文化派的文化保守觀便反映了這一時代特徵，他們不但能以較為理智和開放的心態對待外來文化，還極力主張民族文化應走出國門，貢諸世界。這種立足於文化多向互動的世界主義意識，不獨表現為他們的西學素養乃至對世界文化的了解從整體上已進入一個較高的認識層面，更

122 潛明茲，《中國神話學》，同註 70，頁 2。

123 羅志田，〈《山海經》與近代中國史學〉，同註 85，頁 50。

> 在於他們對民族文化未來命運的思索，已開始注意從世界文化比較的廣闊視野中加以判定，故無論其結論正確與否，實際上都應視為推動民族文化走向現代化的一種自覺表現。[124]

所以，蘇雪林生存在這樣的時代環境，作為一個具有強烈革新意識的知識份子，她內心有意識、無意識地亦欲重新架構中國的世界觀，意圖超越當時的漢學研究，她採用的方法是自己所謂的「獨闢蹊徑」，所以，在這個「獨」的意義背後，有吾人對蘇雪林屈賦研究可以深入探討的文化論題。蘇雪林自云「獨闢蹊徑」，以引進西亞神話推動了民族文化的作用，「格義」雖是魏晉玄學之專有名詞，但是在清末民初何嘗不是更生再起，在歷史時間中，相隔千餘年後再度重現，只不過彼此關係互換，魏晉「格義」是印度文化有意進入中國，蘇雪林「格義的」神話試圖將西亞文化拉進中國，不論中國與西亞各自的主動或被動性，尋求文化融合在蘇雪林而言，表現了再造文化的時代趨勢特性。

（二）個性與經歷

清末民初至於二三十年代，思考重建文化的強度如此之烈，而此思潮籠罩下的知識份子，也對應時代環境而形成個人的抉擇。蘇雪林一生思想多變，個性亦迥然與人異，此蘇雪林所以為蘇雪林的關鍵。所謂異，世間之人本各有不同性格，但不同的個性仍可歸納出類似性的同，因此，一個人之與他人異，有普遍之異、特殊之異。

124　胡逢祥，〈緒論〉，《社會變革與文化傳統：中國近代文化保守主義思潮研究》（上海：上海人民出版社，2000），頁 13-14。

蘇雪林個性特殊之異是她的人生經歷反照出的個案，而解釋了她對屈賦研究的選擇，以下分析蘇雪林好勝、好名、特異獨行。

蘇雪林非常執拗，具有相當強烈的叛逆性格，由於強烈好勝心，所以一定要展露與人不同。在婚姻方面，她於民國十四年與張寶齡完婚，當年已二十九歲，在民初是非常晚婚的事，當然，《棘心》所敘，醒秋因為發現與未婚夫個性不合，所以拖延婚事；另外，在蘇雪林自述裡，不難發現她自認可以建功立業，不需要依仗男性的心理：

> 實際上，我是個人，是個普通女性，青年時代也頗嚮往愛情生活，屢受打擊，對愛情倒盡胃口，從此不想談這兩個字。把愛情昇華為文學創作及學術研究的原動力，倒也是意外的收穫。我想我今日在文學和學術界薄有成就，正要感謝這不幸的婚姻。假如我婚姻美滿，丈夫愛憐，又生育有一窩兒女，我必安於家庭生活，做個賢妻良母，再也不想到社會上去奮鬥，則我哪能有今日的成就？燈前詩草有我民國十四年自法國將返國時所做「集龔」詩，其中有「梅痕竹影商量遍，至竟蟲魚了一生」及「百事都從缺陷好，只容心裡貯穠春」諸句，那時我已知自己身世是個缺陷的身世，但這缺陷也未嘗不美。[125]

引文所云研究屈賦之詩，寫於民國十四年，那麼，蘇雪林在多麼早的時候，早已瞭然自己是個無愛之人。所以，從缺陷來看，蘇雪林

---

125 同註 5，頁 198。

因為無愛的身世必須堅強，她把男女之情轉移為學術研究，乃長生漫漫，何以為依？她選擇以功名彌補心靈缺憾，但由於這個缺憾來自於無愛，無愛來自張寶齡，因缺憾而思圖彌補，那麼，除了想在學術上力求進境成功，證明自己不枉來人世一遭，她不需依靠男性的心理，何嘗不是要表現給張寶齡看？

從好勝心來說，蘇雪林亦是好名之人。用求學彌補愛情失意雖然是人們所鼓勵的進取心，反面來說，這也是對愛情的挑戰或者報復，蘇雪林是個無愛之人，但她非常積極努力成為學者，筆者以為這樣作法，對於失愛者不妨是一種可以活下去的力量，但是，其極端處，也會造成好名之求，這個好名之心「良性地」報復了傷害她的人。要提出的是，蘇雪林的好名並非心術不正，若與她的身世合觀，緣由她相當珍惜名譽，當年情感受挫卻不與張寶齡離婚而終生維持一段有名無實的婚姻，正因為覺得離婚「聲名不雅」。[126]另一方面，由於大學教授的身份，早年在文壇已頗具名氣，「名」帶來的有形無形益處，諸如版稅稿費收入，以及受到社會尊敬的自我良好感覺等，都讓蘇雪林漸漸體會了「名」的美好。她的一生，「爭氣」與「好名」互為表裡，所以，並非心懷不軌的惡劣追求。又，前述蘇雪林之屈賦研究，在論述上缺乏脈絡的最大的問題是證據不足或者說解釋證據之不足，但蘇雪林又自言搜集了許多西亞神話資料，這其間的落差姑且不論她不善於利用資料，若從個性分析，蘇雪林表現了自以為是的心態，「自以為是」不一定是貶詞，它是一

126　同註 5，頁 97。

個人對自己太自信→過於自信的反應，而一個人為何過於自信？好勝與驕傲是個適切的答案。

再者，蘇雪林第一次赴法原為了學習藝術，難得獲得留學機會，但又感嘆「學書學劍兩不成」，[127]此「兩不成」也暗隱她並沒有學到嚴謹的學術研究方法。第一次赴法，因水土不服多病，改學語文，事實上，這次留學並未竟業，於民國十四年因母病輟學回國。民國三十九年第二度赴法國，目的為了尋找神話資料，日記所載民國三十八年思欲自香港赴法研究之心是堅決的，但這仍是一次失敗之學程，在法蘭西學院的上課情形使她屢屢受挫。[128]她兩度赴法的動機與結果都不同，第一次留法，原不希望成為學者；第二次赴法，抱定求學問企圖，想成為學者卻失敗，不畏高齡留學的結果令她受傷。蘇雪林對於成為一名學者之心遠比文藝作家來得強烈，〈關於我的榮與辱〉提到：

> 另一方面，我那時雖年少無知，對於學問野心卻大，目光也看得遠。我知道學問範圍之廣，真正浩如煙海，學者劬勞一生，尚自認所獲心得，不過海邊一枚小小貝殼，我那點子才學，哪裡值得一提？人家一定要捧我，隨他捧去，我自己絕不因此自滿。再者本省一般人士將區區女子師範的第一名，當作大魁天下之榮，紛紛讚揚，徒然顯得他們眼光如豆。這

127　同註5，頁74。

128　蘇雪林，《蘇雪林作品集·日記補遺》（臺南：成功大學，2010）。

種科舉遺毒甚深的環境，使我厭惡不堪，每聽見人們讚我，我反而顯出怫然不樂的顏色。[129]

當年，她的文名受到賞識，但蘇雪林卻「怫然不樂」，她想成為學者。她「好名」，或者說想要建立聲名，因學者比作家高尚，而學者之名非一般世俗無所不用其極的無良與輕率，此可以解釋蘇雪林會用半生時間建築一套自己的言說系統，若只求一時的、可兼收實際利益的名，她不需要如此堅持到底。

筆者始終強調蘇雪林更適合作為一名文藝家，但是她卻在決定轉入學術研究的關鍵時，作了錯誤的選擇。或許，「錯誤」有時是人生不得已的真相，設若蘇雪林尚在世，當然也未必承認，然而，蘇雪林與她的作品之關係確是如此。那麼，何以致此？應該與清季至民初以來的社會轉變相關，四民首位的士人的社會地位已邊緣化，直接影響了學術與文化的地位，最後，連學者對自身的認同也不知何去何從，羅志田〈日記中的民初思想、學術與政治〉引張彭春《日程草案》民國十四年十二月八日日記：

然而誰是學者？能發表文章的人？中西學問兼優的人？讀書多而思想精密的人？得中外輿論讚許而認為有成績的人？存人為公而能辦事的人？……現在全國沒有一定的標準。[130]

129　同註 64，頁 241-242。

130　同註 85，羅志田，《近代中國史學十論》，頁 139。

張彭春所列的選項，蘇雪林屬於「能發表文章的人」，這一種人在當時，卻全國沒有一定標準，張彭春提出來的觀察幾乎是個諷刺。蘇雪林身為大學教席，她的身世與經歷，對自己身分的認同也和時代一樣，是模糊，或者說錯誤的。

蘇雪林早年以創作美文聞名中國現代文壇，在年輕時就覺得作學者比文學家高尚，但是，學者可以選擇的研究對象及領域很多，何以蘇雪林選中屈賦，而且集中在神話的研究？前述蘇雪林個性執拗，這種個性表現為特異獨行作風。觀之蘇雪林的學術研究尚有《詩經》、李義山詩等，她的《李義山戀愛事跡考》是生平第一本學術著作，提出李商隱與宮嬪、女道士的交往，而〈無題〉詩即這些難言卻又真情的表達。此書被曾孟樸譽為「學術界的福爾摩斯」，書中主張亦為蘇氏之後的李商隱研究者引用。詳諸蘇雪林學術研究，她喜歡提出和別人不同的說法，因為非普遍性，更需要經過嚴密梳理、高度檢驗後，才能取得說服力與學術界肯定。這是一個困難歷程，而蘇雪林何以在學術研究上如此表現？這也是一種挑戰，那麼，她挑戰什麼、以及為何挑戰？比較恰當的解釋即蘇雪林特異獨行的個性使然。關於她的個性，許多研究論文從她的自傳小說鉤勒其一生經歷而判讀，大抵未脫傳統、叛逆、守舊、果敢等，各種結論都有，本章欲指出另一個關於蘇雪林的現象，即討論中國現代新文學的主題之一是當時的作家社團，我們發覺蘇雪林並未加入當時的任何社團，這未嘗不也是她高傲孤僻、獨來獨往性格的寫照？

一個人高傲是其性情之反映，每一個人的特殊性必然有他個人的原因，考蘇雪林的一生，高傲是她匱缺的彌補反應。從她幼年不被祖母疼愛、個性蠻氣、婚姻不諧、長年漂泊、研究成果不被認同、年老孤居等等，蘇雪林是一個匱缺。因此，關於蘇雪林在學術研究方面饒富趣味的現象，即她的論述焦點或多或少圍繞著「戀情」，其〈清代男女兩大詞人的戀史研究〉、《玉溪詩謎》考證納蘭容若、李商隱戀愛事跡，主張〈九歌〉是人神戀愛等，為何她的思考方向都朝著「戀愛」一事作為起點與發展，「愛」的欠缺是蘇雪林一生的痛，缺憾可以用各種方式彌補，但是對於缺憾本身來說，永遠是缺陷，生活現實可以填補的畢竟有限，蘇雪林之學術研究圍繞著她所缺乏的「愛情」主題，顯示蘇雪林對學術的移情作用是其學術生涯的重要特色。

最後，必須承認蘇雪林屈賦研究博雜。廣博方面，蘇雪林作學問的耐力與善於排列各種知識的功夫值得讚嘆，但是她的博，相對地又「雜」，「雜」使得蘇雪林並不能更有效駕馭她的「博」。蘇雪林說：「大約因為我自己本有宗教信仰的緣故吧，對於世界宗教及神話及其性質相類的書籍，每喜注意。」；[131]在安徽大學時，接手文學院長程仰之「世界文化史」課，教了一年，「幸虧我以前在法國習藝術時，買了幾部藝術史，有西亞、埃及、希臘、印度的古代文化，便來敷衍。……想不到這種文化史對我後來的屈賦研究頗有幫助，也算是意外的收穫。」，[132]蘇雪林一直很努力解釋自己屈賦研究的來龍去脈，希望後世了解，而我們注意了她博雜、資料俯拾皆是現象，由於博雜，使蘇雪林屈賦研究並沒有得到後世認可，

131 同註 1，蘇雪林，〈由整理天問而引起屈賦研究的興趣談〉，收入《天問正簡》，頁 467。

132 同註 5，頁 100。

筆者肯定「雜」是其屈賦研究的特色。不論任何一門學問，即使不是顧頡剛所謂的「糊塗帳」，從事研究目的在於釐清事物，蘇雪林的神話研究適得其反地，愈拓愈雜，以至於生前身後，知音渺然。

三、蘇雪林「格義的」神話之反思

蘇雪林的屈賦研究有兩極化爭議，一說她獨闢蹊徑，具有神探眼光，一說她以想像建立自己的學術王國，價值不高；如果，這兩個極端的說話者都各自成立，不能遽斷是非，那麼，凡存在必有價值，蘇雪林至今無法被定位的神話研究應該如何看待比較不落陳套？前述蘇雪林「格義的」神話之形成有內、外在原因，而這項屈賦研究對蘇雪林自己與時代又有何意義？其研究之始是無心的，一面為了教學，一面為了文債，而後來竟成她一生重要志業。教學及文債是一個側面，屬於個人問題；若我們將視角拉遠，既然，其中有前人影跡，在顧頡剛疑古派影響下，蘇雪林屈賦研究之「格義」化，可說是整理國故之一種。

胡適是整理國故領袖人物之一，蘇雪林一生敬重胡適，胡適的見解主張，她大多表示贊同，在〈新思潮的意義〉文中，胡適提到的幾個重點，是蘇雪林依循的：

> 整理國故就是從亂七八糟裡面尋出一個條理脈絡來；從無頭無腦裡面尋出一個前因後果來；從胡說謬解裡面尋出一個真義來；從武斷迷信裡面尋出一個真價值來。為什麼要整理呢？因為古代的學術思想向來沒有條理，沒有頭緒，沒有

系統。[133]

蘇雪林〈我研究屈賦的途徑〉認為歷來的《楚辭》研究，所犯之誤正是胡適提出的毛病，所以蘇雪林也說是一筆糊塗帳，只是胡適此文所指的中國學術，蘇雪林從屈原作品來說而已。不論如何，蘇雪林屈賦研究是整理國故，但在顧頡剛疑古精神下走到了極端，因為她不僅疑古，更甚而提出域外文化東來且影響中國，這個主張不被認同是蘇雪林後半生「學者生涯」最大的痛，值得思考的是這件事情的背後，反映出「五四」新文化運動中對傳統文化的觀點，即「整理國故」的另一種態度。

蘇雪林從民國三十二年開始，許為一生志業卻備受爭議的屈賦研究，其實與「五四」新文化運動主題之一的「整理國故」有密切關係，她受到胡適、顧頡剛等人啟發影響非常深遠，目前可見的文獻並無明顯資料說明蘇雪林與整理國故的關係，但尋繹「五四」前後，中國國學者之言論卻可連結蘇雪林與當時知名學者的一些關鍵處而了解蘇雪林屈賦研究的「整理國故」問題。這是獨闢蹊徑、域外文化的另一個角度。

（一）革命

蘇雪林屈賦研究是利用屈原作品而整理國故，屈賦為內容，「獨闢蹊徑」、「域外文化」是方法，整理國故則為目的。本章借用魏晉玄學用語，名為一種「格義的」神話，蘇雪林「格義的神話」成形，可由：革命、「蘇雪林式」的轉折、「類推」整理國故三方面

---

133 胡適，《胡適文存》（臺北：遠東圖書公司，1953）。

論之。蘇雪林深受「五四」思潮浸染而影響她個人生命，最後表現在學術研究上，可以「革命」一語蔽之。本書緒論提及蘇雪林是個複雜的人，對她的論斷不能只範限於一句言語，複雜指的是關於她的不同論題都不能限制於某個唯一角度，而本章所謂「革命」，專指蘇雪林的學術研究，而非囊括蘇雪林的所有主題。例如，若從蘇雪林忠貞愛國、維護道德文化的角度，「革命」則不適合形容，但是，蘇雪林的婚姻，在民初時代，對於長輩代訂的婚約三次拒婚，以至與張家婚事拖延十多年；雖然蘇雪林最後遵母命完婚，在她早已預見的不幸福中又終生未與張寶齡離婚，這其中有「革命」也有「守舊」，以她的婚姻來說是兩者並存的，此即為蘇雪林的複雜。

蘇雪林一生的某些作風，「革命」對她是很恰切的註解。從少年時代為了爭取求學權與祖母發生「家庭革命」，第一次赴法對摯愛的母親不告而別；就讀北京女高師時、第一次留法回國後、來臺後，每個人生階段中，喜為文批評的作風先後挑起與易君左、魯迅筆戰以及與覃子豪的辯論，再後來的與劉心皇、唐德剛的文字對壘；甚至半生投注不被認同的學術研究，不論在個人作風、文壇表現，「革命」是蘇雪林一生很強烈的寫照，圍繞蘇雪林一生的是一種革命態度，也就是不服輸、有話直講、扳倒定論、據理力爭到底。蘇雪林心中的偶像是秦良玉、花木蘭、秋瑾之流，但是，她的人生與時機又不可能直接走向實際從軍或革命運動，所以，表現在她的思想與態度，革命的意念主導蘇雪林的內心與作為，這個意念的躍動無處可發，就會擠壓出其他方式。此與顧頡剛頗相似，顧氏〈古史辨自序〉：「我的生性是非常桀驁不馴的，……所以我的行事專喜自作主張，不聽人家的指揮。」，[134]蘇雪林在文壇擁有一席地位，藉此地位，她的革命心態轉為提出一種反動思想或與別人不同的主張，亦即發出異論而在學界被認為是驚人之語的屈賦研究。

然而，即使利用與人相異的主張來訴求反動思想，蘇雪林仍保留謹慎態度，因為她說中國文化西方來，又適時保住中國文化的優越性，故她提出世界文化同出一源，但中國文化是位於「長房」地位：

> 希臘和印度與我國吻合者約十之五六。……希臘和印度文化都是由兩河傳來的，中國亦然。但我們接受西亞文化卻遠比希臘印度為早，我們是西亞文化的冢子，而希臘印度僅算是二房三房的子孫。……現在我替我國爭得一個「文化冢子」的地位，我以為是已經夠光榮的了！[135]

新文化運動的特徵之一是激烈地反傳統，知識份子崇尚科學，主張用科學重新估定一切價值，他們的評判態度以懷疑和否定為前提。在這一方面，新文化運動以西方文化否定中國文化，蘇雪林的「域外文化東來」表面上也是如此，但提出「長房」之說，則又未完全否定中國文化。歷史人物神話化與神話人物歷史化均是懷疑史傳系統的真偽問題，明顯地，蘇雪林傾向前者，與顧頡剛主張的路線相同，然而兩人同樣疑古，結論頗有差異。例如顧頡剛認為禹「或是九鼎上鑄的一種動物，當時鑄鼎像物，奇怪的形狀一定很多，禹是

134　同註 31，頁 8。

135　同註 1，蘇雪林，〈我研究屈賦的經過〉，收入《屈賦論叢》，頁 17。

鼎上動物的最有力者，或者有敷土的樣子，所以就算他是開天闢地的人……，流傳到後來，就成了真的人王了。」。[136]對顧氏的研究，當時也有人抗議：「不要考古了，給你們一考什麼都沒有了！」，民初疑古學派進行考證後，否定中國傳統文化，蘇雪林沿用疑古方法從事神話研究而與顧氏不同，她表面上否定中國傳統文化，其結論並沒有衝到「一考什麼都沒有了」的地步，蘇雪林的疑古是在否定中仍留住了中國文化。

比較蘇雪林擷取同代學者言論，而變異其貌的，例如聞一多研究神話在於還原古神話本來面目，「其目的是為了從遠古文化來源追溯中華民族文化的共同源流，以促進各民族緊密團結」，[137]蘇雪林與聞一多的目的背道而馳，提出「中國文化西來」說，此舉是否定中國文化的，但蘇雪林迂迴地否定，又表明她為中國文化爭得「文化冢子」地位。「西亞文化東來」本就否定了中國傳統文化，或者說打擊中華文化，但是再強調「爭文化冢子」之說，是否圓了她否定中國文化此一勢必被攻擊的漏洞與顏面？以及對顧頡剛所倡疑古精神的選擇性發揮。「長房」地位的提出，對中國傳統文化仍有「不敢相犯」意味，但是從蘇雪林屈賦研究的整體來看，推翻傳統文化的革命意義畢竟大於保留長房位置的小心翼翼。「格義」的目的是在引進西方文化，西方文化移植後，中國傳統文化的地位何在？——在「長房」，這是蘇雪林文化移植的首尾觀念。這也是在「革命」意義上，蘇雪林兼顧了破壞與建設，而破壞與建設、棄舊

---

136 同註 31，頁 63。

137 同註 70，頁 107。

與布新表現了「五四」的時代精神。胡適推崇《古史辨》是「中國史學界的一部革命的書」，[138]又說崔述「凡是『經』裡有名的，他都不敢推翻。顧頡剛現在拿了一把更大的斧頭，膽子更大了，一劈直劈到禹，把禹以前的古帝王（連堯帶舜）都送上封神臺上去！連禹和后稷都不免發生問題了，故在中國古史學上，崔述是第一次革命，顧頡剛是第二次革命。」。[139]蘇雪林的「革命」與顧頡剛不同，「西亞文化東來」似乎比顧頡剛更大膽，整個中國文化全劈了，蘇雪林屈賦研究的「革命」意義與胡適所說的崔述、顧頡剛對歷史的革命，比較大程度上是蘇雪林自己的思維與企圖的革命意義，也正如此，它是蘇雪林自身的革命，可以肯定是一次波盪，但終究不能在中國近代學術有開疆闢土的面貌。

辛亥革命後，民國建立，外表招牌更新了，但中國內部自身的社會依然沒有新氣象可言，尤其軍閥割據和復辟勢力交相傾軋，一些有識之士開始思考箇中始末，他們發現，中國積弱除了政治原因之外，有更深層的文化問題，於是將社會改造之焦聚於思想文化方面。近代中國在文化改革方面，大致出現兩種勢力，一保守，一激進，此兩派的論爭，理論上集中在對傳統文化和社會變革關係的認識。蘇雪林「中西文化同出一源」之說，很明顯是西方文化中心論的支持者，本書第六章以《棘心》看蘇雪林的宗教改革主張，是學者喜從《棘心》討論婚戀愛情的一個新角度。此處再度強調：蘇雪林何嘗不圖思救國，延續第六章所述，宗教改革人心失敗，轉而思

138　胡適，〈介紹幾部新出的史學書〉，收入《古史辨》第 2 冊，頁 334。
139　同前註，頁 338。

索文化改造，從文化徹底改造來表達舊傳統必須翻新的主張，是蘇雪林「格義的神話」在文化思維的革命意義，也就是說，「提出」域外文化同時也「提醒」西方文化在外患頻仍、傳統思想受到考驗之當時，是可以啟動的一個環節，看見西方，同時也看見了中國，它也代表「五四」文學發展趨勢的另一個學術範式的重要轉移。

神話不僅是各民族文學的源頭，也是文化的源頭，一位神話學者如何看待神話，同時也顯現他的文化思維。運用神話研究參與變革並以學術著作付之實踐，是蘇雪林作為「五四」知識份子的革命關懷所在。前述民初學者多注意「邊緣勝於正統」，強調正統和異端平等、重邊緣而輕中心，是兩個不同的觀念，後者之叛逆性更甚於前，此固為蘇雪林以學術為革命的表現，也鐫烙著個人十分搶眼的印記。了解蘇雪林對屈賦研究所作的努力過程及心態，不難發現她走了一條迥異時人之路。作為胡適信徒而「整理國故」，可是她整理出的卻是一套「格義的神話」；蘇雪林沿用顧頡剛的研究方法，顧氏「層累地造成的古史觀」是以經書，而蘇雪林以文學（屈賦）為文本；顧頡剛欲「打破民族出於一元的觀念」，「我們對於古史，應當依了民族的分合為分合，尋出他們的系統的異同狀況」，[140]蘇雪林反其道融回一元，並且更遠的「中西文化同出一源」；顧頡剛將神話傳說與歷史互相參照進行研究，又從它們之間互為影響的現象發現「歷史層累地造成」，但蘇雪林並沒有說明中西文化互相影響的脈絡與規律，逕以「中國文化西來」作結論。蘇雪林看不見自己在方法上失之嚴謹的疏漏，反而惋嘆人們不解其研究，這

140 顧頡剛，〈答劉胡兩先生書〉，《古史辨》第1冊，同註1，頁99。

中間的落差出現舊觀念限制了歷史解釋的可能，而蘇雪林所謂「新方法」、「新視野」提出卻未被重視，從她的論文裡可以看到一種個性主導學術研究的面向。

（二）「蘇雪林式的」轉折

蘇雪林在中國現代史學並沒有一席之地，但她的屈賦研究確實形成了中國近代史學之走向產生一種「蘇雪林式」的史學轉折，本章名之為「蘇雪林式的疑古」。蘇雪林出生以至成年後的時代，中國與世界嘗試彼此探索，但是雙方都很不自然，由於中國急切地希求從西方找到救世藥方，所以透過學生留學、專書譯著等途徑不斷引進西方文化，但是，「五四」人士對待西方事物是自主地取用，並非所謂西方船堅砲利轟進清廷門前才開始「師夷長技」，這訴說著個人覺醒的時代特點，因此在文學與學術表現上，和學習西方科技技術有不同的方式和內容。「五四」至三、四十年代，時代社會思潮之變，逼使知識份子另尋出路、開發新途，表現了挑戰傳統之勢，蘇雪林的屈賦研究則呈顯顧頡剛已經挑戰的傳統而她繼續向前行的態勢。

蘇雪林的屈賦研究若借用佛學用語的「格義」，它代表當時學術界一種引介西方文化的精神，但是，由於蘇雪林沿用顧頡剛的方法論點而加以改造，並非純粹古史辨學派卻隱約有它的影子，屬於「蘇雪林式」的轉折。

1、「引進西亞神話」唱反調

由上所論，蘇雪林的屈賦研究的神話討論，基本並未超出同時代人論說，只是最後斷定「西亞文化東來」。蘇雪林這個主張凸顯她對學術的革命心態是對於蘇雪林屈賦研究應該關注並予以解釋之處。換言之，時至今日，評論蘇雪林屈賦研究的先決條件，不能以現今已發展的神話學、楚辭學、比較文學檢視，而應該注意援引西亞文化一事。

晚清學術界從神話裡尋找漢族族源的線索，其研究增強漢民族的民族自豪感，目的是反清朝統治。[141]蘇雪林生於民前十五年（1897），在她青年時期，距離滿清治權已有一段時間了，因此，其神話研究即使前有所承，但是所承載的文化心理因素是不同的。蘇雪林「西域文化東來」說，既是在當時的學術研究成果下所發展出來的一種異樣主張，在考古方面尚未能有明確佐證、她的研究尚未得到平允認可的今日，一個饒具興味的問題是：蘇雪林為何要提出、從事這樣的主張？上述革命的意義外，更進一層看，蘇雪林要革什麼命？在引進西方文化的訴求上，她是符合時代精神的，但是為何這個美意的結果並未獲得學術界之期待。以聞一多對於龍的考證為例，「特別強調中國文化古老、淵源流長、四方民族同一祖源，都是龍的子孫，這在民族危亡的特定歷史條件下客觀上有利於團結」。[142]同樣對端午與龍舟的研究，蘇雪林說五月五日是惡月惡日、[143]水神和死神有關，所以屈原選擇此日投水而死。蘇雪林自前輩手中巧妙運轉出的研究成果，筆者以為她提出與人相異的主張是一種鑽牛角尖的行為，上述屈原延伸的疑問是：如果屈原作品來自

141　同註 70，頁 5。

142　同前註，頁 104。

143　同註 1，蘇雪林，〈端午與屈原〉，收入《屈賦論叢》，頁 63。

西亞，那麼，為何不證明《詩經》亦源於西亞？是承認《詩經》為我國固有的文化而《楚辭》不是嗎？但同是先秦兩大文學精華，為何《楚辭》雜有外來文化而《詩經》沒有？兩部作品同是我國經典文學先聲，即使《詩經》作者非一時一地一人，但是也採有南方民歌，蘇雪林認為西亞文化在周代及戰國中期來到中國，地點是在齊地，考之《詩經》產生時期與《楚辭》差距不大，亦有「齊風」內容，何以此一部份並未被蘇雪林採納作為西亞文化東來之證？而且她否定《詩經》之文藝價值卻肯定其史料價值，[144]這個問題隱寓她以疑古姿態唱著蘇雪林式的反調，亦即蘇雪林的反調是「選擇性」的。雖然，蘇雪林所唱的反調馱負著時代使命——引進西方文化本是當時的文化處境——而蘇雪林之前的學者已從事過《楚辭》神話、中西文化比較，只是她在證據牽強之下，說出前輩尚未武斷之論而已。

引進西亞文化是學術的努力，必須肯定蘇雪林博學，善於援引資料，然而，羅志田〈《山海經》與近代中國史學〉看到：

> 透過崔述的眼睛，我們看見的是一片泛讀雜書和異端書的情景。關鍵在於這些人可以「公然自詫於人，人亦公然詫之以為淵博」，則世風似還傾向於他們這一邊，這其實也是乾嘉治學風格的自然延伸。……這一風氣發展下去便是讀正統士

144　同註 1，蘇雪林，〈屈原評傳〉：「（詩經）這部總集雖由於其時代之古及相傳曾經孔子刪定而增加其尊嚴性，幾乎聖化神化，文藝價值實在談不上什麼，沒有成見的人，想必是要承認我這一說的。」收入《屈原與九歌》，頁 140。

> 人過去不怎麼讀的雜書、集部書、和原處異端之書。因此，在漢學正統觀念籠罩士林的同時，也出現了廣讀群書的趨向。[145]

在蘇雪林日記裡，可以發覺她讀的書也很雜，廣讀群書在有些人身上是一種炫學現象，不可否認地，好名與炫學亦是蘇雪林以屈賦研究引進西亞神話，博學中的附帶欲望，這些都代表了一種「蘇雪林式的轉折」。蘇雪林用她自己的方式表現對學術的熱忱而不顧學術規範，提出一學說的嚴謹與精密之必須卻在所不論，這樣的情況，應該深入探討的重點就未必是她的研究內容，而是其中之社會文化、心理意義。說它似新實舊，而且也似舊實新，因為畢竟以顧頡剛為主線的餘緒，蘇雪林唱著她有選擇性的反調。

2、女作家兼學者的「一家之言」

蘇雪林的屈賦研究雖學習顧頡剛，她所唱的反調卻也表現了一種學術的趣味性，她的說法與論證是有趣的，但並不是學術研究上的趣。前述胡適當年介紹《古史辨》是充滿革命精神的書：

> 此書可以解放人的思想，可以指示做學問的途徑，可以提倡那「深徹猛烈的真實」的精神。治歷史的人，想整理國故的人，想真實地做學問的人，都應該讀這部有趣味的書。[146]

---

145 羅志田，〈《山海經》與近代中國史學〉，《近代中國史學十論》，同註 85，頁 30。

146 顧頡剛，《古史辨》第 2 冊，頁 334。

這段話讓我們覺得胡適對《古史辨》的推崇，言下之意，學術實質意義較少，而學術之外的意義多，視「解放人的思想」、「指示做學問的途徑」、「提倡做學問的精神」，都是學術外圍的功能。蘇雪林固然自許為學者，但畢竟不完全了解學術方法與目的，看她的研究始末及提出的主張，並不是為學術而學術，故其整套神話思想的學術意義不大，對蘇雪林而言，這是她終其一生沒有反省出來的失誤，她錯認了自己而不覺，架設了一個自構的學術世界，不論在內容與方法上都屬於「蘇雪林式」，亦即它充滿「個性化」。蘇雪林以自己的方式作一名學者，但其成績卻是充滿了趣味性的學術研究，誠如胡適介紹《古史辨》一樣，這是她身為女作家兼學者的「一家之言」，這種學術研究的趣味性強，陰錯陽差的學術成績，相對地，也正是蘇雪林屈賦研究雖存有相當疑義而後人應該另眼相看、深入探析之處。

蘇雪林的中國文化西來說，是晚清「西學中源」與「中學西源」之爭的後者，「西學中源」有著中國人尚中庸、尊古的心態，依附保守派，可以減少革新壓力；但嚴格來說，蘇雪林在當時文壇，並非學術界之人，最多是一名大學教席，沒有必要加入爭戰，但是，如果欲求不朽聲名，建立自己的一家之言就必須拋棄文藝身份加入學術戰場，並且，在外勢壓境的時代，采西學、引西學未嘗不是從「禮失求諸野」去思考中國的新前途。

中國新文學之初，不乏自文學創作轉為學者之人，例如「新潮社」的俞平伯、楊振聲等人；女作家方面，蘇雪林與馮沅君則是身兼文藝創作與學術研究者，蘇、馮二人傳世的學術成果截然不同：蘇雪林有李義山、詩經、楚辭研究，馮沅君有《中國詩史》。文藝創作可以天馬行空，學術並非不能，而是要視「行到何處」？以學術論著而言，馮沅君按步就班地將她的《中國詩史》交給文學史，蘇雪林卻發展出另一片天地，她的方法偏失卻充滿趣味的神話研究成果，塑造出近代中國文化方面特別的意義。在「革命」基礎上，蘇雪林以她的方式改造中國古典文學的另一種凸出面貌，醒示世人「做自己」的勇氣與毅力。陳平原《中國散文小說史》：

> 三四十年代作家對域外文章的借鑒，由「新名詞」而「外國語法」而「隨筆」，而「幽默」，兼及修辭、風格與文體，取法西方以改造中國文學的工作，至此基本完成。[147]

陳氏指出「域外文章」的借鑒，三十年代作家完成了改造中國文學之功，蘇雪林即以借鑒域外文化作出貢獻，她利用《楚辭》完成改造，由「西亞文化」而「神話」而「民俗」而「考證」，是取法西方文化而改造中國文學的屈原及《楚辭》，蘇雪林引進「域外文化」改造中國文學的意義為其屈賦研究的價值，並且是她自成一家之言的特色。

（三）「類推」整理國故

本章撰寫之初，原擬以「另類整理國故」為此節標題，但「另類」指主流、傳統之外的類別，蘇雪林的「另類」已被使用於形容

147 陳平原，《中國散文小說史》（上海：人民出版社，2004），頁203。

她的生平與傳奇，[148]在梳理蘇雪林的屈賦研究後，發現她的神話主張不是主流，亦非非主流，而是在顧頡剛古史派的基礎下，以《楚辭》作為對象而類推古史派學說，換言之，蘇雪林運用古史辨的思路，在武大期間由於袁昌英的啟發，以《楚辭》為範本而發展出她的神話研究。

顧頡剛曾說：學問就是整理一堆散亂的資料，使得他們成為秩序的排列，並說明他們的動作和變化的法則。蘇雪林學習顧氏方法而研究屈賦（神話），表面上，蘇雪林自言她得到了開啟《楚辭》千年之秘，但事實上，蘇雪林屈賦研究的整個架構與論述，我們看到的是她在「和歷史猜謎」。筆者以為蘇雪林以顧頡剛的方法做了一種西方文化在近代中國的「格義化」，類推出她自己的一套神話主張，所謂類推即「以此類推」，她的研究內容與結構是顧頡剛已經風靡學界的「古史辨」的基礎上類推，而成為她的一套主張。蘇雪林仍難掩其天性近於想像的特質，其屈賦研究若回到文學性來看，筆者以為蘇雪林一本文學家浪漫特質——說故事。這與她坦承自己喜愛神怪、民間傳說等嗜好互為表裡，蘇雪林晚年所發表於報章的雜文作品，是她屈賦研究的副產品，諸如〈黑面馬祖中國人？〉、〈群鬼集聚的泰山，敢敵妖魔的靈石——也談「泰山，石敢當」的問題〉、〈由《聊齋·偷桃》談印度魔術〉、〈談北極玄

148　唐亦男，〈非常「另類」的蘇雪林《日記卷》〉，收在《海峽兩岸蘇雪林教授學術研討會論文集（上）》（高雄：亞太綜合研究院，2000），頁 1-24。石楠，《另類才女蘇雪林林》（北京：東方出版社，2004）。

天上帝〉、〈蠶神——馬頭娘〉等，[149]這些篇章「說故事」的性質與其中的考證文字幾乎各占半個篇幅，有些甚至故事比考證多，例如〈蠶神〉一文，敘述蠶和馬原是朋友關係，民間祭祀的馬頭女神便是蠶神；因此，蘇雪林「格義的」屈賦研究除了引進西亞文化、成一家之言，在相當程度上也表現了蘇雪林自身沒有跳脫的文藝特質——雖然，她覺得是在從事學術研究。

蘇雪林類推顧頡剛的整理國故而產生「格義的」神話之革命意義是一種「求異」，在「五四」時期，「求異」思維之創新本身就是一個神話：

> 否定和批判的精神貫串了「五四」啟蒙文學的整體創作。和郭沫若一樣，大部分新文學作家都相信一個神話，那就是只要對與傳統相關的觀念及模式予以毀滅性打擊，覺醒的人和新的思想及形式自然就會出現。[150]

所以，蘇雪林「格義的」神話研究，究其實質仍與她個人「打擊能力」的獨特個性隱隱相連，換言之，使屈原作品「格義化」可以達成她一貫想要獨樹一幟及「五四」知識份子身處當世無法避免的否定和批判精神的表現。蘇雪林屈賦研究的精神在於它是當時「整理國故」的一種，她使用了所謂「科學方法」營造一套神話主張，為了「重新估定一切價值」而努力，這套西亞神話架構從產生

---

149 收在蘇雪林，《蘇雪林作品集·短篇文章卷》第4、5、6冊，（臺南：成功大學，2010）。

150 倪婷婷，《「五四」作家的文化心理》（南京：南京大學出版社，2005），頁167。

時間與所處時代環境來看，蘇雪林所完成的類推整理國故的意義遠勝於至今人們對蘇雪林屈賦研究的眾說嘵嘵。

蘇雪林的「打通中西」是「整理國故」之一種，「打通」所用的「科學方法」受到胡適啟發，胡適〈整理國故與「打鬼」〉說：整理國故就是要「用精密的方法，考出古文化的真相，用明白曉暢的文字報告出來，叫有眼的都可以看見，有腦筋的都可以明白。這是化黑暗為光明，化神奇為臭腐，化玄妙為平常，作神聖為凡庸。這才是『重新估定一切價值』。他的功用可以解救人心，可以保護人們不受鬼怪迷惑。」，[151]蘇雪林的新文藝創作實踐了白話文運動理念，但是她的學術研究在使用明白曉暢的文字上似乎沒有及格，她用的是繁瑣的考證文字。即使考證出古文化真相，蘇雪林也沒有「保護人們不受鬼怪迷惑」，反而一生對神怪、祭典之事極感興趣，晚年發表之雜文多數屬於此性質，雖然對這些事物有興趣並不能直言其人被鬼怪迷惑了，但蘇雪林之神話研究沒有科學上的貢獻卻是事實，她的論文中，較大成份都是在說故事，例如〈深淵巨魔鎖繫故事之演變〉[152]舉例希臘神話、希臘戲劇、盜火異說、攪海神話、后羿射日、《山海經》故事等，其中依然旨在證明它們之間的相同，但是蘇雪林常在論文中說了許多故事，這種情況所在多有。顧頡剛的祖父母都是能講故事的人，小時候的聽故事經驗啟發他去追索歷

151　胡適，《胡適文存》（臺北：遠流出版公司，1988 年 3 版）第 3 集，頁 160。

152　同註 1，收入蘇雪林，《屈賦論叢》，頁 111-123。

史真偽，[153]蘇雪林亦從聽故事啟蒙，[154]怎奈她對「故事」認了真，這又是蘇雪林與顧頡剛相異處之一。因此，蘇雪林只了解「科學方法」是拋開故紙堆，但接下來科學方法之「化黑暗為光明，化神奇為臭腐，化玄妙為平常」的積極面她並沒有完成。

所謂科學方法，胡適〈治學的方法與材料〉闡述方法與材料的關係：「科學的方法，說來其實很簡單，只不過是『尊重事實，尊重證據』。在應用上，科學的方法只不過『大膽的假設，小心的求證』。」，[155]張越《五四時期中國史壇的學術論辯》說胡適提倡科學方法是試圖：「說明西方自然科學的研究方法與乾嘉考據學的研究方法都是一樣的，不同的是，乾嘉學者的研究材料是文字的，西方學者的研究材料是實物的；文字的材料有限，總不出故紙堆的範圍，實物的材料無窮，大至實體，小至細菌；文字的材料是死的，所以考證學只能跟材料走，考證的方法是被動的運用材料，自然科學的材料不限於搜求現成的材料，還可以創造新的證據，可以產生實驗的方法，便不受現成材料的拘束。故材料的不同可以使方法本身發生變化」，[156]這是說科學方法能夠創新研究對象。因此，科學方法、整理國故終其目的是在創造求真、求新精神，顧頡剛〈古史辨自序〉曾說：覺悟了過去的哲學基礎建設於玄想，「我們要有真

153 同註 31，頁 6。

154 蘇雪林，〈童年瑣憶〉之「啞子伯伯的古聽」，收入《我的生活》，頁 19-25。

155 同註 151，頁 144。

156 張越，《五四時期中國史壇的學術論辯》（南昌：百花洲文藝出版社，2004），頁 104-105。

實的哲學，只有先從科學做起。」，[157]其努力的態度正映襯了「五四」求真的決心。將科學方法與整理國故結合，兩者是互相成全的原因與結果，科學方法與整理國故之關係，「科學方法」使整理國故得以盛行，而整理國故亦反過來讓「科學方法」深化新文化運動自身的意義。

整理國故運動中，每個參與者所謂「用科學方法整理國故」的具體內容、對這個問題的理解不盡相同。梁啟超〈治國學的兩條大路〉云：

> 我們雖然專門一種學問，卻切不要忘卻別門學問和這門學問的關係。在本門中，也常要注意各方面相互之關係，這些關係有許多在表面上看不出來的，我們要用銳利眼光去求得他，能常常注意關係，才可以成通學。[158]

顧頡剛的方法，在〈一九二六年始刊詞〉是：

> 研究國學，就是研究歷史科學中的中國的一部分，也就是用了科學方法去研究中國歷史的材料。[159]

相較於梁、顧，蘇雪林的方法是籠統的，國故運動中「科學方法」一詞，當時學者都具體說出他們採用西方的歷史進化觀的路數，但蘇雪林只指出「向西方求取」，嚴格說來是找尋方向問題，並未說

157　同註 31，頁 34。

158　同註 81，第 14 冊，頁 110-119。

159　《北京大學研究所國學門周刊》第 2 卷第 13 期，1926 年 1 月。引自張越前揭書，頁 73。

明方法的具體名目，所以她看到了當時學者所指示的路線，明白金針何在，但並未以此金針繡出真正有系統的圖案。胡適在〈古史討論的讀後感〉中對顧頡剛的「歷史演進方法」做總結，申明顧氏的方法有四，其三是：

> 研究這件史事的漸漸演進，由簡單變為複雜，由陋野變為雅馴，由地方的（局部的）變為全國的，由神變為人，由神話變為史事，由寓言變為事實。[160]

蘇雪林也沒有做到這一點，亦即沒有探討如果西亞神話確實傳入中國，但如何在中國發生的演變或再造，最後成為中國本身的文學或歷史的過程。在顧頡剛是有志於把古今神話與傳說作系統的敘述，〈答李玄伯先生〉云研究古史有一個願望：

> 把神話與傳說從古代的載記中、後世的小說詩歌戲劇以至道經善書中整理出來，使得二者互相銜接，成為一貫的記載。……我們在比較上，要了解古代的神話與傳說的性質，必須先行了解現代的神話與傳說；在系統上，要了解現代的神話與傳說所由來，必須先行了解古代的神話與傳說所由去。二者交互縈迴，不可分割。[161]

160　同註 31，頁 193。

161　同前註，頁 273-274。

以蘇雪林的神話系統來說，對照顧頡剛此番話，蘇雪林是把「古代的」替換為「西亞的」，而「現代的」則替換成「中國的」，理路即使相同，但蘇雪林並未做到顧頡剛所說的「所由來」與「所由去」。

十九世紀末，對傳統文化存在的懷疑更甚於對其合理性的挑戰，「科學方法」大力地影響「整理國故」運動，當時參與整理國故論戰的重要人物都有許多評論，代表相反或相同的意見，包括對國學、國故學等的疑議，以及對整理國故的讚揚或反對各自立場不同。何炳松即認為，「國學」一詞，基本上是國人將西洋人「支那學（Sinology）」再造出來的，所以，他認為應該推翻國學；而如果中國學術要由外國人研究發現，是中國的恥辱，因此，當務之急是要打破國界、放開眼光，紮實地做研究工作。[162]打破國界作研究正是蘇雪林進行的工程，只是她倒沒有在意這項工作由中國或外國人作研究的考量，而只是有「學術要打破國界」的看法。至於為何要吸收西方新血？蘇雪林在很早時期反覆提出中國文化「太老」問題，〈文體作家沈從文〉談到沈氏作品的理想是「想藉文字的力量，把野蠻人血液，注入老態龍鍾、頹廢腐敗的中華民族身體裡去，使他興奮起來、年輕起來，好在二十世紀舞臺上與別個民族競爭生存權利」：

> 中華民族以年齡論並不怎樣衰老……說起競爭，我想我們的力量並不見得比他們（歐美民族）遜色。不過中國民族的年齡雖不算老，文化的年齡卻太老了。文化像水，停蓄過久，

162　何炳松，〈論所謂「國學」〉，《小說月報》第 20 卷第 1 號，1929 年。轉引自張越前揭書，頁 61-63。

> 便會發生沉澱，……使我們血管日益僵硬，骨骼日益石灰化，臟腑工作日益阻滯，五官百骸的動作日益遲緩，到後來就百病叢生了。[163]

借文字力量使中華民族年輕起來，最終目的是希望中國爭取生存權，蘇雪林在許多文章裡覺得中國民族性是有問題的，所以，她一直是「主戰派」，《閒話戰爭》一書表現了蘇雪林非常強烈的戰鬥思想，[164]原因正是她覺得中華民族性奴隸太根深蒂固，若不保持戰鬥力，終將毀於千年以來的怠惰性。因此，筆者曾經思考，蘇雪林提出西亞文化東來之說，甚至「中國」一詞源於西亞，[165]是否為文化自卑論？但在蘇雪林著作中，又發現她一再提倡中華文化，〈南明忠烈傳原序〉：

> 中華民族果然是劣敗的麼？中國文化果然是毫無價值的麼？我的答案是極斬截極清楚的一個「否」字。地球上那些古老國家，如埃及、巴比倫、秘魯、古希臘、古羅馬等舊日固亦曾炫耀一時，今則光沉響絕，澌滅殆盡，惟我中華，獨巍然立於東亞，雖屢受異族侵陵，而歷史系統未嘗有一日之中斷。所以如此，當然由於文化上有一種特殊的力量，從中間維繫著，灌注著。數千年來，聖賢豪傑，哲士學人，人格

163 蘇雪林，《中國二三十年代作家》（臺北：純文學出版社，1983），頁 394。

164 蘇雪林，《閒話戰爭》（臺北：文星書店，1967）。

165 蘇雪林，〈「中國」名詞的由來〉，《蘇雪林作品集·短篇文章卷》（臺南：成功大學，2006）第 3 冊，頁 258-263。

和心血搏結的結晶，貫穿於歷史體系之中，賦我民族以生存與行動之活力，這就是文化的力量。[166]

她的短篇文章還有許多談論復興中華文化者，[167]因此，又顯示她並非對中華文化自卑，所以，蘇雪林的神話研究是一種用她自己方式的類推整理國故，雖然其中有盲點與迷徑，但是，作為反映「五四」新文化的時代精神與知識份子救亡、重新思考中國的過去與未來之意義，它依然能夠在文學史被記上一筆。

蘇雪林中西文化同出一源論，訴說著二十世紀初期，知識份子對傳統文化失去信心，比之於魏晉士人亦失去文化信心，而魏晉時代的相應方式有竹林七賢的狂放、學人清談等。晚清民初之時代背景與魏晉相似，同樣有著非中原體系的政權以及夷狄壓境，蘇雪林利用屈賦研究引進西亞文化的對待方式有很深刻的文化原因與意義值得討論。至少，「五四」雖是知識份子自覺新思潮之時代，胡適認為五四推崇「理性女神」但許多五四人本身依然深具「反理智」成分，[168]蘇雪林是個極具理智之人，她看到了當時的反理智，起而以引進西亞神話重新啟動文化思考，類推整理國故，不能說不是她的屈賦研究之價值。

166　蘇雪林，《南明忠烈傳》（臺北：臺灣商務印書館，1969）。

167　參見蘇雪林，《蘇雪林作品集．短篇文章卷》第 1-5 冊。

168　胡適民國 47 年 5 月 12 日致蘇雪林信：「『五四』本身含有不少反理智的成分，所以不少『五四時代過來人』終不免走上反理智的路上去，終不免被人牽著鼻子走。」，收入胡適等，《逝水浮雲曾照影——名家與蘇雪林書信選》（臺南：成功大學，2007），頁 145。

至今，學者對於蘇雪林的神話研究存在著兩種態度，一是褒讚其啟發前人之未見，二是不願作正面評論，無非都是想要對蘇雪林屈賦研究作出「是」或「非」的結論。平心而論，從文學性來看，她較多地以想像從事學術研究；從考古學來看，需要等待未來也許有更多佐證會出現，一旦新文物出土，最多是鼓掌「蘇雪林猜對了」，因為她的神話研究是一種「大膽假設」；若從蘇雪林所處的時代、學術背景而言，她的「格義的」神話之貢獻就不在於說法的對錯，而是脫離對蘇雪林屈賦研究定下對或錯判斷，內探蘇雪林的個性心理、外索時代的現實需求，再從這兩方面解讀她的神話主張，可以反視蘇雪林為什麼做了這一件她終生不悔之事的一個新角度。溫儒敏〈王國維文學批評的現代性〉云：

> 王國維墾拓現代文學的第一個步驟，就是引進西方的批評思維方法，以突破傳統批評的局限。這種希望借用外力刺激以推進和改造本土文化的自覺，與晚清西學輸入的大趨勢是合拍的。[169]

蘇雪林作為「五四」時期新潮的知識份子，其類推整理國故方式，是藉著引進西方文化，以比較文學的模式突破傳統批評的侷限，她的神話研究透過引進西方文化，整理中國文化以與歐洲文化調和，欲求世界文化的煥然一新，突破並改造中國禁錮難解的痼習乃其深層的意圖，其意義毋寧更大於野狐禪的定論。

169　溫儒敏，《中國現代文學批評史》（北京：北京大學出版社，1993年10月1版，2006年3月8版），頁2。

蘇雪林屈賦研究是民國初年以降，中國神話研究的一種「格義化」傾向，她明確且堅定地把屈賦拖入外來神話範疇，想以之作為在學術界建立獨立系統的方式，雖然，不可諱言地，蘇雪林選擇研究神話，有她天生愛好想像與神怪的個性使然，但是，她對於這個偉大目的要如何由她所擁有的資源及手段來達成，卻沒有清楚的認識與表述。

小結

蘇雪林人生的重量幸好是她從事了神話研究，否則，如此女子、如此身世，難以為言，極富玄義的是她的屈賦研究是一種「格義的」神話。自從「屈賦新探」問世後，學者不斷地說她的「發現」是獨特，本章說明「域外文化說」並非蘇雪林之獨見，而是把屈賦嵌入前人已啟發的觀點的一種反調，雖然如此，蘇雪林的中西文化比較研究仍有其意義，吾人不須一再褒揚其說之創新，而應該伸展觸角去探求這一個主張的文化論題，在「重新估定一切價值」的「五四」精神之下，蘇雪林屈賦研究的革命意義是可以肯定的，但是，她的方法及論證模式應該提出批判，而非一味予以單方面的抑揚。

蘇雪林提出了一個開端的點，只可惜她說得並不明確，應該說是資料不全或運用不當，以致她的神話主張不被採信以及一般人很難讀懂，但它畢竟是個有能見度的點，而且詮釋了「五四」時期一位女作家兼學者的介入探索新文化的可能。中國古代神話與西亞神話雷同的問題並非蘇雪林首創，在她之前已有學者零散論述，只是蘇雪林將它們明確化且認真地加以深入研究。這表現出蘇雪林在當時身為一名大學教授對於學術界的關懷及其微妙的方式，她以文學（屈賦）作為文本，再用比較文學方法進行，但卻走出了歷史思潮的意義，這是蘇雪林屈賦研究的價值所在，她完成了一項詭異的工程，簡言之，她用史學方法處理文學文本，再創一個文化問題。由於前有所承以及從顧頡剛疑古說發展出另一條別路，正由於其研究的內在理路介於因襲與獨創之間，因此形成一種似是而非的迷霧，細繹與她同時代學者的言論，又見其中隱然的軌跡，由於詭異，其實即是蘇雪林屈賦研究始終毀譽參半的原因。她的研究固然需要接受批評，但蘇雪林神話研究以「格義的」方式介入民國時代的史學討論，好似魏晉時代佛教以格義進入中國思想界，其意義在引進一種生疏的異質觀念與文化，她的主張雖立足點薄弱，而我們從佛教進入中土之「格義化」角度審視蘇雪林神話主張，能有更新的一種理解來開拓這位曾在中國文壇留下足跡的獨特女性，以及她的屈賦研究。

第五章　蘇雪林尚武思想析論

蘇雪林享壽一百零三歲，著作等身，範圍遍及神話、散文、小說、戲劇、童話、雜文等；其中最被學界矚目的是《棘心》、《綠天》兩書以及神話研究，並且產生了既定的論述思維。本章提出蘇雪林的尚武思想，以凸顯其個人特質以及與同時期女作家之異別。蘇雪林的尚武精神可以解釋其一生反共反魯，以及在「五四」時期，她的學術研究成為一種特立獨行的重要心態。

第一節　前言

蘇雪林與冰心、廬隱、陳衡哲、凌叔華、袁昌英、馮沅君、石評梅等人被譽為新文學第一代女作家。就一個群體而言，所以被歸類是因為某些方面具有共同特色，這中國近代文學第一代女作家開始試圖衝破傳統無形羅網，在提出人生問題的同時，要求掌握人之主體精神與自己命運。任一鳴《中國女性文學的現代衍進》一書，指出她們的文學作品顯示女性追求自我發展的具體表現有三方面：一、婚姻自主、戀愛自由，二、選擇最具女性味的「愛的哲學」母題與真善美理想，三、蘊含強烈的社會參與意識和批判意識。[1]由於第一代女作家此創作特色，人們對蘇雪林的矚目多放在舊時代女性自覺之上，但因蘇雪林有一系列《楚辭》、神話、李義山等學術論著，故另一研究角度為屈賦或古典詩，尚有從《棘心》探究其傳奇性婚姻愛情者。[2]然而蘇雪林與同時代女作家有一極大不同點——尚武，她的個性秉賦男人性情，自幼過著男孩式的童年，曾云「我雖然是個女性，自幼富於尚武精神，深慕花木蘭、秦良玉和法

1　任一鳴，《中國女性文學的現代衍進》（香港：青文書屋，1997），頁 31-34。

2　例如方維保，〈論蘇雪林小說的儒家文化意蘊〉，《華文文學》總第 47 期，2001 年 4 月，http://g.wanfangdata.com.hk/；
孟丹青，〈從《棘心》看蘇雪林的道德立場〉，《江蘇社會科學》，1999 年第 5 期，頁 157-160，http://cnki50.csis.com.tw/；
盧松芳，〈蘇雪林：女性意識的覺醒與堅守〉，《江漢大學學報》第 23 卷第 2 期，2004 年 4 月，頁 50-53。http://cnki50.csis.com.tw/

國聖女貞德之為人。」，[3]成人後表現的英雄氣慨，例如曾將嫁奩及多年教書節省下來積蓄五十兩黃金，捐給政府作為抗戰經費，[4]仗義直言等，都可見蘇雪林尚武精神的一貫脈絡。本章以蘇雪林雜文作品為主，從尚武思想形成原因、內容、所表現的個人特質三方面論述蘇雪林之尚武精神。

第二節　非浪漫亦非閨秀

關於蘇雪林一生的毀譽是兩面的：在個人性格上，有人說她的人緣不好，但她在抗戰時傾盡妝奩積蓄，捐出黃金五十餘兩，乃被譽為愛國作家；在學術上，有人說她對新文學的認識不清、觀念守舊，[5]有人稱讚她是文壇長青樹；[6]在行事作風上，她一生堅決反魯反共，有人則說她的作品是一派「政治咒語」[7]等，諸如此類，蘇雪林一生是糾葛複雜的。蘇雪林又是「最後的一位五四作家」，[8]所

3　蘇雪林，〈風雨雞鳴自序〉，《風雨雞鳴》（臺北：源成文化圖書公司，1977），頁 6。

4　蘇雪林，《浮生九四——雪林回憶錄》（臺北：三民書局，1991），頁 118。

5　鄭明娳主編，《當代臺灣女性文學論》（臺北：時報文化公司，1993）。

6　沈暉，〈蘇雪林——文壇的一棵長青樹〉，《蘇雪林文集》（合肥：安徽文藝出版社，1996）第 1 卷。

7　楊義，《中國現代小說史》（北京：人民文學出版社，1993）第 1 卷，頁 296。

8　馬森，〈最後的一位五四作家〉，《文訊》第 168 期，1999 年 10 月，頁 6-7。

以，對蘇雪林深入研究並給予相對持平評價，是釐清這一位近代中國文學史上非常獨特的作家之重要課題。

蘇雪林民國十四年第一次自法歸國後，開始以美文寫散文、小說，在中國現代文學的代表作是《綠天》、《棘心》，楊義《中國現代小說史》稱為「迴避現實、美化生活的消極浪漫主義」。[9]論者對第一代女作家的評語亦傾向她們繡戶閨門的陰柔之美，[10]朱雙一〈蘇雪林小說的人性認知和保守傾向——《棘心》、《天馬集》略論〉指出：

> 在內在精神上，卻有某種一脈相通之處——一種保守主義的音調和色彩，都在這兩部小說中流轉、瀰漫著。這或許就是蘇雪林小說在中國新文學史上的特殊價值和意義之一。[11]

然而，縱觀蘇雪林一生，不論為人處世、文章風格方面，其實是個思想十分強悍的人，僅從《綠天》、《棘心》來看蘇雪林是不公允的；何況，關於《綠天》，作者曾自剖是「撒了一個美麗的謊」，[12]至於「閨秀派」，她在民國八十年四月十七日的日記中寫著：

> 上午閱報，寫信與柯玉雪，將大陸蘇州大學丁瑜寄馬哲儒校長一文寄還，並加批語，以丁根據《棘心》、《綠天》二書，

9　同註7，頁291。

10　同註1，頁36。

11　杜英賢主編，《海峽兩岸蘇雪林教授學術研討會論文集》（高雄：亞太綜合研究院、永達技術學院，2000），頁440。

12　同註4，頁197。

> 將我劃歸閨秀派而不滿，寄以著作表一張，問屈賦百五十萬字，是否閨秀派所能作？[13]

人們說她的散文是陰柔、浪漫的，她說那是個謊；人們把她歸為閨秀派，她又覺得不滿，那麼，蘇雪林的思想風貌是什麼呢？她曾在兩處提及這個問題，明確說出答案，即《風雨雞鳴》與《眼淚的海》二書自序：

> 我的思想是什麼呢？說來也很簡單：第一是反共信念的早定，第二是民族文化的愛護，第三是尚武精神的發揚，第四是倫理道德擁護的頑固。[14]

> 我回到蔡館寫了一篇文字，題曰「一本論五四的書」，文章著墨不多，卻包括我對中國過去文化及新文化全盤的見解。這篇短文從各方面引伸起來，可以寫成幾十篇論文，可說是我一生思想的重心，也可說是我一生思想的縮影。[15]

這兩段文詞明示：反共、民族文化、尚武、倫理道德是她的思想內容。另外，蘇雪林老年最在意的一件事是其屈賦研究，因無人問津，她自己多方奔走，終於將一系列屈原研究出版，民國七十五年二月十一日的日記寫著：

13　成大中文系主編，《蘇雪林作品集·日記卷》（臺南：成大出版組，1999）第14冊，頁365。以下簡稱《日記卷》，註明冊數。

14　同註3，頁1。

15　蘇雪林，《眼淚的海·自序》（臺北：文星書店，1967），頁4-5。

> 今日看自己屈賦研究，覺得很好，今日已寫不出。古人大事業每有不能及身完成之憾，而我竟能於未死前成此鉅著，實天之所以厚我者，不容不感。[16]

從以上可知，蘇雪林深具中國傳統讀書人對生命價值「疾沒世而名不稱焉」的心理，但是，這個名不是聲名或利名，[17]她關心的是文化問題、在意的是學術研究而不是文學創作。所以，蘇雪林的作品既非浪漫亦非閨秀，相反地，她的個性與文章風格是奮發昂揚、積極進取，而這樣的風格則由「尚武」思想所鎔鑄出來。

第三節　尚武思想形成之因

一、個性

是什麼因素形成蘇雪林的尚武思想？我們可以由個性、時代、理性三方面來說。個性方面，蘇雪林自幼富有男人性情：

> 我自幼富於男性，歡喜混在男孩子一起。[18]

從《我的生活》之〈兒時影事〉、〈童年瑣憶〉二文中，我們看見

16　《日記卷》第 13 冊，頁 19。

17　民國七十二年五月三十日記載：「乃知我之病固為老人病而亦雜有發表狂，所謂發表狂者，不必為名亦不必為利，只盼常有作品問世。」《日記卷》第 11 冊，頁 318。

18　蘇雪林，《我的生活》（臺北：文星書店，1967），頁 26。

一個好動、愛玩的小女孩，每天的生活是掄刀舞棒、扳弓射箭、捉蟋蟀、放風箏、捕鳥、釣魚等等男孩子們玩耍的遊戲：

> 在七八歲以前，我和幾個年齡差不多大小的叔父、哥弟混在一淘，整天遊戲於野外，釣魚、捕蟬、捉雀兒、掏蟋蟀；或者用竹製小弓小箭賭射，木刀、木槍廝殺。[19]

她的童玩是自己製作弓箭、練小汽槍，還曾經在試射的時候，把祖父衙裡的衛兵嚇了一跳，在晚清年代，一個小姑娘有這麼大本事，頗需另眼相看。蘇雪林在浙江蘭谿祖父的衙署中出生成長，官家小姐的生活是有限制、必須接受調教的，但是，在小時候，上房關不住她，祖父的衙署也不夠闖蕩，自然她不愛也學不會拈針刺繡、調弄脂粉的閨閣必修功課。蘇雪林其實是一個男性化的女孩，而且富有舊時女性少有的冒險進取的精神，她心目中的英雄是秦良玉、花木蘭等巾幗，曾想從軍：

> 我雖然是個女性，自幼富於尚武精神，深慕花木蘭、秦良玉和法國聖女貞德之為人。假如抗戰時期中我的年齡正當青壯，我也會去從軍。[20]

她的文章中屢屢剖析自己的性格：

19　同註 18，頁 14。

20　同註 3。

> 我的性格相當頑強，同時又是五四思潮裡翻滾過來的人。……一個平日喜以「五四人」自命的人。……我的性情本來不甚溫良，……我的稟性又是那麼頑固和倔強，又愛好自由，厭惡拘束。[21]

在《棘心》這部小說中，也有如下的敘述：

> 醒秋雖生於中國中部，卻富於燕趙之士慷慨悲歌的氣質，雖是個女子，血管中卻含有野蠻時代男人的血液，——這或與她兒時蠻性濃重有關。她愛宇宙間一切的壯美：她愛由高山之巔看漫漫四合的雲海，大海上看赤如火焰的落日，絕壁間銀河倒瀉般的飛泉，黑夜裡千山皆紅的野燒；她愛聽雷霆聲、大風撼林木聲、錢塘八月潮聲、鐃鈸聲、金戈鐵馬相衝擊聲。[22]

---

21 蘇雪林，〈一個皈依天主教五四人的自白〉，《靈海微瀾》（臺南：聞道出版社，1980）第 3 集，頁 74-106。

22 《棘心》目前坊間有三種版本，章節各有出入。一、香港順風出版社共十五章；二、臺灣版之內容則由香港版之十五章增刪為十九章，多〈自閨房踏入學校〉、〈兩位思想前進的女同學〉、〈馬沙的家庭〉、〈愛的宗教與賴神父〉、〈他不來歐洲〉，少了〈恨〉，字數增加約六萬字；三、北京燕山出版社則有十七章，亦比香港版多出了第二章〈自閨房踏入學校〉及第十一章〈馬沙的家庭〉，且香港版第十一章〈恨〉，在北京版標題為第十三章〈他不來歐洲〉，內容則相同。此三個版本的關係：香港版本年代較早，臺灣版為蘇雪林來臺後增加章節者，而北京版則是兩岸開放後，重印臺灣版在大陸發行。本章以臺由於蘇雪林坦承《棘心》有相當大的自傳成分，學界將此書作為《浮生九四》之外的另一部回憶錄看待，因此，書中女主角醒秋的個性剛直豪爽又富有正義感應該就是作者的影子。除了男子性情之外，在少年時代，蘇雪林早已流露出舊時女性罕有的英雄氣概，一九一五年日本向袁世凱提出二十一條，舉國震憤，蘇雪林義憤填膺寫下一首七絕：

> 也能慷慨請長纓，巾幗誰云負此身。磨拭寶刀光照膽，要披巨浪斬妖鯨。[23]

在往後青、壯年流離海外的顛簸歲月又帶給她生活困頓與精神苦楚，更改變了她的一生。蘇雪林從智識啟蒙階段起，便強烈意識到弱肉強食的自然規律，她不甘成為那個被食的弱者，所以：

> 我們只有驕傲，不容自卑；只有樂觀，永不失望。[24]

面對外侮勢力，蘇雪林的理念是強悍的——「寧玉碎，不瓦全」，必要時可以粉身碎骨：

灣版作為文獻（臺中：光啟出版社，1957 年 9 月初版，1977 年 12 月 7 版），頁 96。

23　蘇雪林，〈「老冬烘」與「新青年」〉，收入蘇雪林等著，《我們的八十年》（臺北：時報文化公司，1991），頁 17。案：本詩亦收在蘇雪林《燈前詩草》中。

24　蘇雪林，〈人類的命運〉，《閒話戰爭》（臺北：文星書店，1967），頁 41。

> 我們決非日本的對手。但我們已被日本逼到懸崖的邊沿，後退無路，寧可抱著敵人一同粉身碎骨，決不涕泣拜禱以求生。……我們寧為玉碎，不圖瓦全。便是真的要死，我們也要選擇一個堂堂的死，索取一個有代價的死！[25]

因此，蘇雪林在個性上富於男子性情、頑強、英雄氣都是形成她尚武思想的內在基因，在時代的淬煉下，則更相激成了蘇雪林個人風格的尚武精神。

二、時代

在蘇雪林長達一世紀又三年的生命中，所生活過的歲月跨越滿州王朝與民國，經歷的事件有：辛亥革命、五四運動、抗日戰爭、國共爭權、軍閥割據、臺灣的反共抗俄、石油危機、經濟起飛、解嚴、兩岸開通、總統民選等國家大事。她的一生常和革命、改革、戰亂相終始，時代帶給她極大的不安，不安影響了生活品質，又使她常懷憂懼，在民國六十六年十二月廿七日的日記裡有：

> 我一生作夢，好夢尋覓房屋，次則存款在人手，何故如此，將來擬覓深通佛洛依德夢理學者問問才好。[26]

只此「好夢尋覓房屋」、「存款在人手」的情節，固不待佛洛依德精神分析，蘇雪林內心深處對生活的不安與某種恐懼感是顯而易見的。以她的生年來說，少年即逢辛亥革命；長大之後，一連串的改

25　同註 24。

26　《日記卷》第 8 冊，頁 411。

革爭戰如影隨形，生活周而復始地面臨風雨飄搖、身家危險、朝不保夕的境地；即使臺灣以反共基地、復興寶島的形象吸引她民國四十一年自法邦萬里歸來，但是五〇年代的國民黨對大陸政策之「反共抗俄」又是另一波無形戰事，依然恐嚇著蘇雪林的心靈。甚至民國七十六年開放大陸探親之後，國共關係不再極度緊繃，但是，不知是否長年處於這種政權緊張所造成的習慣性排斥，蘇雪林在兩岸溝通、中共不再是「共匪」之後，她依然認知著鬥爭，民國八十年八月廿四日的日記：

> 晨起，寫二頁信與顧保鵠神父，告以我近年之所以大受尊崇者，並非實際才學有以致之，乃兩岸政治鬥爭之結果耳。[27]

所以，時代對蘇雪林的影響是很大的，歷史上幾次大規模戰亂與長年流離，使得蘇雪林深諳時代殘酷與生命脆弱；如果是當時的尋常婦女，或許就會無所思考地學習認命，但蘇雪林是身受「五四」改革思潮洗禮的女性，她了解只有積極奮鬥才有活得更好的可能。戰亂帶來的沉重打擊使得她有一系列描述戰爭、討論戰爭的文章，那是親身經歷所體會的戰爭之苦，與過去文人沒有戰爭經驗的非戰作品不同：

> 蓋戰爭之苦，非身歷者不知，真正在戰爭漩渦裡打滾的人，其用筆決不如用刀槍之便利，所以他們不能描寫。[28]

27　《日記卷》第 14 冊，頁 421。

28　蘇雪林，〈阿修羅與永久和平〉，同註 24，頁 42。

由於蘇雪林有深刻的時代感受、紮實的戰爭體驗，所以，時代動亂反激出內在奮鬥精神是形成她尚武思想的第二個原因。

三、理性

蘇雪林是在「五四」浪潮翻滾過的人，她雖然很謙虛地說自己並未直接參與五四運動，因為民國八年五月，她尚在安徽省安慶附小教書，是年秋天才前往北京女子高等師範就讀。因此，她在世之時，始終辭稱「五四人」、「五四碩果僅存的一人」等雅號，但她承認自己與「五四」有間接關係，那就是她接受了「五四」的理性主義薰陶，且終生奉行。[29]

辛亥革命時，蘇雪林尚值少年，智識仍是懵懂無知的。五四運動時，她已在安慶附小教了兩年書，從書刊上得知改革的理念正在北京突圍，且自己頗受鼓舞，因此，她是迂迴地接受「五四」啟發而產生崇尚理性的精神。「理性」是她服膺的人生目標，在學生時代對此觀念就有清醒的領悟，包括二三〇年代與左派人士之間的筆墨纏打都是由於「理性」，〈我的學生時代〉文中說：

> 我們都是舊社會出來的人，深受舊社會壓迫的痛苦，我們也都是被傳統思想束縛過的人，深知傳統思想妨礙進步之

29 蘇雪林，〈我與五四〉，《臺灣新聞報》（西子灣副刊），1989 年 5 月 30-31 日。

> 大，……我們那時所有的信仰也完全破產，但我們心龕裡卻供奉著一尊尊嚴無比儀態萬方的神明——理性。[30]

〈關於我的榮與辱〉云：

> 我是受過五四時代理性主義薰陶的人，凡事都要講個理性。……我並不患受虐狂，當然也不愛受辱，不過當時敢向太歲頭上動土，原也抱定了為正義真理犧牲的決心。[31]

青年人的熱心和嚮往新世界的精神是可貴的，但必須有「明智」智慧的指導，所以，蘇雪林雖是從舊時代走來的人，但她並不一味擁抱傳統，也不因時代的挺進思潮又一味打破傳統。傳統礙人，但行事的準則是理性，也用它來判斷事物、進行思考，例如，她認為選取適用的、科學的固有文化道德是改善社會風氣敗壞的手段：

> 恢復固有的文化和道德也不失是一種手段，但必須經過縝密的科學處理，去其不合時代需要者。[32]

所謂「科學處理」即理性手段，利用科學態度來處理舊文化問題，取捨標準以是否合於時代為主，此乃依「理性」原則所作的考量。

30　同註 18，頁 100-101。此外，〈一個皈依天主教五四人的自白〉亦談及信仰天主教所遭受的歧視：「我經過這樣的痛苦，尚忠於信仰，並非矯情，實由我的信仰是通過理性的，不是『盲信』，也不是『硬信』。」，同註 21，頁 106。

31　同註 18，頁 246-250。

32　蘇雪林，〈一本論五四的書〉，收入《眼淚的海》，頁 213。

除了年輕時代如此，直至老年時的日常生活中亦可略見一二。蘇雪林自民國四十五年任教國立成功大學中文系，一直住在臺南市東寧路的成大教職員宿舍，有一年家中失火，蘇雪林當下的思考是念及公家的損失而非自己，民國七十三年十月廿九日的日記：

> 飯後坦然高臥，火延窗，將大熾，余身為灰燼不足惜，公家房子被此火災，將何償耶？[33]

人是自私的，家中遭遇火災，她並沒有首先想到如何搶救自己的身家財物或者讀書人最珍愛的書籍，反而念及「公家房子」，雖然「將何償耶？」是金錢上的考量，但先公後私、以何為償的心理是一種理性的表現。再者，蘇雪林堅決反共，原因之一便是她認為共產黨實行愚民政策、不講理性，在〈教師節談往事〉文中說：

> 在共產主義的字典裡，不容許有「明智」這個字眼的存在。他們不許人民有思考的自由，更不許人民有權衡利弊、判斷是非的頭腦。[34]

理智需要行動配合，徒有理智而無實踐能力、或實踐而無法堅持，則理性只是飄渺口號，所以，需要尚武思想來穩固，亦即一種強悍的護衛力量，否則理性無法發揮在魔障環境下判斷是非的功能，仍然是一句空話而已。當蘇雪林用理性的角度觀察並思索宇宙與人生時，一種不容虛無主義與強權霸力欺壓的尚武精神於焉產生。「尚

---

33 《日記卷》第 12 冊，頁 184。

34 同註 3，頁 115。

武」從字面上解釋是崇尚武力，付之實際行動是主張戰爭、加強軍備，精神內涵上則是強悍進取、永不退縮。以蘇雪林的「半生事業」——反魯[35]來說，此舉被批評是一種「罵文化」，[36]縱然她是因為反共而反魯，以及不齒左派文人，但是《我論魯迅》一書提到另一個原因是值得注意的，那就是她「反魯」實際上是「反對偶像」以及自身「正義感」使然：

> 共匪利用他作為霸佔文壇的工具以後，更拼命在他身上裝金抹彩，把他塑成了一尊氣象莊嚴、威儀奕赫的偶像。這尊偶像成了共產主義的代名詞，共產主義的二位一體。……
>
> 我和魯迅差不多算是同時代人，我又自命是個深知魯迅底裡的，我要做一個「活見證」，證明共匪可恥的謊言，我要剝去魯迅偶像外表燦爛的金裝，歸還它一包糞土。這是歷史給予我神聖的使命，我應該「義不容辭」負擔起來的！[37]

蘇雪林反對的是魯迅「偶像的危險性」，不願見全國青年「成了共產主義的精神俘虜」。偶像崇拜其實有正反兩面，當崇拜的偶像可以促使你因偶像而有所進境成長，這是偶像的正面意義；反之，若崇拜偶像令你墮入沉醉迷思，從此神散智昏，則偶像的危機實難估量了。但是，姑且不論偶像的正反價值，嚴格說來，偶像與崇拜者

35　蘇雪林，《我論魯迅·自序》（臺北：傳記文學出版社，1979）。

36　范泓，〈看蘇雪林怎樣論魯迅〉，《粵海風》第 5 期，2004 年，頁 23-27。http://cnki50.csis.com.tw/

37　同註 35。

之間的關係畢竟不是實體對應而是虛幻的，所以，如何把持住崇拜偶像的正面意義需要理性作後盾，理性也是防禦無限尚武而導致嗜殺嗜戰之平衡藥方。崇尚理性之人必定是反虛無主義者，這也表現在民國四十八年蘇雪林與覃子豪一場象徵詩的論戰，[38]她從流派角度評論李金髮，指出象徵派詩人「幻覺豐富，異乎尋常」，而李金髮創作特點是：觀念聯繫的奇特，用擬人法、省略法，完全不講組織法，[39]蘇雪林反對用這樣的「象徵性」來創作新詩，覺得象徵詩異乎尋常的「幻覺」是虛無的，會將新詩引進牛角尖、走入死胡同。她反對的「隨筆亂寫」、「拖沓雜亂」是無組織秩序、非理性的徵象，[40]蘇雪林主張新詩要認真地寫、確實地表達，「巫婆的蠱詞」、「咒語」何嘗不是立足「理性」的反諷形容。蘇雪林反魯、反象徵詩，其實都基於崇尚理性，反對虛無的立場。

---

38 〈新詩壇象徵派創始者李金髮〉，《自由青年》第 22 卷第 1 期，1959 年。後收入蘇雪林，《文壇話舊》（臺北：傳記文學出版社，1969），頁 152-160。

39 蘇雪林，《中國二三十年代作家》（臺北：純文學出版社，1983），頁 166-168。

40 蘇雪林，〈新詩壇象徵派創始者李金髮〉：「李氏作品卻是隨筆亂寫，拖沓雜亂，無法念得上口。雖有俊語也就抵消了。但這種詩體易於藏拙，於是模仿者風起雲湧，新詩壇遂歸象徵詩佔領。上焉者如現代派的杜衡、戴望舒，所作比李氏更多一層工力，可謂青出於藍；下焉者，各校學生及所謂文藝青年，提起筆來，你也『之』，我也『而』，他也『於是』與『且夫』，已經是萬分可厭，說的話更是像巫婆的蠱詞、道士的咒語、匪盜的切口，更要叫人搖頭。」，收入《文壇話舊》，頁 159。

崇理性、反虛無是蘇雪林尚武思想的第三個原因，尚武精神不僅密藏在她幼年心靈裡、亦表現在她所經歷的各期人生階段，更是縈繞她一生的基本思想傾向，在她為數極多的雜文裡，宣揚著與她同時代女性作家們所沒有觸及的觀點。[41]因此，自身個性以及外在時勢的造就，蘇雪林的思想是以剛強為基礎架構，而形塑出來的則是——尚武。

第四節　尚武思想之內容

一、為何提倡尚武

(一)弱肉強食

蘇雪林尚武思想根源有二：一者宇宙人生是弱肉強食的，二者是中國民族性的問題。中國民性柔弱，往往必須卑弱地活著，甚至悲哀地與外侮抵抗，才能拼取自己的生存空間與權力。首先，她認為宇宙人生是殘酷的：

> 從廣漠無邊的星球到肉眼瞧不見的微生物，一例受著弱肉強食、天演淘汰鐵律的支配。整個宇宙，日夜在互相搏擊，互相吞噬的戰爭狀態之中；整個宇宙，充塞著眼淚、血腥、勝利者的狂笑、失敗者的哀號。……生命原是個悲劇，而人類

41　以作品而言，蘇雪林與同時期女作家不同之處在於她有專門討論戰爭的著作，以及《南明忠烈傳》一書亦以南明抗清烈士事蹟鼓勵民族氣節，但此書屬小說類，本章以雜文為主要探討線索，故暫不論。

> 的命運尤其慘酷，在這能自強者生存，不能自強者滅亡的鐵面無私的自然巨人之前，我們除了掙扎、奮鬥、向上、從死中求生、從絕望中殺出一條血路，別無辦法。[42]

人類面對著生命的悲劇性殘酷本質，必須「掙扎奮鬥」、「死中求生」、「從絕望中殺出一條血路」，蘇雪林以字字血淚寫著生死血淚。有形生物為了「空間」與「食物」兩大需要之取得而造成戰爭：

> 整個世界宛如一大戰場，鮮血之流，深逾滄海，悲號慘痛之聲，應該是上達三十三天。[43]

這裡依然是淌著鮮血的弱肉強食鐵律，再加上時代動亂，蘇雪林親見親受一波波戰爭的威力，那不只是由美術館收藏的戰爭名畫所感受到的恐怖而已，[44]而是身體心靈雙重的實際打擊，這些拜戰爭所賜的經驗，俱見蘇雪林《我的生活》、《人生三部曲》諸文，而《閒話戰爭》八篇更是她專門論述戰爭的文章。在《閒話戰爭》一書中，有關戰爭的部分，她指出由於大自然弱肉強食的定律，所以戰爭是必然的，人活在這種必然之中，為求存活，唯一的方法即是強化自己，要強化自己就必須具備尚武精神，以便在殘酷的戰爭事實裡生存下去，〈閒話戰爭·戰敗者〉云：

---

42 蘇雪林，〈風雨雞鳴自序〉，同註3，頁7。

43 蘇雪林，〈宇宙一戰場〉，同註24，頁1。

44 蘇雪林，〈閒話戰爭自序〉，同前註，頁2。

> 這個世界原是個弱肉強食、生存競爭的世界，戰敗者便立刻失去了他生存的價值。[45]

蘇雪林從宇宙人類的生存競爭來說明尚武的重要性，因為除非自己甘心被欺凌消滅，否則，強悍、自立自強的思想是必須建立的。

(二)中國民族性

從潛意識角度來說，蘇雪林以貴古賤今看待事物，這表現在她對於文學作品的褒貶多所著意於傳統思想與道德，前述五〇年代批評李金髮的象徵詩以及郭良蕙的《心鎖》等，[46]都是文壇名噪一時的事件。在文化觀念上，蘇雪林也表現出貴古傾向，她認為中國民族並非天生不武，古代文武並重，不敢偏廢，春秋時代是一個輝煌的標竿，但春秋之後就沒有民族意識了。民國二十三年國慶日發表於武昌《華中日報》之〈雙十節與民族意識〉一文云：

> 春秋時代，我們民族意識是很發達的。所以蠻夷猾夏，引為大戒，夷夏之防，視為要圖，「薄伐玁狁」、「薄伐西戎」為詩人之所讚美。……不但民族的獨立人格得以保全，三代以來一脈相傳的文化也得免於野蠻民族鐵蹄的蹂躪。以後的情形就不對了，從西晉迄明清，中國或半部或全部輪流屈服

45　同註 24，頁 19。

46　蘇雪林，〈評兩本黃色小說：《江山美人》與《心鎖》〉，《蘇雪林作品集·短篇文章卷》（臺南：成大中文系，2006）第 1 冊，頁 62-73。

> 於異族統治之下，差不多佔歷史三分之一的時間之久。[47]

由於民族意識消失，於是奴隸性成了中華民族的第二天性。三綱五常畸型發展，到了清代，尚武精神又被文字獄軟化，所以「我們成為地球上最大最長久的『奴隸世家』了！」。奴隸根性有兩點特色，就是缺乏自信力與富有依賴性，奴隸世家的子孫是永遠無法獨立生活的，所以我們：

> 要想講世界主義，先須爭得民族的獨立和自由，要想爭得獨立和自由，先須將那久被異族殘殺的「民族意識」一件寶貝找回來。[48]

所謂「民族意識」就是蘇雪林認為早已消失的「武」的精神。中國是一個講究和平的民族，歷代文學作品不乏反戰思想，文人不惜花費筆墨，千方百計避免戰爭，長此以來造成中國民性柔弱，蘇雪林認為近代中國積弱，原因正在於「不尚武」：

> 鴉片戰爭以後，我們與日本及列強交綏也動輒挫敗，「東亞病夫」「東亞懦夫」之名傳遍世界，實為我中國民族之奇恥大辱。國民性之所以如此，與中國文學反對尚武精神有關。[49]

---

47 成大中文系主編，《蘇雪林作品集·短篇文章卷》（臺南：成大中文系，2007）第 3 冊，頁 2。

48 同前註，頁 4。

49 蘇雪林，〈文學作用與人生〉，《蘇雪林自選集》（臺北：黎明文化事業公司，1977），頁 118。

抗戰八年，全國軍民一致全力抵抗外侮，蘇雪林以為「簡直是個天大的奇蹟」。[50]所以，中國民族慣性反戰、太講究圓融隨和之道，再加上清末民初的列強入侵，蘇雪林認為只有培養尚武精神、積極奮發，才能重新建立民族信心、才能以積弱之國的條件打敗強敵。

上述中國民族性的反戰思維、武德喪失是必須提倡尚武的理由，更進一步，蘇雪林認為武德喪失的原因，除了梁啟超〈新民說〉中所提出的四點：國勢統一、儒教流失、霸者摧盪、習俗之濡染之外，她認為還有一點是「文化的爛熟」。[51]文化爛熟的現象，其實正是積極精神的喪失，一個民族如果過於老成，文化就不能避免爛熟與頹敗的定律，文化到了這一階段，戰禍便乘虛而入，此時如果繼續怯懦，武德便隨之消亡，不講武化則民族之亡就成為宇宙淘汰律下，順理成章的證明題，這個戰爭與文化的關係也是中國必須提倡尚武的理由。

二、如何培養尚武精神

(一)學生從軍

蘇雪林提倡的武化精神，其根據是建築在自然界生存競爭的基礎上，而具體表現則在「建立武化」、「學生從軍」、「讀書救國」。提倡武化要以培養武德為基礎，所謂武德即「尚武精神」，也就是說文化之外亦須重視武化，而武化之建成，必須國民具備尚武精神不可。蘇雪林的青年時代，正是中國在滿清百年積弱之後的列強外

50　同註 24，頁 28。

51　蘇雪林，〈武化與武德〉，同註 3，頁 115。

侮相繼侵凌之時，國父雖建立了中華民國，但覬覦中國的日本與趁亂而起的軍閥卻連番上陣，翻攪老百姓期待安定生活的渴望，好不容易全國上下一心合力擊退日本，百姓亟欲休養生息時，接著又是同胞內亂的國共焰硝，這一長串慘酷與顛沛流離使得蘇雪林肯定「武力」的功能：

> 無論怎樣高尚的思想，卓越的主義，想靠口舌文字來宣傳，收效總是很慢，靠武力往往不終朝而遍於天下。[52]

武力既然重要，如何培養武力則是重要手段，最好的方法即由學生從軍。蘇雪林在抗戰前後寫了許多文章宣揚尚武思想，從《閒話戰爭》前八篇有關戰爭的內容看來，蘇雪林是主戰的，其主戰的理由是：一、為了生存，二、創造新文化。宇宙是弱肉強食的、戰爭是悲慘的，但是戰爭雖慘酷，由於戰後的一切可以經過重建而創新，故又是必要的。既然武力重要、戰爭又不可避免，則我們就應鼓勵「從軍運動」，她認為：

> 知識份子應該全體動員，或用筆、或用舌，或在都市、或入鄉村，發起一個極其廣大的從軍運動。[53]

由於數千年中國文學所鼓吹的反戰思想和中國傳統「好男不當兵，好鐵不打釘」觀念，民間普遍認為從軍沒有出息，如今要扳正這些

---

52 蘇雪林，〈對戰鬥文藝的我見〉，《讀與寫》（臺中：光啟出版社，1959），頁 99。

53 蘇雪林，〈從軍運動〉，同註 3，頁 121。

思考，鼓勵從軍。普通民眾因為對國家的危機認識不清楚，那麼，知識份子更要負起責任，這不是把社會菁英送上死路，而是因應現代的戰爭是「科學戰爭」，知識份子有充分的智識擔任此一重任，故主張學生從軍。事實上，蘇雪林最終目的仍在強調一種武勇精神：

> 學生從軍，不但可以改正國際對我們的觀感，還可以給一般國民一種強烈的刺激，發生極大的精神效果。……我們正當提倡武勇果敢的道德、輕生尚義的精神，將這可恥的劣根性改正過來。[54]

所謂「可恥的劣根性」是畏葸冷淡、苟安怕死，是「中華民族最大的劣根性」，故蘇雪林努力鼓吹一種精神力量，此力量可以救國，此精神即尚武，而需要青年學生來完成。

(二)讀書救國

「讀書救國」的觀念是主張在戰時，青年之中應有一部分人從軍，而另一部分青年則以讀書救國。所謂書並不單指書本上的死知識，是指一切有用學問之研究，包括從玻璃試管、蒸餾器、實驗室、實習場所得來的知識，換言之就是實用的功課，亦即理化方面的書。何以要讀實用的書？因為軍備經濟文化的建設需要大批人才，而中國始終依賴外援並非長久之計，且由於戰爭必會帶來破壞，一旦抗戰成功，建設方面的人才更需求之國中，所以，一般青年學生如果認為自己只能讀書，而且只會讀某一類的書，等到把書讀通、

54　同註 53，頁 131。

學問做好，再來救國，我們的生命早歸於烏有之鄉了。抗戰時期某些青年學生受到左派鼓動，覺得讀書救國是空頭支票，天天高喊打倒帝國主義口號，奔走政治運動，蘇雪林認為這是錯誤的作法，她強調讀書救國不嫌晚，反而正是青年學生應該戮力從事的工作，如果因為政治危殆而給自己一個荒廢的理由，這樣的損失是難以估計的：

> 當時各校學生氣憤填膺，血脈僨張，誰有心讀書，誰不感覺處現在情勢之下讀書的無用，要是當時教育家和社會一般有識之士，聽從學生的要求，將學校停辦，教育方針放棄，青年就白白犧牲五年三年一年最寶貴的求學光陰了。一個青年犧牲幾年求學光陰，不算什麼，全國幾千萬青年，犧牲幾年求學光陰，那損失就不是巧曆所能算的了。[55]

蘇雪林從實用的角度看見時代的問題與現實的需要，所以，她提出的「讀書救國」有其特殊的關注，即：

> 不是一味讀自己的書，不要再像從前那些青年一樣奔走運動，白白廢時失業，更不要蹈前人覆轍，幹那殺身無補的愚行。[56]

---

55 蘇雪林，〈讀書救國〉，《人生三部曲》（臺北：文星書店，1967），頁 109。

56 同前註，頁 110。

在戰時倡言「讀書救國」並非讀書人逃避現實的藉口，而是未雨綢繆、為國儲才，目的是為了避免戰後引起人才恐慌，乃復國的預備，所以，在戰時，學生更需要讀書，而且要讀實用的書以利興國救國。

（三）文化尚武

尚武的提倡，最直接的理由是基於戰亂的需要，那麼，一旦社會上沒有戰爭時，尚武思想的積極面則表現在文化的反省與維護，此乃蘇雪林尚武思想的另一層內涵。由於蘇雪林的反共與愛國背景，關於她的尚武精神或許會讓人以為是時代環境使然，即只有在對日抗戰這種民族危機情況下才促使她產生了這樣激進的思想，但是蘇雪林有其自信，在《風雨雞鳴》自序云：

> 我這幾篇擁護武化、鼓吹從軍的文章，不唯可用之於對日抗戰的時代，也可用於將來對付共匪，反攻復國的時代。就說國界撤除了，人類仍在，這個宇宙仍然不免於戰爭，既有戰爭，武化仍然要講。

此處很明顯地陳述她的尚武精神並不是一朝一夕或一時一地之思，而是維繫她整個思想的重心。尚武思想在戰時是必要的，而戰後或太平時代呢？蘇雪林的尚武思想繼續表現在「文化尚武」的提倡上。

蘇雪林一生中所經歷的戰爭不少，最大宗的恐怕是三〇～四〇年代的抗戰與剿匪。如果以戰爭作為劃分點的話，蘇雪林的尚武思想可以從抗戰剿匪期（民國廿六年～三十八年）、自法來臺期（民國四十一年～七十五年）、兩岸開通期（民國七十六年～八十八年）

來看。這三個時期，除了外侮的日本，中共始終是蘇雪林口中的「萬惡共匪」，對她而言，那是歷史的事實，但是愈往後的年代，戰爭的形式已脫離實際上兩國或多國的武器拼鬥，更多的是文化爭鬥，所以蘇雪林的尚武思想，從抗戰剿匪時期鼓勵學生從軍轉變成國共分治後的文化尚武。換言之，抗戰期間的尚武是鼓吹青年學生加入戰爭、提倡全民武化，以實際行動拯救國家；抗戰結束，赤焰逼迫，蘇雪林再度面臨戰爭的顛沛，她輾轉香港、法國，來到臺灣，雖然教職生涯安定，但反共抗俄是另一波戰事。民國四十一年蘇雪林自法邦歸國之後繼續提倡尚武、強調戰鬥文藝：

> 反共抗俄是一件非常偉大的事業，也是非常艱難的事業，並非幾句口號、幾張標語、幾篇文字、幾本書籍，便可以做到的。……這中間還有一個重要因素，便是國民心理之健全和德性的優越。……培養國民心理的健全和優越的德性，固有待於學校的教育，但文藝之重要則似乎更在學校教育之上。[57]

戰鬥文藝的對治對象是當時所謂的黃黑文藝，蘇雪林發表了多篇文章力證戰鬥文藝的必要，她從文學作用論的立場，認為文藝對社會風氣潛移默化之力量強勝於政府的法令和輿論裁制。[58]此時她尚武精神的內涵已不必是學生從軍，因為國共分裂並未如八年抗戰那般與外敵實際激烈的武力相見，而是軟性的精神與文宣之戰。當時的臺灣是反攻復國基地，因此，崇揚尚武思想重點在反共抗俄的基礎

---

57 蘇雪林，〈文學寫作的修養〉，同註 52，頁 93。
58 蘇雪林，〈對戰鬥文藝的我見〉，同前註，頁 98。

下提倡文藝教育，即文化尚武，目的是建立健全的國民心理與優越德性。

所謂文化尚武，是基於文學功用論而主張文藝力量深入軍中。以武化鞏固文化，其實也是以文化維持武化，因為文化如果沒有武化保護，難免面臨柔靡飄零的命運；當國家站得住腳時，為避免晏安之酖毒，故再以文化維繫武化，此乃蘇雪林尚武思想中「武化」與「文化」的相互關係。尚武目的也不是為了盛氣凌人、欺壓別國，而是為了保護國土完整、維護中華民族人格的獨立，其最終目的則為了復興民族大業，[59]不想讓中國人「萬世為奴」。

蘇雪林在政治選擇方面，尊崇的是民國三十八年退守來臺的國民黨政權，在她的觀念裡，此一脈絡是正統，對岸的赤色政權是妖邪，所以，她的尚武其實是反對「萬惡共匪」之亂政與毀滅文化。在中共之前，中國雖然在滿清治下一蹶不振，但因為文化力量是一個民族潛伏力量的來源，只要文化不死，國家民族總有希望，所以，文化是需要保護的：

> 一個民族表面的力量可以估計，而潛伏的力量卻無從估計。……中華民族的潛勢力究竟是什麼呢？第一種是民族的元氣。……民族潛勢力之另一種，是集中的精力。[60]

但是，中國在維護文化的努力上，始終不夠集中精力，因此，一遇外侮即呈崩潰趨勢：

59　蘇雪林，〈文藝功用與其對國民品性的影響〉，同註 52，頁 91-97。

60　蘇雪林，〈中國民族的潛勢力〉，同註 55，頁 113-116。

> 我們的經濟制度是農業而非工業，我們的社會機構是家族而非國族，我們的傳統教育，保守習慣多於進取精神，所以我們的民族性表現一種安土重遷，顧小我而忘大我，富於退嬰消極思想的色彩。[61]

所以，維護文化即培養民族潛勢力，既然共匪據領大陸，反共基地除了要保護文化之外，更應養成強勢的武化精神，才能為反共復國作準備，此為蘇雪林在臺灣提倡戰鬥文藝的理念。文化尚武可以將中國歷來僅有朝廷觀念而無國家觀念的思想扭轉過來，除了在當時能維繫國家血脈、復興文化之外，同時建立並鞏固中國民眾的國家觀念，則沒有外侮則罷，一有外侮，中國又何憂何懼？

(四)為人道而戰

蘇雪林雖然尚武，尚武的直接表現是主戰，但是，蘇雪林又非絕對主戰派，原因乃在她所謂的尚武是提振民族精力，是植基於文化之上的。因此，她的主戰有條件，也就是「師出必有名」與「自衛的戰爭」；[62]亦即雖然主戰，但其名為「聖戰」，也就是「為人道而戰」，並非處心積慮、強佔他國領土的「瘋戰」、「混戰」之流。主戰而師出有名，此名即「為人道而戰」：

---

61 同註 55，頁 117。

62 蘇雪林，〈阿修羅與永久和平〉：「個人雖好作讚美戰爭的言論，但僅為過於懦怯的同胞而發，而且所讚美的也只限於自衛的戰爭。」，同註 24，頁 47。

> 我們從事戰爭必須有個主義，……我以為文化是為人而存在，不是人為文化而存在。……再者一個民族文化若果高尚優越，任何情況之下，它都消滅不了，我們大可不必為此杞憂。[63]

她所謂的「人道」是人之所以為人之道，也就是有別於獸道及一切非人道的地位，其「人道主義」是指：

> 這個主義以人為萬物之主，應排除一切痛苦之事，謀應有之利益為目的。[64]

此「以人為主」之說，主要針對大陸政權而發，人道之養成的基本要件在於人要有自覺，當自覺到人性必須抬頭、獸性必須被制壓時，尚武精神油然會被激發出來，人類才可能超越自然，不臣服於弱肉強食的自然律，一個人才會有「生人的樂趣」。主戰的另一個出發點是為了激勵國人：

> 個人雖好作讚美戰爭的言論，但僅為過於懦弱的同胞而發，而且所讚美的也只限於自衛的戰爭。……我認為戰爭不過人類蠻性遺留之大者，將來終會被文化改造。……又何妨把戰爭換個方面：與同類的戰爭，改為與自然的戰爭。[65]

63　蘇雪林，〈為人道而戰〉，同註 24，頁 30。

64　同前註，頁 32。

65　同前註，頁 47。

所以，蘇雪林肯定弱肉強食的必然律，人又須在此必然律的擺弄之下自覺、在破壞之中創造，這是戰爭的必然、文化接受考驗的必然，是人類由禽獸般的生活裡，自己超拔，成為宇宙主人的價值所在：

> 文化本是戡天的事業，也是逆天的行為，戰勝天行，創造文化，正是我們人類的英雄、人類的偉大、人類的價值。[66]

由這個「自覺」觀點，蘇雪林雖然從弱肉強食、主戰角度觀察宇宙並理解人生，其出發點乍看是蠻性的，但她的主戰是為了保全個人與文化，戰爭又何妨換個角度看待，使戰爭成為可以創造文化的動力？蘇雪林所關注的焦點，最後仍落在人的存在之上，以及人在自覺之後所作的創造性努力。因此，主戰是為了關懷個人生存於大自然環境中的尊嚴，而人之生存所依附的文化同時被保衛。

總結蘇雪林自言四項提倡尚武的理由，可知其尚武思想是針對反共與重揚文化而發。蘇雪林一生「反共」「反魯」，由於受到「五四」理性精神薰陶，又自秉仗義直言個性，在大陸變色之前早已在執教的大學裡受到左翼人士封鎖文章發表園地，甚至在當時報刊與他們展開筆鬥戰，這一種戰爭，恐怕是蘇雪林一生中，除了婚姻之外的一個深傷劇痛。當然，這也是她在民國三十八年拋別所摯愛的大姐與優渥高尚的大學教職工作，毅然遠走他鄉，輾轉香港、法國，最後在臺灣落腳，頗有大陸政權不易，誓不回鄉之慨。蘇雪林之反共與反魯是一件事情的兩面，即一面是政壇、另一面是文壇之別罷了，兩者之間有著極微妙關係。「反魯」始終被賦予負面評價，指

---

66 同註 24，頁 40。

稱為殘缺、謾罵、污衊，[67]除了說是蘇雪林間接或直接的心理不平衡所導致的矛盾之外，「反魯」之起因，不能不考慮蘇雪林當時的自我防衛。她的尚武，其實是稟性強硬，為了反共、維護文化，而這也是蘇雪林和她同時代女作家最大不同之處。

第五節　尚武思想所表現的個人特質

思想影響一個人的行事作風，尚武思想使得蘇雪林的個性氣質表現出「忠勇」特色。關於忠，蘇雪林一生堅決反共是無庸多言的，至於她所表現出的「勇」，以下擇其對不幸福婚姻的態度、窮盡一生之力完成屈賦研究、生活中的義勇論之。

關於蘇雪林的婚姻，學者多以《棘心》為主、《浮生九四》為輔來討論：吳達芸〈另一種閱讀——女性自傳小說《棘心》〉、[68]陳碧月〈蘇雪林《棘心》：徘徊在新舊衝突的杜醒秋〉、[69]龍應台〈女性自我與文化衝突——比較兩本女性自傳小說〉[70]等，不論這

67 吳佳燕，〈殘缺：對蘇雪林反魯的一種深層心理探索〉，《華中師範大學研究生學報》第 12 卷第 3 期，2005 年 9 月，http://g.wanfangdata.com.hk/；楊照，〈不快樂的蘇雪林見證不快樂的中國〉，《新新聞》第 644 期，1999 年 7 月。

68 國立成功大學編印，《慶祝蘇雪林教授百齡華誕專集》（臺南：成大中文系，1995）。

69 《中國現代文學理論》第 12 卷，1998 年 12 月。

70 成大中文系編，《慶祝蘇雪林教授九秩晉五華誕學術研討會論文集》（臺北：文史哲出版社，1995）。此外，《海峽兩岸蘇雪林教授學術研討會論文集》亦有相關文章。

些篇章的結論是什麼，人們對蘇雪林的婚姻是相當好奇的，然而，蘇雪林對婚姻的態度，簡言之，其實是一種「勇」的精神展現。民國五十年春天，這樁不幸婚姻的男主角張寶齡先生在北京去世，蘇雪林在隔海的此岸默默地為她有名無實的丈夫服孝。晚年又從子姪信中知道張寶齡死前很懷念她，她亦自悔沒有善盡做妻子的責任又沒有和丈夫離婚，讓他孤苦一生。民國八十年應三民書局之請，撰寫回憶錄《浮生九四》一書，蘇雪林花了半年時間，依日記、信件及記憶整理出版，她在民國八十年十一月一日的日記中寫著：

> 寫了一點傳記資料，乃我在里昂城中寄宿受補習老師海蒙之勸化，皈依天主教事，我打算將張寶齡事完全隱去不說，蓋我已立誓不言彼過，婚姻不如意就不如意，算了！[71]

因為「完全隱去不說」，我們在該書中無法得知這樁婚姻到底發生什麼事？[72]在其他雜文中的訊息也只是蛛絲馬跡而已。學者對《棘心》的自傳色彩多給予保守性評價，但蘇雪林對自己的婚姻是負責的，由於負責，所以能肯定這份「不如意」，所以能「對愛情倒盡胃口」卻還能如此善始善終。至於她的屈賦研究，蘇雪林生前千方百計出版此一系列書籍，或許人總是敝帚自珍，但是，蘇雪林生前

71　《日記卷》第 14 冊，頁 293。

72　在《棘心》一書中可知醒秋的婚姻是為了安慰母親，而現實情況是蘇雪林與張寶齡婚後即因個性迥異而家庭生活不美滿。據《棘心》所述，醒秋在法國時與叔建通信，由信中談話內容早已覺知兩人價值觀相異，但「個性不合」的含意太廣泛，每一段不美滿婚姻的箇中實情畢竟是複雜的。

已知她的屈賦研究得不到贊同，有人視為「野狐禪」，蘇雪林仍決意要在有生之年將書印出，她心裡很清楚此書的銷路，但她也斬釘截鐵地相信「要等五十年、百年後的知音」。[73]在她一生中，與許多人在文字上針鋒相對，那些文章除了編輯者自行更動之外，她在文章後面常署明「文責自負」一語。不論蘇雪林的屈賦研究是學術巨擘或敝帚自珍，不論她在文壇的功過是非，這樣的自信、對作品的態度，正是「勇」的表現，因為蘇雪林表現了「我自己負責」的勇氣。

此外，蘇雪林對一棵樹的義勇更令人心折。民國三十七年，蘇雪林任教的武漢大學遷校四川樂山，當時與袁昌英（蘭子）共事，袁執教外文系，蘇在中文系，二人時相往來，在十一月廿九日的日記中寫著一件事：

> 到蘭子家，適有某生在問書，剌剌不休，余看觀察二份，乃向蘭子借一鋸，黃嫂持刀相隨。到曹操廟附近鋸斷巨藤數條，以拯松樹。蓋藤盤樹身，年深月久，嵌入樹身之內，樹液難以運行，終致枯死，松林中被如此纏死者已不少。本校管理樹林者竟置不問，余昨日偶然瞥見，心有不忍，故今日決心為之除害。[74]

73　蘇雪林，〈談文人的出書賣書〉，《蘇雪林作品集·短篇文章卷》第3冊，同註47，頁108。

74　《日記卷》第1冊，頁36。

對一棵樹如此見義勇為，時當亂世，人人自危，她救樹的深情舉措不能不令人感動。民國三十九年，蘇雪林第二度赴法國尋找屈賦神話研究資料，以現在的眼光看來，多少有一些遊學色彩，在《三大聖地的巡禮》一書，記載她旅途中對白楊樹的看法：

> 我於樹木中對白楊特別愛好。中國人把白楊種在墳場裡，把它特派作死人的樹，一提到它，便引起蕭森陰慘的情感，說什麼「白楊多悲風，蕭蕭愁煞人」。……實際上，白楊固然「多風」卻並不「愁人」，無寧說活潑喜樂，像青年人的好動，是由於生機過於洋溢，阻遏不住。它不是死人的樹，卻是青年的樹啊！[75]

中國人看待白楊樹是蕭蕭愁人，在蘇雪林眼中卻成活潑喜樂、生機洋溢、是青年人的樹，這種獨特的心眼，足可見其性格中的剛強氣質了。

再者，蘇雪林在世超過一百年，人間百年本屬難得，更難得的是她在老年始終孜孜不倦於「活動」，這包括身體心靈兩方面。我們在她的日記裡可以知道她晚年總是想辦法自己做運動，每天一定要甩手、散步，我們也看到一個老人努力面對自己殘酷的衰老，這種不堪持續著非常久的時間，因為她時常知道自己「太老了」，但每每又未蒙上主恩召，蘇雪林就生活在這種無盡的痛苦之中：

---

75 蘇雪林，《三大聖地的巡禮》（臺中：光啟出版社，1957），頁7。

> 人到暮年，生趣已盡，而至親好友如秋深黃葉，逐一飄零，情景之淒涼，更無可言喻。只叫你感覺「後死」更為不幸，因為他們已懸崖撒手，所留下的如山憂患，都壓向你的肩頭，你獨自一人，實感承擔不起。人生，人生，就是這麼一回事嗎？[76]

在她的日記裡，處處可見一個老人敏銳地感受著青年時代就已知且肯定的自然淘汰律，朋友——都先一步去了，自己——老弱孤單，而大自然又不肯將她收了去，面對這種無情無奈的痛苦與煎熬，蘇雪林仍然扛著這份憂患努力活著，這又是她的「勇」。日記裡，清楚地鋪現一個孤單老人如何活著的現實寫真，在煎熬之中，她依然堅持努力。民國七十四年蘇雪林八十九歲，她在三月十七日的日記中寫著：

> 晨醒頗早，起來小解後又回床上，想再作小睡，誰知一覺竟睡到近九時，悔之不及，可見人生就是努力的戰場，必須寸寸戰步之戰，稍一疏懶，遂將寶貴光陰糟蹋了。[77]

八十九歲的老人如此惜陰，持續讀書寫作、活動心靈，將心比心，思之教人難忍傷懷。她晚年的生活是每天看一大堆報紙雜誌，民國七十四年八月十三日的日記有：

76　蘇雪林，〈哭蘭子〉，收入《蘇雪林自選集》，頁 158。

77　《日記卷》第 12 冊，頁 261。

> 得信件三份，……看古典文學，……又看中華副刊，剪了宗白華及夏元瑜等文章，始知宗氏已逝於大陸，壽八十八歲。又看婦友，一個下午又報銷矣，真堪痛哭流涕者也。[78]

蘇雪林常言「自知大限不遠」，面對這種極度自知的逐漸老去的揪心，她的反應是繼續努力活著，這並非僅是她腦海中的一個概念而已，蘇雪林是身體力行的，這也會是睡覺睡過頭或一個下午報銷，就「真堪痛哭流涕」的表白。《蘇雪林作品集·日記卷》第十五冊停筆於民國八十五年十月一日，但《日記卷》第十五冊頁首所刊的手跡是民國八十五年十月二十日，那是一篇未完的日記。[79]蘇雪林逝於民國八十八年四月廿一日，她是無日不寫日記的人，這中間的兩年多空白並非懶惰，是住進安養中心而輟筆，這是無奈。更重要的是蘇雪林民國八十五年的日記手稿幾乎已不能辨識，所以，是年的日記只選了每月一日的內容刊出，她堅持繼續寫，但眼力與手力不從心，以致我們看到《日記卷》第十五冊首頁之手跡歪斜扭曲到無以復加的地步，這未完的一篇，最後一個字只有一劃，這也是《日記卷》第十五冊的民國八十五年十月二日至二十日並沒有收錄的原因，那最後一頁手跡並非為了保存其真跡存在而有意義，它印證的是蘇雪林堅毅不屈的精神，足讓後人見證這一位文藝學術創作者凡人難及的毅力——她寫到最後一劃、寫到倒下為止。

---

78 同註 77，頁 353。

79 見《日記卷》第 15 冊首頁之手跡。

這些「勇」都是從尚武思想練就出來的力量，是除了研究者喜言女性自覺自主意識之外，蘇雪林表現更深刻的與眾不同之個人特質。

小結

蘇雪林和她同時期女作家相比，她的思想傾向與行事作風富有積極強烈的尚武精神，與她同時的女作家群並沒有人表現出和她相同的風格。例如較有影響力的冰心、陳衡哲等人的「問題小說」所提出的是社會中的現象，認為中國社會需要改革，蘇雪林更強烈地質疑中國民族性問題、歷史問題，並訴之強悍的文字表達。在作品題材方面，蘇雪林享譽文壇的《綠天》之後，她不再創作美文，而是寫了許多雜文；《棘心》之後，她寫的小說是《天馬集》與《南明忠烈傳》，前者改編自希臘神話，後者描寫南明烈士抗清復明的事跡，其中都有政治影射。所以，不論從作品題材或思想傾向來看，蘇雪林應該與她同時的女作家有所區隔才是。蘇雪林身為中國近代文學女作家的特色正是這份「尚武思想」，此尚武思想近似宗教情懷的堅貞與護持，反映在文學作品中，展現出蘇雪林特異獨行的個性與行事作風，印證了更多蘇雪林在文學、學術、時代、歷史上的思考角度與見解。民國九十八年是蘇雪林逝世十週年紀念，她的屈賦研究、前塵往事、生平事跡都值得繼續討論，但「尚武思想」是我們對這位「最後的一位五四作家」所應加以關注的地方。

原刊《文與哲》第十三期，民國九十七年十二月

第六章　蘇雪林之宗教改革思想——以《棘心》為例

蘇雪林早期散文、小說作品，論者咸歸之於閨秀浪漫派作品，論述角度多從蘇雪林之愛情與婚姻入手。然而，蘇雪林自述其作《綠天》

是「撒了一個美麗的謊」、《棘心》是「皈依天主教的路程」，故此，《棘心》除了敘述一位三〇年代女子愛情的憧憬與婚姻的波折外，其用力之處還有宗教意識轉變的主題。《棘心》一書所強調宗教對醒秋的影響，正凸顯民初知識份子以宗教改革作為救亡圖存的一條特殊之路。

第一節　前言

蘇雪林在中國現代文學的代表作之一《棘心》，書名採用《詩經．邶風》〈凱風〉：「凱風自南，吹彼棘心。棘心夭夭，母氏劬勞。」，至於其主旨，據蘇雪林〈一個皈依天主教五四人的自白〉[1]一文，明言《棘心》是一本自敘傳小說，敘述她皈依天主教的歷程，包括皈依前後的心理意識與變化，以及所遭受的打擊困頓。故對於《棘心》的討論應在學界尋常關注的蘇雪林的婚姻愛情之外，從作者自述的創作動機，即一個五四知識份子的宗教思想轉變來看《棘心》所蘊含之蘇雪林的宗教情懷及其意義。另一方面，《棘心》自傳性僅止於蘇雪林自女高師肄業、留學法國、皈依天主教，最後遵母命結婚，她的下半生經歷必須配合《浮生九四——雪林回憶錄》，[2]後者從第九章〈蘇州教書及返滬〉至第二十一章〈姐逝及退休〉增寫的篇幅為《棘心》所無；而第一至八章，人與事大致與《棘心》符合，唯《浮生九四》中，對醒秋展開愛情追求的秦

1　蘇雪林，《靈海微瀾》（臺南：聞道出版社，1980）第3集，頁74-106。

2　蘇雪林，《浮生九四——雪林回憶錄》（臺北：三民書局，1991）。

風沒有提及。蘇雪林〈浮生九四自序〉曾言，後世欲研究她的生平者，讀此書即可，因此，《棘心》可視為蘇雪林前半生的自傳，主要描敘了她的求學、人生、愛情、思想方面的重點。

談論中國近代文學必須考慮「知識份子尋求救國道路之歷程」[3]的問題，劉納《嬗變——辛亥革命時期至五四時期的中國文學》一書，指出一九一二～一九一九年間的文學作者們，普遍由作品凸顯的時代意識是孤獨與傷心，故哀情小說汗牛充棟，小說的「婚姻不自由」題旨只是情節的浮面，更重要的是作者以之完成自己「傷心」的感情世界境界化、形象化的過程。[4]劉氏之意，小說的婚姻不自由是表象，作者藉以表現那個時代他們的「傷心」，五四知識份子的傷心是國破，小說既反映社會與人生，面對當時國恥重重、滅亡無日的中國，如此沉重的時代，作者以小說情節表述其所思所感的人生，而《棘心》呈現知識份子尋求的一種救國之道則是宗教改革。

第二節　《棘心》的創作時代與社會

一、時局之慌亂

一個人的思想見解，總與「時代」、「環境」有絲絲牽連。醒

3　劉納，《嬗變——辛亥革命時期至五四時期的中國文學》第一章〈歷史變動中的文學變革〉（北京：中國社會科學出版社，1998），頁 1-15。

4　同前註，第三章〈1912～1919 年的中國文學——憑弔：時代氣氛與文學氛圍〉，頁 133。

秋生活在「半吊子」尷尬的時代：

> 你說某人富於革命精神，對舊的一切都以「叛徒」，對新的一切都以「鬥士」的姿態出現；某人既不能站在時代的尖端，又不甘拉住時代的尾巴，結果新舊都不徹底，成為人們所嘲笑的「半吊子新學家」，……本書主角杜醒秋也因出世時間較早之故，天然成為這種悲劇性的人物典型之一。[5]

知人論世，蘇雪林在中年以前的歷史處境是破壞與慌亂，她生於晚清末年（民前十五年），《棘心》於民國十八年首次出版，以時代背景來說，前有五四新文化運動，後有九一八對日抗戰，文學反映社會人生，《棘心》的時代與社會，有著比「五四」時期更深切的救亡圖存意識，畢竟當時的國恥是割地賠款等的列強對中國的靜態侵略，而對日抗戰是敵人以槍彈武力直接攻擊老百姓的身家。所以，如果晚清衰弱所引起的列強覬覦是一種國族之悲慘，那麼，《棘心》寫作的前後時間，諸如二十一條的提出、五卅慘案、濟南慘案等一連串的國恥事件是對原已衰弱的民族信心之再度傷害，一再的傷害形成了心理上的慌亂。

劉納《嬗變》一書，以為一九一二～一九一九年為「中國近代歷史和中國近代文學史上一個沒有名目的時期」，[6]這幾年的時間，人們用的名稱是「民初」，但究竟哪一年還算「初」，並沒有確切的說法。名稱模糊，而中國文學歷史中，此一時期則有著慌亂意識。

5　蘇雪林，《棘心》（臺中：光啟出版社，1957），頁 25。

6　同註 3，頁 110。

清末民初的中國局勢是：社會令人費解、舊有的一切受到質疑，由不祥預感構成故事懸念成為當時作者共同依賴的策略之一：

> 於是，在傷心慘目的小說世界裡，對於命定災難的預感逐漸演變為一種結構小說的技巧策略，不祥命運的召喚作為故事懸念成為推動情節進展的動力。[7]

《棘心》裡也出現「不祥」預兆，那是醒秋在獲知伯兄因胃疾遽逝後，懨懨不振的心緒引發掛念家鄉與慈母的思慮，是大姐來了一封信，說到伯兄死訊原是隱瞞母親的，而母親得知的原因是一位算命瞎子的誑騙，姐姐又說：

> 大哥死後，家中常有響動，夜間家犬，哀鳴嗚嗚，好像遇著亡靈一般，聽了教人毛髮竦豎。又說今年過年時，釀米酒不成，南瓜子在肚裡發了芽，都是不祥之兆。……她讀了姐姐的信，忽然又聯想到母親南旋時無端悲痛的情形，……她自從母親南旋的一天起，心裡便起了一片疑雲，她疑心這是一個「不吉的預兆」。[8]

這是《棘心》第一次出現的「迷信」，為何值得提出？因為醒秋是一位遵奉「五四」理性的先進女子，在一切「拿出證據」來的時代，這種無端之思竟然困擾著她，表示它仍是有作用的，即思想再如何地理性，國難與家難還是以「不吉」的預兆縈懷，何以以「不吉預

7　同註 3，頁 142。

8　同註 5，頁 71。

兆」為懸念，則來自於時局的慌亂，慌亂產生懷疑，於是「不吉的預兆」產生。

二、知識份子之心態

清末民初，文人似有集體的「無用情結」潛意識，這表現在許多詩人用殘棋、枯棋比喻世局，例如南社詩人謝抱香〈登勝棋樓望莫愁有感民國政局〉：

> 美人已去英雄老，一局殘棋著手難。[9]

陳衍《石遺室詩話》卷十七，錄陳寶琛〈感春〉詩：

> 一春無日可開眉，未及飛紅已暗悲。雨甚猶思吹笛驗，風來始悔樹旛遲。蜂衙撩亂聲無準，鳥使逡巡事可知。輸卻玉塵三萬斛，天公不語對枯棋。[10]

世亂帶來的感受，《石遺室詩話》採錄清末民初詩人之作，頗多描寫戰爭、感時傷懷，例如張今頗〈九日偕同人登鳳凰山〉於日俄戰爭時作：

> 世路險如此，山空任虎行。孤松蟠地起，亂石倚天生。杯酒重陽日，烽煙兩國兵。我來登絕巘，海宇盼澄清。[11]

---

9 轉引自劉納，《嬗變——辛亥革命時期至五四時期的中國文學》，同註 3，頁 145。

10 錢仲聯編校，《陳衍詩論合集》（福州：福建人民出版社，1999），頁 235。

11 同前註，頁 270。

書生報國心強烈，期望以筆鋒殺敵，張今頗又有〈寄森井國雄野鶴〉：

> 野鶴橫飛向戰場，鳳山鴨水幾翱翔。筆鋒殺敵無餘事，獨倚寒燈拂劍霜。[12]

既然時局已殘，不論樂觀或悲觀者的抉擇是殉世、殉己、救國或罪己，知識份子的自覺情操，到了「五四」時期，文學作者在個體獨立價值的思考下，開始追索生命的本體意義：

> 險惡的風波　沒有一刻的寧靜，
> 滔滔的濁浪　早已染透了我的深心。
> 我要幾時候　才能恢復得我的清明喲？（郭沫若〈黃海中的哀歌〉）
>
> 獨留此身於夜漫漫的，人間之上，
> 天荒地老，到了地老天荒！
> 赤條條的我，何蒼茫？何蒼茫？（俞平伯〈小劫〉）[13]

當時的作者非常注重尋找個人精神出路，田漢劇作《咖啡店之一夜》中的主角林澤奇說：

12　同前註。

13　趙家璧主編，《中國新文學大系·詩集》（臺北：業強出版社，1990），頁108、28。

> 我不知道怎樣尋著自己要走的路。……我苦痛得很！我寂寞得很！我不知道還是永久生的好，還是剎那生的好。還是向靈的好，還是向肉的好。

而醒秋也有相同的困惑，她在法國留學時，日記裡寫：

> 人到這世界上來，忙忙碌碌，無非為解決穿衣喫飯問題，……人生的意義，究竟在哪裡呢？我們既覺人生之無謂，又不能脫離人生，我們還要生存，然而我們沒有生存的目的，所以我精神上覺得不安和煩悶。[14]

這是好友陸芳樹的話，但「芳樹的思想就是我的思想，芳樹的煩悶，也就是我的煩悶」，她是借芳樹之語來表達自己在信仰上的遑遑無之。傳統已無法維繫知識份子的精神渴求，在那一時期，文學作者經歷「劇烈的精神變化」是普遍的經驗，廬隱〈或人的悲哀〉中的遺書說：

> 我一生的事情，平常得很！沒什麼可記，但是我精神上起的變化，卻十分劇烈。[15]

「五四」時期的文學不再像辛亥革命時期被當作政治與戰爭的武器，開始朝向一種更深刻的心靈，此心靈急欲塑造出堅強不屈的民

---

14 同註5，頁119。

15 盧啟元、徐志超編，《中國新文學大師名作賞析》（臺北：海風出版社，1992）第26冊，頁170。

族靈魂，他們關心的不只國家民族，還有世界以及宇宙的價值與出路：

> 醒秋從前喜以新學家自命，……又生於二十世紀思想最混亂的時代，不能尋得一個正確的人生觀，便常感到人生之無意義和價值。既沒有勇氣自殺，又不願陶醉於頹唐放縱的生涯，她於是乎想尋得一個信仰，以為生活的標準。[16]

「宇宙的價值與出路」牽涉宗教信仰問題，醒秋在接觸白朗女士之後，慢慢才接受宗教，但她還未能「完全相信」，原因在於她不能接受耶穌是造物主的說法，這表示她對宇宙終極意義的「追尋」，不是盲目的，她已能相信宗教，但宗教終極本源在哪裡依然困惑著醒秋。劉納《嬗變》亦指出：

> 如果說辛亥革命時期文學沉積著對於國家民族的憂患意識，五四文學則較多地飄浮著生命的危機意識。如果說辛亥革命時期文學的憂患意識與現實環境相關，五四作品的危機意識則並非由對人類處境的充分體察而來。在對生命本體和宇宙本源的哲學探求中，五四作者時常會用無法解開的「人生之謎」，「宇宙之謎」難為自己，使自己陷於莫名的痛苦，而後，又來訴說這種痛苦。[17]

16　同註5，頁118。

17　同註3，頁250。

「痛苦」是辛亥革命及「五四」時期流行的時代情感，憂和愁混合著革命者的愛國愛民之情，只是到了「五四」時，痛苦已非革命先覺者的專利，而是一種普遍的生命感覺，以及生命意義之終極何在的迷思。劉納認為「五四」作者用這個困惑來困惑自己，最後再用作品訴說這個困惑，這說明了知識份子仍是自覺的，他們不會安於困惑的無解本質，而力求追索，儘管追索的結論待議，至少，「訴說」本身即是自覺之始。醒秋不可避免地，也是困惑者，但她以自身投入的方式去尋求，而非靜態的、徒以清末維新思潮中，西學的無限傳播中求得解答。[18]醒秋「不顧一切出國」，以及在異國深受宗教洗禮，最後竟以「五四」理性精神的反面——迷信（皈依）回國，她是從晚清思想的粗率淺薄[19]中，求證一項深刻的宗教情懷之體驗。

第三節　《棘心》的情節

《棘心》的情節有兩條主線，其一是女主角醒秋為追求更高的學問，實現乘風破浪夢想而遠赴法國留學。在留學期間，她以一個

18　晚清維新思潮似是如火如荼，實踐者如嚴復之譯介西方叢書與思想、康有為之創學會或者梁啟超之辦報等，大致只停留在大量的介紹西學。參閱郭漢民，《晚清社會思潮研究》（北京：中國社會科學出版社，2003）。

19　梁啟超《清代學術概論》認為晚清思想粗率淺薄，在於無限制輸入西學，「無組織，無選擇，本末不具，派別不明，惟以多為貴，而社會亦歡迎之，務廣而荒。」《飲冰室文集》（臺北：臺灣中華書局，1987）第6冊，頁71。

舊社會父母早已代訂婚約的身份，遭遇與同學秦風的一段戀情始末；其二是醒秋因種種打擊導致大病，在療病過程裡，感受異國修女待人的熱忱與宗教情懷的一往無悔，從而改變了她的宗教觀念，進而人生有重大轉變。小說的情節是由人物思想行為架構而成，《棘心》是一部自傳小說，故由醒秋的性格、母親的象徵、愛情試煉三方面，《棘心》的情節對照蘇雪林之人生觀、愛情觀。

一、醒秋的性格

《棘心》敘述民初女子醒秋的一段青年時期遭遇，其中牽涉了身處其時的女子所面臨應該守舊或破繭，包括對家庭、愛情、人生、知識等的追求與捨從，而這些都從醒秋的性格說起。在〈自閨房踏入學校〉，開首有云「在本章裡，我們要把本書主角杜醒秋小姐介紹一下」之語，故醒秋的個性於此章可略窺一二，基本上，醒秋表現兩種特性：尚武精神、要求上進。

> 對於歐洲中古世紀的騎士精神，她所受的啟示也不淺。……醒秋是個富於尚武精神的人，她每每幻想，自己不嫁則已，嫁則一定要嫁個將軍。……她尤愛的是中世紀歐洲武士。[20]

醒秋個性本具尚武思想，故並非如近代文學研究者，將蘇雪林歸入閨秀派作家，在這部自傳小說裡，已明確可證。再者，醒秋對於人生的觀念，認為人有三大天性，即食色欲念與「要求上進」。她為了爭取上學機會，不惜以性命一搏，正因為：

20　同註 5，頁 81。

> 人類除了這兩大天性以外，還有一端「要求上進」的天性。人類之追求高深的學問和卓越的才能，人類之創造自己光華圓滿的人格，人類之建立促進文化，利濟人群的事功，都肇端於這「要求上進」的一念。[21]

敢於肯定這樣的人生價值、知道要「要求」，相較於中國傳統「女子無才便是德」與「三從四德」思想，可知其人必具有堅毅、率真性格：

> 她有一種堅強的意志，和自尊心。……憐憫！憐憫！她要貫徹憐憫的主張，犧牲自己了。[22]

> 醒秋平生出言行事，一點不知檢點，所以過失獨多，但到後來她受良心的責備，也比平常人為甚。[23]

這是直來直往的說話與行為，而對照蘇雪林剛烈個性，她為了前往安慶師範求學，祖母及鄉黨長輩反對，曾獨自跑到離家半里的樹林，打算跳下深澗自殺。[24]如此剛直，生活上會造成許多過失，但這些過失何嘗不是蘇雪林真實的性情，而且可能是一般人難以突破的社會面具，只是，它帶來的良心責備又因其直率等量增加。率真

---

21 同註 5，頁 33。

22 同前註，頁 58-59。

23 同前註，頁 103。

24 蘇雪林，〈我的學生時代〉，《我的生活》（臺北：文星書店，1967），頁 87。

之性蘊釀為熱情，醒秋接受「五四」理性精神洗禮，但不反對舊式婚約之縛，因為：

> 假如不是舊婚約羈束著我，像我這樣熱情奔放的人，早不知上了哪個輕薄兒的當。[25]

醒秋是個熱情之人，熱情容易迷惘，她也知道必須由舊式婚約約束這可能犯錯的熱情。思想上她又是多樣化的，既理性、有時又具感性，連自己都感覺茫然矛盾：

> 她是一個理性頗強，而感情又極豐富的女青年。她贊成唯物派哲學，同時又要求精神生活，傾向科學原理，同時又富有文藝的情感，幾種矛盾的思潮，常在她腦海中衝突，正不知趨向哪方面好。[26]

「矛盾」可說是醒秋性格的最大特色，對於這一點她又是非常了解自己：

> 我的想自殺，不是輕生，我的想出家，也不是愛上帝，只是和家庭賭氣，要說這些話使他們為我難受，我才暢快。[27]

25　同註 5，頁 250。
26　同前註，頁 118。
27　同前註，頁 249。

這樣的一位民初女子，頗展現時代特質。在新的世代來臨，生具勇氣、個性上扭轉了傳統的女性柔弱依從，再在此中流轉迷茫，最後以堅毅與明辨，終於對人生有所抉擇。

二、母親的影響

《棘心》一書，以母親為故事始，亦以母親為終，[28]依蘇雪林對母親的愛戀執著，此書中的母親象徵頗具玩味。《棘心》中母親形象是完美的：

> 故此鄉黨間對她人人欽佩，稱之為「賢人」而不名。「賢人」二字雖來自俚俗的小說，但用於醒秋的母親，倒也另有一種意義。醒秋想到母親一生勞苦和不自由的生活，每深為痛心，但對於母親的盛德懿行，則又感服不已。她常說大家庭一個好媳婦，等於衰世的一位賢相。[29]

不僅完美，甚至比擬於「一位賢相」，「勞苦和不自由」卻表現出「盛德懿行」凸顯了母親的神聖，而「衰世」的一位賢相則隱喻母親的重要性。當家鄉謠傳醒秋在國外自由結婚，又說她為婚姻問題投海，她恐怕家人焦急，發了電報回國辨謠，後來醒秋寫信把這些事告訴她在北京的朋友，說「我戰勝了，我到底是戰勝自己了！」。在法國，有異性朋友向醒秋表示情感，她把自己身世說明後，異性都知難而退，秦風並非不知此，但勉強要愛，醒秋認為她面對這個

---

28 《棘心》第一章為〈母親的南旋〉。結束在醒秋於母親病榻前完婚，了卻母親對女兒的心願。

29 同註 5，頁 19。

「勇士」所需的戰鬥力更形強大，而她認為勝利主要的動力來自「母親的愛」：

> 人生隨時隨地都有迷惑的時候，但我這一次若不是為了母親，則我幾乎不免。……母親的愛，是這樣救了我。……這是我生平第一個光榮的勝仗，值得我自己頌歌稱道於無窮的。[30]

因為，如果放任自己的迷惑，在家鄉的母親必焦急，甚或為了：

> 野心的女兒走了，……你回來不知何日？母親寂寞的殘年，教誰來安慰她呢？……你志大心高，只顧求學，歲歲離家，年年遠別，……唉！女兒，你太不體念你母親了啊！[31]

醒秋擔心母親會因她而心焦、斷送性命，故雖然醒秋此時並未放棄學業，即刻回國，但憂心母親對女兒的關愛竟使她大病一場，母親在《棘心》裡是個極為重要的人物，因為醒秋時時事事以母親為念，並且在面臨人生巨大挑戰時，是一個使她清醒並認知該如何去留的關鍵。應該提出的是：「五四」作家筆下的母親形象，帶著聖母瑪麗亞的神采，[32]蘇雪林在日後的懷念文章，多少會提到母親的慈愛

30　同註 5，頁 60-61。

31　同前註，頁 50。

32　楊劍龍，〈論五四小說中的基督精神〉：「他們常以溫柔的母愛普照苦難的人生。冰心的《煩悶》以母親慈愛的懷抱驅除一切人生的煩悶，葉聖陶的《伊和她》以母愛的溫存醫治肉體上的痛楚；王統照的《醉

與對她的影響力，即如生前成功大學教師宿舍亦以「春暉閣」為名，可見一斑。母親的愛是天下的普遍之情，但「五四」時期，這一聖彩是抵抗一切挫折、邪惡的後盾，其象徵意義則是「國家」的隱喻。「志大心高，只顧求學」是晚清末年知識份子向西方求新學的決心，而「太不念你母親」又是反喻對傳統情懷的一絲斬不斷的牽念，對「母親」之戀永遠勝於一切，所以，醒秋在法國求學，其心緒有很大成份是不快樂的，《棘心》中，她的愉快只有在法文略有進步以及目臨法國田園風光之時，書中有大部分篇幅都是她的血淚哀情。〈一封信〉中，醒秋說出她最終是悔恨去法國的，為何如此之因，即在於她不顧一切出洋留學，雖為了求新知，但內心深處依然深存對「母親」的眷戀。所以，醒秋會選擇回國投入那個父母早訂的舊式婚姻，似是醒秋飄游生命的依止、並表現了安足於婚姻之好，事實上，這是一個假象，〈一封信〉作為故事的結尾，醒秋訴說：

> 憂患的結果：不過隱去你頰邊笑渦，多添上眉梢一痕愁思，消滅了青春的歡樂，空贏得一痕心靈上永遠治療不癒的創傷。我祝普天下青年男女，好好過著他們光明愉快的歲月，不要輕易去嘗試這人生的苦盃！……我們過得和和睦睦，母親在天之靈，也是安慰的。[33]

後》以母親的雙臂抵禦一切恐怖的事物，母愛已成為抗禦邪惡擺脫煩惱的避難所。」《文學評論》，1992 年第 5 期。

33　同註 5，頁 250-251。

醒秋所選擇的回國接受舊式婚約是要安慰母親在天之靈，法國三年半是「憂傷困苦」，憂患的結果，是再不要輕嘗「人生的苦盃」，可知選擇棲止於這一婚姻並非經由一種生命歷練後之明朗清澈，而只是一份報恩、倦遊心態，醒秋將它安置在只要「我們和和睦睦」，這是一種求全的委曲，不是明心見性的成長。

三、愛情的試煉

《棘心》所述，是一個民初女子「求學的野心」，[34]而醒秋畢竟正值青年，愛情必然會在她自身以及她出國留學的大世界裡發生。愛情與婚姻是一般研究《棘心》的焦點，但如本文所述，愛情並非《棘心》的主要論題而是宗教改革，愛情故事僅是《棘心》裡的一線情節，其作用是串連醒秋信仰觀念轉變的始末。在〈丹鄉〉一章中，敘述了醒秋對愛情的觀念，包括慎重與貞操，是男女雙方相對待的，不是舊時代只要求女子單方面的貞潔。醒秋是富有先進思想的時代女子，但不反對家庭代訂婚約的原因：

> 第一，她不願傷母親之心，第二，知道叔健品學同她相當，無改弦易轍之必要，第三，她知道人的性情是不固定的，是要受一點束縛才能不亂走的，她有些甘心讓那婚約束縛她自己和他。[35]

母親顯然仍是她最主要的考量，醒秋內質裡，屬於舊式思想是肯定的，而才學相當與對人性的理解則凸顯時代意識，即女子的自信與

34　同註5，頁225。

35　同前註，頁113。

智識的長進，她們已不再困鎖於生命價值之作為男子附屬物，而有了自主思想。在《棘心》裡，有醒秋愛情觀的著墨：

> 但在醒秋，這些事還不能引起她什麼興味，一則呢，她幼小時便由家庭替定了婚，沒有另外和別人發生戀愛的可能；二則呢，她誕生於舊式家庭中，思想素不解放，同學們雖在大談並實行戀愛自由，她卻從來不敢嘗試。[36]

> 她最喜歡的是林琴南翻譯的小說，……只有在這些歐美式的羅曼史裡，她能夠覺察出一種高尚優美的情操，可以淨化人的心靈，每為之低迴詠嘆不已——這對於她以後處理愛情的態度，不能說沒有關係。……她在學問知識上是個早熟的人，在男女之愛上卻永遠比普通人晚。[37]

她不敢嘗試愛情，因為家裡已代訂婚約，不必追求；再者，醒秋對學問有自覺，唯獨對愛情則否，兩者可能互為因果：先有婚姻早訂之因，故對愛情沒有追求的熱情是果，沒有熱情，自然認知上就晚，或者說遲鈍。這種遲鈍，從另一角度來看，由於缺乏追求的行動，必然喪失對愛情複雜性的認識，於是，醒秋看待愛情是一種精神上的純粹：

> 醒秋的性情頗為隨和，世界上的一切，她都看得行雲流水一般，獨於愛情看得異常的莊嚴和神聖。她以為：戀愛，無論

---

36 同註5，頁19。

37 同前註，頁30-31。

肉體和精神，都應當有一種貞操，而精神貞操之重要，更在肉體之上。……愛情不是施與的東西，她不能因為憐憫秦風的緣故，便將自己愛情隨便施與他。[38]

我有天生迂執的性情，我對於愛情要負完全的責任。我不愛人則已，一愛之後，無論疾病貧窮，死生流轉，是永不相負的，便是精神的愛，也是如此。[39]

這樣的愛情觀非常「莊嚴和神聖」，但何嘗不「異常」？但是，最終醒秋醒轉了。她原本以為自己的愛就是如此堅定不負，這堅定可以填補她先天對愛情遲鈍的空缺，在目睹白朗女士為學生、貧童無私積極的服務後，那種愛人的道德令她驚異感動，宗教雖尚未令她虔服，但首先覺悟的是愛情：

我覺悟了，我不想再在愛情上尋求慰安了。但說在宗教裡可以求得慰安，我想也是不見得吧！[40]

皈依的路途艱難，因為此時她尚有「不見得吧！」的挑釁，但至少她有醒轉之跡，即認識到「愛」不必只限制於男女之情，可能有另外的內容。醒秋之名，在《棘心》裡有兩層意義，一「醒」一「秋」。醒秋在故事裡醒轉的事有愛情與宗教，此二事即「秋」的內容，「秋」亦即二十世紀初多難中國的季節，在秋季裡醒轉，蘇雪林傳達了一種時代的肅殺悲涼並知識份子意圖改革的難度。

38　同註 5，頁 57。

39　同前註，頁 61。

40　同前註，頁 119。

第四節　宗教改革及其歷史意義

晚清以來，知識份子的歷史處境，使他們各自依據自己對時局的感受有所選擇發揮，並重作解釋。日益複雜與惡化的時局，激起知識份子對中國內外部形勢的關懷，大部分的知識份子在救國第一的思考下，普遍主張以軍事、水利、經濟、財政等「器物」入手，都是為了改造日益衰頹的王朝。夏志清〈現代中國文學感時憂國的精神〉云：

> 老殘希望憑藉西方的航海工具，以挽救中國於險境，但他絕不抹殺中國的傳統文化。[41]

故此，改革也未必由引進西方器具或破壞舊制開始，夏志清認為魯迅小說的重要性在於：

> 魯迅的小說，提出了一個問題：假使喪權辱國的責任，要由士大夫和知識份子承擔的話，生活在渾噩和迷信中的無知百姓，其實也難辭其咎。[42]

所以，問題並非完全出在科學技術之落後於西方，百姓心中普遍的渾噩無知更是一個嚴重的癥瘤。泰西文明早在晚清末年即被維新派人士所青睞，大力推舉為中國新生的利器，但是僅管在政界學界的努力下，主流人士仍無法回答中國為何屢戰屢敗，以技術為主的洋

41　夏志清，〈現代中國文學感時憂國的精神〉，《中國現代小說史·附錄二》（香港：友聯出版社，1979），頁 465。

42　同前註。

務改革受到考驗，失去有效能力，而文學改革又因傳統包袱深鉅，改得羞怯，依然無法救國，故在提出技術改革、文學改革之外，知識份子轉向理想秩序的思想改革，思想改革成為重建民族自信與改造中國的出路，「改革人心」則為救亡圖存的另一條途徑。知識份子對思想改革的想法有藝術改革、文化改革，均著眼於民心的改造。《棘心》裡，秦風的藝術情懷：

> 我欽慕你的才華，而我尤其愛重你的人格，所以我竭誠想和你做朋友。你如果能了解我，請你接受我的真心，也請將你的真心給我。我們互相勉勵，致力於藝術的研究，使藝術的曙光，照徹中國，喚醒中國民族麻痺的靈魂，溫暖民族灰冷的心，這就是我們神聖的責任，也是我唯一的願望了。[43]

醒秋也有同樣的心思：

> 她已經請得本省教廳的津貼，經濟方面可以無憂，而且她認識法國比從前透徹，她愛法國的文化，想在這裡學得一點可以貢獻祖國的東西，然後回去。[44]

「然後回去」當然是帶著西方新知回去救國，他們都想要以文化救國，讓文化藝術之光照徹中國。「五四」時期，愛國主義與救亡圖存是普遍的共識，當時的作家已不認為唯有政治可以改造中國，亦

43　同註 5，頁 56。

44　同前註，頁 62。

應從文化改良或者那迷人的「泰西」文明，即德先生、賽先先[45]入手。在「德先生」面前，橫礙著兩千多年的帝制統治，希冀它發揮作用，無異望梅止渴，終非治本之策，較有可能的是「賽先生」。因此，大力重視科學的價值，換言之，即反對——迷信。

一、宗教與迷信

一般認為，科學是「拿出證據來」，迷信則反是「拿不出證據」的宗教。在清末中國積弱的情勢下，「傳統」成為遭受攻擊的第一目標，傳統中的迷信思想更是「惑世誣民」，不可救藥之極，陳獨秀〈敬告青年〉：

> 士不知科學，故襲陰陽家符瑞五行之說，惑世誣民，地氣風水之談，乞靈枯骨。[46]

如前所述，知識份子對生命困惑的追索是遏止不住的，宗教正是追求人生終極意義的解釋的一種情操，「五四」時期的小說家，在他們的作品中表現了人性情感、愛的追求、犧牲精神、大自然和諧關係等，對中國現代作家而言，他們以宗教情懷所感知的是一種用生命體悟出的關於現實人生的實際意義。[47]所以，作家們將宗教情懷

---

45 陳獨秀，〈新青年罪案之答辯書〉：「國人欲脫蒙昧時代，……當以科學與人權並重。我們現在認定只有這兩位先生，可以救治中國政治上、學術上、思想上一切的黑暗。」收入《獨秀文存》，（出版地不詳：亞東圖書館，1934）卷 1，頁 361-363。。

46 《新青年創刊號》，1915 年 9 月 15 日出版，頁 1-6。

47 劉勇，《中國現代作家的宗教文化情結》：「宗教精神、宗教文化說到底並不只是一種態度和觀念，也並不在於人們究竟把它看作什麼，

和現實人生融入作品後，往往表現了一種主題：認同生命的苦難但尋求超越。[48]「五四」時期作家，宗教精神出現在作品主題當中，諸如冰心、廬隱、郁達夫等人，他們著力最多的是在苦苦探索國家前途之後，認識了宗教的犧牲、寬恕、博愛精神，以至感動這些精神而情願背負犧牲奉獻的十字架，[49]他們從宗教得到的體認是把人生的悲苦代眾生背負在自己身上。一九二〇年陳獨秀〈基督教與中國人〉文中，推崇耶穌的偉大人格，號召：

> 要把耶穌崇高的、偉大的人格，和熱烈的、深厚的情感，培養在我們的血裡，將我們從墮落在冷酷、黑暗、污濁坑中救起。[50]

宗教崇尚的是宗教偉人的人格和精神，當時的知識份子傾向於注重宗教的實際意義而不在於它的表面形式。《蘇雪林作品集．日記卷》屢次自責在休息日繼續工作，但她實際生活中還是照舊在如此宗教

它的根本指向是一種來自人們真切生活體驗的感受和認識。因此，即使是對它的理性思考，也同樣發自於人生的感知而不是純粹的概念。」（北京：北京師範大學出版社，1998），頁 56。

48　例如冰心、許地山、豐子愷等人，在他們作品中並非無視於人間苦難，而是努力用愛化解苦難帶來的打擊，最後超越苦難。這種愛來自於信心的虔誠，而虔誠則來自宗教的啟迪。

49　冰心，〈春水．二十六〉：「光明的十字架容我背上吧！」，王炳根編選，《冰心文選．詩歌卷》（福州：福建教育出版社，2007）；郁達夫，〈還鄉記〉：「凡地上一切的苦惱，悲哀，患難，索性由我一個人負擔了去吧！」，《郁達夫全集．散文》（杭州：浙江大學出版社，2007）。

50　《新青年》第 7 卷第 3 號，1920 年 2 月 1 日出版。

戒律中，不斷自責又不斷「違規」，這顯示了蘇雪林對宗教的信仰，是從「人」的角度為出發點的，她將宗教偉人當作「人」來崇拜，而非當作「神」來膜拜，蘇雪林一生最崇拜的是聖女小德蘭，[51]崇拜之由，是小德蘭偉大情操動人，而非她是「神」。蘇雪林肯定宗教之作用，其〈論公教對目前社會的需要〉：

> 宗教作用固在拯救個人靈魂，更在改革社會風氣。儒家所謂「窮則獨善其身，達則兼善天下」，宗教家無所謂窮與達，獨善兼善，理應雙管齊下，分頭並進，才算盡了宗教家的職責。[52]

由於認同生命的苦難但尋求超越，此「超越」必須經過個人自身的艱困轉折方顯真實。蘇雪林從宗教尋得超越苦難生命的力量，此力量「改革社會風氣」，其作用依然是人間的，而非超越到無止境的神的抽象層面。

長久以來，宗教文化往往被作為一種文學背景的關係來研究，宗教的起源有很大成份來自於人類對自身命運的難以掌握，「五四」時期的知識份子所感知的「難以掌握」危機感，不亞於歷朝歷代世變政變之下的士人，為了救國救民，他們向西方尋求真理，其中，

---

51 蘇雪林，《一朵小白花·自序》：「抗戰八年，這本書我從頭到尾，仔細讀過五遍，我的宗教信仰之得以始終維持，徐師的通信與這本心史感動力實不容抹殺。」（臺南：聞道出版社，1996）。

52 收在蘇雪林，《靈海微瀾》（臺南：聞道出版社，1979）第2集，頁81。

青年人崇拜「賽先生「德先生」之外，還有「理性女神」，在迷信與宗教被混淆的中國，〈一個皈依天主教五四人的自白〉云：

> 神之為物，既不容於廿世紀科學昌明之世，更不為具有理性優越感的中國人所接受，所以我初到法國時，原是個徹頭徹尾的無神論者，又是一個以唯理主義的「五四人」自命者。[53]

所以，醒秋反對一切神秘的東西。但是她第一次想求「神的指揮」是在伯兄噩音之後，由家鄉傳來「不祥之兆」的種種迷信，加以「不可解的啞謎」：伯兄未死之前，她寫信給父親的心酸落淚、母親南旋的不安，令她聯想機兆微茫的意義。於是：

> 醒秋躺在床上，雙手掩面，心裡忽然迸起一種原始宗教的畏懼，……我願意皈依一種神，聽神的指揮，免得將來迷失我自己。[54]

這是皈依的初始悸動，也是極端悲恨的反應，故這種想法轉瞬消逝，此後，醒秋便生病了。於是，她搬到來夢湖畔養病，在養疴期間，由於病情逐漸好轉，這份相信某種神秘的情緒又被淡忘了。醒秋開始贊成宗教，是在吐血入院，受到醫院看護的修女之犧牲精神感動：

> 這班修女並非貧賤無依，來此混飯吃的，她們有的是貴家閨秀，有的是擁資數百萬財主的女兒，為熱心敬愛耶穌，實行

53　同註1，頁80。

54　同註5，頁72。

> 博愛主義，才甘心就此賤役。她們的服務，沒有年限，至死為止，也無薪俸，完全是犧牲性質。[55]

此刻她的愛宗教，是把宗教當作藝術之一種，欣賞它但並無所謂虔敬誠服情操。馬沙修女想勸醒秋信教，但：

> 醒秋之愛宗教，不過將它當作文學和美術看待，叫她自己去信仰，她無論如何，是不肯的。她常和馬沙辯論：她說她可相對地承認宇宙間有一位創造主，但她決不承認耶穌是神。[56]

宗教的犧牲奉獻精神，是醒秋從厭惡到信仰的主要關鍵，而這種精神是透過實際觀察馬沙和白朗女士積極服務精神讓她覺悟的。蘇雪林皈依天主教緣由是受了修女、神父、教友之感召，〈一個皈依天主教五四人的自白〉：

> 後來為讀書方便起見，寄寓里昂城裡一家女生宿舍，認識了寓中馬沙吉修女（這個字或有誤，年月太久，已記憶不清，在『棘心』中稱她為馬沙）及法文教師伊麗沙白·海蒙女士（在『棘心』中稱她為白朗女士）。兩人都是虔誠教友，勸我信仰天主教，鍥而不捨，約將一年；同時那時雷鳴遠神父（『棘心』作賴神父）正在歐洲中國留學生界展開活動，他那摩頂放踵，愛護中國人的精神，確太使人感動。[57]

55　同註 5，頁 106。

56　同前註，頁 109。

57　同註 1，頁 80。

故此，蘇雪林並非盲目地認同宗教神奇的傳說或一時衝動，而是從真實性去信仰，這份宗教的價值是經由她實際接觸到的人事和體悟而來。在《棘心》中，蘇雪林敘述了她的成長背景對西方宗教是排斥與痛恨。醒秋憶起：

> 那時國內排斥宗教風潮甚烈，里昂中國同學也發行了一種反對基督教的雜誌。醒秋對於宗教本無研究，不過自命受過新思潮洗禮的青年，一見新奇思想，總是熱烈的擁護，她也不免如此。[58]

一個人受到某種文化思想影響，通常與其家庭環境、教育背景、人生經驗有關，一些宗教傾向顯著的作家們都有相似的背景：許地山父母都是虔誠的佛教徒，還有一位出家的比丘舅舅的薫陶；林語堂亦生活在一個「情深似海的基督教家庭」，而蘇雪林幼時的宗教環境是佛教，甚至是多神教，由於拳亂後的民恨尚深，對天主教抱著畏惡的心態，[59]甚至鄙夷：

> 醒秋在中國時，和天主教素無機會接近，但平日一聽人提起「天主教」三個字，便不知不覺發生「陳舊」「落伍」的感想。初到里昂，看見走在街上的神父們衣冠之異制，也不免

58　同註 5，頁 77。

59　蘇雪林，〈一個皈依天主教五四人的自白〉之「皈依前對天主教人士的認識及所持的態度」，同註 1，頁 74-75。。

> 引起厭惡的心思，她常用鄙夷的口氣說道：「這班『白頸老鴉』們，終有一天要被時代淘汰了的。」[60]

所以她的宗教信仰轉變和當時作家不大相同處，是將舊思想連根拔起再重新植入新信仰的過程。信仰上的轉換跑道無可厚非，蘇雪林的難題就在於從理性、科學的「五四」浪潮裡打滾過來，最後竟然走上那被「五四」人所唾棄的宗教「迷信」，《棘心》所呈現的正是這種由極端到極端的轉變，也難怪蘇雪林承受了當時無與倫比的她所謂的「遭人厭憎」[61]精神打擊。

《棘心》透過三〇年代醒秋留學法國的故事，實是敘述蘇雪林皈依天主教的歷程，其中呈現的宗教改革意識確立了《棘心》的價值，那就是在艱難的皈依歷程中，醒秋提示了宗教對她的改變是由曚昧到接受，應注意的是這一過程並不是因「迷信」而朝夕蹴就的，是透過實際觀察白朗女士及馬沙的行事作為，確信宗教的價值才領洗，這一點正可說明醒秋的皈依並非盲目，而是經過實事求證，那麼，醒秋雖然在「理性女神」的祭壇下，忽然皈依了「德先生」、「賽先生」絕不相容的天主教，她自覺違背良心，[62]但醒秋仍是理性的。

二、覺醒與超越

---

60 同註5，頁106。

61 醒秋在法國領洗，領洗後的阻難更甚於領洗前。蘇雪林回國，由五四唯理主義皈依天主教，此「違背良心的舉動」使她精神備受刺激。同註1，頁83-87。

62 同前註，頁83。

前述女主角名叫「醒秋」頗耐人尋味，醒在肅殺蕭條的秋天，若醒秋皈依的過程可視為一個大時代知識份子的覺醒，亦可見此「醒」之熬煎。從曚昧到明澈，此過程除了讓她知道再不能從愛情中得到慰安，最重要的還有人生價值觀的覺醒，醒秋覺醒了東西方的物質思想差異：

> 中國人是全世界最講物質的民族，我們生在世界上，除滿足物質生活外，不求其他，「得過且過」，「及時行樂」，「不如飲美酒，披服紈與素」，「今朝有酒今朝醉，明日無花明日愁」都是我們行樂的格言，讀書是為將來做官，發財是為將來享福，道德不過是口頭禪，禮教也不過是欺騙弱者的工具。[63]

西方雖重視物質，卻有一種宗教精神，此精神造就了西方文明：

> 我們見白種民族物質之發達，便以為他們只注重物質生活，其實不然，他們有宗教信仰，不以現世為滿足。注意精神生活，每犧牲小我而成其大我。他們有無量數志士仁人拋頭顱，流熱血，才建築了今日莊嚴燦爛的文明。……物質不過是他們精神生活的結果，不是它的原因。[64]

所以，如果說「五四」時期知識份子不約而同向西方取經，蘇雪林所取回的經典是宗教精神，而它的意義是西方宗教裡的無私犧牲、

63　同註5，頁123。

64　同前註，頁124。

重視大我、捨棄小我的理念，可以改造中國社會與人心，它比之於當時的革命救國、文學救國，都是一個別出機制的想法。醒秋在〈白朗女士〉章的日記裡寫到：

> 我們中國已是這樣窮，這樣的千瘡百孔，這樣的滅亡無日，然而軍閥，政客，商姦，工蠹，還在那裡宰割的宰割，搶掠的搶掠，只顧自己享樂，不管同胞的痛苦，如此，國安得不滅，民族安得不亡！[65]

以及〈中秋夜〉醒秋對宗教信仰的心得：

> 我想中國之所以弄不好，只因傳統的自私自利觀念過於發達，若有白朗、馬沙般抱徹底犧牲主義的一萬人，加之以學術，使他們以身作則，服務社會，中國將來定然會轉弱為強的。[66]

在得知家鄉遭匪的信息後，燒殺擄掠亂象讓醒秋痛惜國族的淪亡，並思考如何讓自己的國家好起來：

> 我不主張狹義的愛國，但說不愛自己國家而能愛世界的，我是不能相信的，我們須先使自己的國家好起來，然後才配講大同主義。……富強不是一朝一夕可得而致，是要付出絕大

65 同註 5，頁 124。

66 同前註，頁 136。

> 代價才能獲得的，鐵和血，臥薪嘗膽的志氣，無限的苦鬥和犧牲，才是我們救國的代價！[67]

一連串對家國民族之思，由於「覺醒」而更進一步去思索解決之道。辛亥革命時期文學的意象是理性、政治、與國家民族有關的，「五四」時期則體現了個人的感性和個性，獨立的「心」強烈地需要覺醒與重新洗滌。一般對蘇雪林的研究，都說她是傳統、保守的，但本章認為蘇雪林是覺醒、積極的，她尋找一個可以重新更替生命的某種心的質性與力量，因當時的「心」是空虛、受傷的。[68]

蘇雪林的體認是肯定宗教信仰的重要，其〈清末知識階級的宗教熱〉一文：

> 尤其世變劇烈，國家民族生命瀕於危殆的時候，人心散渙，民志頹唐，非提倡一種堅強的信仰作為思想的中心，是很不容易振作的。一切信仰中，宗教信仰力量最偉大，氣魄磅礡，情感最熱烈。[69]

67　同註 5，頁 172。

68　鄭振鐸〈空虛的心〉，《詩》一卷 3 號：「我的心，他好像一只空的船，漂泊在失望的海上，沒有風也是會顛簸的。我的心，他好像一個殷憂的病夫，在痛苦的床上呻吟著。」王統照〈童心·心上的箭痕〉：「心的全體，都漸漸呈現出來，在別一個清白的地上。可是已不是完全與赤的心了！蜂窠般的箭鋒之痕，已攢成一個血花之團。」，轉引自劉納《嬗變——辛亥革命時期至五四時期的中國文學》，同註 3，頁 257。

69　收在蘇雪林，《靈海微瀾》（臺南：聞道出版社，1979）第 2 集，頁 90。

反傳統精神的表現是追求獨立自由，最強烈的態度則是陳腐失時的東西——便往毛坑裡一丟。蘇雪林雖以「五四人」自居，但她的思想並不激烈地反傳統，以《棘心》來說，醒秋是活在大時代中的女性，許多對《棘心》的研究都不約而同看到：醒秋既不愛她自小訂親的叔健，何以最後選擇回國結婚？一種說法是醒秋仍是舊社會之人，另一種說法是從女性主義解讀醒秋是「反反傳統」，[70]但是從宗教改革的角度來看，醒秋在傳統與反傳統、科學與迷信中，她的抉擇仍具個人自由意識，她跳脫一般盲目的宗教皈依，《棘心》所陳述的皈依歷程是一種理性自主的宣示。由此前提，醒秋放棄在法國的那一段戀情，回國結婚，可知她接受這樣的婚姻，不是因為她到底接受了傳統的三從四德，而是「皈依」教她學會了以宗教的愛心去關懷愛我們的人與我們不愛的人。所以《棘心》雖然敘說一段皈依的歷程，但醒秋並不是以對上帝的愛來擺脫人世的苦楚煩惱，她是以學習上帝的愛來面對人生的橫逆與無奈，如果醒秋的靈魂已在故事中得到淨化與拯救，它並不是一般意義上的宗教救贖，是由於理性的皈依，所以成就了道德自主。

三、宗教改革之意義

對醒秋而言，放棄法國戀情與學業，回國與一個她不十分相愛的人結婚，表面上說，是悲哀的，但是更深層的意義是醒秋透過宗教「利群」與「犧牲」精神，實踐個人的生命價值，雖然蘇雪林坦

70　吳達芸，〈另一種閱讀——女性自傳小說《棘心》〉，收入國立成功大學編印《慶祝蘇雪林教授百齡華誕專集》，1995 年 3 月。

承皈依是為了「賭氣」，[71]但是在《棘心》中，我們並沒有看到醒秋以對天堂的憧憬企圖擺脫現實人生的苦楚，她始終強調的是神職人員的奉獻與鍥而不捨的精神，蘇雪林所謂「盲目感情的驅使」和「一時衝動的支配」對應的是早已定親以及必須回國結婚的痛苦而已，否則，在蘇雪林一生中，經過母親去世、世變流離、甚至來臺定居之後，她最在意的母親以及不幸的婚姻如雲煙已逝，大可因人事不再、環境變遷而可以不再被「驅使支配」，相反地，在《蘇雪林作品集·日記卷》裡，我們可以看到一個至老死都相當堅持宗教信仰的信徒的種種清潔自持情操。相較於同時代作家的宗教作品，醒秋並未逃避現實的苦難，反而是藉由宗教的忍辱負重來求取內心的平衡，進而保持自身人格完整，換言之，經由皈依，使得現實存在的自我，能在欲與不欲之間獲得兩全，而沒有傷害。對蘇雪林而言，透過《棘心》表達了作者的時代情懷，前述民初知識份子所遭遇的時代命運與解決之道，「五四」作家以作品發表無數的憂心，他們也都提出了相關的改革之方，當時的時代命運是日薄西山，知識份子的改革之方是全力反傳統，作為建立新社會之途。蘇雪林在皈依過程中所受到的打擊，一來自於內心，二來自於外界眼光，這個打擊歸根究底在於五四運動帶給她的影響。五四運動所標榜的唯理主義、無神論、賽先生德先生等，歸納起來，無非「重新估定一切」的認知，亦即反傳統精神，蘇雪林娓娓敘述她的痛苦，苦就苦在於：時代氣氛是反傳統，但是否該反，以及如何反？恐怕在當代

71　蘇雪林，〈一個皈依天主教五四人的自白〉：「我之卒於皈依天主教，其實是為婚姻問題和家庭賭氣，意欲於領洗之後即鑽入修道院，永久不回中國。」，同註1，頁81。

人心中是一個無法言說的痛，之所以痛，林毓生〈五四新文化運動中的反傳統思想〉[72]一文中，認為「五四」知識份子在根本上將個人主義價值與民族主義和反傳統思想糾纏在一起，「五四」反傳統思想以為「變」就是「價值」。夏志清《中國現代小說史》評論「五四」時期小說：

> 再讀五四時期的小說，實在覺得它們大半寫得太淺露了。那些小說家技巧幼稚且不說，他們看人看事也不夠深入，沒有對人心作了深一層的發掘。這不僅是心理描寫細緻不細緻的問題，更重要的問題是小說家在描繪一個人間現象時，沒有提供了比較深刻的、具有道德意味的瞭解。（〈作者中譯本序〉）[73]

夏志清此序提出一個觀點，即民初的中國文學，還是美在辭藻，對人生問題並沒有作多少深入的探索，尤其作品普遍缺乏「關懷人類的宗教感」：

> 我多年讀書的結論是：中國文學傳統裡並沒有一個正視人生的宗教觀。中國人的宗教不是迷信，就是逃避，或者是王維式怡然自得的個人享受。[74]

---

72 林毓生原著，劉錚雲、徐澄琪、黃進興合譯，《中外文學》第 3 卷第 12 期。

73 同註 39，頁 12。

74 同前註，頁 14。

周策縱〈五四運動告訴我們什麼？〉：

> 他們救國和推動改革的熱情是基於一種革命的浪漫主義，和帶有世界主義因素的民族感情，他們從事改革的理想卻是根據一種清淺的理智主義，和以個性解放為重心的人道主義或人本主義。[75]

然而《棘心》並不擴大對彼岸的憧憬，也不是依據神的聖諭求得心靈平和，醒秋的皈依途徑是經由活生生、切實實的神職人員之身體力行的，它並不是浪漫主義。所以，如果科學是「拿出證據來」，蘇雪林被當時人誤解之處是：宗教信仰正是拿不出證據的事，一個「五四」人反走向回頭路，去信仰「非理性」的宗教，殊不知，醒秋從神職人員身體力行的無私奉獻受到感動而接受不被「五四」所推崇的宗教，她的皈依不也是「有證據」的？醒秋依然沒有違背「五四」崇真與理性的精神。

小結

晚清與「五四」小說有共同特點：都是理論先行的。因此在某種程度上可說是有意識推動的潮流，當時知識份子反傳統以及「向西方尋找真理」的作品不勝枚舉，蘇雪林《棘心》不過眾多反映聲中的一響，但是，《棘心》所呈現的作家意識在當世是獨特的。書

75　陳少廷主編，《五四新文化運動的評價》（臺北：環宇出版社，1973），頁 63。

中的婚姻問題並沒有特別意義，即：醒秋出國留學並非為了反舊式婚姻，她並不是出國前反對、回國後贊成舊式婚姻；也不是出國前贊成、回國後反對舊式婚姻，換言之，婚姻問題在《棘心》中並沒有顯著的落差意識來架構此書，醒秋出國前後的觀念有所變異的，在於對宗教的信仰，它是由排斥到接受的過程，此皈依的變異才是《棘心》主要意識所在。相較於同時期的女作家，如冰心、廬隱、凌叔華等人，並沒有蘇雪林如此具有經世愛國意識的作品，此為《棘心》在當時的特殊性。

以宗教解決民族問題的想法在民初並沒有形成理論，連此一態度亦未受到重視。提倡以宗教改革民心，蘇雪林以皈依天主教的歷程，表現了她體悟的中國社會迫切需要奉獻精神與開拓意志，由於皈依的過程艱難辛酸，所以，《棘心》訴說了蘇雪林在清末民初知識份子被西方思想風掃後的醒悟。二十世紀初年，中國的瓜分危機，促使知識份子的文化主張由民族主義轉為世界主義，這是有思想、有反省能力的文人共具的特質。蘇雪林和當時眾多知識份子相同，執意中國必須改革，她發現了宗教改革可以作為救國圖存之方，《棘心》敘述了她艱難的皈依歷程，正所以顯現蘇雪林與同時期作家在傳達宗教變化人的力量之差異性，亦即，蘇雪林透過《棘心》說明了徒從宗教中背負十字架是不夠的，《棘心》指出「心的改革」，所以醒秋的皈依歷程艱辛，提示了當時國人若能從「心的改革」開始，儘管過程相當艱辛，宗教的犧牲奉獻精神可以為好不容易脫離帝制王權統治卻也日益頹唐的世局提供一帖救世良方。

歷史告訴我們：蘇雪林期望以犧牲奉獻的宗教改革拯救沉腐危難的社會——依然沒有救得了當時的中國，甚至透過醒秋的皈依，她改變的方向反成了眾矢之的，這也正是《棘心》始終被文學史談論著愛情與婚姻，而救亡圖存的宗教改革意旨反被忽視的地方。《棘心》以「宗教改革」說明救國之志壓倒了兒女之情，體現蘇雪林的青年時代知識份子所主張的道德改良。

原刊成功大學《雲漢學刊》第十二期，民國九十四年七月

第七章　蘇雪林與凌叔華──從「文與畫的交會」談起

蘇雪林與凌叔華是中國現代文學史第一代女作家中，在創作領域上能文又擅畫的兩人。民國七十九年凌叔華病逝北京，蘇雪林有〈悼念凌叔華〉一文，縷述二人自少至老的交情，回憶與凌叔華相識相交往事。本章由兩人創作歷程同有「文與畫的交會」經驗，討論兩位女作家以文與畫繪寫人生起落，卻在不同的身世背景、生活歷練影響的心理差異下，發展不同的文藝創作，在中國現代文學史留下互有同異的成績，此成績說明了兩位女藝術家的美麗與哀愁。

第一節　前言

蘇雪林與凌叔華（1900-1990）同為中國現代文學史第一代女作家，且是這群女作家中能文又能畫的兩人。民國七十六年五月六～八日《聯合報》副刊載有由鄭麗園所撰〈如夢如歌——英倫八訪文壇耆宿凌叔華〉，乃在英國訪問當時高齡八十三歲的凌叔華，讀者遂得知這一位中國現代文壇幾近消聲匿跡的才女，晚年客地獨居、回憶年輕時候的生活瑣事。民國七十九年凌叔華在北京逝世，蘇雪林身為她的好友，兼以當年任教武漢大學時，與凌叔華同住珞珈山的因緣，又逢對日抗戰，共度一段艱苦卻美好的生活回憶，於同年六月六日《聯合報》副刊發表〈悼念凌叔華〉一文，文末引用鄭氏之文，云「斯人已渺，人生真是如夢而未必如歌」作結。以此話語對於一位好友的追悼，其中含有深刻的死生情懷。蘇雪林為「五四」最長壽的女作家，雖云最長壽，但從另一個角度來說，「多壽多辱」，蘇雪林晚年由於長壽，相對地對老、死有非常深刻的感觸。在她的悼念文裡，這兩句結語讓我們深思其中的心理命題，亦即同為現代文壇知名女作家又兼擅繪事，人生的「如夢」與「如歌」之間，有什麼連繫？同樣躋身中國現代文壇詩畫俱擅之人，她倆以相同的入手方式觸探人生、理解人生，但卻表現了有同有異的人生景觀，本章從兩人之身世背景、生活經驗、作品分析二人異同。

第二節　蘇雪林「美的生命」

在中國現代文壇，大致看來，蘇雪林之文名勝於畫，凌叔華則畫名勝於文，無論兩人文學創作或繪畫成就在後世評價如何，二人同樣擁有「文與畫交會」的美感經驗。然而，這個相同方式的美感經驗作用於兩人，卻蘊釀出互有同異的文藝創作及人生觀。

蘇雪林〈家〉一文云「美是我的生命」，[1]實際上，她的一生際遇並不美，更可說是多舛幽暗，所以，當年享譽文壇的《綠天》自序曾云「撒了一個美麗的謊」，有學者因此認為蘇雪林是虛偽的人，因為撒謊畢竟不是正面的道德情操，然而，透過她的生平，筆者頗願為此加註「文學的謊言」，原因是蘇雪林一生都在追求美，只是這份美，她無奈地以文學的形式不斷追求，本節標題「美的」是形容詞，形容生命，正因她的生命不美，只好用文藝之美來填補不美的人生。讀者閱讀蘇雪林應從這個角度對她以相同心情的理解，否則，細數蘇雪林一生經歷，雖非風裡來、火裡去，但是她確實承擔著一個相當沉重的包袱，包括求學鬧革命、婚姻不如意、文壇的是非、世無知音等，退一步說，尋常女子若此，又有多少人足

1　蘇雪林，〈家〉：「美是我的生命：優美、壯美、崇高美，無一不愛。尋常在詩歌裡、小說裡、銀幕裡，發現了哀感頑豔、激昂慷慨的故事時，我絕不吝惜我的眼淚。」，收入《人生三部曲》（臺北：文星書店，1967），頁 44。

堪荷載？

蘇雪林說：「美是我的生命」，那麼，這句話有些什麼意涵，她心目中的美，以及美對於蘇雪林產生的作用是什麼？以下從自然美景、獨特個性、美的補償三方面論之。

蘇雪林崛起中國現代文壇，被歸納在「第一代女作家」，擅長以色彩、線條為文，最被關注的是《綠天》之作，以畫家眼光，運用饒富色彩之文字讓讀者感受文中有畫的美感。例如〈鴿兒的通信之一〉：

> 雨過後，天空裡還堆積著一疊疊濕雲，映著月光，深碧裡透出淡黃的顏色。這淡黃的光，又映著暗綠的樹影，加上一層濛濛薄霧，萬物的輪廓，像潤著了水似的，模糊暈了開來，眼前只見一片融和的光影。[2]

又〈黃海遊蹤〉：

> 放眼一望，但見無窮無盡的峰嶂，濃青、淺綠、明藍、沉黛，以及黃紅赭紫，靡色不有，有如畫家打翻了顏料缸；而群山形勢脈絡分明，向背各異，又疑是針神展開她精工刺繡的圖卷：「江山萬里」……是的，那絢爛的色彩鎔化在晚霞裡，金碧輝映，寶光煥發，只能說是王母瑤池召宴，穿著雲衣霓裳，佩著五光十色環珮的群仙，正簇擁於玉闕銀宮之下準備赴會吧！……雲海有幾種，一種是白霧濛濛，漫成一片，那

2 蘇雪林，《綠天》（臺中：光啟出版社，1956），頁 9-10。

> 未免太薄相；一種是銀色雲像一床兜羅棉被平鋪空間，說是海亦未嘗不可，只是沒有起伏的波瀾，沒有深淺的褶紋，又未免太單調。[3]

由於蘇雪林享譽文壇的兩部文藝作品含有濃厚浪漫氣息，筆下如詩如畫的意境讓許多熱愛文藝者著迷，但是，相對於她個人心性，在描述大自然的文筆裡，其實暗示她的審美態度，她心目中蘊存著一種與尋常女子不同的觸感，例如她坦承自己個性近於男子、有點野蠻、[4]欣賞秋天的花：

> 秋花不似春花：桃李的穠華，牡丹芍藥的富麗，不過給人以溫馨之感，你想於溫馨之外，更領略一種清健的韻致，幽峭的情緒嗎？那麼，你應當認識秋花。[5]

蘇雪林覺得秋花比春花值得欣賞，因為在溫馨（春花）之外有一種清健韻致（秋花）。一個人心靈有缺憾會不自覺地四處尋覓補償，蘇雪林成年之後的命運乖舛，她的內心應該渴望溫暖，但是在春花與秋花的抉擇上，春花之外，「更」領略秋花，換言之，若春花與秋花讓她選擇，她要的是後者，顯見她的心態畢竟與一般女子不同。在《綠天》之序，蘇雪林說她撒了美麗的謊，文章裡的溫馨美

---

3 蘇雪林，《蘇雪林自選集》（臺北：黎明文化事業公司，1977），頁 9-13。

4 蘇雪林，〈兒時影事〉，《我的生活》（臺北：文星書店，1967），頁 1-11。

5 同註 2，頁 4-5。

滿是她與丈夫不諧的強烈對比，蘇雪林很誠實地在〈序〉裡道明寫作原委，她的誠實襯托著這場婚姻的反諷，也有一種勇者的承擔。上述引文秋花「清健的韻致，幽峭的情緒」為她所賞愛，從四季的象徵來說，秋氣主肅殺，蘇雪林雖然說秋花清健幽峭，另一方面，秋的蕭條訴說著一切將歸入冬的死寂，秋是「沒有期待的」，因為接下來是「白茫茫一片大地真乾淨」，蘇雪林之愛秋花，可以說，她雖用文學的補償來安慰自己，畢竟內心依然有著承擔一切的勇氣。

從蘇雪林現存文章裡，我們發現蘇雪林是個熱愛大自然的人，對自然萬物有著深沉依戀，這或許是大多數千古文人必不或缺的個性特質，在蘇雪林身上，大自然的意義也不可避免的是抒懷與忘憂。綜觀蘇雪林的散文作品，她心目中的美其實就是自然，凡與自然相關的感受與回應都是她所謂的美。自然包括名詞的「大自然」以及形容詞的「自然」，《綠天》所描寫的正是大自然風光景色，蘇雪林在〈當我老了的時候〉文中說：

> 所以女作家們寫的文章，大都扭扭捏捏，不很自然。不自然是我最引為討厭的，但也許過去的自己也曾犯了這種毛病而不自知。到老年時，說話可以隨我的便，愛怎麼說就怎麼說；要罵就擺出老祖母的身份嚴厲給人一頓教訓；要笑就暢快地笑、爽朗地笑、打著哈哈地笑。人家無非批評我倚老賣老，而自己卻解除了揑著腔子說話的不痛快。[6]

6　同註1，頁58-59。

蘇雪林中年以後，傾全力研究屈賦，是學術性質，但早期文章表現出的對美的感受幾乎全來自於大自然，而大自然以樸質對人，人也必須有相同的對待，才能感應出「我」與「江山」相看不厭的知惜，這也就是為何蘇雪林一直到老年都保有一顆赤子之心，她在辭世前兩年的留影總散發出一種人間罕見的鶴髮童顏之態，教人難以想像那是一位已近百歲的老人。《綠天》內容自不在話下，其他散文作品，例如〈黃海遊蹤〉、〈雨天的一周〉、〈綠天〉、〈禿的梧桐〉等，這些膾炙人口的文章之所以能夠流傳久遠，重點在於沒有赤誠之心絕對寫不出動人之文。

與冰心比較，冰心的生命是「愛」。例如〈笑〉描寫夜雨，由雨景帶出了三幅畫面：天使、村童、老婦的微笑，文末說三人的笑容都「融化在愛的調和裡看不分明了」，[7]這是「冰心體」的「愛的哲學」。冰心早年的散文溫暖可愛情調，有學者將兩人名字各取一字，比喻「冰雪聰明」合體，如果從兩人散文特色而論，支撐她們的「美」、「愛」是足以成就「冰雪聰明」的主要精神所在。「愛」也是馮沅君的精神，其〈誤點〉有：「愛是人們的宇宙，愛是人們的空氣，食料……一切圓滿的生活，必建築於愛的圓滿上」；[8]〈旅行〉寫一對男女單獨去旅行，過了十天充滿愛意的生活，在火車上「我們不客氣的以全車中最尊貴的人自命，……我們的目的卻要完

7 王炳根選編，《冰心文選·散文卷》（福州：福建教育出版社，2010年8月2刷），頁17。

8 柯靈主編，《馮沅君小說：春痕》（上海：上海古籍出版社，1997），頁37。

成愛的使命」，[9]然而馮沅君的愛帶著一種反撲式的勇敢；〈旅行〉又說：「在新舊交替的時期，與其作已經宣告破產的禮法的降服者，不如作個方生的主義真理的犧牲者。」，[10]這是面臨兩種為難情況下，「與其……不如……」作了「兩害相權取其輕」的瓦全，馮沅君的愛與冰心永遠的溫柔不可同日而已。黎娟娟《蘇雪林散文的意境美》云：「在當時『閨秀派』作家中，馮沅君的大膽、尖銳、激情；廬隱的淒婉優傷；冰心聖潔的愛心，蘇雪林能將陰柔與陽剛之美和諧統一於一身。」，[11]本書第六章談論蘇雪林的尚武思想，筆者並不贊同蘇雪林屬於閨秀派，因為陰柔與陽剛並具才是蘇雪林的特色。而，如果「愛的哲學」是「五四」女作家共同的主題，蘇雪林又特別凸出「美」，是她與同時期女作家不同之處。

其次，對於美的事物之追尋塑造了蘇雪林獨特個性，表現於她對人事物的愛憎分明，而「獨特」本身就是一種容不下雜質的純粹，是一種「真」。由於心中有一個美善的標準作基礎，所以蘇雪林「見不得人間不平事」，在她為數極多的雜文作品裡，她是關心天下事的，報章、廣播、電視報導的社會事件，在閱聽看之後，往往心有所不能不言，於是發於文詞，投稿報刊，《蘇雪林作品集·短篇文章卷》一～六冊所搜集的多數是她發表在各雜誌報紙之作，綜覽其篇名即知她真是擔當得起「風聲，雨聲，讀書聲，聲聲入耳；家事，國事，天下事，事事關心」的文人。蘇雪林除非有特別原因，諸如

9 同註 8，頁 19。

10 同前註，頁 24。

11 黎娟娟，《蘇雪林散文的意境美》，華中師範大學中國現當代文學碩士論文，2010 年 5 月。

旅遊、颱風等變數，否則每日必看報，閱後又剪存，以保留資料，對於有所感受之人、事必發而為文。這種事事關心、關心又發言的現象，在中國現代女作家群中是少見的特例。也由於蘇雪林的特殊，她愛憎分明個性，在大陸及臺灣兩個時期，多次與人筆戰最被學界述及而半生馳名，蘇雪林當然對這些事件有自我剖白的言詞，散見在其雜文、自傳裡，這些筆戰都有另一些關於蘇雪林及其時代的論題可以深入探討，但若僅言這些事件起因，其實都由於蘇雪林在個性上不苟同的心理而產生。以反對李金髮為例：

> 把新詩帶進了牛角尖，轉來轉去，轉了十幾年，到於今還轉不出，實為莫大憾事。（〈新詩壇象徵派創始者李金髮〉）

> 我對於象徵詩體雖不大了解，但從來未敢輕視，事實上而且甚為喜愛，正如我喜愛中國李義山、李長吉等人的詩作一樣。即李金髮詩也不十分討厭，討厭的是死學他的人。（〈為象徵詩體的爭論敬答覃子豪先生〉）[12]

蘇雪林在這場論辯中，擔心的是「一般青年的創作幾乎失去了應有的準則」、「青年不成熟的作品泛濫各報刊，釀成新詩壇永不進步的可悲現象，我便有權利反對。」。[13]這件事暫不談詩論問題，它所反映的蘇雪林個性就是非常自我，甚至可說是一種急切的自我，許多事只要一覺得心有所感、有意見、有話要說，就不說不為止息。

---

12 蘇雪林，《文壇話舊》（臺北：傳記文學出版社，1969），頁 160、175。

13 同前註，頁 177、179。

很特殊的是，蘇雪林一生都用筆端說話，亦即自少至老，不斷地以文字發表或者發洩自己的想法，她很少面對面與人交鋒，這也說明蘇雪林個性低調、不喜被人知的羞怯，只有在稿紙上可以暢所欲言、思潮泉湧；因此，在當年「嗚呼蘇梅」事件時，蘇雪林只想離開中國，報章雜誌的文字災已經令她不願意面對。可以假設，一旦要讓她和辯論對象當面以現場語言互相詰質，她會是敗仗的一方。

至於人們攻訐蘇雪林對魯迅的態度反覆，只敢在魯迅死後才張起反魯旗幟，因蘇雪林於《國聞週報》第十一卷第四十四期發表〈阿Q正傳及魯迅創作的藝術〉[14]對魯迅讚譽有加，魯迅去世後始大加撻伐的兩相對照作為證據。其實蘇雪林坦承早年欣賞魯迅，對他產生反感是後來之事，而上述文章，主要是借阿Q討論「中國民族的劣根性」，她指出有：卑怯、精神勝利法、善於投機、誇大狂與自尊癖，所以，蘇雪林是以〈阿Q正傳〉談魯迅的「創作藝術」，云其小說藝術特色有：用筆深刻冷雋、句法簡潔峭拔、體裁新穎獨創，論述的是文學作品而非作者個人。後來，在《我論魯迅》一書時，針對魯迅作為左翼作家聯盟盟主的壟斷文壇，而且主要是鄙薄魯迅行為，雜文喜罵之習，這應該是兩件事而不能用來作比較而論斷蘇雪林對魯迅態度之昨是今非。就算蘇雪林前後說法不一，也應該看出蘇雪林欣賞的是魯迅早年「作品」，而厭惡的是魯迅後期之行事「作風」，它們同時可被一個人欣賞與責難，因為「文不如其人」的可能性是存在的，對蘇雪林而言，就她所發表的反魯文字來看，

14 陳昌明主編，《蘇雪林作品集·短篇文章卷》（臺南：成功大學，2011）第6冊，頁1-19。

所謂「先捧後罵」似乎太極端地看待蘇雪林反魯；蘇雪林另有一篇〈論魯迅的雜感文——四年前的一篇殘稿〉[15]再次強調欣賞《野草集》，不滿的只是魯迅猜忌多疑性格而發於文字，帶給青年人極負面的作用。蘇雪林對魯迅的批評，與她的神話研究相似，搭了兩條不同的線卻把這兩條路線之事拉攏說在一起，她從魯迅幼年環境去推測魯氏之所以文章多譏疑，以及魯迅性格上的缺失，這是蘇雪林對於事情不能多方深入的思路，她可以針對一個「點」無止境地發揮開去。嚴謹地說，它沒有說服力；理解地說，這就是蘇雪林非常自我的個性。

本章無意因為蘇雪林在文壇的耆宿身份而漫無邊際地標榜，而是認為對蘇雪林如此複雜一生的人應該更謹慎、更聚焦地看待，從她數次與社會名人筆戰的過程始末去探討蘇雪林何以會發生那些筆戰的根本原因，以及原因背後所挾帶的歷史、社會、個人因素，遠比指摘該事件或蘇雪林的是非，來得重要。

上述蘇雪林有話直說、愛憎分明，以誠實的所見所感，表現於對人生許多反應都有個人的主觀態度，從更高一層角度來看，氣性剛烈、直來直往未嘗也不是一種美感——個性上的美。自我感強烈可說是個人性的一種表現特色，世間凡人無數，而無數中的每一個靈魂都得欣賞，只要是有別於普遍性者，它就是一種美麗，因此，蘇雪林的個性是唯美、浪漫、現實、個人性集於一身的。

再次，蘇雪林在〈家〉文中提到她實際的家、理想的家、家的起源及好處等等，巧合的是此文同時說到「美」是她的生命。現實

15　同註 14，頁 20-28。

人生中，蘇雪林是處處無家處處家的人，她在文章裡不諱言對家的所有情感，若「家」是她一生的缺憾，「美」因為與「家」同列，是否正是因為匱缺而被蘇雪林視為生命？而如果這兩者都是補償心理下的產物，本章所稱「文學的謊言」說明了蘇雪林並非謊言家。

蘇雪林是個匱缺。在文藝創作中，她以唯美、浪漫形式將生命的洞隙填補起來，好比水泥匠修補裂痕之牆壁，補成了，牆面看來是平整光滑，但對於牆壁而言，洞裂仍存於用塗料粉刷過，或者說掩飾過的表面下。

美是蘇雪林的生命，然而，蘇雪林對於「美」有不同的表現途徑，美在她的生命中即有著不同的意義與蘊涵。當表現於優美散文，「美」是那些動人心脾的愛情、聖麗的大自然；當表現在獨特個性，「美」是她與人夾纏的文字戰中的敢言；當表現在學術研究，「美」是她獨排眾議，好作驚人之語的主張；當表現在蘇雪林的一生，「美」是她清節自守、孤寂冷涼的長壽晚年。

第三節　「文與畫交會」的異類果實

蘇雪林與凌叔華兩位在中國現代文壇能文能畫的女子，比較上來說，蘇雪林從文學學術上獲得的快樂比凌叔華從繪畫中獲得的多，有趣的是兩人卻都說了與她們一生所從事者相反景況的話。蘇雪林在〈我與國畫〉文中說，希望退休後有較多時間「改行作畫家」，因為她一生為了教學、償還文債耗費許多她覺得不必要的寶貴光陰；而凌叔華卻「立志作女作家」，[16]這到底是事與願違或者蘇、凌二人都無法掌握自己的人生則是值得深思的論題。

蘇雪林與凌叔華同為新文學第一代女作家，兼擅文與畫，並有實際作品傳世，這個相同的「文與畫」經驗讓二人譜寫出不同的文學與繪畫成績。

一、以畫作文

凌叔華較多地在她的小說中呈現中國畫的境界，朱光潛〈論自然畫畫與人物畫〉稱「生平用工夫較多的藝術是畫」，她浸潤於繪畫遠比小說的時間長，然而，學界對她的研究多在文學創作方面。凌叔華曾從辜鴻銘學詩，又從齊白石、郝潄玉學畫，外曾祖父為粵中著名畫家，父親凌福彭出身翰苑、做過大官，工於詞章書畫，與辜鴻銘、齊白石、陳半丁等人過從密切，因此，凌叔華的擅畫，家學淵源是一個起碼的條件。至於小說，由於善於描寫女性複雜、細膩心理，二〇年代後期，以發表的多篇小說獲盛名而成為「閨秀派」代表之一。對於第一代女作家的研究論文，在凌叔華小說方面多集中於敘事藝術、女性書寫，以及特色與貢獻：

> 二〇、三〇年代，在眾多女作家都在描寫中國女性的轉變、覺醒時，作者卻冷靜客觀地寫出了在喧囂的外表下如一潭死水的內心裡，她們的種種不覺悟、不自知地釀造著自己的悲

16 陳學勇編撰，〈凌叔華年譜〉：「1923 年 9 月 1 日致周作人信：『我立定主意作一個將來的女作家』，請求周作人指導。」，氏著《中國兒女──凌叔華佚作．年譜》（上海：上海書店出版社，2008），頁 202。

> 劇，展現了中國女性尤其是中上層女性的生存狀況，這是凌叔華的獨特之處，她擴大了女性書寫的題材空間和主題領域，具有拓荒的價值。[17]

凌叔華與蘇雪林雖同有「文與畫交會」的經驗，不同之處在於蘇雪林之文多於畫，而凌叔華則文與畫都有一定的創作量。繪畫訓練的啟發以及較穩定的生活背景，讓凌叔華小說更多地具有理智冷靜，減少了「五四」不平等的吶喊，她又可以在眾多女作家中別具隻眼，看到他人所未見的問題：

> 從歷史和文化的角度，對女性命運進行別樣的思考，關注新舊時代混雜中默默生存的人物，揭示出她們的生存困境進而探索革新的道路，這是凌叔華對「五四」文學最大的貢獻。[18]

能夠獨特地看待事物，是一個人或一篇文章的價值所在，而這種能力除了少數與生俱來者，大多由於作者的後天訓練培養出來，凌叔華與蘇雪林都具有特別的畫家之眼看待萬事萬物，形之於文章則表達出與其他作家不同的視角。差別在於，凌叔華之隻眼如上引汪君之文所述，然而，其侷限是：女性命運與困境、對新舊的思考，其實也是大多數現代文學初期的共同論題，從這個共同性來看，則凌

---

17 吳軍英，〈論凌叔華筆下的女性敘事〉，《延安大學學報·社會科學版》，第 29 卷第 1 期，2007 年 2 月，頁 61-63。http://cnki50.csis.com.tw/

18 汪君，〈論中國繪畫美學對凌叔華小說的影響〉，《楚雄師範學院學報》第 24 卷第 11 期，2009 年 11 月，頁 6-12。http://cnki50.csis.com.tw/

叔華的創意不大；蘇雪林在文學學術方面的獨特則是她的神話主張，從某個角度來說，蘇雪林的西亞文化東來是她在思維方面的獨到之處，這個文化西來的主張，相對於凌叔華「五四」文學的貢獻，自然是凸出許多的。

縱然，女性問題的探索是「五四」前後，文藝創作所關懷的熱門主題，在此共同性之下，不容置疑地，第一代女作家中，凌叔華的小說作品是較多且深刻細膩的。因此，如果以一個語詞形容，蘇雪林的特色是「美」，冰心是「愛」，或可說凌叔華是「女子」，但這僅限於她們早年之作，因為，她們後期的作品就不全然可以如此概括了。凌叔華傳世文章收錄在鄭實選編的《愛山廬夢影》一書，[19]內容分為小說與散文兩部份，前者除最末篇〈古韻〉為自傳小說外，共有〈女兒身世太淒涼〉、〈酒後〉、〈繡枕〉等二十二篇，散文則有〈登富士山〉、〈泰山曲阜紀遊〉、〈愛山廬夢影〉、〈記我所知道的檳城〉、〈重遊日本記〉五篇。在文學創作方面，比例上來說，凌叔華有意為小說的跡象很明顯，從此書來看，她的小說成功地描寫女性、兒童的細膩微貌，而散文全是記遊。凌叔華小說具有繪畫特質，描寫人物常採用寫意畫的方法勾勒人物，重「神似」而不講求工筆描繪，很少直接對人物的外在相貌、體態、衣著等形態，而是追求人物內在氣質、神韻的經營和建構。[20]而蘇雪林眼中凌叔華的文章如何呢？在《中國二三十年代作家》中，對凌叔華的

---

19 鄭實選編，《愛山廬夢影》（北京：北京燕山出版社，1998）。

20 錢少武，〈論凌叔華小說敘事的繪畫視角〉，《江漢論壇》，2009 年 5 月，頁 113-116。http://cnki50.csis.com.tw/

推崇是善於描寫細膩心理：

> 凌叔華是謝冰心、廬隱作風以外的一位女作家，本來只能算是個閨秀派，許多人卻喜歡拿她和英國女作家曼殊菲爾（Katharine Mansfield）並論。……善作心理的描寫。[21]

蘇雪林很早就看到凌叔華擅長書寫人物內在心理的特點。

二、以文作畫

陳學勇〈畫家的凌叔華〉[22]一文專論凌叔華學畫過程、作品，認為 2000 年她逝世十周年，報刊的紀念文字沒有一篇道及其美術成就，紀念的只是「半個凌叔華」，頗能指出學者評論凌氏之焦點仍是文多於畫。傅光明《古韻——凌叔華的文與畫》說凌叔華確實是位出色的山水畫家：

> 她的畫承繼了中國傳統文人水墨畫的神韻，自然天成，流溢出一股濃郁的書卷氣。（代序）

此書所引韋斯特〈古韻序〉以至現代文學評論者，都一致認同凌叔華將文與畫結合得十分密切，兩種創作相輔相成，更達到互美雙全之效。朱光潛〈論自然畫與人物畫〉：「她的繪畫的眼光和手腕影響她的文學作風，……作者寫小說像她寫畫一樣，輕描淡寫，著墨

21　蘇雪林，《中國二三十年代作家》（臺北：純文學出版社，1983），頁 361-362。

22　陳學勇，〈畫家的凌叔華〉，《文學界（專輯版）》，2008 年 12 月，頁 16-17。http://cnki50.csis.com.tw/

不多，而傳出來的意味很雋永。」。[23]從目前的研究來看，談論凌叔華文學作品多於繪畫，傅氏之譯作兼及凌叔華兩個創作領域，提示了凌叔華在文與畫兩方面的重要性，是此書的貢獻。筆者並未目睹凌叔華繪畫作品真跡，除了目前保留在成功大學「蘇雪林研究室」一幅凌叔華繪贈蘇雪林的夾竹桃畫之外，從坊間可看到的凌叔華畫作出版品，她的繪畫頗得禪宗的神韻，把中國畫講求的「氣韻」呈現得十分成功，每一幅均具淡遠、寧靜、簡逸之美。而她的小說亦喜用淡化故事情節，以畫面表現，亦即並不努力表達故事情節，例如在〈小劉〉中，並沒有用矛盾衝突或故事敘述小劉的變化，只用兩個夢後生活畫面，將小劉新生之後又重回舊日習套寫得傳神生動，因此，凌叔華是較準確地把握了文與畫融合的模式而在文字創作上表現出較好的成績。

比較兩人在文學創作上的異同，小說方面，以蘇雪林的三部小說：《棘心》、《南明忠烈傳》、《天馬集》，蘇雪林小說為長篇形式，題材上，《棘心》為自傳性質，《南明忠烈傳》為歷史小說，《天馬集》為神話小說；所以，除了都有自傳小說傳世外，兩人在小說創作上，不論體裁、主題都是相異的。散文方面，凌叔華散文以記遊為主，描寫技巧不如蘇雪林的善於駕馭文字，表現出比較平實的寫法，一五一十記下所見之景，沒有採取夾敘夾議的方式，對於景色或事物也較少深入著墨，例如登泰山，只寫一路登行之所見，不似蘇雪林的遊記寫到一處景色往往會繼續從該景物擴充出

23 轉引自傅光明，〈凌叔華的文與畫〉，凌叔華著、傅光明譯，《古韻──凌叔華的文與畫》（濟南：山東畫報出版社，2003），頁 12。

去，能夠表現了天馬行空的議論、鋪陳之技巧。〈愛山廬夢影〉寫性好丘山，從愛山、遊山引出習畫歷程與心得，換言之，凌叔華散文的觸類旁通，所觸者仍在屬於自己感知的範圍內，沒有蘇雪林的揮灑。而凌叔華的散文，時見存在著故國山河之思並且有歸去何時之嘆，〈記我所知道的檳城〉：

> 我如夢如醉的戀著眼底風光，忽然想起我是一個離開故國已經十多年的遊子了。浮雲總在蔽白日，我幾時可以歸去呢？[24]

「忽然想起」乍看是一種不經意的情緒，但是再看「如夢如醉」戀著檳城風色以及「浮雲蔽日」，不見故鄉之「愁」則被烘托出來。所以，凌叔華的散文，在寫景時，常會因所見之景色而聯想故鄉：「（東京皇宮）不用說規模大小，只論色澤豐富，世上沒有別一個京城比得上北京的」、「長空是碧藍的，這明媚風光，又令人懷念江南了」，[25]這是凌叔華散文常見的情緒，之所以如此，陳源在四〇年代擔任外交之職，凌叔華隨夫婿長年寓居異國，是其散文的重要背景。

兩人的散文、小說互有同異，蘇雪林散文成績比凌叔華豐富，小說則反之，且二人的小說在描寫手法上，凌比之蘇是更加細膩深刻的。蘇雪林傳世小說，除了《梵賴雷童話》、《趣味民間故事》屬於翻譯的兒童文學，《天馬集》源自西方神話故事、《南明忠烈傳》亦以明末英雄事蹟改寫，鼓舞時代人心意味較濃，所以，純文

24　同註 19，頁 383。

25　凌叔華，〈重遊日本記〉，收入《愛山廬夢影》，頁 391、395。

藝性的只有《棘心》了，而且《棘心》寫醒秋自己的心緒，凌叔華小說之觸鬚伸及自己之外的女性心理；蘇雪林散文作品比凌叔華多，描寫題材廣，而凌叔華似乎以寫山為其最愛；至於學者身份，二人同為教員，但蘇雪林執教時間比凌叔華長，蘇雪林後來在學術界的《楚辭》專家之名亦是她走了與凌叔華不同的路，凌叔華沉浸繪畫深於蘇雪林。

「以畫作文」、「以文作畫」都同時被兩位女藝術家使用。凌叔華的小說中，處處可見不求形似、不拘體式，卻別有妙趣的文人畫痕跡，胡晨鷺分析蘇雪林早期散文中的畫意也說：

> 在情景雙向交流、相互融合中妙化出「意與境渾」的意境美……畫家與作家的雙重身份賦予了蘇雪林獨特的文化視覺，使她為文描景之時，既能以畫家的眼光觀察自然，又能以文人的情懷描摹自然，以文作畫，達到藝術美與自然的絕妙契合。[26]

認為蘇雪林受西方繪畫的影響，因此，有意捨棄中國傳統的水墨丹青、線條勾勒，而代之以西方油畫筆法。其實，蘇雪林喜用顏色詞彙，是她用來渲染文章的替代畫筆，紅霞、綠燭、白楊這些實景色彩所傳達的景致本就容易入畫，不僅輪廓分明、而且明麗動人，蘇雪林擅長駕馭色彩修辭，她在文章中，用寫實表現了幻境，但又讓

---

26 胡晨鷺，〈蘇雪林早期散文中的「畫意」構成論析〉，《淮海工學院學報·人文社會科學版》，2005 年 9 月，第 3 卷第 3 期，頁 32-34。http://g.wanfangdata.com.hk/

人在幻境中看見了現實，而文與畫的最高境界正在這種虛實交錯的剎那。蘇、凌二人都選擇了文人畫，蘇雪林也同意凌叔華的畫屬於此類：

> 叔華於寫作以外，兼工繪畫，幼時曾從西太后畫師繆女士學習，長大後，常入故宮遍覽名作，每日臨摹，孜孜不倦。其畫風近郭忠恕，筆墨痕跡淡遠欲無，而秀韻入骨，實為文人畫之正宗。[27]

此文借用法國國家研究院院士安德來·莫洛瓦（Andre Maurois）為凌氏畫展作序，對於她的畫有如下評介：「在繪畫方面，她是屬於中國人所謂『文人畫』的一派。所謂文人畫是畫家借畫中事物來表出自己靈魂的一種畫法。在這種富有抒情詩意的繪畫中，山、川、花、竹等固屬於物體，而同時也屬於思想。其中的靜趣與空白，和線條所能表現者並無不同，這便是所謂『詩中有畫，畫中有詩。』」又，中國藝術家並不呆版地以模仿自然為事，所以：「凌叔華女士的成功並不在表面上的努力。她所繪那些霧氣溟濛的山嶺，隱約得幾與絹光相混的一痕淡淡的溪流；用灰色輕輕襯托的白雲，都形成她獨特的，像在朦朧夢境裡湧現出來的世界。」蘇雪林認為莫洛瓦的序文早已給予凌叔華畫正確的評價，所以，歸納此序文，凌叔華畫的特色是：一、屬於文人畫，二、單純簡潔的線條，營造出看似抽象卻極具優美意境的作品，三、雖然是山水畫，但她的題材並不

---

27 蘇雪林，〈凌叔華女士的畫〉，《歸鴻集》（臺北：暢流出版社，1955），頁 122。

限於傳統中國畫的事物，而是以水墨技法為主，拓展至西方風景。

本章以為「以文作畫，以畫作文」都是兩人取法對象，但最後呈現的風格似乎另有局面。蘇雪林的文學成績，除了早年美文創作外，後期轉入雜文，而這些雜文內容性質較多表現了她一貫的時事關懷、敢言風格；凌叔華的散文與小說則始終優雅閒適、不慍不火。凌叔華的繪畫影響了她的小說，而且是終身創作上的影響，她熱衷文藝並不投身學術；然而，蘇雪林的繪畫影響文學創作僅止於早期，後來她從事學術研究，生涯轉變，繪畫自然無法再影響文藝創作。文學與繪畫透過不同的表現媒介，文字可以運用的空間遠比色彩與構圖來得寬廣，在這一點上，凌叔華掌握得比蘇雪林多。

因此，同樣「文與畫的交會」入手探索人生，蘇、凌曾有相似的人生觀和文藝觀。文學與性格、政治、時代等息息相關，她們面對時代潮流，在創作上有此趨同性而成果不同，個性與環境的差異最後決定了蘇雪林在凌叔華去世時「如夢」「如歌」之嘆。

第四節　關於「如夢」與「如歌」

蘇、凌兩人的文藝創作及人生過程，使得蘇雪林為凌叔華所寫的追悼文裡發出「人生如夢，未必如歌」之嘆，從二人生命經驗之異同，可解析蘇雪林「如夢」與「如歌」之喟的現實與心理基礎，如夢的人生為何如夢，以及何以未必如歌。

觀察蘇、凌兩人的一生，她們確實都有「如夢」的人生。這個「如夢」之意包括相同的：一、青年時代即蜚聲文壇，以文藝創作博得女作家聲名，二、以文與畫兩種方式抒發喟嘆或觸摸生命的感動，同樣都在文學、繪畫兩境裡悠遊忘俗。兩人都以高齡辭世，繁華經眼，儘管蘇雪林比凌叔華長壽十三年，如夢與如歌之感所自何來？生死事大，蘇雪林得知凌叔華死訊，寫文紀念而以此作結，料想並非遊戲之言，那麼，以蘇雪林與凌叔華一生交情來說，她為凌叔華所下的最後一語，非常令人動容，那就是這一位重量級的人物在好友的追悼文裡沒有什麼歌頌，一如以往地，蘇雪林依然用真心說了這句她感到非常痛切的話。以下從兩人的身世、經歷、暮景三方面試論蘇雪林所感受的如歌與如夢。

一、身世差異

童年是人們生命中深刻的一段奇彩，心理學有從兒時觀成人的說法，是足以影響一個人一生的重要時期。鄭麗園專訪凌叔華文中，曾問「哪一段時間的記憶最常浮現？」，凌叔華回答「童年」，那是她舊式官家生活的風雅回憶，當時文士來往家中，替凌叔華的童年塗抹出比一般同年小孩多色多彩的畫布。蘇雪林的童年也很快樂，[28]兩人同樣是官家小姐，只是凌叔華為妾所生，[29]而且母親又連生四個女兒。兩人都想為母親作點什麼事，蘇雪林《棘心》是獻給母親的，在後期雜文裡也屢次敘述母親對她的重要以及對慈恩永遠的懷念；凌叔華亦同，懂事之後，認知母親妾的身份又沒有生下

---

28 蘇雪林，〈兒時影事〉、〈童年瑣憶〉，收入《我的生活》，頁 1-44。

29 凌叔華母親之名份，案：鄭麗園之文，凌叔華說是三夫人，傅光明譯《古韻》之序與陳學勇編撰《中國兒女》所附〈凌叔華年譜〉並未言及第幾位，而傅光明同書中，凌叔華本文第一章〈穿紅衣服的人〉載「媽是爸的第四房」。

兒子，矢志要為母親爭一口氣。但是，對比二人身世的「官家」還是有差別，蘇雪林祖父之官是捐來的，辛亥革命後解職回安徽家鄉，一家生活清苦；凌叔華父親則是光緒進士，曾授順天府尹、直隸布政使和北洋政府參政員等職，家中結交者多為政壇名流、文藝俊彥。凌叔華雖為小妾所生，但她的生活條件一直很優裕，官宦之家來往者又是高級文化圈，所以她寫的小說大多是所謂「高門望族」生活的事，在凌叔華老年之前，大致上沒有受過多大的苦難。

相對於凌叔華，蘇雪林的身世比凌叔華苦難。她的前代雖為蘇轍後人，到了祖父這一輩已沒落，生活貧苦，早年安徽家鄉又屬窮瘠之地，謀生不易，與凌叔華出生之富足，自不可同日而語。如前所述，兒童時期影響一個人非常重要，兩位女作家兒童時期的美麗華年均為她們鋪下一層基石，兩人的文與畫啟蒙都來自於此時期，而身世背景對後來的藝術成績又產生了不同的結果。文字創作方面，蘇雪林比較凸顯的地方，是從早年的美文創作轉入學術研究，即西亞神話東來之主張，雖然蘇雪林自詡是她別具「發現」的驕傲，但可惜的是多年以來，從她尚在人世直到謝世，知音者無幾，這又是蘇雪林一生永遠的痛，至少在她離開人世之時，必然懷著這一份悲憤。前述蘇雪林以文學的方式追求美的生命，她後來從文藝創作轉入學術研究，美的生命變成理智的生命，這是人在愈益成長後，心態由浪漫傾向冷靜；從另一方面來看，她始終以文學的方式所追求的美，是否在中年以後，使她認識了由文學補償的美仍是空泛，因為那畢竟還是一種非現實，所以，蘇雪林不再用文學的方式而以學術研究的方式去肯定她依然不完美的人生。凌叔華則從她立志成為作家開始，義無反顧地寫作純文藝作品，其散文集《愛山廬夢影》

及多篇小說即是明證。繪畫方面，蘇雪林和凌叔華在繪畫上共同的題材是山水，但是二人的山水畫亦有不同的風格，同樣屬於中國的文人畫，但凌叔華較多的呈現山水畫的意境之美。民國四十二年，凌叔華《古韻》一書在英國出版，當時由詩人維特·薩克維爾·韋斯特作序，云：

> 她的繪畫屬於中國所謂的「文人畫」之列。……對於它們，重要的是刻畫出一種詩的意境，叔華毫不費力地就做到了這一點，她筆下那霧靄籠罩的群山，寥寥幾筆白描勾勒出的波光熠熠的河流，那水紋常與絹的絲紋不謀而合，那略帶淡灰色的朵朵白雲，構成了她獨有的使人如入夢中雲霧的意境。[30]

韋斯特又敘述凌叔華作畫的另一特點是「運用遒勁的筆觸，幾筆就勾勒出一株栩栩如生的蘭花，一莖挺拔的玉或朵含苞待放的蘋果花蕾」，這樣的境界在蘇雪林山水畫是少見的。蘇雪林的腕力不足，揮灑不開，故山水畫以線條取勝，在意境上未能有深刻的表現，從她民國八十三年出版的《蘇雪林山水》畫冊來看，只有幾幅潑墨小品頗得韻致。繪畫藝術需要天份，另一方面，與身世背景有關的地理環境也影響作品的神情體貌，凌叔華出生在文化故都北京，那裡有東方傳統的悠閒緩慢特徵，成就了凌叔華高雅和諧的審美意識。蘇雪林祖籍安徽，嶺下地瘠，並非富庶之地，雖然她少小離家，但是，曾經生長過的環境不可避免地仍根深柢固左右一個人內在許多難以解釋的成因，比如樹木之抓地力，樹根之抓緊泥土，以利生長，

---

30 傅光明，〈凌叔華的文與畫〉，收入《古韻》，頁8。

不論泥土好壞，樹之依附泥土，土壤之肥沃或枯瘠是樹木沒有選擇的宿命，且影響生長，蘇雪林繪畫作品與凌叔華相比，所呈現的美感格局不大。

凌叔華一生的畫與文之創作歷程並未有多大變動，也沒有承受太多的生活痛苦，但是，蘇雪林則不同，她的文字創作歷經改變，而她喜愛的繪畫又因現實中各種因素未得進境，且成績不如凌叔華。蘇雪林熱愛繪畫，但人生際遇使得她不得不收拾起對繪畫的感情，所以，在身世與創作上的落空，蘇雪林會覺得「人生如夢」，她的人生比凌叔華苦楚許多。

二、經歷有別

身世與成長背景影響創作取向，在人生經歷方面，蘇、凌二人也有不同的命運。蘇雪林在社會上從事工作的時間，大半生擔任教職，所以，許多評傳上都說她集作家、學者、教師於一身。民國六十二年自成功大學退休後，除了努力奔走出版一生引以為傲的「屈賦新探」，其餘時間多消磨於讀書、閱報、寫作上。蘇雪林是一位罕見的具有相當堅強精神的女子，一生持續創作不懈，直寫到不能寫為止。以女性一生過程來說，或許由於她沒有婚姻、丈夫、兒女的負擔，因此能有餘力從事文藝創作，而且展現凡人難及的堅毅形象；然而，事情總有相對面，沒有婚姻累贅成就蘇雪林的名山事業，反過來說，她逐漸被現代文壇挖掘出來的婚姻不幸是否真正不幸？蘇雪林的婚姻沒有愛情，甚至婚後不到幾年光陰便與張寶齡離居，從女性自主的角度來說，既然沒有愛情，分道揚鑣何嘗不是好事，然而，為了宗教、名譽的原因，蘇雪林與這位有名無實的丈夫卻又終生不離婚，夫妻之結合本有「想要和你唱同調」的期待，但他們像兩只掛在屋簷下一左一右的風鈴，兀自面向相反的角度唱著各自的曲調，其中緣由只有當事人心中自知，要提出來的是：一位民初女子、兩度赴法求學、終身孤居，這樣的生活即使未到老境，蘇雪林壯年時期流露出的衰落之感時常隱於筆端，在〈雨天的一週〉有：

> 一年四季，夏酷熱而冬嚴寒，春秋比較溫和，而壞天氣居其大半。細算三百六十天中，真正風和日麗，爽適宜人者究有幾日？我們的生命悲哀的時候多，快樂的時候少，所謂「人世幾回開口笑」、所謂「不如意事常八九」，與天氣也就差不多。[31]

文末署「二十五年四月於珞珈」，則蘇雪林當時四十歲，在人生的壯年即已有生命不快樂之感，從其他文章中流溢出的寥落情思印證，這些不經意出現的字眼恐怕並非早熟而是對人生有過深沉的體會。

凌叔華的人生比之蘇雪林似乎快意許多，民國十五年與陳源結婚，民國十七年陳源受聘武漢大學教授，後又擔任文學院長，民國三十六年隨夫婿遷居歐洲，定居巴黎。民國五十九年陳源逝世，至少，他們有一段不算短的、如意的攜手相伴歲月。婚姻的美滿之感，凌叔華比蘇雪林順遂幸福。雖然，在生命旅途中，兩人都不是長居久安之人，但是凌叔華有丈夫女兒一個完整的家，蘇雪林則長年孑然，無所憑賴，那種黑洞的淒寂在漫漫歲月裡產生的化學變化滲透

31 此為成功大學「蘇雪林研究室」《屠龍集》原稿影印資料。

心靈底質，除了特異還有扭曲，這是蘇雪林一生總與人筆戰、唱反調而凌叔華始終溫婉恬靜之不同。

三、晚年暮景

人到晚年，凋景之感始漸深沉，然而，蘇雪林年輕時期就有一份早現的哀愁，到了晚年更加劇甚，反應在創作與生活上都有一種必須個人獨自承受的沉痛而顯得往內退縮。

(一)創作

蘇雪林晚年創作題材大多是雜文，成功大學自民國九十五年開始，陸續經過搜尋，整理出版的《蘇雪林作品集·短篇文章卷》共六冊，總計約九十萬字，篇章多屬時事感懷及考證文字，偶有應時之作。這些雜文有的是她已成習慣的關心時事自動寫作的，也有應時應景，各界來函索文而寫。關於這個現象，蘇雪林常自言「江郎才盡」，無可如何，尤其在別人向她求稿之時，她一直覺得很是負擔，在對自己的創作不具信心時，外界反而視她為國寶、耆老之下，其負擔更有一種徬徨的恐懼。對比凌叔華一生文學與繪畫的關係並重，而且，凌之文字創作是她安閒適意的生活條件下完成的，創作內容上也與蘇雪林的轉向學術大異其趣。

另一方面，凌叔華的畫作題材與蘇雪林比較，蘇雪林全以山水畫居多，而凌叔華則多了生活寫真。在《古韻──凌叔華的文與畫》書中所見的畫作，題材多樣，有山水、花鳥、生活寫生，一般認為凌叔華繪畫屬於清秀派，朱光潛說她的畫流露「特有的清逸風懷和細緻的敏感」，[32]欣賞她現存的山水花鳥畫作會有一種現象，就是即使暫隱作者之名，都可瞭然必是一位女性畫家。凌叔華畫生活瑣事，例如馬濤帶我出去逛、義母帶我去放風箏、五媽幫媽梳頭、我和賁先生、老周帶我去隆福寺等，其風味不是用誇張手法而產生滑稽諷刺效果為訴求，這些畫作筆法簡單、題材自由，擷取生活瑣事、所描繪的人生充滿趣味。而蘇雪林的畫作，清一色是山水，她非常喜歡故鄉黃山景色，一生得意之作是〈黃山西海門〉、〈黃海壯遊〉，又有第二度留法時，在巴黎所作的〈憶寫擲缽庵〉，還有來臺後所畫的幾幅。黃山風景一直是她描摹的對象，與凌叔華畫風同樣屬於寫意文人畫，借畫面的山川花鳥表現自己的思想靈魂，二人的畫法、取材上有明顯不同，而相同的文人畫寫意部份，蘇雪林完全以山水為材料且主要是描摩山水之形，凌叔華則呈現較多的清遠韻味而題材延伸得更廣。

奠定蘇、凌二人在中國現代文學史地位的是小說，她們另一項專長是繪畫，但是關於後者，凌叔華在藝壇的成績顯然比蘇雪林多樣且豐富。

(二)生活

創作的基礎是生活，從生活冶煉出對事物之感再以不同媒介傳達出來，成為作品。生活的布匹所使用的色彩線條則又是作者心理狀況織成的，蘇、凌二人雖在生活、心理有差異卻也有雷同之處，非常搶眼的就是老年的孤獨與悲嘆。蘇雪林與凌叔華的人生都有痛

32　轉引自傅光明，《古韻》，頁 11-12。

苦，這是生而為人無法逃避的既定命數，本章思考的是：她們二人並不平凡，是中國現代文壇響叮噹的人物，不同的生命經歷風雲湧落，「世事翻雲覆雨，滿懷何止離憂」，到頭來難免如夢淒涼之嘆，曾經的繁華並沒有填補生命的空隙，其中心理值得吾人深思。

蘇雪林在日記裡，長年出現「自知大限不遠」之語，每當病痛纏身時，或偶感暈眩、或胸中作惡、嗜睡等，從「今年難逃一死」到「想死日已近」、「恐死候已到」、甚至「余之死期屆矣」之語，預知將永離人世。蘇雪林最大的悲哀恐怕是必須用極端堅固的圍牆砌起自己脆弱的人生，而她的脆弱最後已經被她不得已的堅毅掩蓋到了不知脆弱為何物，只教人勇往直前的生命態度了。

至於凌叔華自小生活優渥、婚姻美滿，但是她難免感受到現實的壓迫，仍需正眼看著人生。李欽業〈凌叔華小說論〉說：

> 從《小歌兒俩》集裡可以看出：凌叔華痛苦地徘徊在現實和夢幻之間。她一面竭力想避開現實，扎入遁世的夢幻中，另一面血淋淋的現實又迫使她不得不把目光從高士遺風、自然山水轉向入世。[33]

在凌叔華寫給蘇雪林的信件中，也一直出現孤單寂寞，懷想舊日光陰之語，結尾必加補述「望多來信」。蘇雪林早年即與丈夫離居而且沒有生兒育女，凌叔華雖婚姻比較美滿，但是陳源逝世後，獨生女兒並未同住照料，鄭麗園之文的介紹，說「及至一九七〇年陳先

---

33 李欽業，〈凌叔華小說論〉，《安康師專學報》，1995 年第 1 期，頁 29-38。http://cnki50.csis.com.tw/

生過世，寡居倫敦至今」，事實上，凌叔華雖有一女，但不只寡居而且獨居，晚年罹患乳癌後，乏人照料，選擇回到出生地北京治療，最後病逝。這是她雖然有婚姻但與蘇雪林同樣蕭條的晚境，在凌叔華寫給蘇雪林的信件中，懷鄉與生活孤單的悲怨盈紙。遠適異國，昔人所悲，凌叔華雖然旅居英國多年，但是她懷念舊友家鄉，西方風物之美並沒有感動她，即使她遊歷過許多歐洲山水，樂而忘返，但那是暫時的：

> 在蘇格蘭的理夢湖的高山漫遊時，……高山地帶的土風舞，在古色古香的城堡裡掩映生輝，也曾使我暫時樂而忘返，但是相別後很少再想起來。到底是西方異國情調，沒有移植在東方人的心坎上的緣故吧！[34]

或者，人之臨老，生趣寥無是可以理解的，然而，蘇凌二人均為叱吒現代文壇之人，生命其實不乏璀璨光華。姑且不論是邁入老境的關係，「如何老」是每個人終究都要學習的一個重要課題。這兩位中國早期女作家，凌叔華的一生似乎沒有什麼幻滅，但或多或少有苦痛；相反地，蘇雪林一生承受的負面滋味比凌叔華多，這正是蘇雪林在〈悼念凌叔華〉文末的「未必如歌」之語，雖然——她們都已經擁有不同於平凡女子的不平凡人生。藝術創作，不論是文學或繪畫都是美的接觸與呈現，從蘇雪林的經歷、文學的謊言轉入理智的美來看，她的一生很少真正落實，「未必如歌」卻是蘇雪林真心的感嘆。

34　同註 19，頁 376。

凌叔華曾經形容一個人少年時是詩，中年是散文：

> 一個人童年時期及青年時期的印象，回想起來，常會像一首好詩，無事時他會高踞在想像之宮調兵遣將來美化人生；可是過了三十歲，詩意的幻想，便漸漸退避三舍了。在你面前的一切事物，都要變成散文去了。[35]

她沒有敘述老年。相較於蘇雪林，凌叔華除了寫給蘇的信外，她的文中很少提到「老」這件事，或許在公開刊登的文字裡，凌叔華不敢、不願提起，只敢在給老朋友的信中傾訴，令人感興趣的是，若凌叔華的壽命及文字創作時間與蘇雪林一樣多延長一些時日，她該會如何形容老年呢？這個答案必然能解釋兩位第一代女作家同擅文與畫而生命曾經茂美卻如此蕭條的，兩個人的一生更多的訊息。

小結

在佛家觀念，生命是一場空夢，而且斬釘截鐵「畢竟成空」，蘇雪林與凌叔華這兩位女作家將會在中國文學史永遠留名，她們都以「文與畫交會」的方式，將如夢人生譜寫歌韻。前塵渺然，今日已無法重啟九原相與問答，但是，不論如夢或如歌，可以肯定的是，對兩位女作家來說，這是一曲文學與繪畫的美麗與哀愁。

比較蘇雪林與凌叔華兩人對於人生的如夢，蘇雪林明確地在她傳世文章裡表達，但是凌叔華對此是稍有隱諱的，我們只能從她寫

35 同註 19，凌叔華，〈重遊日本記〉，收入《愛山廬夢影》，頁 391-392。

給蘇雪林的信件中讀到她對於人生悲哀之感嘆，在她現今流傳文章裡似乎少見。目前學界對凌叔華的研究多從敘事技巧、女性文學入手，甚少在她美滿如意的一生再探——真的美滿嗎？本章以為在文章中直述情感思想，與隱藏在文中而待後世讀者挖掘的人生觀相對重要，在人生的「如夢」與「如歌」的未必中，我們看到蘇雪林對生命的態度存藏著一份因為敢言而表現出來的敢受。她從不避言生命之苦難，而她也在人生的苦難中努力承擔，直至最後一口氣。學者多數以無法衝破傳統、畢竟委屈求全、仍受傳統禁錮等語評價蘇雪林，除了從她的文章作品來看，或許再加上蘇雪林整個人生的景觀，能夠對這位在中國現代文壇的傳奇女子，有比較適切的了解。

本章以蘇雪林與凌叔華作比較，解釋蘇雪林對凌叔華逝世所發出的喟嘆之心理原因。但是，不論如夢與如歌，不能否認的是兩者依然是屬於美感的一種。在現實世界的體驗中，蘇雪林有極大的感傷，所以，她用「謊言」留下自己青春的印記，我們應該深入了解這個謊言的文學性質，蘇雪林在新文藝創作方面留給後世的美，因為其「文學性」而反襯出纏繞她一生中內心真正的苦楚。夢有好夢與惡夢，歌有繞梁三日與掩耳不及，蘇雪林說人生如夢，未必如歌，「如夢」與「如歌」是形容詞，雖然夢與歌同是飄渺，蘇雪林為凌叔華生命的結束時所說的話，我們肯定的是不論風和日麗或風狂雨驟，生命必然花落飄零，人生的如夢未必如歌，不論春花或秋花，同樣值得後人再度探索這一代女作家遺世作品中的深刻情懷。

第八章　蘇雪林形象綜考——臺灣文學作品中的蘇雪林形象

蘇雪林是中國新文學史的一位名人，早年崛起文壇，與許多「五四」以來知名人物、播遷來臺後的作家文士都有來往。前後期有時空的轉變，而來臺後，臺灣文壇的蘇雪林形象在她辭世之前被塑成定形，讓蘇雪林從文學走入生活，也由生活走出文學，最後又由文學場域消失。本章以蘇雪林民國四十一年來臺後，作為一名「五四」新文學知名作家，卻在臺灣文壇逐漸退場的現象，試論蘇雪林個人在臺灣文壇被塑造出來的「蘇雪林形象」。

第一節　前言

蘇雪林為中國新文學第一代女作家之一，也是第一批大陸來臺人士。民國四十一年歸自法國，從此定居臺灣，長住臺南，其一生的形象是叛逆、堅毅、勤學、寫作研究不輟之人，也是最長壽的「五四」作家。《浮生九四——雪林回憶錄》出版於民國八十年，時九十五高齡，是年亦在《中國國學》發表〈消夏雜詠〉組詩，她是罕見在高齡持續寫作的人。但是，不論蘇雪林前半生在大陸、後半生在臺灣，這樣一位人物，在現代文學史她是被遺忘的，臺灣藝文界有較多文章記敘她的生活傳奇、作品目錄，甚少進行有深度的評價。蘇雪林返臺，頂著極其風光的歸國學人桂冠，但是在此之後的文學界，蘇雪林於臺灣文壇處於退場狀態，近年的現代文學史或女作家論述，很少論及蘇雪林。本章從蘇雪林涉及臺灣文壇的三大事件以及報章雜誌報導之文，這些論爭、曾造訪蘇雪林、與之有交情的作家文士所敘述的蘇雪林家居、人格樣貌，以及文壇轉換的背景談蘇雪林在臺灣被塑造出來的形象，理解這位「五四」人物處於社會政治環境改變下的第一代來臺作家在臺灣文壇的形象。

第二節　蘇雪林在臺灣文壇

蘇雪林民國四十一年自法國回到臺灣，初任教於臺北師範學校（今國立臺灣師範大學前身）。民國四十五年，臺南省立成功工學院改制成功大學，為了與住在左營的大姐互相照顧，應聘中文系，直至退休終老，臺南市東寧路成大教員宿舍可說是她一生最安定也是最後的家。以一個常人來說，蘇雪林定居臺南時已年屆六十，在當時五〇年代可算是高齡之人了，除了教書寫作，蘇雪林秉持有話直說個性，在臺灣文壇發生了三件大事即：民國四十八年與覃子豪（1912-1963）關於象徵詩論戰；民國五十二年與劉心皇（1915-1996）、民國五十三年與唐德剛（1920-2009）均有互辯之事發生。除了這三件大事，蘇雪林後半生在臺灣度過，來臺後沒有中斷寫作，但不論她生前身後，臺灣文學史幾乎沒有提到這一個人。例如應鳳凰《文學風華——戰後初十三著名女作家》[1]沒有收錄，而書中十三位女作家，除了郭良蕙因《心鎖》曾被蘇雪林以「黃色文藝」作出道德批評外，其他十二位都是蘇雪林的好朋友，並有書信往來。並非臺灣文學史沒有提到蘇雪林是個錯誤，只是，蘇雪林這樣一位文學家在臺灣文壇的命運是個奇怪現象，其中原因值得探究。以下從文壇事件及社會人士對蘇雪林的書寫，以明蘇雪林在臺灣的形象。

1　應鳳凰，《文學風華——戰後初期13著名女作家》（臺北：秀威資訊科技公司，2007）。

蘇雪林一生，大致可分為大陸、海外、臺灣三個階段，在大陸與臺灣都有文壇的爭鬧喧擾，海外時期或許由於環境、語言生疏，沒有明顯煙焇味。本章所述，主要是臺灣時期的筆戰，它們所牽涉的內容包括象徵詩、黃色文藝、胡適辯誣。比較上來說，若依前述臺灣文學史甚少提及蘇雪林，但討論臺灣現代詩的發展必會提到蘇雪林與覃子豪的一場論辯，即關於象徵詩的定義與定位，時間在民國四十八年七～十一月；民國四十八年《自由青年》主編呂天行邀請蘇雪林撰寫專欄，七月，《自由青年》刊出她一篇〈新詩壇象徵派創始者李金髮〉認為象徵詩將中國新詩壇引進死胡同，[2]覃子豪在二十二卷第三期，以〈論象徵派與中國新詩——兼致蘇雪林先生〉回應，指出象徵詩有五特色，文中之意暗指蘇雪林對新詩觀念不清；蘇雪林於第二十二卷第四期再發表〈為象徵詩體的爭論敬答覃子豪先生〉反駁，認為年輕人喜歡象徵詩是因為：可以藏拙取巧，以掩蓋詩才不足，於是第二十二卷第五期，覃子豪再以〈簡論馬拉美、徐志摩、李金髮及其他——再致蘇雪林先生〉為李金髮辯護；最後，蘇雪林以為他們兩人辯論的焦點不對而自動停止繼續辯論。這場論辯中還有支持蘇雪林的署名「門外漢」者，投稿〈也談目前臺灣新詩〉一文，自言是「不長進的讀者」故署名「門外漢」，其文所發表的意見同意臺灣當時主流新詩確實令人「百讀不解」。平心而論，蘇雪林把象徵詩難懂形容成巫婆道士咒語乃挖苦過甚，但

2　蘇雪林指李金髮詩的特色是：一、不講求文法；二、朦朧晦澀；三、，隨意省略；四、文言夾雜。收入《文壇話舊》（臺北：傳記文學出版社，1969），頁 152-160。

全文之意代表作為新詩讀者表態「沒有那麼多閒情去鑽詩人的迷魂陣」卻也說明蘇雪林對象徵詩的一種觀感。以上文章今均收錄在蘇雪林《文壇話舊》一書，此事件以不了了之收場，因為蘇雪林主動表明不再答覆而休偃。[3]

陳芳明認為覃子豪與蘇雪林之間的論戰，正好可以表現出現代詩在臺灣的歷史新位置：

> 蘇雪林的三篇文章典型地反映了傳統學者對現代詩的曲解與誤解，……蘇雪林批評的立場，似乎是停留在五四時期白話文運動的階段，仍然刻意講求文法的紀律與意義的透明。這種保守的觀點，自然無法接受現代主義的提倡。[4]

意為兩人的文字交鋒，並沒有什麼勝負結果，而是代表在五〇年代封閉的政治空氣中的一種思想解放以及現代詩的正面評價，顯示「五四」文學的審美觀在五〇年代的臺灣漸呈沒落，現代主義式的思維正在崛起。古遠清〈臺灣當代女評論家論〉論及此次事件，則云：

> 蘇雪林由於對於新詩創作不甚了解，再加上觀念守舊，所以給人的印象是跟不上時代的前進步伐。齊邦媛作為老字號文

3　蘇雪林，〈為象徵詩體的爭論致《自由青年》編者的信〉，同註 2，頁 196-200。

4　陳芳明，〈現代主義文學的擴張與深化〉，《聯合文學》，2002 年 1 月號，第 207 期，頁 142-155。

> 學評論家，不像專嗜線裝書的蘇雪林那樣遠離當前文學創作實際。[5]

古氏認為蘇雪林對新詩觀念不清楚，這是和覃子豪同調的，也是大部份評論家對這一場論辯的最終意見。這事件代表蘇雪林對當時臺灣詩壇的看法，在臺灣詩歌發展史的意義即臺灣新詩的傳續與發展問題。延續蘇、覃兩人論爭，引起臺灣詩壇一陣憾動，後來，余光中、夏菁、葉珊等人均有文為新詩辯護，是臺灣新詩壇的一大事件。

蘇雪林反對李金髮並不是民國四十八年在臺灣的這一次，早在民國二十一年武漢大學授「新文學」課程所編之講義〈象徵詩派的創始者李金髮〉已說李氏作品與西洋象徵派的特點一樣：朦朧恍惚意義驟難了解、神經的藝術、幻覺豐富流於神秘狂、感傷、異國情調；而李金髮詩的藝術是：觀念聯繫奇特、善用擬人法、省略法、喜雜白話文言。[6]可以看出，蘇雪林對李金髮詩的態度一直沒有改變，她並不是在不同的時空背景說不同的話，論者指出蘇雪林對象徵詩觀念不清，但是否也應該看到蘇雪林所以反對的原因，她在文章中說得很清楚，「五四後，新詩由《繁星》、《春水》、《草兒》、《女神》發展到了新月詩派，已有走上軌道的希望。忽然半路上殺出一個李金髮，把新詩帶進了牛角尖，轉來轉去，轉了十幾年，到於今還轉不出，實為莫大憾事。李氏作俑固出無心，為了那種詩易

---

5 鄭明娳主編，《當代臺灣女性文學論》（臺北：時報文化公司，1993），頁 369。

6 蘇雪林，《中國二三十年代作家》（臺北：純文學出版社，1983），頁 161-168。

於取巧，大家爭著做他尾巴，那則未免可羞吧！」、「青年不成熟的作品泛濫各報刊，釀成新詩壇永不進步的可悲現象，我便有權利反對。反對的目的不在青年，實在目前新詩的風氣，我想任何人都可以看出來的吧？」。[7]兩段引文，蘇雪林憂心的是「五四」後新詩上了軌道但轉不出去，以及不是反對青年寫象徵詩而是反對詩壇現象，所以，陳芳明能指出此事之歷史轉換意義。蘇雪林說她之所以反對象徵詩的言論「我想任何人都可以看出來的吧？」，但似乎從負面觀察這次事件的學者真的沒有看出來，大多看到她的論述內容之指斥李詩不可讀，如果蘇雪林對象徵詩的觀念不清楚，那麼，她作為一個文本接受者而暢所欲言是否可以被允許，至於她為何要這麼說的原因才是應該同時被關注分析。「作者已死」固然是後起的文學理論，蘇雪林身為讀者時，本也有言所欲言之權，是她當時在臺灣的學者形象發出如此之論，而容易成為眾矢之的；再者，蘇雪林的作品，不論文藝或學術類，其中所蘊含的文化意義與她個人的心理內質，其實都遠勝於文字表面上的意義，這一點是研究蘇雪林必須完全照顧到的一個方向；正如古遠清所論的齊邦媛，認為她和蘇雪林一樣有戀舊、守舊的傾向：

> 五四時期的冰心、盧隱、馮沅君，她們的處女作或成名之作，都離不開自身的經歷，打上了自傳的烙印。齊邦媛雖不是搞創作的，但她的評論和她的悲憫的感情色彩、孤寂的獨特生

7　同註2，頁160、179。

> 活道路有密切關係。與其說她是在肯定「反共懷鄉文學」，不如說是肯定齊邦媛自己帶有苦難色彩的一生。[8]

作品串連作家所處的時空背景、心理條件，作家的研究才有相對持平的評價。因此，作家所處時代的現象以及所完成的歷史意義應該受到同樣的關心。

蘇雪林對臺灣詩社的態度可以補充說明另一個觀念。臺灣早期詩壇上，創世紀詩社於民國四十三年十月成立，成員多來自軍中，最初成立宗旨有三：一，確立新詩的現代路線；二，建立堅固的詩陣營，切忌互相攻訐，製造派系；三，提攜詩青年詩人，徹底肅清赤色、黃色流毒。以上主張並未脫離當時的官方文藝立場，但是，蘇雪林並沒有推崇或傾向該詩社，若如學者所論蘇雪林是極端保守主義者，她為何沒有利用這種與國民黨關係密切的大好機會，參加或寫文鼓舞，其實，她並不是一味地為反對而反對，或者專門與人為敵，不妨說，蘇雪林更大的理由是她任著自己的好憎與情感在說話，只是這一點而已，但也由於如此，為她帶來了一生無法明確定位的評價，因為，後世評論者若僅著眼於她這些依照個人好憎而寫成的文字看去，自然對蘇雪林或與她相關之事立判是非，而且所論必然成理，但是缺少一種沒有再考查蘇雪林何以發出這些言論的理由，未明的小瑕疵，於是成了對蘇雪林「見仁見智」的說法。

蘇雪林在臺灣文壇的另兩件大事：討伐黃色文藝、劉心皇事件。從她個人出世較早而深具的所謂封建思想，以及她當年爭取女

---

8 古遠清，〈臺灣當代女評論家論〉，收入《當代臺灣女性文學論》，同註5，頁370。

子讀書權、留學法國等事看似前衛，但蘇雪林內心深處固執其所固執的處世態度來說，事實上，她討伐黃色文藝以及為胡適辯誣都是可以理解的，而胡適事件亦牽扯了劉心皇、寒爵風波。民國五十一年郭良蕙出版《心鎖》一書，大膽描寫情欲的矛盾掙扎；民國五十二年四月，中國文藝協會理事會上，謝冰瑩提出開除郭之會員資格，蘇雪林亦撰文批評，稱為黃色小說；一些同聲氣文友合力圍堵，終使郭良蕙被解除會籍。蘇雪林之文，名〈評兩本黃色小說：《江山美人》與《心鎖》〉，[9]反對書中情欲描寫、亂倫行為，此文雖是針對郭良蕙作品，但同時也可見蘇雪林對於載道之文的倡議，而她一生堅守清譽，可以忍受婚姻不美滿，多年飄泊、孤老一身，沒有文獻可稽她在愛情上，言行不一或說一套做一套，甚至出軌的跡象，這就與她撻伐所謂黃色文藝作了強烈的印證；那就是，由於蘇雪林在道德、思想、行為上的潔癖，她的眼中、筆下都無法容納一粒失德敗行的微塵。民國五十二年，劉心皇自費出版《文壇往事辯偽》、《從一個人看文壇說謊與登龍》揭發蘇雪林的文名是仗勢、欺騙得來的，此事自然又引起文壇震波，蘇雪林親自前往臺北求救，終因無人願意出面與她力戰劉心皇、寒爵，最後逼得蘇雪林第三度遠出重洋，到新加坡南洋大學躲避這場文災。民國五十三年唐德剛（1920-2009）出版《胡適雜憶》，[10]指控胡適博士學位造假、是個欺世盜名的人、學術一無是處等語，而胡適是蘇雪林心目中完

9　成功大學中文系主編，《蘇雪林作品集·短篇文章卷》（臺南：成功大學，2011 年二刷）第 1 冊，頁 58-69。

10　劉心皇，《從一個人看文壇說謊與登龍》，1963 年自印；唐德剛，《胡適雜憶》（臺北：傳記文學出版社，1964）。

人，不容他人誣衊。蘇雪林早年有〈評《胡適評傳》〉一文，[11]《胡適評傳》為李敖著作，在臺灣年輕人心目中，李氏是偶像，蘇雪林當然擔心李敖筆下的胡適形象受損，於是尋找資料，逐一反駁李書文字；後則針對唐德剛《胡適雜憶》出版《猶大之吻》，以八篇章節、八大問題專門再為胡適辯白。

從以上蘇雪林在臺灣的文壇事件，可明白蘇雪林有著恣意直言、固執、道德堅守等性格，這些性格在她後半生所處的臺灣時代環境下，蘇雪林被塑造出的形象就有另一種反面解讀，亦即：封建、守舊、固陋、結黨等；或許光陰沉沉，環境改造了人事，而人事從更大角度去看，都可看到當初發言者掌握了說話與天時的先機，總會有權力與場域的勝利。

這兩件引發當時臺灣文壇風波的時間點差不多相同，而結局迥異：「兩本黃色小說」，我們看到蘇雪林道德潔癖的勝利；劉心皇與寒爵之事，蘇雪林則是失勢敗將，黯然走避。事件似乎是因，人與環境之間角力的果，解釋蘇雪林在風光歸國十年後，閃耀光環的第一次削弱。

第三節　蘇雪林在臺灣文壇的形象之分析

蘇雪林在臺灣文壇的重大事件已如上述。另一方面，蘇雪林被臺灣文壇書寫的形象，散見在各報刊之文數量極多，本章所謂「臺

11　蘇雪林　，《眼淚的海》（臺北：文星書店，1967），頁 161-176。此文亦收入蘇雪林，《猶大之吻》（臺北：文鏡文化事業公司，1982）。

灣作品」，嚴格來說是指各報刊雜誌的報導文，因為，截至目前為止，蘇雪林在臺灣被認真討論的時候並不多。報紙報導多為休閒性，談的是蘇雪林生平傳奇與歌功誦德，具學術性而聚集成冊的，依時間先後，有民國六十七年《慶祝蘇雪林教授寫作五十年暨八秩華誕專集》、民國八十四年《慶祝蘇雪林教授九秩晉五華誕學術研討會論文集暨詩文集》與《慶祝蘇雪林教授百齡華誕專集》，[12]此三書都有學者撰文。報紙和論文集或可代表民間及學界對蘇雪林的兩種敘述來源，以及形象。

蘇雪林來臺後，頂著歸國學人與「五四」作家的雙重桂冠身份，因此備受禮遇。早年學術界重要的「長科會」補助，也因為胡適的關係，蘇雪林得以發表她的屈賦研究論文。臺灣是蘇雪林後半生長住之所，但臺灣文壇卻對她有兩極化的看法：一、推崇她是偉大作家，二、在文壇的事件上，又對她辱罵有加。與覃子豪論辯止於討論象徵詩，一來二往發表文章後也就停息了，但劉心皇事件對蘇雪林的傷害很大，為了避禍，她在六十八歲高齡三度去國，遠走新加坡南洋大學。這些事件隨著蘇雪林逐漸年老，文壇不再有人對她發出不平之鳴，指責她尖酸刻薄罵人，也或許當年之人均已年邁，一切往事歸於平淡，蘇雪林晚年，臺灣文壇的作家記錄裡，她被塑造的形象是：有才華的女作家、愛國者、崇高的學人，也有認為她衝

12　本文所據為成功大學「蘇雪林研究室」保存之資料，《慶祝蘇雪林教授寫作五十年暨八秩華誕專集》，由安徽大學、師範大學、武漢大學、成功大學主編，為門生故舊撰文所成，並且自費印刷；「九五華誕論文集」為民國八十年，成功大學召開的學術研討會，後由文史哲出版社結集出版（1995 年），延遲四年，故與百齡華誕出版時間相同。

不破傳統樊籬但仍予以同情者。蘇雪林在世及去世當月，報紙刊登之文，數量不下百篇，難以照錄，可參考成功大學中文系「蘇雪林研究室」網頁（http://suxuelin.liberal.ncku.edu.tw/）搜輯之資料，而這些形象是一直被重複書寫的。《寫作五十年專集》所收錄的文章對她讚譽有加；民國八十年，成功大學為蘇雪林慶祝九五華誕，召開學術研討會，所發表的論文亦多推崇。例如最為人樂道者：林海音〈五十兩黃金，一塊破抹布〉、陳秀喜〈錯愛〉、丘秀芷〈蘇先生，德不孤〉、邱七七〈可敬可愛蘇先生〉、劉靜娟〈唯有歡喜讚嘆〉等，論文集中的文字可以代表蘇雪林在臺灣文壇的耆老形象。成功大學「蘇雪林研究室」所保存的蘇雪林文物中，文友寫給她的信件，數量極多，尤其當時女作家們問候的信件，內容大多溫言暖語，如呵護孩兒般細心關懷，她們與蘇雪林保持聯繫，因為蘇雪林鄉音濃重又耳力不佳，故以信件聯絡事情，關照的話語多是保證、解釋某件事、某個人，深怕蘇雪林生氣就對不住她。[13]綜合蘇雪林為人處世、文藝學術縮影的紀錄，還有成功大學出版的《側寫蘇雪林》一書，[14]在蘇雪林生前，報章雜誌眾多篇章中，擇錄具代表性而能讓讀者較多方位、迅速地閱覽此一人物。事實上，除了以上兩部慶賀性質之作，蘇雪林在臺灣的五十年，臺灣現代文學史卻是不記錄此人的，這是值得思考的現象。何以這樣一位重要的人物，至

13 參考成功大學中文系編，《逝水浮雲曾照影——名家與蘇雪林書信選》，（臺南：成功大學，2007）。書中挑選了當代文學、藝術、學術、政壇界人士 80 人，寫給蘇雪林的信件。

14 成功大學中文系主編，《側寫蘇雪林》（臺南：成功大學，2009）。

少蘇雪林經歷「五四」，參與中國現代文學之實踐與變革而臺灣文壇卻遺忘她，以下從身份與創作兩方面述之。

一、身份錯位

蘇雪林是第一代來臺人士，但她又不純粹直接由大陸來臺，而是民國三十八年先往香港、法國，再輾轉來臺。第一代大陸來臺人士，在臺灣文壇深具領軍重量者，諸如白先勇、瘂弦、余光中、張秀亞等，他們在臺灣開出自己文學生命的春天與花朵，蘇雪林則與他們不同。由於蘇雪林的輾轉蹤跡算是半個來臺人士，再加上她的生年更早，蘇雪林常自覺與人格格不入，因為年歲上，畢竟與第一代來臺作家年長。民國四十五年應聘成大中文系，在當時，臺南是個「文化沙漠」，她後來與臺北人士因為空間阻隔，難以維持愈加親密的交誼，以及沒有充份運作宣傳機制，延續她早年已在大陸蜚聲的文名，讓名聲繼續發酵，也造成蘇雪林慢慢被文壇遺忘之因。再從個性來說，蘇雪林遇事喜歡批評的個性，類似現今頗為流行的「毒舌派」一詞，例如郭良蕙《心鎖》事件，蘇雪林聯合當時作家，一起推動開除郭良蕙文籍；她在報章雜誌發表的文章亦多針對時事、社會案件而發，甚至有電視劇的批評，[15]涉獵範圍實在是少見的廣泛，但是，以蘇雪林仗義直言個性，可想而知其言論大多是她主觀意見，姑且不論每一事件都各有曲直，蘇雪林筆下風景並不十分討人喜歡是可以臆想的。

15　蘇雪林，〈漫談古裝電視劇〉、〈漫談清裝劇〉，收入《蘇雪林作品集·短篇文章卷》（臺南：成功大學，2010）第4冊。

第一代大陸來臺人士在臺灣解嚴之後，逐漸地被標籤化，其實不用他人饒舌，在蘇雪林的日記裡，已時常多所感慨，蘇雪林的感慨也許仍會在國民黨退守臺灣、極統立場、白色恐怖等語境面前被批評為被害幻想症，但是，同理心地進入蘇雪林的身世，她的不安惶恐、覺得自己被遺忘、是個惹厭的老太婆、文章沒有人愛看等等，是時間與時代自然生成的心態；退一步說，她從女高師求學時即已攪起的文壇風波，不論結局之成敗，蘇雪林早年是縱橫文壇的，後來的大學教席職位之高尚，與她來臺時已屆六十歲，退休年老後的落寞，反差極大。蘇雪林在臺灣的日子，在她自成大退休後，雖然一直長居臺南東寧路教職員宿舍，但恐懼與失落感時常占據她的心。就這樣，時代環境帶來的現實差異扭轉了蘇雪林第二度留法來臺的風光際遇，她的不是直接從大陸來臺也使得她沒有被視為純粹的第一代播遷人士。前述她在文壇的風波，可知都集中在民國五十一至五十三年間，此後，蘇雪林沒有大動作的爭辯事件，而是以報紙副刊的小園地發表，甚至晚年在《臺灣新聞報》副刊發表一系列關於神職問題的意見，以筆名見報，[16]她依然有話要說，只是，是否已不想這些表達個人意見的文字被二度詮釋，再無端惹禍上身，對自己的身份處於臺灣文壇的起伏有所退避，說明了蘇雪林尖銳鋒芒的隱弱。

蘇雪林的經典名篇〈當我老了的時候〉文末：

---

16 蘇雪林，《蘇雪林作品集·短篇文章卷》（臺南：成大中文系，2006）第 2 冊。

> 我死時，要在一間光線柔和的屋子裡，瓶中有花，壁上有畫，平日不同居的親人，這時候，該來一兩個坐守榻前。傳湯送藥的人，要悄聲細語，躡著腳尖來去。親友來問候的，叫家人在外室接待，垂死的心靈，擔荷不起情誼的重量，他們是應當原諒的。就這樣讓我徐徐化去，像晨曦裡一滴露水的蒸發，像春夜一朵花的萎自枝頭，像夏夜一個夢之澹然消滅其痕跡。[17]

這一段精簡文字，蘇雪林的個性完全可以顯見：她不願意麻煩別人，但自己卻又相當寂寞。此文寫於抗戰時期躲警報的日子，伴隨戰爭的死亡陰影，人生的最後一刻她決定用優美的姿勢飄落，將中國人避談害怕的死亡，寫得如此清渺自然。蘇雪林不願意帶給別人麻煩，寧願自己過著幽居生活，別人尊重她，當然不敢常行打擾，但日記裡出現的是她每天高度期待信箱中有來信的蹤跡；又蘇雪林好名，只是她所好之名是經過選擇的，例如她喜歡別人以學者看待她，但陰錯陽差地，她的學術研究並不被認同，於是蘇雪林更加自卑、失望，假的變成真的、真的變成假的，蘇雪林自己慢慢「退隱」，但是這種退隱有她自己的、環境的、文壇的塑因。就這樣，許多遊離的因素造成蘇雪林難以在臺灣文壇擁占一席地位，她來臺後，面臨的事情都有兩難的尷尬與不得已，一度度心灰意冷，不想在新人的時代攪局，新的主義、新的文藝手法興起，只是讓她更覺得自己老了，也自知自明地退幕，懷著稍許遺憾與不捨但又無可奈何地愈

17　蘇雪林，《人生三部曲》（臺北：文星書店，1967），頁63。

行愈遠——在臺灣文壇。於是，這位「五四人物」在政治社會生態大幅轉彎的臺灣逐漸失去光彩與意義，現今，「五四」碰撞中國現代文學、開啟新文學的關鍵性質反而在一般青年學生與民眾腦海中，成為一顆遙遠的星球。

二、創作轉向

從應鳳凰書中對十三位女作家的收集與論述，十三人都與蘇雪林交情匪淺，成功大學目前保存有這些女作家寫給蘇雪林的信件手稿，但許多論及這些女作家之書，展卷讀之，所謂臺灣女作家團體總獨缺蘇雪林；其實，其他文學史或評論集亦闕如。何以蘇雪林會於臺灣文壇退場，在創作方向上，除了她後半生傾力的是神話研究外，筆者以為另一原因是她不再從事散文創作。蘇雪林後半生朝向學術，她雖仍寫散文，但作品其實並不屬於美文而是雜文，將人情世事、生活感想與學問融合一起，正由於這樣的風格，蘇雪林後期散文讀者不多，這也是她來臺後，除了親近的友朋知惜，蘇雪林常感嘆文章沒有人喜歡，但是從另一面來看，此正是蘇雪林晚年創作的特色。雜文最大的特點是沒有欣賞性而有可讀性，在沒有發表欣賞性美文的情況下，其雜文又多著墨時代色彩，從早期反共抗俄到後期對社會運動人士的批評，蘇雪林的文學生命其實正走向注定要被邊緣化的處境，但是，她並不自知。蘇雪林後期作品是雜文非散文，考察她一生的純散文創作相對較少，成為她與被記錄的臺灣女作家極大的不同，於是，不被記錄。

以下略舉蘇雪林發表在臺灣報刊之文：

讀書救國

中國民族的潛勢力

三千年文學的大變局

五四文藝節雜感

文化復興與青年的使命

復興中華文化談科學與歷史

論復興中華文化必須注重民主自由

母親節談為人子女之道

由天安門學運看人心

胡適先生百年冥誕感言

學生體罰問題

以上僅是蘇雪林短篇文章中之鳳毛麟角，更詳細內容可參考成功大學出版的《蘇雪林作品集·短篇文章卷》一至六冊，初從這樣的篇名看，亦知能引起興趣者不多，更何況時局變遷，學生或文藝青年的閱讀習慣與欲望不可能產生在蘇雪林身上筆下了。一位創作者要成為讀者關注的作家，作品本身的魅力具有重要的決定性作用，而《棘心》、《綠天》時期抓住讀者的心的時代已然過去，考之目前臺灣已問世的兩篇碩士論文，所研究的「蘇雪林散文」大多數並未釐分蘇雪林散文的性質，亦即散文、雜文是混合在一起討論的，而蘇雪林後期雜文的議論與考證的氣息，早已不見當年〈鴿兒的通信〉之靈幽富美，我們看到一位年邁的老人，縱使年少叱吒，多皺的容顏、滄桑的記憶使她的文章也活似家中對晚輩滿是關愛的老寶，褪去的華衫殘酷地愈洗愈失色，最後被風掃捲，只有老人家絮叨的微語，說著年輕人不喜歡聽的外星話。

蘇雪林後期創作性質改變的現象，使她並不像冰心一樣有大量文藝性作品繼續產生，在在顯示「五四」第一代女作家逐漸以「過去式」地位被解讀研究；即使不推算到「五四」，來臺灣後，少年時期閱讀蘇雪林文章而長大後成為名作家的，如琦君、林海音、張秀亞等，她們反而是留名於臺灣文學史且受到較多關注的一群。在臺灣文壇知名的女作家是被熱烈討論的，但是，如果從輩份、創作時間來說，這一群被看見的女作家反而是晚於蘇雪林之人，這一現象使蘇雪林變成臺灣作家中特殊的一人。如果以余光中〈剪掉散文的辮子〉[18]所區分的散文類型，蘇雪林是歸不入其中任何一類的，即使「學者的散文」，蘇雪林又不「令讀者心廣神怡，既羨且敬」；她在臺灣出版的著作沒有可欣賞性以及其神話研究學者形象在臺灣文壇也是凸出的，在臺灣的女作家兼學者不乏其人，例如孟瑤、張秀亞，雖然在研究主題上，沒有另一名女作家走著和她相同的神話之路，但翻閱臺灣文學史，常常漏掉蘇雪林是普遍現象，這不完全是編寫文學史者之疏忽，能肯定是必有編輯原則，本章提出身份與創作的改變方向是蘇雪林之被他人遺忘的自身原因。

---

18 余光中，〈剪掉散文的辮子〉，《文星雜誌》1963 年第 68 期。

反觀大陸在改革開放後，對曾經視為禁忌的蘇雪林反而最近十年增加了許多關注眼光，雖然這種關注同樣存在著政治立場的影響，而且儘管資料失誤的幅度較高，卻反而讓蘇雪林有更明顯的能現度。楊義《中國現代小說史》[19]是蘇雪林被大陸文壇刻意迴避後，第一次提到了她，之後的幾本現代文學書籍也開始注意，其中觀點大多有著選擇性的政治言語。看來，對象同是一個蘇雪林，「寫與不寫」或「已寫與未寫」，似乎都尚未給予蘇雪林一個能顧及全部經歷與還原初衷的適當空間。蘇雪林應該是中國文學史最長壽的作家，耿直、流離、戰鬥心都讓她在兩難的時代環境裡困於難境，於是臺灣文壇難寫蘇雪林。一個活得夠久、在文壇也曾享有名氣、具有影響力的作家，最後卻難於被記錄。

小結

蘇雪林之不被臺灣現代文學史記錄，除了時代、身份、個性、創作方面的原因之外，正由於沒有被記錄，蘇雪林在臺灣文壇退場的現象，反而可令後人思考蘇雪林形象在臺灣現代文壇更深刻的意義，它至少可以提問：這個人真的不必寫入臺灣文學史嗎？若是，她又何以實實在在活在中國和臺灣現代文學之中，而且恐怕是最高齡還持續寫作之人。平心而論，深入閱讀蘇雪林之後，頗感嘆唏嘘，在蓋棺論定的今日，若從結果來看，蘇雪林是一個放在什麼時候都不適宜也不對的人，身為中國新文學第一代女作家，這是她的悲

19　楊義，《中國現代小說史》（北京：人民文學出版社，1987）第1卷。

哀，因為大部份的研究論文都因為政治立場、制式論述、轉載傳抄而否定、肯定蘇雪林，其實，在她一生中，不論哪一個階段，蘇雪林都是「相看兩不是」的人，如果，這是因為盛名之累、時代不幸，或者正因為她身為蘇雪林的難堪，可以設想，假如蘇雪林至今尚在，當有人問她：「卻顧所來徑，足下意何如？」，我們會聽見看見一個和現今文學史、報章資料所描述的不同模樣的蘇雪林。所重者，因「相看兩不是」，分析釐清其中「不是」，或者由於深入審視乍現的「是」，乃吾人對這位「最後的一位五四作家」一種深刻凝視。

結論

本書探討中國現代文學史十分特殊的女作家兼學者蘇雪林的研究論文集。由於她的長壽以及一生漂泊、半生無依，其著作隨著時代與個人履跡，十分零碎，所以，筆者先從資料整理入手，在正確文本基礎下思索問題，提出看法，期望對蘇雪林研究有較具新意的成果。

總結本書各篇論點，筆者意圖說明蘇雪林是一個複雜的人物，但並非從她的生活細節而是作品及時代變化討論。她深具時代特色而又明確做了自己，具備「五四」革新精神而「半新半舊」，一生行事，「革命」與「守舊」各具。這表現在：文藝創作方面，蘇雪林與新文學第一代女作家共同實踐白話文創作的改革，但不同的是，蘇雪林創作舊詩卻評論新詩，身處中國近代以來的新舊交替社會，而以寫舊詩、評新詩呈現了知識份子反映時代「舊的尚未去、新的不自然」之印記。蘇雪林也是一個秉性真質的人，早期白話散文作品，洋溢著對大自然的欣賞禮敬，駕馭語詞的功力說明她從大自然獲得一種恬然，但是對大自然的欣賞隨著時光流逝與閱歷，慢慢成為知性的賞悅，這是蘇雪林散文應分前、後兩期分析的重要，裡面都有蘇雪林的轉變與不變。戲劇方面，她傳世的兩部劇作《玫瑰與春》、《鳩那羅的眼睛》較多地是借戲劇的酒杯澆自己塊壘，以寄寓抒洩自己坎坷的感情路；蘇雪林很早從事中國新文學批評，她自評這兩部是「唯美劇的試作」，學者多從「唯美劇」討論，本書指出「劇」的性質不多，而「唯美」在蘇雪林戲劇中，借其義掩飾劇中王后愛上國王前妻之子的不道德，何嘗不也藉唯美浪漫掩飾自己在婚姻受到的創傷，並且療癒——而傷疤永在。在婚姻中，蘇雪林有怨恨，但傳統美德規律著她，聖賢規導女性三從四德、相夫教子的婚嫁態度，蘇雪林做不到，但是她又難於反抗已成現實的婚姻，於是用「文學的」方式讓自己遠離這個婚姻並且不被失敗的愛情擊倒，「文學的」方式仍只是暫時的、替代的。所以，蘇雪林一生，在創作與研究方面，都有她處於兩難情況下的內在成因，主導她的人生、思想、作品。另外，蘇雪林雖被歸類於中國現代文學「第一代女作家」，但是她特殊的地方還在於從文學創作轉入學術研究，亦即在身份上，從作家轉入學者，她樂於作「學者」遠勝於「作家」，這也表現在她評論新詩時，認為士大夫文學高於平民文學，明顯具有文學貴賤觀，因為，蘇雪林心中，學者身份是高尚的，她也努力從這個方向邁進，於是造就了她的學術研究——即考證研究，重要的成果是屈賦神話研究，此研究隱約有民初疑古派作風，蘇雪林承襲當時學者提出：屈原作品有神話因子、「可能」有西方神話「有趣的相似」等觀念，她多方找資料作證，將學者們尚不敢斷言的推想，直接斷定「西亞文化東來」、屈原作品移植於西亞神話、戰國時候諸子百家言論已雜有西亞學者在其中。蘇雪林的西亞神話主張至今尚未得到學術界認可，在屈賦研究領域裡，較多地作為「聊備一格」而存在，本書說明這個蘇雪林花費半生努力工作所提出的主張，其研究系統嚴格說來沒有理論的創發與價值，但是卻在中國近代學術變遷上，具現了她進行「重估一切價值」的類推操作。她研究西亞神話，但欠缺對西亞神話理論的評述；她說西亞文化東來，否定中國文化的創造性而瑰麗的屈原作品成為因襲；她以西亞神話論證中國神話，在「向西方學習」的時勢中，蘇雪林的考證與論述雖有方法上缺點，但是此一模式讓人們看見了西方——同時也看見了中國。蘇雪林屈賦研究代表她從作家轉入學者的歷程，然而這個轉變對蘇雪林而言並不成功，因為它並沒有振聾啟聵的作用，反而造成她雖是臺灣「最後的一位五四作家」，卻在臺灣社會變遷、價值觀轉彎的現實下，早年雖然確實有充滿「五四」精神的作品與思想，反而在臺灣文壇逐漸退場，隨著蘇雪林謝世，更加煙消雲散。這也許應考慮蘇雪林在作家轉為學者之操作失敗，唯一的成功是它「良性地」報復了張寶齡對她的傷害；而且，蘇雪林不願意文壇談論她的文藝創作，要求人們多看看她的學術成績，說明蘇雪林意欲與過去的自己決裂，包括不愉快的經歷與記憶：少年困苦的環境、民初身為女性的悲哀、失婚無愛、長年流離等，這是蘇雪林自身的選擇與意義。跟往昔告別，於是，心靈傷痛可醫，蘇雪林晚年，留在她心中愈來愈自我的童心，筆者以為這或許也是蘇雪林長壽的原因，當然，此為餘論。

目前學界對蘇雪林的定位，均因她的婚姻最終選擇了長輩代訂的婚約，而指出蘇雪林守舊；並從她早期代表作《綠天》評斷蘇雪林屬於閨秀浪漫，另一部自傳性小說《棘心》則從愛情面討論。事實上，從蘇雪林其他作品延伸，她在中國文學史的位置不是陰柔，反而有一種與她同時期女作家相異的尚武陽剛氣質，而《棘心》在愛情故事敘述中，亦隱藏了一條民初知識份子「救亡圖存」的思考線路。第一代女作家群中，蘇雪林與凌叔華是唯一能文兼畫的人，但是兩人的文學創作與繪畫藝術的成績卻不盡相同，同時同氣而表現出來的文藝結果相異；兩人都是在新文學留名的作家，亦屬長壽之人，從目前傳世的作品看，似乎兩人各有一片天，但是，蘇雪林失婚而凌叔華婚姻相對美滿，步入老年，她們卻同樣失去丈夫兒女依靠，只能以書信互相鼓勵，以曾經華麗卻微弱的氣息過完後半生；秉持文人風骨，蘇雪林在凌叔華悼文說「人生如夢，未必如歌」，說明她心中浮沉的深刻的生命之感，蘇雪林有遺憾。蘇雪林一生，在大陸、臺灣生活的時間各占半數，臺灣又是她最後落腳之地，當年頂著「五四人物」與歸國學人光環來到與她前半生一水之隔的臺灣，世事變遷，環境汰換，臺灣文壇銜接「五四」後，七〇年代開始發展的鄉土文學，翻版「五四」革新精神而進行不同的吸納，卻使這位身經「五四」洗禮且紮實烙上「五四」精神印記的蘇雪林，逐漸在臺灣文壇讓位，最後消失；大部份臺灣文學史沒有記錄這個人，蘇雪林之從作家轉入學者固然是一大原因，但是她畢竟以《棘心》、《綠天》這麼重要的白話文創作實踐「五四」新文學運動使命，是「西風」飄搖之後必然的冬之殞落？還是我們在蘇雪林其人蓋棺論定之今日，憮然「成也『西風』，敗也『西風』」？

歸根究底，蘇雪林的複雜性根源於她的個性，她生性伉直、喜愛幻想、愛讀民俗神怪之書，這樣的個性其實適合成為作家，但是，蘇雪林又「見不得人間不平事」，所以，用剛直的個性、急切的自我寫雜文、作學術研究。蘇雪林又錯認自己，認為自己適合作學者，其許多自敘文章都說自己「天性近於學術研究」，但本書各篇所討論的問題，在在顯示若蘇雪林朝著文藝作家之路前進，她的文學生涯可以淬煉出比較亮眼的成績，而不至於終生在新與舊、文學與學術、退或守等等抉擇中，困於樊籠，雖然蘇雪林最終留給後世一種堅毅的形象，筆者以為她內心常伴煎熬，只是她用一種一往無悔的心，在神話研究裡度過餘生——即使錯誤也不自知，亦未嘗不是美事？因此，蘇雪林神話研究的根本衝突的是：她以文藝家的特質出發，從事學術研究，這一點說明了她引以為傲的屈賦研究但學界卻未必然同意的問題所在。

蘇雪林的創作與學術、思想與人生表現了一種陰柔與陽剛、新與舊並具的特點，所以，蘇雪林一生的行事作風、生命抉擇，都呈現著不能僅以一語定論的複雜性，換言之，說蘇雪林的浪漫與唯美、作家與學者、堅毅與脆弱、愛國與逃離，畢竟都不夠徹底，而此複雜性正是後人對蘇雪林研究應該進行釐清的地方。蘇雪林在人世活得很久，應該是中國文學史最長壽的作家，因此，能夠創作研究的時間多於古今文人，如果說她著作等身，其間也必須是她個人的勤奮作為前提。時至今日，蘇雪林留給後世的研究空間是相對寬闊的，理由正是與她相關的各項論題都牽涉多條線路，將這些複雜絲線梳理清楚，就歸還給這位百年罕見的堅毅女子，一些比較清晰的理解。

本書無意因為蘇雪林在文壇的耆宿身份而無止盡的標榜，而是認為對蘇雪林如此複雜一生的人應該更謹慎、更聚焦地看待。蘇雪林的性格複雜，所處時代新舊交替，影響了她傳世著作。除了馳名的《綠天》、《棘心》文類屬性很明確，但是到了戲劇、學術研究，甚至兼具作家與學者身份，蘇雪林始終攪混在一起。以她傳世作品來看，寫舊詩而評論新詩，不顧及戲劇性而以優美文詞創作劇本，來臺後經歷兩岸開通，但一生堅持反共立場，又形成一個到底歸或不歸鄉的難題，凡此，都是研究蘇雪林極重要的關鍵，綜合複雜風格解釋了蘇雪林的作品與人生。

蘇雪林自崛起於中國現代文壇，聲名大噪，後又因嫉惡如仇個性，與文壇人士多有筆戰。大陸易幟，輾轉香港、法國，最後定居臺灣，一生筆耕不輟，樹立了一個對於生命、創作、閱讀、學術終身不懈追求的精神形象。在如此豐富的經歷之下，累積的文藝成績不可謂小，相對於蘇雪林如此長久的創作時間之可以討論與延伸的議題，本書提出的僅群山一峰，尚有許多翠蔭深處有待吾人繼續發掘。以臺灣來說，目前僅有兩篇碩士學位論文，其間相隔十年且題目同為「蘇雪林散文研究」；再比較大陸之研究，資料並非完全正確且從事比較研究者為多，所以，截至今日，蘇雪林研究並不透徹，或者說仍限於某些主題，例如她的散文著作、生平事跡，流於讚揚褒獎、歌功頌德；例如蘇雪林在世時各種節慶的酬答文字，都成了一再傳抄的範本。應該說，對於一位具有影響力的作家而言，既然曾留名文學史自必有其可言之處，本書本著「凡存在必留下痕跡」之旨，不論蘇雪林在不同時代與政治背景下的毀譽，筆者肯定蘇雪林，但所肯定的是根據蘇雪林文本為基礎，再參照她的時代與性情，對蘇雪林作庶幾確切的評價，包括其缺失。本書對蘇雪林從前已出現的說法不再重複敘述，各章所提出的問題切入點並非為了標新立異，亦沒有在冠冕堂皇的理論下進行論述，強調的是「從蘇雪林看蘇雪林」。然而，這樣的角度並非唯一，也不是終點，筆者期待首先「從蘇雪林看蘇雪林」，才能由蘇雪林再看到更多相關蘇雪林之外的人、事、物。

蘇雪林在中國現代文學史之特異獨行值得銘記，是「五四」風潮已過，但依然應該被閱讀、被凝視的人物。筆者以為蘇雪林是中國現代文壇上一位「發憤著書」的女子，所以，她的文章均有影射與寓意，這是後人對蘇雪林研究應予以留意之處。收錄在黃人影編《當代中國女作家論》一書，由方英執筆的〈綠漪論〉結尾云：「一位女性作家對於學問的努力」，是蘇雪林出生於清末民初，一生飄泊，失情缺愛卻堅毅奮鬥給予後人的啟示。她是一個凡人，沒有神話，這是本書從平凡去看她的特異獨行，從沒有神話解讀這位「五四」人物之用意所在。

附錄一：蘇雪林大事記

民前十五年	一歲	三月二十六日（光緒二十三年農曆二月廿四日）生於浙江省瑞安縣，其祖父的縣署，幼名瑞奴，父親蘇錫爵，字少卿，母親杜浣青。辛亥革命後，隨同家人返回嶺下故鄉。
民前十二年	四歲	由祖母為其纏腳。
民國三年	十八歲	秋，入安徽省安慶第一女子師範就讀。
民國六年	廿一歲	安慶師範畢業，留在母校附小教書二年。
民國八年	廿三歲	秋，考入北京高等女師（今北京師範大學前身）。
民國十年	廿五歲	批評北大學生謝楚楨一部新詩集，與北大學生易家鉞、羅敦偉諸人引起筆戰，易君左發表〈嗚呼蘇梅〉。 與易君左打了一場筆墨官司。赴法國，入吳稚暉、李石曾在里昂所辦的中法學院。
民國十三年	廿八歲	由里昂中法學院轉入里昂國立藝術學院就讀，學習炭畫。 在法國里昂聖母升天節領洗入教。

民國十四年	廿九歲	夏，聞母病，輟學回國，並與南昌五金商人張餘三次子張寶齡結婚。
民國十五年	三十歲	春，由陳斠玄推薦，介紹給蘇州基督教會辦的景海女師，擔任國文系主任，兼任東吳大學，講授詩詞選。
民國十六年	三一歲	由上海北新書局出版《綠天》。
民國十七年	三二歲	夏，進入滬江大學任教，只教一年。
民國十七年	三二歲	上海北新出版《李義山戀愛事跡考》，為第一本問世之學術著作。
民國十八年	三三歲	五月，北新書局出版《棘心》。 在《現代評論》上發表〈屈賦與河神祭典的關係〉，後更名〈九歌中人神戀愛的問題〉。
民國十九年	三四歲	在安徽大學任教一年，與陸侃如、馮沅君、何魯、饒孟侃、朱湘同事。
民國二十年		暑假，由安大回到上海夫家。新創建的武漢大學在京滬招生，由袁昌英介紹給校長王世杰。秋，應聘武漢大學。
民國二十一年	三六歲	在武漢大學開始編《新文學研究》講義，共分五部門，即詩歌、散文、小說、戲劇、文藝批評。
民國二十五年	四十歲	夏，和幾個中學時代同學周蓮溪、陳默君避暑黃山，在山中住了半個月。第一次和孫多慈見面。

民國二十六年	四一歲	自武漢大學回到蘇州度假。
民國二十七年	四二歲	隨武漢大學遷到到四川樂山。
民國二十八年	四三歲	抗戰前後，先後寫〈天問裡的三個神話〉〈崑崙之謎〉、〈山鬼與酒神〉、〈國殤乃無頭戰神考〉、〈天問九重天考〉。奉中央宣傳部之命，撰《南明忠烈傳》。
民國三十二年	四七歲	發現研究屈賦的新路線。
民國三十四年	四九歲	抗戰勝利。與大部分武大同仁仍留在四川樂山武大分部。
民國三十五年	五十歲	秋冬間，出川返武昌珞珈。
民國三十七年	五二歲	作畫興味甚濃，有作品多幅。
民國三十八年	五三歲	二月，離鄂回滬，與張寶齡相見。 五月赴港，任職真理學會，擔任編輯工作。為真理學會翻譯聖女自傳，費了七個月時間譯完，取英譯名，題為《一朵小白花》。
民國三十九年	五四歲	再度赴法，在巴黎大學法蘭西學院旁聽巴比倫、亞述神話。
民國四十年	五五歲	八月，由巴黎赴英國倫敦，與凌叔華會面相聚，參觀大英博物館，搜集神話書籍，停留半個月，九月二日返回巴黎。
民國四十一年	五六歲	一月，在法蘭西學院聽戴密微「中國俗文學」、「唐代佛教」課。 七月二十八日自法返臺。

		任教臺北省立師範學院（臺灣師範大學前身），教一年級國文、三年級楚辭。。
		應張其昀邀稿，以「屈原」為題的徵文寫了一篇，大膽宣布屈原〈九歌〉是「整套神曲，九神是同一集團的神明」。
民國四十五年	六十歲	九月，《綠天》在臺灣出版。
民國四十五年	六十歲	十月，應聘至臺南省立成功大學。
民國四十六年	六一歲	一月，凌叔華返臺，二月四日在臺中與凌叔華會面，二月五日共遊日月潭。
		九月，《棘心》在臺灣出版。
		十二月，獲教育部文藝獎。
民國四十八年	六三歲	九月，向成大請假一年，至臺北治療眼疾，在臺灣師範大學兼課，講授楚辭、大一國文。
		與覃子豪在《自由青年》有一場現代詩發展的論戰。
民國四十九年	六四歲	七月，自師範大學返臺南。
		九月二十八日，參加教師節總統召宴資深教師。
民國五十三年	六八歲	九月，赴新加坡南洋大學教學一年半。
民國五十五年	七十歲	二月，自南大返國，仍任教成功大學。
民國五十七年	七二歲	一月，臺灣商務印館出版《鳩那羅的眼睛》。
		九月，第二次獲優良教師，九月二十八日

		赴陽明山中山樓，總統召見並用餐。
民國六十一年	七六歲	獲「中華民國中山學術文化基金會獎」。 大姐蘇淑孟去世。
民國六十二年	七七歲	自成功大學退休。 廣東出版社出版《屈原與九歌》。
民國六十三年	七八歲	十一月，廣東出版社出版《天問正簡》。
民國六十六年	八一歲	十月，開始寫《中國二三十年代作家》。
民國六十七年	八二歲	三月，國立編譯館出版《楚騷新詁》。
民國六十八年	八三歲	十二月，廣東出版社出版《二三十年代作家與作品》。
民國六十九年	八四歲	十二月，國立編譯館出版《屈賦論叢》。 至此，四書合稱「屈賦新探」。
民國七十年	八五歲	以《二三十年代作家與作品》獲第六屆國家文藝獎「文藝理論類」文藝批評獎。 十二月，獲「慶祝中華民國建國七十年全國第三次文藝會談」表揚證書。
民國七十二年	八七歲	十月，純文學出版社重排出版《二三十年代作家與作品》，更名《中國二三十代作家》。
民國七十三年	八八歲	五月，獲頒「中國文協榮譽文藝獎章」。 五月，獲「臺灣區第七屆資深優良文藝工作者榮譽獎」。
民國七十六年	九一歲	六月，跌斷左腿骨。
民國七十八年	九三歲	十二月，獲頒行政院文化獎。

民國七十九年	九四歲	五月二十二日，凌叔華去世。 十二月，謝冰瑩返臺，與之重聚。
民國八十年	九五歲	四月，門生故舊為其慶賀九五生辰，成功大學致送榮譽教授聘書，舉行「蘇雪林教授學術研討會」。 四月，三民書局出版《浮生九四──雪林回憶錄》。 五月，獲臺南市八十年文藝類藝術獎。
民國八十一年	九六歲	二月，獲中央日報成就獎。 五月，文津出版社重新出版《天問正簡》、《屈原與九歌》。
民國八十二年	九七歲	四月，獲「亞洲華文作家文藝基金會」獎牌。
民國八十三年	九八歲	十月，行政院文建會與臺南妙心寺聯合出版《蘇雪林山水》畫冊。
民國八十五年	一百歲	十一月，住進臺南市北安路安養中心。
民國八十六年	一〇一歲	三月十八日，獲准臺南市政府許可成功大學文學院設立「財團法人蘇雪林教授學術文化基金會」。
民國八十七年	一〇二歲	五月，自民國三十八年離開大陸後，第一次回安徽省親，並登黃山。
民國八十八年	一〇三歲	一月，因病入院，後返回安養中心。 四月十日，成功大學出版組出版《蘇雪林作品集·日記卷》共十五冊，約四百

萬字。

四月二十一日下午三時五分，因心肺衰竭病逝成功大學附設醫院，享年一〇三歲。

附錄二：最近十年蘇雪林研究綜述（1999-2008）

一、前言

蘇雪林（1897-1999），祖籍安徽省太平縣嶺下村，原名蘇小梅，字雪林。民國八年秋天升學北京高等女子師範學校，將「小」字省去，改名蘇梅。民國十年留學法國，就讀於吳稚暉、李石曾所辦的中法學院，主修藝術，後改修語文。民國十四年夏天，自法返國，始以字行。在中國近代文學史上，與冰心、廬隱、陳衡哲、凌叔華、袁昌英、馮沅君、石評梅等人被譽為新文學第一代女作家。蘇雪林一生跨越兩個世紀，經歷的事件有：民國成立、五四運動、列強戰爭、中日戰爭、軍閥割據、國共戰爭、臺灣反共抗俄、石油危機、戒嚴與解嚴、民主起步、總統直選等重要世局變化，為最後故去的一位五四作家。[1]

蘇雪林創作與研究生涯，計有散文、小說、童話、戲劇、文藝批評、神話研究、雜文、翻譯等，計千萬餘言，亦有繪畫作品傳世，

1　馬森，〈最後的一位五四作家〉，《文訊》第168期，1999年10月。

為二十世紀創作研究成果最豐碩的女作家，其傳奇性生平更為文壇津津樂道。民國九十八年同時也是五四運動九十週年紀念，作為中國新文學創作者之一，回顧十年來關於蘇雪林的研究是極具意義之事。就中國新文學史發展來說，以她享譽文壇的《棘心》、《綠天》兩書，分別是小說與散文類；然而，蘇雪林一生最引以為傲者乃學術研究，亦即她生前費力四方奔走出版的「屈賦新探」四書。但是，蘇雪林的神話主張一直以來並未引起共鳴，甚至不信其說者占了大部份；對蘇雪林而言，她的中國新文學代表作是散文與小說，但是她又不喜評論家多談此二書，反而希望大家注意她的學術研究。蘇雪林在中國近代文學史有其歷史地位，從被紀錄者來說，這是個奇異現象，在蘇雪林逝世之後，此奇異正好給後世留下許多研究空間。

在五四新文學運動九十週年及蘇雪林逝世十週年的此時，對於過去十年來關於蘇雪林研究概況作一董理，實有助於吾人更加了解蘇雪林，並追索她在中國新文學史的價值。本文以蘇雪林逝世（民國八十八年四月）之後至民國九十七年十二月止，從十年來的學者研究，觀察學術界對蘇雪林現象的思考。以下就臺灣、大陸兩地的學位論文、專書、單篇論文、研討會四部份作綜述，以了解蘇雪林研究之過去與未來。學位論文有兩類：以蘇雪林為主要研究對象以及部份章節論及者，專書則多為評傳，單篇論文所論述的範圍有小說、散文、學術研究、交遊、性格分析等。由於發表人以會議宣讀論文轉投刊物，也有大陸學者投稿臺灣刊物的情況，本文以臺灣和大陸兩地作區分，但不計作者身處大陸或臺灣；臺灣地區以國家圖書館「中文期刊篇目索引」、大陸地區以「中國期刊全文數據庫」收錄之篇章為主，擇其要者綜述之。

關於蘇雪林研究資料彙整，在蘇雪林逝世後的第二年（2000），李素娟於民國八十九年四月《全國新書資訊月刊》第十六期發表〈蘇雪林研究資料目錄〉，分為兩大類：蘇雪林著作目錄及他人評介及訪談，第一類列出蘇雪林著作之細目，即著作中的每一篇名；第二類則搜集他人的評介文章。此文列出蘇雪林著作中的各篇目，使得蘇雪林成書之中的單篇文章可以一目瞭然；第二類以訪談為主，學術性的文章不多，最主要的是此文所搜集的文章至蘇雪林逝世之年為止，蘇雪林逝世之後的文章，依年代先後僅有明道文藝編輯部〈追念文壇大師蘇雪林教授〉、[2]關國寧〈反共反魯迅「好漢」女作家蘇雪林〉[3]、張君慧〈蘇雪林散文的修辭藝術〉、[4]夏裕國〈蘇老師雪林二三事〉[5]四篇；且錄影帶部份亦遺漏了「華視新聞雜誌」曾為蘇雪林拍攝的兩卷專輯。[6]這是蘇雪林逝世後第一篇比較有系統的文獻資料。

---

2 《明道文藝》第 278 期，1999 年 5 月。

3 《傳記文學》第 75 卷第 1 期，1999 年 7 月。

4 《中國現代文學理論》第 15 期，1999 年 9 月。

5 《古今藝文》第 26 卷第 1 期，1999 年 11 月。

6 中華電視公司「華視新聞雜誌」節目曾於民國 80 年 4 月 17 日播映《向魯迅挑戰的蘇雪林》，以及民國 88 年 4 月 28 日播映《無憾人生──蘇雪林》。

二、最近十年臺灣地區的蘇雪林研究

(一)專書

民國四十一年（1952）蘇雪林自法返臺，[7]首先任教於臺北省立師範學院（今國立臺灣師範大學前身）。民國四十五年（1956）臺南省立成功工學院改制成功大學，蘇雪林為了與住在高雄左營的姐姐（蘇淑孟）互相照顧，應聘至成大中文系，成大原希望延攬她擔任系主任，但蘇雪林心繫其神話研究須耗費時間，又深諳自己不能勝任行政工作而婉拒。從此，蘇雪林前半生遊蹤海外的足跡落定臺南，居住在成功大學位於東寧路的教職員宿舍，在中文系任教，以至退休、衰老、病弱、逝世，成功大學是其後半生生活的重心所在，因此，成大中文系保有蘇雪林大半的文字資料與遺物。民國八十七年（1998）行政院委託成大中文系編輯《蘇雪林全集》，其時，蘇雪林尚在世，親自挑選一批滿意作品，便於成大中文系開始進行編輯工作。當時，以《日記卷》為計畫第一步，將其自民國三十七年至八十五年的日記手稿，經辨識後，打字校對，於民國八十八年四月十日出版。未料十日之後（四月二十一日）蘇雪林因老病，多重器官衰竭逝世成大醫院。差可告慰者，蘇雪林在世時，得以見其

---

7 蘇雪林一生赴法兩次。第一次在民國 10 年考取公費留學，進入里昂藝術學院就讀，於民國 14 年返國。民國 39 年再度赴法，就讀巴黎大學法蘭西學院，尋找西亞神話之研究資料，於民國 41 年來臺。

全集之《日記卷》十五冊[8]計四百餘萬字問世，然而蘇雪林逝世後，此《全集》計畫亦隨之終止。國立成功大學文學院於民國八十六年三月成立「財團法人蘇雪林教授學術文化基金會」，自蘇雪林去世後，陸續出版《蘇雪林作品集·短篇文章卷》三冊，[9]另一方面，蘇雪林安徽鄉音濃重，晚年耳力不佳，家中並未裝設電話，與外界友人聯絡均以書信行之，其遺物中留有大批與親朋友人來往的信件。成大中文系於是挑選當時文壇、杏壇、藝壇、政壇、宗教界等八十位名人寫給蘇雪林的信函，出版《逝水浮雲曾照影——名家與蘇雪林書信選》，[10]以上為成功大學「財團法人蘇雪林教授學術文化基金會」的出版情況。專書還有黃忠慎《古今文海騎鯨客：蘇雪林教授》[11]乃在蘇雪林生前以訪談方式，於臺南安養院完成的蘇雪林介紹，除了生平小傳之外，書中「學術成果推介」占一半篇幅，對蘇雪林之學術研究有清楚的敘述。

蘇雪林生前，除了報章雜誌的採訪文稿之外，有國立成功大學

---

8 《蘇雪林作品集·日記卷》15 冊，成功大學中文系編，（臺南：成大出版組，1999）。

9 《蘇雪林作品集·短篇文章卷》第 1、2 冊，成功大學中文系編，（臺南：成大中文系，2006）；第 3 冊於 2007 年 10 月出版。

10 成功大學中文系編，《逝水浮雲曾照影——名家與蘇雪林書信選》（臺南：成功大學，2007）。此為第一輯，尚未編排打字之名家信件尚有數百餘封。

11 黃忠慎，《古今文海騎鯨客：蘇雪林教授》（臺北：文史哲出版社，1999）。

為她慶生而舉辦的慶祝會與研討會，[12]因是蘇雪林生前，不在本文範圍。而蘇雪林逝世的民國八十八年四、五月間，各報章雜誌大幅報導的追悼文章計有幾十餘篇，此不贅述。

(二)學位論文

臺灣地區的蘇雪林學位論文極少，僅有民國八十八年十二月東吳大學中國文學研究所張君慧《蘇雪林散文研究》，[13]將蘇雪林散文分為抒情、記遊、論說三類進行論述，並闡述其語言修辭特色。可以說，這是臺灣目前唯一一本蘇雪林研究之學位論文，但是，由於只限於討論散文，並沒有針對蘇雪林作品作整體性研究。

(三)單篇論文

根據國家圖書館「中文期刊篇目索引」收錄蘇雪林研究論文有三十餘篇，[14]以論述主題來看，可分為小說、學術研究、交遊、宗教、傳記、隨筆雜文六類。

1、小說

蘇雪林享譽二〇年代文壇之小說《棘心》因具自傳性質，又蘇雪林生於清末，正是時局譎變、新舊交替之際，故《棘心》是最被引人注意的文本。有廖冰凌〈悲壯審美與內在人格的整合——試論

---

12 國立成功大學中國文學系主編，《慶祝蘇雪林教授九秩晉五華誕學術研討會論文暨詩文集》（臺北：文史哲出版社，1995）。

13 東吳大學中國文學系碩士論文，1999 年 12 月；張君慧另有〈蘇雪林散文的修辭藝術〉刊於《中國現代文學理論》，1999 年 9 月。

14 1999 年至 2008 年，且包括數篇重複投稿不同刊物者。

蘇雪林前期作品中的男性角色〉，[15]以榮格 Animus 原型理論透視蘇雪林真實世界與小說中的男性角色投射，男性角色影響蘇雪林的生命歷程與文本書寫。除了這個論述角度之外，人們往往忽略蘇雪林對於《棘心》一書除了「自傳性」特色之外的自述；在〈一個皈依天主教五四人的告白〉一文中，蘇雪林提到《棘心》是她「皈依天主教的歷程」，[16]筆者有〈蘇雪林《棘心》中的宗教改革主張〉[17]文，不再從婚姻愛情角度探討這一本自傳小說，而是醒秋在法國留學期間，親身感受修女們熱心無私之奉獻，這種奉獻熱忱可以令無神論的醒秋心甘情願皈依，蘇雪林寫出一段艱辛的信仰過程，作者自云《棘心》的重點是皈依，那麼，蘇雪林指出醒秋帶著「從不信到信仰」的心靈改變回國，心靈改變相應於宗教改革的文化意義，它有另一個除了愛情之外的主題，是她由無神論者如何轉變為虔誠教徒的事實，由皈依的堅貞暗寓蘇雪林在特殊的時代，知識份子救亡圖存之主張卻表現在一本愛情小說中。

由於《棘心》有自傳性質，故《棘心》也被用來分析蘇雪林之個性心理，上述兩文即兼有兩種研究主題。此外，筆者曾發表〈論蘇雪林之尚武思想〉[18]闡述蘇雪林的尚武氣質、主戰理念、忠勇性格。文學評論者咸認為蘇雪林屬於閨秀浪漫派之代表，其實蘇雪林的中心思想與內在個性是強悍積極的，這是《棘心》的婚姻故事之

---

15 《國文天地》，2003 年 1、2 月。

16 蘇雪林，《靈海微瀾》（臺南：聞道出版社，1980）第 3 集。

17 國立成功大學中國文學系主編，《雲漢學刊》第 12 期，2005 年 7 月。

18 國立成功大學中國文學系主編，《第六屆南區五校研究生論文研討會論文集》，2000 年 4 月。

外值得關注的另一焦點，該書雖然敘述一位民初女子為了逃婚而出國留學，以及最終難以抗拒父母之命的婚姻，但書中皈依天主教的過程是不應被忽視的主題。龔鵬程〈發現蘇雪林〉[19]一文也指出某些批評者以為女主角醒秋皈依只是為了彌補愛情創傷，其實太輕忽蘇雪林與宗教的關係，並且蘇雪林在《棘心》、《綠天》中對愛情與婚姻的處理方式應該更能提供評論蘇雪林之文學創作更深層的義蘊。

2、學術研究

蘇雪林的學術研究，主要有西亞神話與新舊文學，這方面的論文有蔡玫姿〈域外文化的想像與詮釋——蘇雪林學術研究方法〉，[20]指出蘇雪林以新文學創作聞名卻以學術研究為志業，乃由於新文學研究學院創制的遲到與缺乏，而她建構的西亞想像文明缺乏專業學者認可的現象，所討論的是蘇雪林的學術方法在歷史及學術研究上的困窘。黃中模〈蘇雪林楚辭研究的創新意義及其先導性〉、〈楚辭學史上的不朽豐碑——簡評蘇雪林教授的屈原研究〉[21]從三星堆文物的一些事實證明史前域外文化確曾對中華文明有過交流和影響，因此蘇雪林的楚辭研究是有先導性的。王三慶〈蘇雪林教授之《紅樓夢》研究〉、[22]馬森〈一種另類的現代文學史觀——論蘇雪林教授《中國二三十年代作家》〉，[23]黃、王、馬三篇均為民國八

19 龔鵬程，《中國小說史論》（臺北：臺灣學生書局，2003），頁 507-511。

20 《成大中文學報》，2007 年 10 月。

21 《古今藝文》，2007 年 5 月。《古今藝文》，2001 年 5 月。

22 《中國古典文學研究》，1999 年 12 月。

23 《聯合文學》，1999 年 10 月。

十八年八月在安徽黃山舉辦的「海峽兩岸蘇雪林教授學術研討會」宣讀論文；史墨卿有〈蘇雪林教授學術研究窺略〉。[24]此外，蘇雪林一生事業是「反魯」「反共」，闞國煊〈反共反魯迅「好漢」女作家蘇雪林〉[25]一文兼述蘇雪林的生平與著作，但文中並未凸顯「反共」「反魯」的主題，屬於文獻資料彙編。新文學研究則有林淇瀁〈五〇年代臺灣現代詩風潮試論〉[26]述及蘇雪林與覃子豪於民國四十八年在《自由青年》一場關於象徵派之論爭，但此文重點不全在蘇雪林，而是蘇、覃論爭在五〇年代臺灣詩壇的重要性而占了其中之部份篇幅。民國八十三年十月，文建會與臺南妙心寺聯合出版《蘇雪林山水》畫冊，蘇雪林於民國十年第一次赴法原為學習藝術，後因自知腕力不足而輟，此後更醉心屈賦研究，平日只是練習並不專事繪畫，關於蘇雪林繪畫藝術方面，有吳榮富〈從文人畫原型論蘇雪林畫趣〉，[27]這是一篇少數探討蘇雪林繪畫之論文。

此外，張瑞芬〈棘地荊天霜雪行——論蘇雪林散文〉[28]以重點式的回顧取意，指出蘇雪林文學立場守舊、性格愛憎分明、才情早慧，而其散文藝術以遊記成就最高。文中列舉「蘇雪林重要評論篇目」三篇：吳魯芹〈記珞珈三傑〉、曉風〈春暉閣裡〉、李奭學〈學

---

24 《古今藝文》，2001 年 5 月。

25 《傳記文學》，1999 年 7 月。

26 《靜宜人文學報》，1999 年 7 月。

27 《成大中文學報》，2007 年 4 月。此文與蔡玫姿、黃中模三文原發表於國立成功大學「中國文學系紀念蘇雪林教授暨創立五十週年學術研討會」，沒有出版論文集。

28 張瑞芬，《五十年來臺灣女性散文·評論篇》（臺北：麥田出版社，2006），頁 15-20。

敵症候群——評蘇雪林著《浮生九四》〉分別談論蘇雪林武大時期的交友、來臺後的讀書生活、晚年自傳，作者或有意以此三個時期為分水嶺而挑選的「重要評論」，然捨此三篇，重要者不乏篇章。張瑞芬文末之註釋，列有五條參考文獻，然除了楊照〈不快樂的蘇雪林，見證不快樂的中國〉[29]在本文討論的時間範圍內，其餘屬於蘇雪林生前之評論。又，李奭學「學敵症候群」一詞指出蘇雪林「生性亢直，好勝心又強，不平之鳴每失卻控制」，因此一生所遇到的人事或學術的不順，可以「僚敵意識」總括。[30]楊照與李奭學均提出蘇雪林一生的失落感與對別人的猜忌，兩文似可互相發明。蘇雪林晚年被以「國寶」視之，但在此國寶美名之前所遭受的命運打擊以及與某些文壇人士筆墨纏鬥，「學敵症候群」一詞確實入木三分。

3、交遊

這一方面是臺灣地區出現最多的文章，可分為蘇雪林與朋友之交往、蘇雪林師生之間交往兩類。前者有沈暉〈姐妹之情同窗之誼——蘇雪林與潘玉良〉，以及王炳根〈蘇雪林對冰心的偏愛〉[31]敘述蘇雪林與同學之間的往事及大小事件。後者有史墨卿〈長慕春風

---

29 楊照，〈不快樂的蘇雪林，見證不快樂的中國〉，《新新聞周刊》第644期，1999年7月；指出蘇雪林特殊的個性與身世背景相應於中國那樣一個時代必然會壓擠出來的毀譽，連帶地使蘇雪林生活在一場不愉快的生命中。又，案：張瑞芬註釋楊照該文之年代有誤，應為1999年7月，非1997年7月。

30 李奭學，《書話臺灣》（臺北：九歌出版社，2004），頁203。

31 《明道文藝》，2007年3月。《傳記文學》，第86卷第2期，2005年2月。

五十年——感念蘇雪林先生〉、沈暉〈李大釗與蘇雪林的師生緣——兼述「嗚呼蘇梅」〉，[32]以及下列之「傳記」類文章。

4、宗教

蘇雪林第一次留學法國期間皈依天主教，此後的生活中，尤其來臺後與天主教會教友來往密切，家居生活亦訂閱教刊雜誌、寫作宗教雜文，例如由臺南聞道出版社出版的《靈海微瀾》五集即屬此性質。[33]由於這五冊字數不多，並未引人注意，在蘇雪林研究論文裡討論較多的是《棘心》與《浮生九四》，因為兩書都有自傳性質。因此，有關蘇雪林宗教研究，只有鄭玲〈試論蘇雪林小說中的天主教意識〉，[34]前述筆者〈蘇雪林《棘心》中的宗教改革主張〉亦分析宗教皈依對於蘇雪林人生態度的影響，即在二〇年代的社會思潮之下，蘇雪林以在異國皈依天主教的艱辛歷程隱喻當時的中國知識份子若能以宗教奉獻情懷面對國事，中國的前途或許是另一番局面，這也是蘇雪林反映「救亡圖存」時代思潮的表現。

5、傳記

傳記類文章是最近十年蘇雪林研究中，作者敘述蘇雪林生平與自身懷想最多的文章。有朱士烈〈文學家蘇雪林的故事〉、[35]唐亦男〈蘇雪林傳〉、[36]夏裕國〈蘇老師雪林二三事〉、[37]馬森〈最後

32 《文訊月刊》，2006 年 10 月。《明道文藝》，2006 年 11 月。

33 蘇雪林，《靈海微瀾》共 5 集，出版時間分別自民國 67-85 年間，所收文章多數關於宗教性質。

34 《中國文化月刊》，2000 年 8 月。

35 《中外雜誌》，2001 年 12 月。

36 《國史館館刊》，2000 年 6 月。

的一位五四作家〉及〈綠天與棘心——敬悼蘇雪林老師〉、[38]丘秀芷〈追念愛貓同志——蘇雪林先生〉，[39]均於蘇雪林逝世後追述其一生事蹟之作。另有雜誌社的專題報導，如：〈追念文壇大師蘇雪林教授〉、〈蘇雪林先生學行事略〉、〈蘇雪林揮別一〇四歲人生舞臺〉[40]等，為作者記述與蘇雪林交往之點滴事蹟，這些文章屬於回顧敘述，但同時也呈顯了蘇雪林的生平，可視為傳記之補寫，亦可彌補蘇雪林回憶錄之不足。

6、隨筆雜文

字數在一～二千字以內的隨筆雜文是許多人樂意寫的關於蘇雪林之文。但這類文章因缺乏正式論文格式，沒有註解，不是專為學術目的而寫，屬於雜談性質，且內容多重複蘇雪林生平，在蘇雪林研究中雖占一角，但缺乏嚴謹度。

如上所述，《棘心》為蘇雪林早年的美文小說創作，亦具自傳性質，但臺灣地區此書的研究較少，反而對於蘇雪林的著作資料整理與生活交遊之文比較多。上述蘇雪林逝世之民國八十八年四、五月間各報章雜誌之追悼文數量可觀即是一例，此為臺灣地區研究狀況之特殊現象。

---

37 《古今藝文》，1999年11月。

38 《文訊月刊》，1999年10月。《純文學》（香港），1999年6月。

39 《文訊月刊》，1999年5月。

40 《明道文藝》，1999年5月。《國史館館刊》1999年12月。《諾貝爾獎學通訊》，2000年1月。

(四)研討會

關於學術研討會，在蘇雪林去世後，臺灣與大陸各舉辦過一次。臺灣舉辦的是民國九十五年十一月十二日國立成功大學「中國文學系紀念蘇雪林教授暨創立五十週年學術研討會」，共發表論文十二篇：

黃中模、敖依昌〈蘇雪林楚辭研究的創新意義及其先導性〉

沈暉〈蘇雪林：中國現代文學史上的一座豐碑——從編輯《蘇雪林全集》中觀察〉

吳姍姍〈蘇雪林詩學思想之舊與新〉

林鶴宜〈歌仔戲「幕表」編劇的創作機制和法則〉

張啟豐〈因詞創曲——戲曲音樂編作的體現和辯證〉

楊玉成〈纂就散絲盈絡緯：王端叔《名媛詩緯》的文學視域〉

楊儒賓〈王學的「異人」經驗與智慧老人原型〉

劉紀華〈東坡詞中的女性美〉

許又方〈蘇雪林《屈原與九歌》述評〉

林朝成、楊美英〈唯美的風景、形式的交融——蘇雪林劇本中的形式結構舞臺觀與女性形象〉

吳榮富〈從文人畫原型論蘇雪林畫趣〉

蔡玫姿〈域外文化的想像與詮釋——淺論蘇雪林學術研究方法〉

這十二篇論文從蘇雪林文本直接出發的有六篇，比例上剛好占一半之勢，換言之，學者對蘇雪林本身的研究興趣似乎並不是多麼地高，但由於舉辦宗旨半是成大中文系創系紀念，此現象在所難免。會議沒有出版論文集，吳榮富、蔡玫姿兩篇刊載於《成大中文學報》，黃中模〈蘇雪林楚辭研究的創新意義及其先導性〉刊載《古今藝文》。

整體而言，臺灣地區蘇雪林研究屬於學術性的論文較少，大多是對蘇雪林之創作研究、日常生活、行事方面的紀錄，此因蘇雪林自民國四十一年來臺，大半生在臺南成功大學度過，門生故舊與之接觸頻繁，因此出現此一現象，所以，臺灣地區的研究，訪談與敘述交遊的文章在比例上占了多數。

三、最近十年大陸地區的蘇雪林研究

與臺灣地區比較，大陸地區的蘇雪林研究論文數量較多，且以改革開放為分界點，在開放之後，研究熱潮才活絡起來。蘇雪林逝世之前，民國七十七年蔡清富首先編輯《雪林散文選》，[41]以及沈暉收集蘇雪林之著作、佚文，於民國八十三～八十五年間編成《蘇雪林文集》四冊。[42]隨著蘇雪林謝世，學者研究更突發興致，最大的一個原因是蘇雪林的「反魯」在大陸改革開放以後，不再是一個禁忌，因此九〇年代之後，蘇雪林像是冰封經年之春融，逐漸被大陸學界重新提起，且在禁忌與解禁兩個極端之間，大陸地區的研究過多地賦與蘇雪林除了冷靜的學術思考之外，一份憧憬式的珍愛。

---

41 蔡清富編，《雪林散文集》（天津：百花文藝出版社，1988）。

42 沈暉編，《蘇雪林選集》（合肥：安徽文藝出版社，1989）。後又有《蘇雪林文集》 4冊，大陸目前的論文資料均以這些選集為本。

(一)專書

專書方面多是評傳類，記錄蘇雪林的生平。計有：張昌華《書窗讀月：晚年蘇雪林》、方維保《蘇雪林：荊棘花冠》、石楠《另類才女：蘇雪林》、范震威《世紀才女：蘇雪林傳》，最近出版的是陳朝曙《蘇雪林與她的徽商家族》。[43]陳書注重在交代蘇家祖村及蘇雪林家族的興衰，據作者實地採訪，蘇家最後一人蘇經檢於去年清明節為蘇雪林清理墓園跌倒，送醫不治，其子早年亦以車禍身亡，女兒出嫁，如今，蘇家已無傳嗣。《另類才女》章節較細，行文具有說故事的風味，《世紀才女》書末附有蘇雪林名義上的繼子一篇追念文。各書作者都以他們自己的文筆複述蘇雪林的一生。

附筆一記：大陸地區出版的專書所列舉之參考書目及單篇論文之注釋曾出現《蘇雪林自傳》一書，然而，蘇雪林在世時，出版的自傳只有臺灣三民書局《浮生九四——雪林回憶錄》，則不知此書籍來自何處？似有待查考。

(二)學位論文

大陸地區的學位論文相形之下比臺灣多，據「萬方數據」資料庫檢索有兩類：一是以蘇雪林為主要探討對象，二是蘇雪林僅在論

---

43 張昌華，《書窗讀月：晚年蘇雪林》（武漢：湖北人民出版社），案：筆者未見此書，故不知出版年月，從書名看來，應是專寫蘇雪林晚年生活。方維保，《蘇雪林：荊棘花冠》（桂林：廣西師範大學出版社，2006）。石楠，《另類才女：蘇雪林》（北京：東方出版社，2004）。范震威，《世紀才女：蘇雪林傳》（石家莊：河北教育出版社，2006）。陳朝曙，《蘇雪林與她的徽商家族》（合肥：安徽教育出版社，2008）。

文中的部份章節出現。以蘇雪林為主的有：田一穎《論蘇雪林的文化品格》、孫慶鶴《蘇雪林論》、凌霞《蘇雪林文學道路述評》、林玉慧《獨抱一天岑寂——評蘇雪林的文學創作和文學批評活動》、李自瑩《蘇雪林新文學批評研究》、蔣煒瑋《為了不被忘卻——論蘇雪林的文學批評與文學創作》。[44]兼論蘇雪林的有：孫婷《蘇雪林、張曉風散文比較論》、朱娟《論二十年代女作家創作中的自傳性——從廬隱、蘇雪林、石評梅談起》、王雅茹《被縛、自縛、化蝶——從蘇雪林、凌叔華、林徽因看中國三十年代女作家與傳統文化的關係》[45]等。這些碩士論文十之八九產生自師範學校，是否因為蘇雪林出身安慶女師、北京女高師，一生執教數十春秋，同為杏壇人而容易被為人師表的準備生注意之故？這些論文出自蘇雪林青年時期相同環境的學生之手，願意開始注意蘇雪林，但多數集中於蘇雪林的文學批評活動，其論文述及蘇雪林之批評方法、得失與不足，用心可嘉但缺乏新的切入點，是足深惜之處，而關於蘇雪林之碩士論文多出自師範學校亦頗令人尋思。

(三)單篇論文

大陸地區蘇雪林研究的單篇論文，據「中國期刊全文數據庫」

---

44 以上均為碩士論文，分別是 2007 年 5 月華中師範大學；2004 年 4 月上海師範大學；2004 年 4 月南京師範大學；2004 年 5 月東北師範大學；2001 年 1 月湖北大學；2005 年 5 月北京師範大學；2007 年 5 月山東大學。

45 2006 年 5 月遼寧師範大學；2004 年 5 月揚州大學；2004 年 9 月北京師範大學。

（http://cnki50.csis.com.tw/）所錄，大小總計有八十餘篇，其中部份是由民國八十八年八月在黃山舉辦的「海峽兩岸蘇雪林教授國際學術研討會」轉投刊物，上述研討會由高雄亞太經濟研究院、永達技術學院、國立成功大學「財團法人蘇雪林教授學術文化基金會」合辦，會後出版論文集。所以，除了這部份重複之外，大陸地區發表的單篇論文數量比臺灣多，從論文題目來看，其類別與臺灣地區稍異，多了散文、文化、性格心理分析、評「蘇雪林評傳」，茲分八類，略述如下：

1、小說

蘇雪林早年享譽文壇之作品為散文《綠天》及小說《棘心》，對自傳小說《棘心》的研究，學者分析的切入點有三：一、婚戀關係，二、道德立場，三、文化角度。首先，在婚戀關係方面，由於書名取自《詩經》「母氏劬勞」及內容描寫杜醒秋赴法國留學所遭遇的一段愛情，故學界討論方向多從婚戀角度解讀蘇雪林的愛情觀、婚姻觀，或從思想性格上分析蘇雪林徘徊在傳統與現代之間的矛盾心態，此矛盾來自於她的婚姻悲劇。由於蘇雪林一生頗富傳奇性，人們的興趣必然關注其家庭、生活、感情等事，這也是學者樂於討論的研究點。學者有從女性文學角度，如：蘇瓊〈悖離·逃離·回歸——蘇雪林二〇年代作品論〉[46]探討母親的「聖母形象」及杜醒秋的「戀母情結」，在母親面前，杜醒秋是個「負罪的人」，有意識地一步步朝向「聖女」方向走去，走向男權社會預設的道德極

46 《南京大學學報·人文科學社會科學版》，2003 年第 1 期第 40 卷，頁 146-153。http://g.wanfangdata.com.hk/

致；提出醒秋不是新女性也不是閨秀派作家，她是那個過渡時代呈現明暗雙色而斑駁複雜的女性，是個「過渡性人物」。探討《棘心》是一場婚姻悲劇的有楊斌〈從婚姻悲劇中誕生的美的文學——從婚戀角度解讀蘇雪林的《綠天》、《棘心》〉、繆啟昆〈溫柔的陷阱紫色的靈魂——析《棘心》中杜醒秋的愛情悲劇〉，[47]從篇名即可知作者對這部小說的評價，而悲劇、象牙塔、包袱、羅網等詞也是一直以來《棘心》被限制住的特定思維。與上述「專書」的情況相似，大陸地區論文時會出現費解之語，亦即在這場婚姻悲劇中，有云：「蘇雪林自己延續了杜醒秋的悲劇，婚後不久，她的這段無愛的婚姻就以離婚而告終，此後的幾十年中，她一直過著清苦的獨身生活，把一腔情愛，都傾注到自己的學術研究上去了」，蘇雪林轉移男女之情為學術熱忱是事實，但相反地，她一生並未與張寶齡先生「離婚」。[48]民國五十年春天，張寶齡在北京去世，蘇雪林甚至在此岸的臺灣隔海為她這位有名無實的丈夫服孝，這是在成大中文系的一段往事。蘇雪林忠於她不樂意的婚姻，並且終生持守不離婚的天主教規，若文學表現作者自我，從這個現實情況來說，蘇雪林反而是一個非常有勇氣的人——雖然，學者對《棘心》的論述多已

---

47 《當代經理人》（下旬刊），2006 年 2 月，頁 198-199，http://cnki50.csis.com.tw/。
《職大學報》，2002 年第 3 期，http://cnki50.csis.com.tw/kns50/。

48 蘇雪林自己解釋對於這一場沒有愛情的婚姻之堅守：「一方面為一種教條所拘束，一方面為我天生甚為濃厚的潔癖所限制，我覺得離婚二字對於女人而言，總是不雅。」，《浮生九四》（臺北：三民書局，1991），頁 197。

不作如是觀。能夠擺脫女性文學、婚戀角度看法的有蔡菁〈淺析蘇雪林小說《棘心》的藝術張力〉用文藝心理學方法，從意象、文本組合、情感交融剖析《棘心》特殊的審美價值。美中不足的還是對蘇雪林生平的了解不夠精細，文中云：「蘇雪林留學法國後又皈依基督教」，但蘇雪林皈依的是天主教，大陸地區論文往往對此信仰的認識有誤。

其二，在道德方面，《棘心》情節主線是民初一位女子為追求學問遠赴法國，以及在長輩作主的婚姻之下，女主角的排斥與接受的故事，因此第二種論述角度即此書中的道德觀與道德立場。研究者指出蘇雪林表現出維護傳統的「以身殉道」道德立場，這明顯是儒家倫理道德，而在當時的進步時代思潮底下，她是退步的，表現出的仍是一種以道制慾的禁忌。[49]其三，文化方面，由於儒家道德觀的形成必有其背後之文化內涵，故《棘心》的第三個討論方向是蘇雪林小說中的儒家文化意蘊，[50]認為《棘心》、《綠天》證明了儒學倫理的合理性和優越性，其價值是古典的。楊劍龍文與其他研究不同，並未只談《棘心》，還把《綠天》及蘇雪林其他小說《蟬蛻集》、《南明忠烈傳》納入比較，結論是蘇雪林小說與中國現代

49 孟丹青，〈從《棘心》看蘇雪林的道德立場〉，《江蘇社會科學》，1999 年第 5 期，頁 157-160，http://cnki50.csis.com.tw/。

50 方維保，〈論蘇雪林小說的儒家文化意蘊〉，《華文文學》，2001 年第 4 期，http://g.wanfangdata.com.hk/。楊劍龍，〈基督教文化的皈依儒家文化的回歸——評臺灣作家蘇雪林的小說《棘心》〉，《嘉應大學學報·哲學社會科學版》，1998 年第 2 期，頁 49-55，http://cnki50.csis.com.tw/。此文亦誤蘇雪林皈依基督教。

社會的民主進程不協調，具有很強的保守性。

有趣的是，從女性文學、道德、傳統文化檢討《棘心》得到的結論都是：傳統節孝觀念注定杜醒秋的失敗，學者普遍認為蘇雪林是一個保守主義者、愛情潔癖者、新舊交替時代的困惑者。而從女性文學看待蘇雪林的還有朱凌〈由閨閣走向社會——試論抗戰期間「閨閣」作家創作的轉變〉、何雲霞〈只容心裡貯穠春，方寸靈臺貯至文——從蘇雪林看現代知識女性的人生困境和自我超越〉、畢豔〈覺醒·迷惘與抗爭——中國早期現代女性作家自我書寫的三重奏〉、張莉〈從女學生到女作家——第一代女作家教育背景考述〉，[51]認為蘇雪林、凌叔華、冰心等女性作家沒有經歷底層生活，筆下仍多溫婉和諧的美感，且蘇雪林面對人生困境，其抗爭仍帶有難以掙脫的迷惘。女學堂的出現則替三〇年代女作家提供有利的文化與學習環境，於是她們在中國新文學史上被納入主流。

從女性主義角度看待《綠天》，有兩種相反意見：一是認為蘇雪林在重新審視道德體系後，依然由時代造成消極侷限，二是認為蘇雪林仍以個人獨有的方式介入權力結構的反思。對《棘心》、《綠天》兩書的研究呈現兩種相異結論。

---

51 《中華女子學院學報》，第 19 卷第 3 期，2007 年 6 月，頁 52-57，http://cnki50.csis.com.tw/。《蘭州交通大學學報·社會科學版》，第 26 卷第 2 期，2007 年 4 月，頁 12-16，http://g.wanfangdata.com.hk/。《中國文學研究》，2007 年第 2 期，頁 78-81，http://cnki50.csis.com.tw/。《中國現代文學研究叢刊》，2007 年第 2 期，頁 95-114，http://cnki50.csis.com.tw/。

2、散文

散文方面，討論較多的是《綠天》一書，大部份屬於導讀性質並探索其中創作特色，如王蓓萍〈翩翩飛舞的銀翅蝴蝶——淺談蘇雪林散文集《綠天》的創作特色〉與〈陰柔陽剛總相宜——蘇雪林〈棧橋燈影〉賞析〉、[52]劉平〈背反中的抗爭和順從——蘇雪林早期散文的女性主義閱讀〉、[53]余榴豔〈《綠天》裡的真實與謊言〉、[54]周豔華〈以浩然之氣　鑄精美華章——蘇雪林的散文〉、[55]張潔〈彩墨揮灑，用色如神——淺論蘇雪林早期散文的色彩美〉、[56]丁增武〈蘇雪林早期散文對美文運動的貢獻〉與〈「冰雪聰明」的文學史意義——從蘇雪林與冰心的早期散文比較看「美文運動」中的女性寫作〉[57]等。學者對此書的印象多停留在：蘇雪林的婚姻甜蜜書寫、美文藝術風格、色彩美學、女性主義等，且給予純真感情、童稚氣息、晶瑩可愛之評價。張潔看到蘇雪林在《綠天》中運用學習過繪畫的才能，在散文中表現繪畫美，直接影響她的內心精神；

---

52 《蘇州教育學院學報》，第 18 卷第 3 期，2001 年 9 月，http://cnki50.csis.com.tw/。《蘇州教育學院學報》，第 20 卷第 4 期，2003 年 12 月。http://cnki50.csis.com.tw/。

53 《許昌師專學報》，第 19 卷第 3 期，2000 年，http://cnki50.csis.com.tw/。

54 《吉林工程技術師範學院學報·教育研究版》，第 19 卷第 4 期，2003 年 4 月，頁 49-51，http://cnki50.csis.com.tw/ 。

55 《寫作》，2003 年 23 期，http://cnki50.csis.com.tw/。

56 《內蒙古電大學刊》，2008 年第 5 期，http://g.wanfangdata.com.hk/。

57 《合肥學院學報·社會科學版》，第 25 卷第 3 期，2008 年 5 月，http://g.wanfangdata.com.hk/。《黃山學院學報》，第 10 卷第 2 期，2008 年 4 月，http://g.wanfangdata.com.hk/。

余榴豔則稱《綠天》是一本強顏歡笑的書；傅瑛〈此生欲問光明殿，知隔朱扉幾萬重——談蘇雪林早期散文之局限性〉[58]從題材、思想深度、審美意識三方面提出蘇雪林的散文作品不能真正從人性角度表達對母親與母愛的認識，因此其思想是一己的哀傷，而審美意識陳舊，與時代精神是疏離的。

《綠天》的研究，比較具新意且不再從蘇雪林的新婚生活、女性主義去看而以旅遊角度切入，如：許宗元〈蘇雪林與風景旅遊文化〉，[59]探討蘇雪林的旅遊觀、風景觀及旅遊文學創作，提出蘇雪林風景觀的本質、特點、要義；旅遊觀表現了美的追求、自然的回歸、情的激揚與宣洩、人生的昇華四方面。她將自然美與人文美化合，以山水旅遊達成回歸自然之夢，是一種高級的旅遊審美體驗。還有郭麗〈蘇雪林青島遊記略評〉[60]針對青島旅遊的〈島居漫興〉、〈嶗山二日遊〉兩文討論蘇雪林對青島城市風貌、歷史蹤跡的探討，進而觸及蘇雪林當年的心態情感，以書中所描寫的內容觀察青島旅遊市場的今昔對比。筆者並未去過青島，據郭麗所說，此書記錄了六十多年前的青島，不論在社會景觀、教育規範上都表現青島當年的現代化，而蘇雪林借景抒情也凸顯了一個文弱女子的憂患意識。作者在文末指出：這兩本遊記（指〈島居漫興〉、〈嶗山〉）沒有引起研究者注意的原因，在於蘇雪林短暫的青島客居生活，因

58 《淮北煤炭師範學院學報·哲學社會科學版》，1999 年第 2 期，http://cnki50.csis.com.tw/。

59 《黃山高等專科學校學報》，第 1 卷第 5 期，1999 年 11 月。

60 《中國海洋大學學報·社會科學版》，2003 年第 6 期，http://g.wanfangdata.com.hk/。

夫妻之間的不和諧使得她對景物的熱情是牽強的，美麗的文字也因缺少內心情感而顯得流於技巧。筆者以為蘇雪林《綠天》比較出名的是〈禿的梧桐〉、〈收穫〉與〈鴿兒的通信〉，如果《綠天》不被重視，恐怕是讀者接受所造成的引導指標，並非作者自身的問題，更何況蘇雪林早期散文是唯美夢幻的，亦曾自言《綠天》之作是「撒了一個美麗的謊」，那麼，文中的技巧取向、個人的自說自話等特點是可以理解的。值得一提的是丁增武兩篇文章，分析了周作人、朱自清、冰心等人的美文作品，肯定蘇雪林早期散文應該在重寫文學史的此時，給予獨特的地位；並以冰心與蘇雪林比較，提出二人在內容題材、文體風格、文格人格之不同，分別論述兩人創作特色。

必須注意的是大陸地區對於蘇雪林的著作有兩個特別現象，即蘇雪林的散文作品大多透過網路傳播，所以我們發現有部份論文中的注釋引文是從某個網站取得的。再者，關於蘇雪林的生平事跡或著作年代出現參差不齊的訊息，此或由於大陸地區對蘇雪林的研究是在封鎖多年之後的重新開啟，在完全沒有資訊與突然開放的兩個極端之間，文獻資料多少有落差，而且引文內容、著作出版年代也時有舛錯之處。

3、學術研究

蘇雪林在中國新文學史的意義是以白話美文創作《綠天》與《棘心》，而其學術著作用力最勤、字數最多者為「屈賦新探」四書，次為《詩經》、李義山等研究，故關於蘇雪林的學術研究可以分為古典文學、新文學兩方面論之。古典文學有毛慶〈試論屈賦之域外文化背景——從蘇雪林先生的楚辭研究說起〉、[61]邱瑰華〈文壇名探　發幽揭謎——談蘇雪林的古典文學研究〉、[62]張徽〈淺議蘇雪林的古典文學研究〉、[63]舒曉峰〈淺談蘇雪林先生的學術成就〉[64]等。這些文章整理蘇雪林古典文學研究之論點並提出其方法之優缺點，很多是重述蘇雪林之神話主張、研究途徑，參考來源為〈我研究屈賦的途徑〉及各書自序。真正自言深入文本的是毛慶，該文能在一些既定論述中指出蘇雪林神話研究「將比較文學、比較神話的平行研究方法運用於實例，卻得出影響研究的結論，實際上是犯了比較研究的大忌」確是能劃破陳說的獨見利眼；同時也指出出土文物確實證明「南方絲綢之路」存在，並肯定中國、西亞兩文化，而非蘇雪林以西亞文化為高。

舒曉峰從「驚世觀點的發現者」、「研究方法的創新者」、「詩意靈魂的傳授者」三段論述蘇雪林之學術。筆者以為「詩意靈魂的傳授者」頗能指出蘇雪林學術研究的特色，蘇雪林較多地以想像從事學術研究，她的神話主張至少應被提問的有：一、神話本是先民對宇宙人生的想像之產物，對於「想像之產物」蘇雪林卻認了真，而最後又以神話解釋歷史文化；二、她的神話主張必須等待出土文

61　《荊州師範學院學報·社會科學版》，2000 年第 4 期，頁 51-54，http://cnki50.csis.com.tw/。

62　《淮北煤炭師範學院學報·哲學社會科學版》，第 25 卷第 2 期，2004 年 4 月，http://cnki50.csis.com.tw/。

63　《安徽紡織職業技術學院學報》，第 2 卷第 1 期，2003 年 3 月，http://cnki50.csis.com.tw/　。

64　《安徽農業大學學報·社會科學版》，第 11 卷第 6 期，2002 年 11 月，頁 97-99，http://g.wanfangdata.com.hk/。

物證明，這種在「等待」基礎上的學術見解，本身是否即是一個問號？三、蘇雪林強調她的神話主張是「精神上」的文化同源，而非「生物學」的人種同源[65]，但是先有人類才有文化，蘇雪林同意文化同源，卻不同意人種同源，這其中應該提出更有利的論證加以解釋。蘇雪林一再呼籲大家不要只注意她的文藝創作而多關心她的學術研究，但事實上，蘇雪林在文藝與學術之間走錯了路，她的神話主張自有討論的空間與價值，但從文藝創作與學術研究內容來看，蘇雪林將文藝創作的心態與技巧用來從事學術研究，所以，她其實錯認了自己，蘇雪林更適合作為一位文藝創作者，當然，這其間已由機緣或人生不可理解的命運轉折所造成。

蘇雪林傳世的古典詩詞作品有《燈前詩草》一書，關於此書的評論有尚永亮、張豔華〈文情詩畫間的營構與追求——蘇雪林《燈前詩草》藝術略論〉[66]從「文與情的張力」、「詩與畫的交融」賞析蘇雪林古典詩詞作品。比較上來說，目前對蘇雪林古典詩的研究不多，前述成功大學慶祝創系五十週年紀念學術研討會，筆者即以《燈前詩草》、《中國二三十年代作家》為文本，分析蘇雪林創作古典詩卻評論現代詩的問題。蘇雪林於民國四十八年在《自由青年》與覃子豪爭論象徵詩的發展，其論述內容顯示蘇雪林以某種既定標準及道德價值批評詩歌，雖然她在三〇年代因教學需要而編寫新文學講義，後敷衍成《中國二三十年代作家》一書，但蘇雪林以傳統

---

65 蘇雪林，〈我國古代移民通商溝通文化之偉績〉，收入《屈賦論叢》（臺北：國立編譯館，1980），頁 32。

66 《武漢大學學報·人文科學版》，第 57 卷第 1 期，2004 年 1 月，http://g.wanfangdata.com.hk/。

古典詩論的戒尺評論現代詩，造成新舊之間半調子現象。

新文學方面，如：周哲波〈試論蘇雪林作品「三美」境界〉[67]分析詩畫美、靈動美、真摯美為蘇雪林作品的三種藝術境界。鄧海〈新文學研究的先行者——蘇雪林〉[68]指出蘇雪林對新文學的研究是中國現代文學史上最早、最系統、最客觀的貢獻，此文從新詩、小說、文藝理論的研究三節肯定蘇雪林對中國現代文學的貢獻。筆者以為最早、最系統的先行者可以肯定，但「最客觀」似有待進一步商榷，蘇雪林的新文學批評其實攜帶著濃厚的個人主觀意識。李志孝〈走向學術化的文學批評——蘇雪林文學批評〉[69]從《二三十年代作家》一書分析蘇雪林的文學批評具有學術品格，作者所謂的學術性是指研究性的評論，即蘇雪林該書所使用的方法、對整體的把握、思想的歸納、廣泛的比較、審美意識都是其文學批評成功之處，她的文藝批評生命則出現現代與古典互為消長的現象。楊健民〈胡風、許杰、蘇雪林和穆木天的作家論〉[70]以蘇雪林〈沈從文論〉一文作為五四作家批評之橫向研究，舉例同時期的胡風、許杰、穆木天作品，該文推許蘇雪林的批評手法表現了現代作家在形式追求上提升了現代文學的「現代性意義」，但此文蘇雪林只占少部份篇

---

67 《滁州職業技術學院學報》，第 1 卷第 3 期，2002 年 12 月，頁 40-45，http://cnki50.csis.com.tw/。

68 《黔南民族師範學院學報》，2001 年第 5 期，頁 14-17，http://g.wanfangdata.com.hk/。

69 《天水師範學院學報》，第 25 卷第 6 期，2005 年 12 月，http://g.wanfangdata.com.hk/。

70 《福建論壇·人文社會科學版》，2003 年第 6 期，http://g.wanfangdata.com.hk/。

幅，因為同時還論述了胡風、許杰、穆木天。鄒婕〈新詩批評中的另一處風景——論蘇雪林的新詩批評〉[71]認為蘇雪林以女性細膩獨特眼光觀照三〇年代的詩人，表現了運用：比較的方法、發展的眼光、不以己意繩墨別人的三個新詩批評特色。

4、交遊

這一類文章主題是蘇雪林的人際交往，有：沈暉〈蘇雪林與陳獨秀〉[72]敘述蘇、陳兩人四〇年代在武漢、漢口兩次見面過程始末。錢耕森、胡貫中〈蘇雪林與胡適〉[73]敘述蘇、胡二人兼有師生、同鄉、朋友關係，二人對文學學術的看法有同有異。同者：胡適曾於民國十年，蘇雪林與易君左的一場筆戰中登高一呼，為蘇雪林解圍，表示胡適是贊同蘇雪林的，且「健全的、鼓舞人生向上的文學作品」是兩人的共識。殊異之處是胡適並不贊成蘇雪林之《紅樓夢》研究，[74]勸她不要發表有關此書的文章，蘇雪林亦為之悒悒不樂，但總結蘇、胡二人的情誼依然是良師、益友的最佳寫照。古遠清〈發生在臺灣「戒嚴」時期的「文壇往事辨偽案」——重評蘇雪林與劉心皇、寒爵「交惡事件」〉，[75]此一文壇往事起因於劉心皇於民國五十二年十二月自印《從一個人看文壇說謊與登龍》一書，批評蘇

71　《現代語文·文學研究版》，2007 年 9 月，http://g.wanfangdata.com.hk/。

72　《黨史縱覽》，2001 年 6 月，頁 29-30，頁 29-30，http://cnki50.csis.com.tw/。

73　《黃山高等專科學校學報》，第 2 卷第 1 期，2000 年 2 月，頁 22-28，http://cnki50.csis.com.tw/。

74　胡適與蘇雪林之間的學術討論，參考成大中文系編，《逝水浮雲曾照影——名家與蘇雪林書信選》，同註 10。

75　《魯迅研究月刊》，2000 年第 1 期，http://cnki50.csis.com.tw/。

雪林的文章和行事作風狂妄，當時以揭弊的態勢指出蘇雪林「潑口惡罵，恣意造謠」、「無事生非，無理取鬧」，以及蘇雪林於胡適逝世後發表的〈悼大師話往事〉乃欲借胡適之名以抬高自己的身價地位。這是幾乎被遺忘的一個負面事件，據劉心皇書前小引所記，蘇劉「交惡」早在民國四十五年爆發，事實上，蘇雪林於日記中記載民國五十三年成功大學休假研究之便，赴新加坡南洋大學教學，有一半原因也是為了避此風波。在最近十年的蘇雪林研究中，這是少數的一篇除了批評蘇雪林「反魯是一種罵文化」之外，對蘇雪林往事的非頌德論述。石楠〈蘇雪林為胡適辨偽〉[76]則敘述唐德剛《胡適雜憶》一書出版後，蘇雪林針對唐書中關於胡適的描述作了反駁。[77]姑且不論唐德剛書中所述事件的真偽，可以肯定的是胡適在蘇雪林心中是一個完美的聖形，不容他人侵犯；蘇雪林另有《眼淚的海》專為悼念胡適去世而作，亦可見胡適在她內心世界的份量。陸發春〈蘇雪林與胡適二則史實的考證〉[78]從蘇雪林〈適之先生和我的關係〉一文中考察蘇雪林把她與胡適交往的多件事情串連一起，認為記載有出入，因而提出「論史者大量使用回憶錄及當代人口述史料之時，作為學術研究應注意到口述者或回憶人記憶的準確度」，確實提醒學術研究者，不論在何種領域、何種研究方法上必須深以為戒之處。事實上，蘇雪林《浮生九四》問世之後，各界對她的訪談所出版的文字資料亦多有出入，值得注意的是蘇雪林年事

---

76 《江淮文史》，2006 年 6 月，http://g.wanfangdata.com.hk/。

77 蘇雪林，《猶大之吻》（臺北：文鏡文化事業公司，1982）。

78 《魯迅研究月刊》，2003 年 12 月，頁 59-61，http://cnki50.csis.com.tw/。

已高，她的談話極有可能出現乖舛，這個區塊是學者從事研究時，應特別細心詳審之處。此外，尚有張秀蘭、儲盈、莊亞華〈論臺灣資深女作家王琰如的文學道路——兼談蘇雪林和王琰如的師友情〉、[79]石楠〈蘇雪林與朱湘〉[80]敘述了蘇雪林與朋友來往的過程以及深情厚誼。

5、文化

最近十年的研究，還有將蘇雪林放在中國文化背景之下進行分析的，有：王玉鵬〈三重文化視野下的蘇雪林〉；蘇雪林是安徽人，於是又有：方利山〈蘇雪林與徽文化〉、陳瑛珣〈蘇雪林與徽傳統女性〉。[81]所謂三重文化指的是舊傳統、五四新文化、基督教，[82]而宗教影響其文藝觀與道德倫理觀成就了蘇雪林的超越性。後兩文強調徽州文化、黃山靈氣造就了蘇雪林散文創作之精妙，其成長經歷亦啟發現代女性深刻之省思。宗教亦屬於文化現象，故關於蘇雪林研究另有專以宗教為題目的文章，如王玉鵬〈蘇雪林與天主教〉、

79 《常州工學院學報》，2002年第1、2、3期，http://g.wanfangdata.com.hk/。

80 《江淮文史》，2006年3月，http://g.wanfangdata.com.hk/。

81 《世界宗教文化》，2008年1月，http://g.wanfangdata.com.hk/。後兩文均見《黃山高等專科學校學報》，1999年11月第1卷第5期。方利山之文亦見於《海峽兩岸蘇雪林教授學術研討會論文集》，陳瑛珣另有〈讀《浮生九四：雪林回憶錄》探討清末民初傳統婦女自我角色定位與轉變——並試以《徽州文書》論證之〉，收在《海峽兩岸蘇雪林教授學術研討會論文集》。

82 此文依然誤蘇雪林皈依天主教為皈依基督教。

盧軍〈五四女性文學與基督教文化〉，[83]王玉鵬文是前述〈三重文化視野下的蘇雪林〉一文從三重文化中特別拈出天主教對蘇雪林的影響；盧文是對蘇雪林同時期的女作家們的基督教信仰的分析，宗教信仰帶給這些女作家們精神的博愛寬恕態度，反映在其作品中呈現了兼具歷史、哲學、美學的藝術風格。

6、性格心理分析

分析蘇雪林的性格心理者，有黃忠來、楊迎平〈背負舊傳統的「五四人」——蘇雪林〉、[84]方維保〈國家情懷：現代知識分子的成年鏡像——論蘇雪林的戰時創作〉、吳佳燕〈殘缺：對蘇雪林反魯的一種深層心理探索〉、厲梅〈蘇雪林的兩種姿態〉、盧松芳〈蘇雪林：女性意識的覺醒與堅守〉。[85]黃忠來、楊迎平之文將蘇雪林一生幾個重要事蹟歸納起來，給予「背負舊傳統的人」評語，基本上並無新意，雖對蘇雪林之評議屬於陳調，但作者也提出個人看法，例如認為蘇雪林反魯並不是為了討好國民黨而是顯示她的真誠，倒是在反魯事件一片撻伐聲中的異點。此文也有矛盾以及對蘇雪林事蹟不甚了解之處，例如作者認為蘇雪林皈依天主教不能被人

83 《安徽文學》，2008 年第 1 期，http://g.wanfangdata.com.hk/。《廣西社會科學》，2004 年第 5 期，頁 99-101，http://cnki50.csis.com.tw/。

84 《中國現文學研究叢刊》，2002 年第 4 期，http://g.wanfangdata.com.hk/。

85 方維保，《淮北煤炭師範學院學報．哲學社會科學版》，第 28 卷第 2 期，2007 年 4 月，http://cnki50.csis.com.tw/。吳佳燕，《華中師範大學研究生學報》，第 12 卷第 3 期，2005 年 9 月，http://cnki50.csis.com.tw/。厲梅，《書屋》，2005 年 1 月，http://g.wanfangdata.com.hk/。盧松芳，《江漢大學學報．人文科學版》，第 23 卷第 2 期，2004 年 4 月，頁 50-53，http://cnki50.csis.com.tw/。

理解，所以文中有「她不信天主教，但為了有所依託，卻整夜整夜向天主祈禱」之語。事實上，蘇雪林確實受洗皈依，國立成功大學保存的蘇雪林文物中，即有一張民國三十九年的法文入教證明及梵蒂岡教宗若望保祿二世於她一百歲壽辰致贈之祝賀狀。蘇雪林皈依後，遭到許多責難是因為一個受五四理性主義、科學、民主洗禮的人，竟然留學後帶回來「不科學」的宗教信仰，人們不能了解她何以在那樣的時代環境中皈依天主教，但不能因此定下蘇雪林的矛盾保守來自於「不信天主教」的斷語，因為與事實出入。方維保之文是從蘇雪林的抗戰時期作品提出她對戰爭的理性思考、能從敵人和人民身上找到奮鬥勇氣，而蘇雪林的愛國主義包含很濃厚的封建士大夫的忠誠思想。吳佳燕之文是從「反魯」分析蘇雪林的「深層文化性格」和「道德倫理的殘缺與矛盾」；文章從反魯歷程、反魯原因兩方面敘述，指出蘇雪林開始是尊敬魯迅的，但魯迅逝世後，她的態度卻有了大轉變，開始漫罵誣衊，作者認為蘇雪林對於「反魯」有「一種近乎病態的興趣」；至於「反魯」的原因則是蘇雪林之擁護國民黨、蔣介石以及她童年的苦難與不幸的婚姻導致人生的殘缺病態。童年的苦難即祖母強迫她纏足形成生理殘缺，祖母之惡婆婆形象與不幸婚姻、無子是她的心理殘缺，這兩個原因的深層心理是「一個女人的不完整」，也是使得蘇雪林「反魯」，罵魯迅罵得不可收拾的終極原因。厲梅之文從佛洛伊德精神分析理論說明蘇雪林對魯迅、丈夫、胡適三名男子「向父親靠攏的受阻」，造成她既有愛的方向和舉動也抱持好鬥爭勝的念頭，這是蘇雪林的異類性情，在這種異類說法之下，作者認為對於蘇雪林這樣傳奇式的人物「哪一種讀法，都當不得真的」。盧松芳之文從蘇雪林生平、《棘心》、

《綠天》闡述早期女性覺醒的艱難，對蘇雪林而言，源由她「內心深處有著強烈的原罪意識和愧疚感」，無法擺脫叛逆帶來道德上的負疚，在她身上存在著雙重世界，由此形成了一種分裂人格的典型特徵，而天生迂執的性情使得她於婚姻家庭、兒女之愛均抱憾終生。

7、評「蘇雪林評傳」

由於大陸地區目前出版前述數冊蘇雪林傳記，故有評傳之閱讀心得，如：方岩〈因學術之名：消解一個禁忌　書寫一段傳奇——評方維保新著《蘇雪林：荊棘花冠》〉，[86]從人際關係的梳理指出蘇雪林「反魯」的意義呈現歷史事件所隱藏的世態人情，「從側面來說明蘇雪林個人情感好惡對自身思想逆轉所起到的暗中推動作用」，此文敏銳地洞視了蘇雪林一向不為人知的內心世界。另外，方志孝〈對一個被文學史迴避的作家的研究——蘇雪林研究述評〉、[87]張佳惠〈生之痛——簡評《蘇雪林：荊棘花冠》〉[88]等，這些是蘇雪林評傳的讀後感。傳記本身多少帶有寫傳者內在眼光對傳主所表現的「隔」，這些評論評傳之文是對寫傳者所呈現的蘇雪林面相的再度詮釋，它其實包含蘇雪林評價的兩個層面，已是二度解釋，並且是對寫傳者、蘇雪林二人的雙重混合解讀，這是讀者應該注意之處。這些文章肯定了為蘇雪林作傳記的價值，也能從評傳中抓住重點，指出評傳的可取之處，例如：「《棘心》總結出從戀

---

86 《淮北職技學院學報》，2007 年 4 月，http://cnki50.csis.com.tw/。

87 《遼寧師範大學學報．社會科學版》，第 30 卷第 2 期，2007 年 3 月，http://g.wanfangdata.com.hk/。

88 《長治學院學報》，第 25 卷第 1 期，2008 年 2 月，頁 40-42，http://cnki50.csis.com.tw/。

母到尋夫這一精神的脈絡，由此串連起了蘇雪林的整個感情世界」、「從蘇雪林身上我們得以窺見一個時代的縮影」；除了縮小版的蘇雪林評傳之外，關於魯迅、劉心皇、寒爵與蘇雪林交惡事亦有論及，美中不足者，也有重新抄寫蘇雪林生平種種故事的平面文字。

8、隨筆雜文

大陸地區最近十年的研究，隨筆雜文為外圍論述，所談論者均圍繞蘇雪林一生最被人樂道之事，例如她的婚姻、年齡、交友、與人筆戰等。張昌華〈歲月的書籤——蘇雪林日記中的七七八八〉[89]寫下十五冊日記的讀後感，結語「蘇雪林畢竟是一個人物，一個耐人咀嚼的人物」。張遇〈「春雷女士」筆名考辨〉，[90]考證蘇雪林在青年創作時期的眾多筆名之一是「春雷女士」，此文從《生活周刊》一一檢索，得到肯定答案。國立成功大學中文系保留的蘇雪林文物中，有她自己剪存的發黃剪報，與曾經發表的文章收歸一起，張遇所列舉的文章目錄，正是蘇雪林遺物中的剪報，可以肯定蘇雪林確曾以「春雷女士」筆名，在民國十七～十九年間發表文章。關於早期筆名之考證，尚有王翠豔〈「五四」女作家蘇雪林筆名考辨〉，[91]考證民國九年間，蘇雪林在《益世報》以「頻伽」、「病鶴」發表數量極多的文章。其實，蘇雪林在北京女高師時代、以及自民國

89 《江淮文史》，2008 年 1 月，頁 87-108，http://cnki50.csis.com.tw/。

90 《新文學史料》，1999 年第 3 期，頁 205-208，http://cnki50.csis.com.tw/。

91 《北京師範大學學報．社會科學版》，2008 年第 3 期，頁 141-143，http://cnki50.csis.com.tw/。

十四年返國至武漢大學任教這一段時間確實十分勤奮創作，[92]其文采華茂但因生性直言，又因曾引發與易君左、以及魯迅逝世後與左翼作家的筆墨官司，她往往使用筆名發表文章；而蘇雪林中年以後致力神話研究，並不在意自己的文學創作，以致當時使用了至今尚未得知的什麼筆名，成了可惜又神秘的懸案。還有陳福季〈關於蘇雪林的年齡〉，[93]考證蘇雪林生年為一八九七年（光緒二十三年），因為目前的報導誤為一八九九年，且有享年一〇二、一〇三、一〇四歲之異。事實上，蘇雪林《浮生九四》明言生肖屬雞，依十二生肖一輪為十二年計，可以清楚地推算比較合理的是一八九七年的雞年，若往前是一八八五年（光緒十一年，乙酉），往後則為一九〇九年（宣統元年，己酉），恐怕均非蘇雪林在世時外表容貌的真實。所以，蘇雪林自己也記錯了，她生於丁酉雞年，非乙酉雞年。至於一〇四、一〇二歲是依我國黃曆民俗所謂的虛歲、實歲之別，因此這三個數目都沒有錯，只是說法不同，即蘇雪林虛歲一〇四、實歲一〇二，取折衷是不以虛也不以實的一〇三歲，而一〇三歲也是目前通行的記載。

此外，尚有一些訪談及慶賀文，屬於一般性的休閒文章，此不贅述。

（四）研討會

前述蘇雪林逝世後，一共召開過兩次學術研討會，第一次是民

92 蘇雪林到武漢大學任教後，發現了屈賦研究新路徑，從此潛心研究神話，發表的大多是學術論文，間或有雜文發表。

93 《尋根》，2000 年 6 月，頁 92-93，http://cnki50.csis.com.tw/。

國八十八年八月在安徽黃山召開，後由高雄亞太綜合研究院、永達技術學院出版《海峽兩岸蘇雪林教授學術研討會論文集》上、下冊，[94]發表論文五十篇，涉及文學、學術、思想、宗教等各個方面：

唐亦男〈非常另類的蘇雪林日記卷〉

張遇〈蘇雪林的宗教信仰與文學之路〉

杜英賢〈蘇雪林先生之宗教信仰評述〉

徐子超〈執著追求人生價值　著意留存百年閱歷——初讀《浮生九四》〉

方利山〈蘇雪林與徽州文化〉

梁明雄〈蘇雪林與胡適之——蘇雪老心目中的胡適之〉

錢耕森〈蘇雪林與胡適：良師與益友〉

尉天驕〈蘇雪林散文中的民族文化情感〉

徐志嘯〈論蘇雪林教授的中外文化比較〉

史墨卿〈蘇雪林教授學術研究管窺〉

陳立驤〈蘇雪林《中國文學史》讀後管見〉

徐傳禮〈讀解蘇雪林重要文學史——從蘇雪林說起，從世界性思潮流派的視角鳥瞰 20 世紀中國文學史和大文化史〉

馬森〈一種另類的現代文學史觀——論蘇雪林教授《中國二三十年代作家》〉

沈暉〈論蘇雪林與五四新文學〉

王宗法〈蘇雪林論〉

---

94 杜英賢主編，《海峽兩岸蘇雪林教授學術研討會論文集》（高雄：亞太綜合研究院、永達技術學院，2000）。

吳家榮〈蘇雪林文藝思想管窺〉
古繼堂、胡時珍〈豐沛、閒適、淡雅——評蘇雪林的散文〉
丁增武〈美的收獲——析蘇雪林早期散文創作和美文運動〉
王海燕〈雋語·雅趣·真意——論蘇雪林散文審美的三個層面〉
王多治〈蘇雪林的第一本書——讀《李義山戀愛事跡考》有感〉
王三慶〈蘇雪林教授與《紅樓夢》研究〉
黎山嶢〈開敞心扉對語自然——評蘇雪林散文集《綠天》〉
朱雙一〈蘇雪林小說的人性認知和保守傾向——《棘心》、《天馬集》略論〉
閻純德〈蘇雪林：從《棘心》到屈賦研究〉
鄭月梅〈由《棘心》看蘇雪林先生的愛情觀與婚姻〉
吳雅文〈舊社會中一位女性知識份子內在的超越與困境——以《棘心》及《浮生九四雪林回憶錄》做主體分析〉
湯淑敏〈五四女性文學的奇葩——《棘心》、《綠天》的成就與不足〉
劉平〈背反中的反抗和順從——蘇雪林早期散文的女性主義閱讀〉
林俊宏〈蘇雪林《燈前詩草》中的女性形象〉
陳瑛珣〈讀《浮生九四：雪林回憶錄》探討清末民初傳統婦女自我角色定位與轉變——並試以《徽州文書》論證之〉
馬君驊〈亦斬騰蛟亦吐風，黃鐘大呂作雷鳴——讀蘇雪林教授詩詞〉
曾人口〈蘇雪林先生治學之特色及其詩詞選析〉
吳榮富〈就《燈前詩草》論「為情造文」與「為文造情」〉

趙逵夫〈讀蘇雪林先生的《唐詩概論》〉

陳友冰〈斷代詩史研究走向現代化的重要標誌——淺論蘇雪林先生的《唐詩概論》〉

吳懷東〈在文化與學術轉型之際——蘇雪林先生《唐詩概論》學術方法述評〉

葛景春〈蘇雪林《唐詩概論》對唐詩研究的貢獻〉

楊文雄〈蘇雪林教授的「三李」詩研究〉

潘頌德〈卓有建樹的新詩批評〉

張高評〈《東坡詩論》的學術價值〉

黃中模〈楚辭學史上的不朽豐碑——簡評臺灣蘇雪林教授的屈原研究〉

尉天聰〈中國現代文學史認知上的一個基本問題〉

鍾宗憲〈《楚辭·九歌》所反映的一些民俗現象——以蘇雪林教授的若干看法為討論核心〉

王慶元〈雪林與武漢大學及其屈賦研究述略〉

崔富章〈越名教而任自然——讀《楚騷新詁》有感〉

陳怡良〈九歌修辭藝術舉隅〉

樂蘅軍〈古神話中「神樹」衍義試釋——以蘇雪林教授「天問」神話主題「生命樹」為起點的一些相關考察〉

蕭兵〈先秦時期中西文化交流點滴——兼論蘇雪林與泛巴比倫主義〉

王孝廉〈絕地通天——以蘇雪林教授對崑崙神話主題解說為起點的一些相關考察〉

李德書〈人類起源與中華文明起源漫談〉

這是一次大型研討會，參與學者人數很多，從論文題目亦可知討論領域十分廣泛，但如果從一個知名人物「蓋棺論定」立場來說，此次會議召開時間距離蘇雪林辭世很近，即蘇雪林逝後四個月，發表的論文應該是短時間寫就的，除非是早就從事蘇雪林研究之人，因此，所論是否已定尚可再議。但由於這是蘇雪林逝世當年所籌辦之會議，也是九〇年代之後，蘇雪林重新被大陸提起的第一次集合海內外學者之研討會，意義是重大的。古繼堂〈歸——蘇雪林落葉歸根·兩岸學者會黃山〉[95]一文則側記此次會議過程。

四、蘇雪林研究的未來展望

上述臺灣與大陸兩地最近十年的蘇雪林研究，範圍多集中於《棘心》、《綠天》兩書及神話；兩書大多從女性文學角度談論，神話方面則敘述蘇雪林的研究內容與方法，因此，目前的成果並未有新的進展。臺灣與大陸比較：臺灣論文數量較少，且集中於訪談與懷舊文章；大陸論文數量較多，研究熱絡，但大陸對於蘇雪林的資料訊息錯誤的也多。關於蘇雪林文獻資料，民國三十八年以前者大致留在大陸，但在此以後的資料應以國立成功大學所保存者為正確。這是因為蘇雪林後半生在成大度過，且生前每逢生日、文藝節，文壇都會為她舉辦各種活動，而蘇雪林與各界人士多有交往，作家記者、文士詩人、學生故舊時有隨筆文章發表。反觀大陸方面，蘇雪林被長期封鎖，直至九〇年代始被重新提起，蘇雪林生活過的兩

95 《海外學人》，1999 年 9 月。

個相異的政治環境是對她的研究必須注意的重要關鍵。大陸地區的論文，有一些作者並未具備實證精神，在敘述蘇雪林生平時，年代並不正確，甚至有以蘇雪林兩本著作《玉溪詩謎》與《屈賦新探》作為文本進行研究，說是「重要的兩部著作」，此誤在《玉溪詩謎》只是一本小書，若說重要僅在於它是蘇雪林從事學術研究的初試啼聲，而根本沒有《屈賦新探》這一本書。論文所引之書名亦有將《南明忠烈傳》誤為《南明英烈傳》，《棘心》誤為《荊心》等，更有甚者，大陸地區出版的蘇雪林專集與論文，其文稿取得途徑與邏輯是複雜的，在某種程度上已經嚴重扭曲了蘇雪林，箇中緣由，實毋庸贅言。由於文本模糊，大陸地區發表的論文，在引文部份多未注明出處，未來的研究應以正確的文本與歷史為交代，方能在一個起碼確實的基礎上有所發揮。最近十年的研究論文，剔去重複者，兩岸共計一百餘篇，但這些論文內容，許多都是一再敘述蘇雪林的神話主張、研究途徑、生活瑣事，明顯地，這些文章似乎從蘇雪林《楚騷新詁》中〈我研究屈賦的途徑〉及《我的生活》、《浮生九四》或各書自序而來，真正爬梳文本而有真意創見者不多。歸納言之，大陸方面在蘇雪林逝世之後研究熱潮才興起，有單篇論文發表，碩士論文多出自師範學院體系，研究成果圍繞幾個特定範圍；而臺灣地區在蘇雪林逝世之前陸續已有文章發表，逝世後研究論文數量不及大陸地區，但對於蘇雪林文獻資料整理的貢獻是不可抹滅的，也沒有意識型態的侷限。民國九十七年八月，國立成功大學文學院與成大博物館開始進行「蘇雪林文物、作品整理、研究計畫」，對蘇雪林遺物作全面整理與保存，並建置資料庫、舉辦展覽。[96]此計畫之進行，正如前述龔鵬程〈發現蘇雪林〉文中所說的文學價值被重新認識：「必須說明除了政治、鄉土、特殊讀者心理、作為史料或古董等因素之外，該作家與作品，確有從文學上說得過去的理由，不應該令其湮滅。」我們應該記得蘇雪林是一位高壽又多產的作者，其一生著作，不論結集與否，都可稱得上是二十世紀創作量最豐碩的女作家，對於一個作者來說，這樣的創作成績並非後人以單一作品便能窺其樣貌，更非一味的意識型態所能概括。蘇雪林作品的多樣性、前後期轉變、在中國文學史的定位，以及她終究是百年來非常突出的一個特異獨行的女子等探索是需要更加注意的。

嚴格說來，最近十年的蘇雪林研究嚴謹度不足，懷舊文章在蘇雪林逝世後也減少了，那麼，接下來，我們應該做什麼呢？蘇雪林最引以為豪，且在生前千方百計奔走出版的「屈賦新探」依然有許多問題等待開發，我們不能僅從其自序及〈我研究屈賦的途徑〉了解她的神話研究，畢竟它只是概論性質，未能見全豹。所以，目前蘇雪林研究雖比她在世時活絡，但方向稍形偏頗。蘇雪林著作很多、範圍廣泛，然而最近十年對她的研究似侷限於幾本知名作品而已。以類別來說，學者最感興趣的莫如神話、《綠天》、《棘心》，但蘇雪林之著作並不限於楚辭、小說、散文，她還有戲劇、雜文等作品。蘇雪林的戲劇作品有兩齣：臺灣商務印書館《鳩那羅的眼

96 成大博物館於 2007 年 11 月舉辦「走入蘇雪林教授的書房」展；2009 年 4 月配合五四運動九十週年擴大展出「印象蘇雪林」。

睛》[97]收有三幕劇〈鳩那羅的眼睛〉及獨幕劇〈玫瑰與春〉，前者屬於佛教作品，改編自阿育王傳奇，目前僅有潘訊〈《鳩那羅的眼睛》的唯美主義風格〉，以及林朝成、楊美英〈唯美的風景、形式的交融——蘇雪林劇本中的形式結構舞臺觀與女性形象〉[98]兩篇論文。換言之，關於蘇雪林的佛學研究尚屬缺乏，而蘇雪林之神話研究亦不限於西亞，其《天馬集》根據希臘羅馬神話改編，也有印度方面的神話，此一部份亦未見研究論文，從這些基礎進一步延伸出去的領域更是可觀。再者，因為「神話研究」的光環籠罩蘇雪林，她被人忽略的著作尚有童話、雜文等作品，以及繪畫藝術，這些都是吾人可以深加開發的領域。最近十年蘇雪林研究的輪廓已大致構塑一個模型初胚，然而這個初胚的能見度雖提高了，但仍屬初胚形式，在初胚之上可繪製什麼圖案、未來可鍛鑄成什麼奇美的藝術品需要學界繼續探索努力。

綜觀最近十年臺灣與大陸兩地之蘇雪林研究，有三項重點：

一、大陸地區之研究論文數量比臺灣地區多，其可取之處是對蘇雪林研究的熱絡，但相對地，量多導致的質瑕，此其研究論題多有重複之缺失；有些文章敘述蘇雪林的生平就占了一半篇幅，重點

---

97 蘇雪林，《鳩那羅的眼睛》（臺北：臺灣商務印書館，1968）。

98 《淮北煤炭師範學院學報·哲社版》，第 28 卷第 4 期，2007 年 8 月，頁 25-28，http://cnki50.csis.com.tw/。國立成功大學「中國文學系紀念蘇雪林教授暨創立五十週年學術研討會」宣讀論文，2006 年 11 月。前文指出劇中人物內心自我交戰、結構別具匠心形成此劇的唯美風格；沒有婦女解放，也沒有愛情至上，甚至沒有任何主題，蘇雪林抒寫著自己的夢。後文提出蘇雪林以唯美文體寫作劇本，具有代表性美學實踐，比較特別的是，此文從舞臺景觀討論蘇雪林改編的戲劇作品。

是，關於她的生平在《我的生活》及一般訪談文章中即有所述，大陸地區的文章經常為此費了不少筆墨，其實大可避免生平事蹟不斷重複而加以主題探討才能增加研究之質。

二、神話、後期散文研究較少。此因蘇雪林之神話主張在其生前本已不被學界接受，而後期散文散落各報章雜誌，需要努力尋索整理；亦即蘇雪林還有未面世的文章，既未被發掘則目前的研究仍缺乏較多的佐證，但相對地，這個領域正待開發。

三、應有突破性觀點。例如，關於蘇雪林研究，若粗略以文學、學術兩類來看，後者是神話、古典詩歌研究，至於文學，尤其是新文學研究，由於蘇雪林是中國新文學第一代女作家，這第一代女作家共同的寫作題材是母愛、家庭、女性，但蘇雪林其實應與她同時期女作家有所區隔，畢竟她這方面的作品僅有散文《綠天》、小說《棘心》、戲劇《玫瑰與春》，並且其中所發揮的內在蘊涵有「愛」與「家庭」主題之外者，既然這兩個主題在蘇雪林作品中並不占多數，那麼，是否學界關注的焦點應該在這些既定思維之外有新的角度，才能在蘇雪林逝世十週年、大陸解除禁忌的契機中，對這位中國近代文學史上獨特的女子更有一番庶幾真實的評價與定位。

前述吳佳燕〈殘缺：對蘇雪林反魯的一種深層心理探索〉文中，作者提出疑問：蘇雪林在文壇享有極高地位、學術研究具有不可抹殺價值，但為什麼說她的人愈來愈少？且愈來愈簡單化、抽象化、概念化？以至讓人們感到這位女作家的面目愈來愈模糊？其實，這個問題正好是未來蘇雪林研究方向的指標，學者應該有責任回答這些問題，並且是在對這些問題作深層思考後所獲致的答案。直至目前，蘇雪林似乎被說完了，但據筆者觀察，被說完的只是蘇雪林生前自曝的生平事蹟、研究途徑、所好所惡等等事項，這也是目前的研究大半圍繞著這幾個特定圈子做出的「述而未論」現象，能有開發、有建設性新意的作品不多，如果我們能夠深入文本，蘇雪林一生著作有千萬言以上，若加上成功大學所出版十五冊日記四百多萬字，其數量不可謂少，這些第一手文本真的沒有可言說之處了嗎？如果「說蘇雪林的人愈來愈少了」是個提問，賦與此問的一個積極解答正是未來學界從蘇雪林文本繼續努力的展望。

五、結語

最近十年大陸地區對於蘇雪林的研究顯然比臺灣地區熱絡，固然因為大陸在改革開放之後，各方面的進展如海綿吸水般迅速膨脹；再者，由於蘇雪林一生反魯反共，世局變遷使得她在大陸得到「平反」的機會。二三〇年代，蘇雪林在大陸文壇慘遭封殺，承受著作品無發表園地的痛苦，如今在輪流轉的風水中復生，自然有一股新鮮的生息，然而這一份生息卻也非常奧妙地被曲解了。如上所述，最近十年對蘇雪林的研究文章質素有待加強，針對問題作有價值的論述比較少見，學界未來應著眼蘇雪林不為時論所注意、被扭曲之處、尚未被充分關心的方面，而這些必須從深入蘇雪林文本重新開始。

蘇雪林生前是寂寞的。

斯人已歸道山，前塵影事俱渺。今年（2009）是蘇雪林逝世十週年，也是五四運動九十週年紀念，對這位在中國近代文學史具有歷史地位的女作家來說，但願——寂寞跟往事乾杯，且盡一杯酒，明朝枝頭徐有新陽，照見安徽太平縣嶺下村那一封十年舊墳。

原刊《漢學研究通訊》第二十八卷第三期，民國九十八年八月

後記：

本文原發表於民國九十八年，為蘇雪林逝世十週年及五四運動九十週年而作。至今已倏然三年，其間，蘇雪林的研究論文篇數，大陸依然超過臺灣，但大抵未出上述範圍及論題；碩士論文有民國九十八年中國文化大學張素姮《蘇雪林散文研究》。以下補充的是民國九十八年之後的研討會論文，其中，民國九十九年十一月，於武漢大學召開的「2010 年海峽兩岸蘇雪林學術研討會」會議紀要見〈附錄三〉。補述近兩年蘇雪林相關學術研討會有二：

一、國立成功大學「紀念五四運動九十週年暨蘇雪林教授國際學術研討會」，民國九十八年五月九日，發表之論文：

1.方忠〈蘇雪林與「五四」文學〉（徐州師範大學）

2.蘇偉貞〈五四遺事？論蘇雪林《棘心》〉（成功大學）

3.蕭瓊瑞〈蘇雪林的水墨創作──兼論其藝術認知〉（成功大學）

4.吳姍姍〈自然・宗教・生命──蘇雪林的記遊文〉（成功大學）

5.蔡玫姿〈五四時期女性知識份子的文化狂躁與療癒空間──以蘇雪林《棘心》為例〉（成功大學）

6.寇致銘〈蘇雪林「論魯迅」之謎〉（澳洲新南威爾斯大學）

7.王美秀〈紀實與虛構的衝撞與平衡──談蘇雪林的小說觀〉（雲林科技大學）

8.劉維瑛、陳曉怡〈冠冕與枷鎖——探蘇雪林與陳秀喜兩人情誼〉（臺灣歷史博物館、崑山大學）

9.王偉勇〈論蘇雪林教授之詞學觀〉（成功大學）

10.潘仲賞〈中國新書對二十世紀初越南現代文學之影響〉（越南社科院）

11.李國正〈《鴿兒的通信》人性美色彩美探析〉（馬來亞大學）

二、國立成功大學文學院於民國一〇〇年十一月十八～十九日舉辦「成大文學家國際學術研討會」，其中「蘇雪林議題」發表之論文有：

1.吳姍姍：〈流離蜀道憶當時——蘇雪林之懷舊文析論〉

2.劉乃慈：〈愛的歷程——論《棘心》的行旅書寫〉

3.韓晗：〈共鑒「五四」：西學東漸、文學革命與政治現代性——以蘇雪林、胡適與周作人的「五四」觀為支點的學術考察〉

附錄三：相逢十年──「2010 年海峽兩岸蘇雪林學術研討會」紀要

一、會議緣起

蘇雪林作為中國新文學第一代女作家，又是最長壽的五四人物，其一生傳奇色彩之濃厚並未在現代文壇具有相對能見度。民國四十一年，蘇雪林第二度自法國留學歸來，落足臺灣。民國四十五年，臺南省立成功工學院改制成功大學，她應聘至中文系，當時已屆六十之齡，從此，在成功大學春風化雨，後半生在臺南市東寧路的成大教職員宿舍度過將近半世紀的歲月。民國八十八年四月二十一日，蘇雪林病逝成大醫院，是年八月，成大文學院護送其骨灰至安徽太平縣嶺下村，蘇雪林長眠於她最初的家鄉。同時，高雄亞太綜合研究院及成大文學院聯合在黃山舉行「海峽兩岸蘇雪林教授學術研討會」，除了紀念蘇雪林骨灰安葬故里，兼以一代作家殞滅，在其故鄉舉辦此次學術研討會是重要宗旨。

十年沈寂，一如蘇雪林在世時自嘆世無知音，在她謝世後，文人所敝帚自珍的作品似乎沒有隨著歷來知名人物由於辭世而反受重視之現象，蘇雪林的來去，除了意識型態的褒貶，事實上，自始至終依然是一個個靜默的逗點與句點之轉換，再轉換。

國立成功大學由於是蘇雪林人生最後落腳之地，也因為她在成大執教十八年之久且又終老於斯，蘇雪林尚在人世時，成大文學院即於民國八十六年籌設成立「財團法人蘇雪林教授學術文化基金會」，舉辦研討會、講座，並持續出版蘇雪林相關的文字書籍。另由於蘇雪林早年在大陸的教書生涯以武漢大學為最久，與執教成功大學同樣各有十八年時間。民國九十九年四月，武漢大學文學院與成功大學文學院開始聯合籌備「2010 年海峽兩岸蘇雪林學術研討會」，擬定研討會議題有：蘇雪林的新文學創作、蘇雪林與中國現代作家、蘇雪林的中國古代文學研究、蘇雪林與武漢大學、蘇雪林與成功大學、海外蘇雪林研究，邀請相關領域學者參與盛會。在此之前，兩校之間即互有往來訪問，民國九十九年十一月，武漢大學正式與成功大學簽署合作條約，為促進兩岸學術交流開啟動力。在此時空佳緣下，兩校文學領域裡，共同有此一五四人物，更促進雙方的密切合作。民國九十九年十一月二十一日在武漢大學珞珈山莊正式展開「2010 年海峽兩岸蘇雪林學術研討會」。

由於會議時間安排為一天，因此分為論文發言、座談兩種方式，後者在同一時間分兩組場地並行，與會學者最遠有來自新疆阿拉爾塔里木大學、甘肅蘭州大學，誠為此會之盛。

二、發言及論文綱要

開幕式由武漢大學副校長謝紅星、文學院長趙世舉、學者代表黃修己，以及成功大學文學院長賴俊雄、中文系主任陳益源、中文系教授陳昌明共同主持。

武漢大學副校長致詞說明此次會議主要在開創武漢大學及未來高等教育的學習方向、表現知識分子高尚的情操，並指出蘇雪林自民國二十年至武大執教，所傾注心力的新文學及楚辭研究正好是武大文學院現今的主要研究方向，蘇雪林可說是開啟了先導之風。成大文學院賴俊雄院長致詞：大師亦如大樹，這次會議猶如一道亮麗的風景，雖然逝者已逝，但後人卻能從死的幽靈裡體會出活的靈魂，亦即逝者的精神，這個精神就是說話的幽靈。今天在珞珈山莊承繼的蘇雪林思想之幽靈，並非被動而是直接的承擔五四精神，亦即人文的、美麗的精神；因為繼承，讓蘇雪林之精神從過去性成為未來性，讓後代知道什麼是「五四」、什麼是人文。兩校願意為此繼承作努力，讓文學重要的現場成為有血有肉，這是一場詩意的談話。

會議所發表的論文，臺灣方面，主要由成功大學中文系陳昌明教授報告成功大學在最近兩年（2008-2010）整理蘇雪林文物之情況與成果。成功大學自民國九十七年八月起，由當時文學院院長陳昌明教授提出「蘇雪林文物、作品整理、研究計畫」，因蘇雪林文物所在之東寧路宿舍長期閒置，若不積極處理，恐將損毀嚴重，故進行全面之清理、修復、造冊、建檔，以保留這一位知名人物遺留之跡。

從發表論文的題目看來，與民國八十八年黃山的研討會比較，具有新意且獨特的，有討論：蘇雪林的戲劇作品、蘇雪林的接受研究，以及版本考釋，其他較多仍著重在蘇雪林始終被關注的小說、散文、屈賦方面，蘇雪林的戲劇《鳩那羅的眼睛》甚少被注意。此次會議，學者從唯美主義分析蘇雪林此劇本將唯美主義的認知轉化為文學欣賞的「藝術至上」標準。再者，由於蘇雪林反共反魯背景，在臺灣解嚴之後，與大陸交流日增，才在時代的機會下使得蘇雪林方得「平反」，被大陸學界注意，而這個當年享譽文壇的才女在與大陸睽隔四十年後，再度被提出來討論，因此有論文討論蘇雪林在大陸的接受情況。此外，也有從新文學運動前後的《益世報》文章挖掘蘇雪林早年活躍於文壇的旁證資料。

除了戲劇和讀者接受的論題外，會議論文其他焦點，即蘇雪林的：小說、散文、反魯、宗教、文學批評。蘇雪林的小說《棘心》自傳色彩外，還有皈依宗教的問題，學者指出蘇雪林把皈依當作出家，這是中國人的傳統觀，她在法國皈依其實是將人倫與宗教溝通、把宗教之愛當作人倫之愛、聖母的形象就是母親形象，蘇雪林因為情感受困，因此選擇能夠溝通的一方作為依靠。散文方面，較特殊的是從現今生態美學觀點分析蘇雪林的自然審美情結。

關於蘇雪林評論魯迅的部分，依然存在著兩個極端，一方面認為蘇雪林「反魯」是現代知識分子的侷限與舊習，在內在人格上有著嚴重的自虐及外向性攻擊傾向，另一方面則認為應該把政治與文學、把性格和愛好區別開來，才能從蘇雪林批評魯迅獲得更多啟發，因此，也有從「家庭暴力」角度探討蘇雪林與魯迅之關係，看來，反魯論題將繼續從這兩個方向受到關注。

三、會議發表論文

(一)論文發言

第一場　8:50-10:10

陳昌明（臺灣成功大學）：〈蘇雪林文物、作品整理、研究計畫〉報告

李中華（武漢大學）：〈《楚辭》研究的新思維與新視野——蘇雪林《屈賦新探》評議〉

朱棟霖（蘇州大學）：〈東吳大學時期的蘇雪林〉

宋劍華（暨南大學）：〈質疑女性解放——談蘇雪林五四小說的價值取向〉

吳家榮（安徽大學）：〈論蘇雪林的文藝思想〉

第二場　10:10-11:40

沈暉（安徽大學）：〈一雙炯眼論今古 方寸靈臺貯至文——《蘇雪林學術集》序〉

金宏宇（武漢大學）：〈《棘心》的版（文）考察〉

方維保（安徽師範大學）：〈救渡的契機：蘇雪林皈依天主教的心靈軌跡〉

王翠豔（北京中國勞動關係學院）：〈《益世報·女子周刊》與作為「五四」作家的蘇雪林〉

古遠清（武漢中南財經政法大學）：〈二三十年代作家與作品的特色與侷限〉

陳思廣（四川大學）：〈在生成與融匯中：1929-2009 年《棘心》的傳播與接受研究〉

第三場 16:05-17:15

黃修己（中山大學）：〈蘇雪林的《二三十年代作家和作品》〉

吳姍姍（臺灣成功大學）：〈人生如夢未必如歌——蘇雪林與凌叔華〉

呂若涵（福建師範大學）：〈蘇雪林的散文及文藝隨筆〉

高玉（浙江師範大學）：〈重讀蘇雪林論魯迅〉

胡淑貞（臺灣逢甲大學）：〈以《唐詩概論》談蘇雪林古典詩學觀念〉

（二）座談發言

第一組 14:30-16:00

王本朝（西南師範大學）：〈傳統的潛伏：蘇雪林的文筆論與道德觀〉

方長安、余薔薇（武漢大學）：〈蘇雪林前期創作在中國大陸的接受〉

蘇瓊（廈門大學）：〈家庭陰影下：論蘇雪林與魯迅之關係〉

陽檳燦（自由撰稿人）：〈兩種背道而馳的極端自虐與兩種背道而馳的外向性攻擊——蘇雪林與魯迅比較論〉

何雲霞（蘭州大學）：〈生態美學視野下的蘇雪林散文研究〉

張思齊（武漢大學）：〈蘇雪林楚辭研究的比較意識〉

陳益源（臺灣成功大學）：〈蘇雪林與五四運動〉

張園：〈蘇雪林小說中的母親神話〉
楊文軍（武漢大學）：〈作為「鏡子」的蘇雪林女士〉
胡昌平（新疆阿拉爾塔里木大學）：〈皈依．守成．超越——論蘇雪林的小說《棘心》〉

第二組
周海波（青島大學）：〈蘇雪林文學批評的史識與文心〉
趙黎明：〈「域外文化」與「中國家法」——蘇雪林新詩批評的張力特徵〉
丁增武（合肥學院）：〈「藝術」與「道德」之間的厚此薄彼——從《鳩那羅的眼睛》看蘇雪林對唯美／頹廢主義思潮的接受〉
黃敏（阜陽師範學院）：〈蘇雪林《棘心》之傷感主義研究〉
張霞（四川南充西華師範大學）：〈從場域角度看蘇雪林 1930 年代的反魯〉
鄒小娟（武漢大學）：〈蘇雪林視野中的武漢大學〉
吳光正（武漢大學）：〈蘇雪林與文學史的百年書寫〉
曹建國（武漢大學）：〈蘇雪林《中國文學史略》簡論〉
陳國恩（武漢大學）：〈蘇雪林早期的魯迅研究〉
楊迎平（南京曉莊學院）：〈壽星女作家蘇雪林的封建性及其孤寂人生〉

四、結語

臺南成功大學是蘇雪林後半生度過之地，武漢大學是蘇雪林在大陸時期執教最久的大學，這份因緣促成此次「2010 年海峽兩岸蘇雪林學術研討會」的發生與收穫。經過這次由兩岸都與蘇雪林關係匪淺的兩所大學聯合舉辦學術研討會，盼望未來有更多研究者看見蘇雪林。寂寞的文人若能偶覷也曾寂寞的蘇雪林，這一位在中國現代文學史畢竟占有一席地位的獨特女作家，或許能黃泉寬懷，不再慨嘆，而人們將對中國新文學的研究開發有更深度的談話。

附錄四：關於「蘇雪林評傳」的幾個問題

對於一位知名作家，在逝世後，文壇或學術界即出現評傳之作，表示對已故作家的崇敬讚揚，並讓各界更加了解、注意這位作家。以下略述目前已出版的以記載蘇雪林生平為性質之四本書，幾個值得注意之處。

目前坊間出版的蘇雪林評傳，依時間先後，計有：石楠《另類才女蘇雪林》、范震威《世紀才女——蘇雪林傳》、方維保《蘇雪林：荊棘花冠》、陳朝曙《蘇雪林與她的徽商家族》[1]（以下即以作者為該書之簡稱）。編輯方式均以時間先後秩序分為幾個階段，即書之章節，每一階段再以一個大標題提綱挈領，並穿插照片、圖像、手稿等影像作為陪襯。其中，方維保以地理區域為別，例如第一章名曰〈童蒙記憶：從瑞安到上海〉、第二章〈少女心事：從太

1　石楠，《另類才女蘇雪林》（北京：東方出版社，2004）；范震威，《世紀才女——蘇雪林傳》（石家莊：河北教育出版社，2006）；方維保，《蘇雪林：荊棘花冠》（桂林：廣西師大學出版社，2006年7月）；陳朝曙，《蘇雪林與她的徽商家族》（合肥：安徽教育出版社，2008）。以下引文，以作者代指各書。

平到安慶〉……，此書以蘇雪林一生經歷的地點作為章節的安排。陳朝曙透過安徽太平縣蘇氏譜牒研究蘇家的家族史，其中與蘇雪林直接有關的是第六章〈蘇家有女初長成〉、第九章〈迫不得已回鄉完婚〉、第十一章〈越過百歲回故鄉〉，所談的是蘇雪林為了求學的奮鬥過程、第一次留學法國及奉母命結婚、一〇二歲回故鄉，全書所重在蘇氏家族的起源及發展，因此，蘇雪林是陪襯在裡面的一小段。此書不能算作嚴格的蘇雪林評傳，因為所重在蘇村的發展歷史，但由於以蘇雪林為題的出版之作，附此一提。沈暉書首之序〈寫在《蘇雪林與她的徽商家族》前面〉云替作者拈出撰寫此書的動因有三：一、透過對太平蘇氏譜牒與家族史研究，梳理蘇氏幾代人在近現代歷史進程中的重要活動，二、揭示由嶺下走出的一代才女所以能成為集作家、學者、教授於一身國寶級大師的原因，三、增添太平地方文化史精采的一章。此書所訪察之相關人士與追溯蘇家源頭之功值得肯定，序文所云「世家與家族文化正是中國文化的獨特景觀」亦為確論，但似不適用於蘇雪林，筆者以為蘇雪林的成就與其家族並無直接關聯，很重要的一個關鍵是蘇雪林少小離家，求學、出國、結婚、教書、赴港、來臺，她離家的時間多，嶺下歲月僅在兒時及少年求學時假期回鄉，相較於蘇雪林一百零三年的生命，能否足以影響蘇雪林成為人物是值得討論的，或者說，後天環境應比家族先天的影響大且深遠。

石楠之書名應該得自於唐亦男教授於民國八十八年八月〈非常「另類」的蘇雪林《日記卷》〉[2]一文所啟發。在書末〈為了不被

2　杜英賢主編，《海峽兩岸蘇雪林教授學術研討會論文集（上）》（高

忘卻〉說題作「另類才女」因：「它描繪了一個女人在歷史突變、時代變遷中為了立足社會、有所作為而經歷的甜酸苦辣人生，它展示了一個偉大女性不平凡的人生！它記錄了蘇雪林的心路歷程，它也是蘇雪林的心靈傳記」。筆者以為「另類」是指蘇雪林一生特異獨行作風的性質，它不能囊括蘇雪林一生所有的一切，雖然石楠為陳朝曙書作序，說：

> 她是個另類，她的思想很新，行為卻很舊，她以五四新文化人自命，卻又接受了家庭的包辦婚姻；她自謂理性主義，卻又是個性情中人，……她還天生喜歡逆潮流而行，她的認知常常有悖於眾。

「另類」所能代表的意義其實就在後兩句，換言之，蘇雪林是個很奇怪的人，但也由於奇怪，才值得後世研究她；然而，對蘇雪林的研究也不能停留在對她不斷地歌誦或始終貶抑的圓圈中，人們應該對蘇雪林的一個確定主題，從文獻資料中提出具體說明，而不需要再有太多抽象言語。

本文所依據者為蘇雪林後半生留在成功大學的資料，因此，提出的問題主要以民國三十七年以後為主，至於蘇雪林前半生在大陸的事情，除非有蘇雪林確切的資料，否則不能置喙。由於蘇雪林反共反魯身分，她之所以在民國三十八年選擇離開大陸，前往香港再輾轉法國，有著政治立場的原因，而這個政治立場非常明確左右蘇雪林一生的思想與著作。開放大陸探親之前，蘇雪林恐怕沒有預料

雄：亞太綜合研究院，2000）。

到事情會是這樣的，也就是說在她的年代，回大陸應該以戰爭解決，一如當年國共戰爭的國民黨退至臺灣所經歷過的烽煙；所以，蘇雪林在臺灣的歲月有很長一段時間是在「反共抗俄」中度過。對照她的政治立場以及一生國內外的經歷，大致說來，蘇雪林在民國三十八年以前的資料或許大陸較多，之後就以臺灣為多，而成功大學是蘇雪林終老之地，她後半生作品遺留此地為齊全。在此原則下，本文說明的問題，主要針對上述四書所寫的蘇雪林民國三十七年之後的事蹟提出商榷。民國八十八年四月，成功大學出版了蘇雪林民國三十七～八十五年日記，其中雖有幾年斷缺，[3]但大抵記錄蘇雪林半生點滴。蘇雪林寫日記初衷並無意要在生前或死後出版，寫作目的也在幫助自己記得生活瑣事而已，所以，十五冊日記並不如一般創作者將自己要完成的作品列入寫作計畫的一種有設計、構思的成品，由於它的隨性，有人說那是一筆流水帳，但是，在資料的佐證方面，十五冊日記是很重要的線索。

這四本評傳的共同優點是具有故事性，很有小說的味道。石楠與方維保所穿插的對話使得該書具有更大的故事性，似乎人物就活生生在讀者面前行動、說話、過日子；例如適時地安插蘇雪林的思想情緒，包括蘇雪林返臺任教臺北師院時，因教授三年級《楚辭》而順便敘述了她的屈賦研究的幾個重點，讓這種學術思想順當地進入此書。這也是本文所說的此兩本評傳之作的小說性質，因為除非

3 成功大學中文系主編，《蘇雪林作品集·日記卷》1-15冊，（臺南：成功大學出版組，1999），所缺者為民國 39、42-45、47、60、61、81 年 5 月至 83 年 9 月。

蘇雪林自己來寫，否則書中的對白很合理卻並非真實。蘇雪林在九十五歲高齡時親自寫下回憶錄，原本認為自己乏善可陳，不必寫回憶錄，但各報編輯要求她寫；另一個重要原因是擔心自己沒世後，經別人之手不知會寫成何種模樣，為了不被扭曲，所以乾脆自己寫，在《浮生九四——雪林回憶錄》[4]中可以發覺沒有對話的敘述，只有事件的連綴，評傳作者有個人的編寫意識與目的，但是對話加入使得書中多了小說性是值得注意的。

石楠很了解地剖析蘇雪林的個性，例如「蘇雪林雖然常謂自己是個沒有自信的人，實則她是個非常自信的人，一向聽不得他人對她的批評，對不認可她觀點的人，常常耿耿於懷」、「她對做學問是有很大雄心的，也就是說，她有高遠的理想，她一心想把自己造就成一個有高深學問的人。」。[5]各書對於蘇雪林生平事情來龍去脈也是互有省略的，如石楠關於蘇雪林執教南洋大學提到是為避劉心皇與寒爵之禍，但范震威則僅云此舉是「南洋大學薪金比成功大學高數倍」，[6]對照日記，所言不差，但事實上，蘇雪林受聘南洋大學的最大原因確實是想逃離臺灣這次文壇謾罵風波。

不知道是命中飄泊無根之感刻骨，或者後天環境的紛擾頻繁，蘇雪林始終有「去國」的心思，從第一次留學法國受到逼婚與學業之苦，她打算入修道院「永不回中國」；來臺後，由於反共抗俄，她也痛下決心：大陸政權不易，誓不回鄉，如今，這些事只能用來

4 蘇雪林，《浮生九四——雪林回憶錄》（臺北：三民書局，1991）。

5 石楠，頁 299、45。

6 范震威，頁 183。

佐證蘇雪林生平，因為當年誓言都因現實環境改變而不相符合了。但是，這些細微不易察見的小事都是研究蘇雪林不可忽略或抹殺的一筆，它解釋關於蘇雪林的許多思維、選擇、決定，不能因為最後的結果與曾經有過的想法不符就曲解這一個心思，她的「去國」之思必須被考量在她所有的人生階段。

以下略從書名、時間、敘述、編排試述四書的資料訊息之出入。例如，石楠書在蘇雪林返臺後，欲出版著作，其中《天馬集》：

> 她想在天啟出版社出版，鑒於她的《棘心》銷售不是很好，天啟害怕虧損，不願以版稅計酬，要她一次性賣斷版權。[7]

「天啟出版社」為「光啟出版社」之誤，又，查《日記卷》，蘇雪林欲出版此書前後，並沒有發生與光啟出版社有版稅問題之爭議。陳朝曙〈引言〉：「1999 年，蘇雪林在臺南的家中去世」；〈蘇村的由來〉所寫「杜家村」：「嶺下蘇村與杜家村毗鄰而居，……蘇雪林在她的作品中多次寫到的賢惠（慧）善良而終生依戀的母親杜浣晴就是杜家村人」；〈謁蘇雪林墓〉：「我見到墓碑背面『棘心不死、綠天長存』這八個大字的時候，深深感到這是她一生的寫照。《棘心》是她唯一一部長篇小說的書名，……」；事實上，蘇雪林乃病逝成大醫院，而蘇母名杜浣青，[8]雖然《浮生九四》之〈赴法留學〉章，將女高師「嗚呼蘇梅」事件之謝楚楨誤為謝國楨，但一個人對母親姓名應不至於記錯，何況蘇雪林又是愛戀母親極深之

7　石楠，頁 282。

8　同註 4，頁 4。

人；而蘇雪林除了《棘心》外，還有另一部《南明忠烈傳》，雖屬歷史著作，表彰明末義士從事復國的壯烈事蹟，有人物、事件、對話，仍應以長篇小說視之。關於書名，亦時有出入，例如石楠與范震威都將《燈前詩草》分別誤作《燈下詩草》及《燈前草》，而方維保則記載為《南明英雄故事》。[9]

蘇雪林親自執筆之自傳為臺灣三民書局民國八十年出版的《浮生九四》，大陸亦曾出版《蘇雪林自傳》，[10]筆者未見此書，但從大陸許多論文所引，書中文句似即《浮生九四》之大陸版，但是除了改成簡體字而書中內容與三民書局版本應該仍有出入，魏邦良《隱痛與暗疾——現代文人的另一種解讀》書中有〈蘇雪林攻擊魯迅的背後〉認為蘇雪林父親並非「不近人情之人」，即引大陸版自傳說明蘇父給蘇雪林六百塊大洋資助她赴法，引文是對話體裁：「父親在他每天坐的太師椅子上坐了下去，輕聲地說：『我沒有怪罪你的意思……』……『你今年 25 歲了，年齡不饒人哪！……這一年的學費膳食費加旅費，六百塊大洋夠不夠？』，[11]但《浮生九四》敘及此事只有「父親時在北平等候差事也贊成我去，答應我赴法旅費及到法第一年的生活費共六百銀元」，[12]因此，是當年經蘇雪林之手改動文句，以避免同文再版或是大陸出版社更改則不敢確定；

9　范震威，頁 24；石楠，頁 372；方維保，頁 83。

10　蘇雪林，《蘇雪林自傳》（南京：江蘇文藝出版社，1996）。案：此為轉引大陸期刊論文所引用的書籍資料。

11　魏邦良，《隱痛與暗疾——現代文人的另一種解讀》（桂林：廣西師範大學出版社，2006），頁 97-98。

12　同註 4，頁 49。

而一些碩士論文之注釋亦出現錯誤，如陶曉鶯《「世界文化之源」與「域外文化」——評蘇雪林文學研究中的跨文化比較》，[13]所引之《浮生九四》出現的是「三民書局，1993 年」。時間問題方面，四書關於蘇雪林民國三十七年以後之事，應該是參考成功大學出版的《蘇雪林作品集·日記卷》（以下簡稱《日記卷》）而寫，其中關節相連處與日記所載不盡確實，但或許這就是評傳的介於傳記與小說之間的可接受性。例如石楠第二十一章，蘇雪林離滬之際，所寫「29 日，大雨滂沱，吃早飯時她對仲康說：……」，日記並無此段記載，雖然評傳可以針對人事加以著墨，但是蘇雪林與張寶齡貌合神離，甚至勢如酷冰，這一段彼此關心之談話實啟人疑竇，因此，頁 240 敘述蘇雪林赴港後接到張寶齡信，云「仲康說了解放後上海的情況，問她有何打算，他雖沒有明說叫她回去，但字裡行間有這個意思」，考之《日記卷》，蘇雪林在香港所記，僅述及與張寶齡有信件往來，且提到上海者，為民國三十八年九月七日：

> 得仲康信一封，聞上海生活高昂，失業者甚多，共產黨要人下鄉並不為之籌畫生計，想要餓死許多人矣，此真大劫也。[14]

兩人的感情、彼此對未來的意願，都沒有石楠書中所描述的情況。

成功大學的《日記卷》輯錄了蘇雪林自民國三十七年到八十五年的生活，由於蘇雪林的輾轉遷移，其中缺失了幾年。其後，民國

---

13 陶曉鶯，《「世界文化之源」與「域外文化」——評蘇雪林文學研究中的跨文化比較》，蘇州大學比較文學與世界文學碩士論文，2008 年 5 月。

14 《日記卷》第 1 冊，頁 208。

九十七年功大學整理蘇雪林文物，重新發現民國三十九年、四十九年一～二月、民國八十一年四～十二月、民國八十二年三～九月之日記，已於民國九十九年九月出版《蘇雪林作品集·日記補遺》。這些日記資料，石楠參考了十五冊日記，民國三十九年在法國的部分當然無法納入，即使如此，十五冊日記已出版而被採用，但許多地方的記載與日記是有出入的。僅以第二十二章為例，依文章順序言之，例如二十二章〈流落香港〉所云，民國三十八年蘇雪林離開大陸至香港真理學會工作，232 頁所寫七月三日接到看信封筆跡為胡適，但實為凌叔華之信，感嘆珞珈三傑如今流落三地，袁昌英回武大、凌叔華在英國、蘇雪林在香港，散落天涯，然而《日記卷》記載此事是七月二日之事。接著「那天午間，她去了務滋妹那裡，帶回來一張《大公報》，其上有一條消息，說戴望舒在北平，入人民大學學習……」，以及蘇雪林收到建業信，說日子不好過，她買了生活用品寄給在臺灣的大姐，查《日記卷》戴望舒事是七月四日，而接建業信付寄之全家福照，大姐面有愁容為七月二十九日，以後幾天亦無記載將日用品及奶粉寄往臺灣之事。又，蘇雪林在拒絕巧遇武大同仁李儒勉、蔣師道勸說她回武大教書後，「她在香港的熟人同學越來越多了，10 月裡的一天，留法同學羅振英偕女畫家方君璧來看她，她喜出望外」（頁 236）。查《日記卷》，此事在八月八日，蘇雪林容或有補記日記之舉，但是時間上相差太多，亦為問題之一。

所以，筆者亦曾被詢問：石楠之書第九章〈遭遇愛情〉，醒秋接到同學吳默君一信「……說家鄉正在謠傳你在法國與 H 君自由戀愛結婚了。真的嗎？」，那位 H 君是何人？其實，許多臆想與對號入座均大可不必，筆者以為年代已久，此信內容並非吳默君原文，考之《棘心》，醒秋在法國的追求者名秦風，石楠之文既不以秦風為譯音，而吳信又云「謠傳」，H 君實無深究必要，一來因為小說本含虛構之言，二來所謂謠傳，則 A 君至 Z 君均可以是。而且，《棘心》對此事的文句是：「正在萬分躊躇，莫知適從的當兒，忽然由中國傳來一種消息，朋友寫信來說，故鄉有人謠傳她在法國和某人自由結婚了。又說她為婚姻問題，蹈海死了。」，[15]「H」應是石楠自己加入的，是屬於想像或街談巷語的來源，筆者不敢斷言有無影射，但它並非蘇雪林的原意。

考之日記，石楠書中許多事件的對話多是添加上去的，其合理性根據發生的事情而寫，但這無疑也增加了本書的小說性。例如頁 264 寫蘇雪林將法國生活困難之事告知時任總統府秘書長的武大老校長王世杰，王校長替她設法寄去六百美金，但言明是向中華文藝會預墊之稿費，蘇雪林想到這一筆數目的文債一輩子也還不完，日記中只云「不敢領取」，[16]但石楠書中所鋪敘的情節亦遠過於蘇雪林的僅此四字，當然，所述之情節可以視為不敢領取的合理反應，但這些書中的對話其實在一些程度上代替蘇雪林以及所有上場人物說了也許並非事實的對白。可憂的是，這些依事件而評傳作者自己加註的對白被引用為文獻，前述魏邦良《隱痛與暗疾——現代文人的另一種解讀》〈蘇雪林攻擊魯迅的背後〉寫著「魯迅去世後，蘇雪林曾在朋友面前說」：

15 蘇雪林，《棘心》（臺中：光啟出版社，1957），頁 59。

16 《日記卷》第 2 冊，頁 424。

> 這悲聲、這震憾，就像天外突然飛來一顆行星，撞碎了我們的月亮，又好像太平洋一夜間突然乾涸見了底那樣驚慌不已了呦。[17]

此文所引，註明引自石楠書第 172 頁。魏氏之文認為厲梅〈蘇雪林的兩種姿態〉以佛洛伊德的精神分析理論分析蘇雪林揚胡抑魯立意新穎，但觀點不能令人信服，在第一節末，魏氏說：「看來，厲梅太想把蘇雪林這隻『鳥』塞入佛洛伊德的『籠子』裡，所以，不得不對材料做一番手腳，但既然材料不真實，進入籠中的那隻『鳥』也就成了虛擬的幻象。」，[18]魏邦良沒有對材料做手腳，但既有此認知，對蘇雪林材料之擇取似也應有嚴謹的準備，或許，錯不在魏氏，而是關於蘇雪林的資料，在大陸呈現一種混亂局面，蘇雪林文本沒有準確度，雖然，學術研究言論自由，但文獻資料不能是自由的問題，這也是學者、評論者並未尋求正確文本卻各取所需之下，蘇雪林研究未來的隱憂與危機。

關於劉心皇事件，石楠說：

> 這在臺灣地區的戒嚴時期，無疑就是告密，可置人於死地的。蘇雪林惱羞成怒，失去理智，氣急敗壞地要對他們進行報復。她一面繼續撰文與之論戰，一面寫信投寄到治安機關，揭發他們反對她反共反魯，對寒爵和劉心皇進行誣告，

---

17 同註 11，頁 104。

18 同前註，頁 100。

> 稱他們「共產作風」「左派技倆」「文壇敗類」。……竟使出潑婦罵街的姿態，對敵破口大罵。[19]

「他們的目標早已偏離了文學爭論的範疇，而是利用學術討論達到特定的政治目的，以其人之道還治其人之身，上綱上線，都想從政治上擊倒對方，維護自己的文壇地位，保住自身的既得利益」之語，看起來是古遠清在〈發生在臺灣「戒嚴」時期的「文壇往事辨偽案」——重評蘇雪林與劉心皇、寒爵「交惡事件」〉[20]一文中的意思。而此事發生的時間——民國五十二年，石楠書中寫「7 月 20 日，她專程到南臺西門站的萬國書店購買了十五本劉心皇這簇射向她的利箭《文壇往事辨偽》」，查《日記卷》所記，乃為「赴西門站萬國書店購劉著四本，每本十一元，共買過劉著十五本，亦算做了他一筆生意。」，「南臺」為「臺南」之誤。

又，據《日記卷》，蘇雪林收到方君璧兒子寄來方君璧噩耗之信是民國七十五年十月十七日，信中說方君璧於該年九月十三日跌斷腿骨，三日後奄然物化，但石楠所云是「1986 年 11 月下旬的一天」收到信，而方君璧是上月（十月）去世。[21]接著，回憶方君璧來臺開畫展之事，書中說 1968 年 8 月 13 日來臺南作客，蘇雪林欲往臺北參加畫展開幕，但方君璧不忍她奔波，不讓去臺北，畫展結束後來臺南小聚，但《日記卷》所載，蘇雪林民國五十五年九月十八日赴臺北，十月一日到臺北歷史博物館參加方君璧畫展開幕，

19 石楠，頁 317-318。

20 《魯迅研究月刊》，2000 年第 1 期。

21 石楠，頁 374。

並在臺北小住幾日，十月十五日送方君璧回美，十八日回臺南。民國五十七年，方君璧回臺，至東寧路住了一個月，自八月十三日至九月十三日，與蘇雪林相聚並寫生。[22]同年，蘇雪林再度獲選優良教師，九月十六日赴臺北，參加九月二十八日總統召見並宴請。石楠書中所敘，似將這幾件事互相混淆了，而這是相隔兩年之間的事。又如第三十九章，「1994 年 4 月，她又獲總部設在菲律賓馬尼拉的亞洲華文作家文基金會頒發的資深敬慰獎」，但是蘇雪林得到此獎時間是在民國八十二年（1993）。[23]

石楠第三章〈纖足〉敘述祖母替蘇雪林纏足情形，章末：「腳骨爛了，變形了，她的反抗終未逃脫殘足的命運，一雙纖足伴了她終身。」這樣的描述容易導致讀者對蘇雪林的腳產生誤解，蘇雪林確實在幼年時候被祖母強迫纏足，但她一直是反抗的，整個過程或許無法像紀錄片一般如實呈現，在家鄉祖母的監視下，她也不能自己解開，但是從蘇雪林長大後的照片看來，她的腳實不足以「纖足」形容，也不是「腳背像弓樣彎了，腳趾都藏到腳掌下面去了」的模樣。[24]蘇雪林因小時候纏過腳，應該是腳背受到傷害，影響發展，所以蘇雪林的雙腳比一般正常的大人小但又比孩童大，因此必須訂作鞋模，再依鞋模訂製鞋子，但是她的腳趾並沒有彎曲，外表亦非三寸金蓮弓起來的形象，倒是大姐蘇淑孟的腳，一看就知是纏足。蘇雪林壯年時期已出現不良於行現象，晚年腳力更急速下降，她的

---

22 《日記卷》第 5 冊，頁 125-140。

23 成功大學保留的蘇雪林文物中，此面獎狀左方註記之日期為「1993 年 4 月 2 日」。

24 石楠，頁 15。

腳因曾經纏足而受過傷，但後來解開了，最後是造成腳形不大不小且腳力受損，所以，蘇雪林的腳是「既非纖足亦非天足」一類。

對於張寶齡的逝世：

> 沒有丈夫的依靠，沒有愛的呵護，一切全賴自己奮鬥不息，可我憑著這個，在社會上站住了腳。我有了我的事業，我的名望，這一切都不是婚姻給的。[25]

無愛的婚姻確實是蘇雪林一生難言的痛楚，但到了晚年，對這個婚姻的心態尚且存在一絲感恩，《浮生九四》有：

> 我是個人，是個普通女性，青年時代也頗嚮往愛情生活，屢受打擊，對愛情倒盡胃口，從此再也不想談這兩個字。把愛情昇華為文學創作及學術研究的原動力，倒也是意外的收穫。我想我今日在文學和學術界薄有成就，正要感謝這不幸婚姻。[26]

蘇雪林的《日記補遺》較遲問世，[27]與第一次十五冊日記相隔十年之久，石楠著作出版時，《日記卷》已出版五年，第二十三章〈漂泊巴黎〉沒有日記印證，然而香港一年是有跡可查的，此為尚須斟酌處。

25　石楠，頁320。

26　同註4，頁198。

27　蘇雪林，《蘇雪林作品集·日記補遺》（臺南：成功大學，2010）。

本文所論，集中於民國三十七年以後，蘇雪林離開大陸之事，而以《日記卷》及她的其他文章為考查，不談及關於蘇雪林前半生在大陸諸事，即考量學術研究引用正確資料之必須，筆者既無掌握蘇雪林目前尚在世的大陸親人之消息，自不敢多言。惟仍有必要提出的一點，蘇雪林原名蘇小梅，升學北京女高師時改名蘇梅，她第一次從法國回來，以雪林字行，從此大家都知道蘇雪林，少知蘇梅，當然是由於易君左事件，蘇雪林不喜再聽蘇梅二字，便以字為名。但是，關於這兩字之由來，據筆者所知，蘇雪林並未提及所自何來，僅云自法歸國後，「以字代名，『蘇梅』又蛻變而為『蘇雪林』了。改名之故，固然是為了單名不易稱呼，其實也為了那回風波鬧得太大，『蘇梅』二字深印於一般人腦海，只有改變名字，好讓人家忘記那件事與我的關係。可是新文學界尚編著什麼姓名錄之類，卻仍舊採用我那所不樂意的『蘇梅』二字。」[28]。學者有云，蘇雪林因慕明代詩人高啟詠梅佳句：「雪滿山中高士臥，月明林下美人來」，而取雪林為字，[29]蘇雪林名字之由來後來就被如此引用，如前述陶曉鶯論文。而范震威：

> 祖父為蘇雪林起了一個名字叫蘇梅，乳名叫瑞奴——瑞安生的小孩兒也。她的字叫雪林。雪林二字，一說出於宋詩；另

---

28 蘇雪林，〈關於我的榮與辱〉，《我的生活》（臺北：文星書店，1967），頁 244。

29 楊斌，〈從婚姻悲劇中誕生的美的文學〉，《當代經理人》（下旬刊），2006 年 2 月，頁 198-199，http://cnki50.csis.com.tw/。

> 一說出自《遼史》，是一個地名。據說祖父認為，雪林二字頗有一種恬靜的美感，便採用來作為孫女的名字。[30]

據此，雪林二字是祖父所取，又出於「宋」詩，此二說以及楊斌之語均未知何據？若出於古典詩，則一明一宋，亦為一個疑問。

編排方面，四書均為兼有圖文之作，插圖多為蘇雪林之生活照、國畫作品、然而在編排上未盡妥善。例如石楠之書，第十八章〈亮出反魯、反共旗幟〉，頁 183 照片卻是前李登輝總統夫人探視蘇雪林，時在民國八十五年；第二十一章為〈逃出武漢〉所述為民國三十七年事，但 220 頁有一圖為成功大學出版之《日記卷》封面，時在民國八十八年；而二十二章為〈流落香港〉為民國三十八年事，但 232 頁為成功大學民國八十四年為蘇雪林九十五歲壽辰學辦學術研討會之照，及 237 頁的臺灣文壇十二金釵合影等。石楠書中的插圖為蘇雪林畫作、著作、照片，除了國畫多為山水，編排自由，其他插圖存在著與篇目、時間不盡相合的問題。此外，照片說明亦稍有瑕疵 ，除了上述時間問題外，第七章〈筆戰風波〉所附照片，蘇雪林已是鶴髮老年，而此章所述是在女高師與易君左筆戰，時當二十五歲，照片下云「蘇雪林在書房工作」，事實上，照片場景是臺南成功大學東寧路宿舍的客廳窗邊，而畫面是蘇雪林在看照片並非在工作。[31]方維保書中的照片模糊者居多，例如〈蘇雪林山水畫〉（頁 60、96、126）、〈袁昌英肖像〉（頁 107）、〈蘇雪林在書房中〉（頁 236）、《我論魯迅》（頁 244）等，也有照片誤置之

30 范震威，頁 2。

31 石楠，頁 43。

事，此書的插圖亦多風景與名勝地點，或許正符合該書以蘇雪林待過的地方為劃分的架構，頁195是蘇雪林遊南鯤鯓，卻安插在赴新加坡大學任教的文字裡，而且總體來說，書中照片的清晰度不盡理想。

蘇雪林的身份際遇是對她進行研究時絕對必須考量的重要條件。她的特殊有三：一、是最長壽的五四作家，二、反共反魯思想，三、一生行走過大陸、香港、法國、臺灣。這些特殊點顯示，由於她活在世上的日子比起一般人已經算是很長，不同的人生階段以及較長的生年，對於任何一個人來說都會發生不同程度的變化，更何況蘇雪林最初與最後時間所在的大陸與臺灣，近百年發生的世局變化在在影響了蘇雪林的觀念態度，以及最後表現在她的作品中。因此，研究蘇雪林就應該注意「變化」的意義，換言之，她一生中的事蹟、想法、文章都應照顧到其中的變化；再則蘇雪林因長壽所遺世的文獻，吾人更應該把握其資料的準確性，畢竟，她不同於一般生年不滿百之作家，因為短暫，文獻就不至於多麼複雜而必須逐一釐清為基本工作。

顧名思義，評傳是傳記兼評論，嚴格來說，傳記並不能以小說為之，亦即它不能有虛構成份；而評論必須在對一個人有正確認識基礎下，所評之言方能賦與被評者較公允的判斷。從石楠到陳朝曙，每兩年即出版一本評傳性質的書，這2004-2008年出版的四本是目前為止關於蘇雪林生平傳記結集者，以上所述，乃比對資料後發現的幾個問題而舉其大端言之，若一一列述則過於瑣碎了。其實，有關蘇雪林生平的零星文章多不可勝數，在蘇雪林被大陸解禁前，這些文章多出自臺灣，但認真比對，其中的時間、事件等資料亦存在著差異，所以，石楠等人之書是把蘇雪林零星的生平整合，再各個自成一部有頭有尾的書籍，然而其中的正確性是需要進一步考慮的，或者應該說，這四本書以「小說」去看待比較適合它們的內容與性質。多數人都說蘇雪林是個傳奇，傳奇也好，謎團也罷，或許正是因為她所有的資料並沒有被經過仔細校對比勘的緣故。由於文獻資料是研究的首重項目，本文僅提出資料上的問題，四書對蘇雪林的著作、文學思想、神話主張、文壇事件反應等評論尚未及論之，畢竟，整理一個人的資料以及對那個人一生的各方面評價並非易事，了解蘇雪林資料亦不等於能夠真正評價蘇雪林，筆者以為是要更長久時間的思考與沉澱後，方能有所為。

最後，陳朝曙所提到石楠之書是：「全面而又細膩地敘寫了蘇雪林執著奮鬥、豐富而又浩瀚的一生，在網路上被評為現代經典」；方維保書末封底「內容提要」說：「讓我們撥開歷史的濃霧，發現一個真實的蘇雪林。」，上述幾個問題實需對「現代經典」、「撥開濃霧」之語再作評估。本文所願，蘇雪林的另類、傳奇、複雜，更需要後世對她的一生作基本爬梳，在正確了解蘇雪林文獻資料後，進一步對她的各項議題提出闡釋發揮，才不至於辜負這一位終身寫作研究的女作家之風格。本文期以一句話作為結束，蘇雪林在《浮生九四》第一章〈我的家世及母親〉說自己是個庸碌之人，寫回憶錄無非笑談，但迫於編輯邀稿情勢，非寫不可，於是由自己執筆——「年老才盡，寫得重複瑣碎，不成東西，不過字字真實，無一虛構之詞，想研究我者以此為據，當無大失。」

參考文獻
（依年代先後）

一、蘇雪林著作：（每一類依年代先後）

學術研究：

崑崙之謎	中央文物供應社	1956
九歌中人神戀愛問題	文星書店	1967
最古的人類故事	文星書店	1967
試看紅樓夢的真面目	文星書店	1967
遼金元文學	臺灣商務印書館	1969
玉溪詩謎	臺灣商務印書館	1969
論中國舊小說	聞道出版社	1969
中國文學史	光啟出版社	1970
楚騷新詁	國立編譯館	1978
屈賦論叢	國立編譯館	1980
玉溪詩謎正續合編	臺灣商務印書館	1988
唐詩概論	臺灣商務印書館	1988
天問正簡	文津出版社	1992
屈原與九歌	文津出版社	1992

詩經雜俎	臺灣商務印書館	1995

小說：

棘心	光啟出版社	1957
天馬集	三民書局	1957
秀峰夜話	文星書店	1967
南明忠烈傳	臺灣商務印書館	1969

散文：

青鳥集	長沙商務印書館	1938
歸鴻集	暢流出版社	1955
綠天	光啟出版社	1956
三大聖地的巡禮	光啟出版社	1957
我的生活	文星書店	1967
閒話戰爭	文星書店	1967
人生三部曲	文星書店	1967
眼淚的海	文星書店	1967
風雨雞鳴	源成文化圖書公司	1977
靈海微瀾（一）	聞道出版社	1978
靈海微瀾（二）	聞道出版社	1979
靈海微瀾（三）	聞道出版社	1980
靈海微瀾（四）	聞道出版社	1996
靈海微瀾（五）	聞道出版社	1996

戲劇：

鳩那羅的眼睛	臺灣商務印書館	1968

文藝批評：

讀與寫	光啟出版社	1959
文壇話舊	傳記文學出版社	1969
我論魯迅	傳記文學出版社	1979
中國二三十年代作家	純文學出版社	1983

古典詩詞：

燈前詩草	正中書局	1982

翻譯：

趣味的民間故事	廣東出版社	1978
梵賴雷童話集	正中書局	1988
一朵小白花	聞道出版社	1996

雜文：

雪林自選集	神州出版社	1959
蘇雪林自選集	黎明文化事業公司	1977
猶大之吻	文鏡文化事業公司	1982
遯齋隨筆	中央日報出版部	1989
蘇雪林作品集·短篇文章卷（第一冊）	成大中文系	2006
蘇雪林作品集·短篇文章卷（第二冊）	成大中文系	2006
蘇雪林作品集·短篇文章卷（第三冊）	成大中文系	2007
蘇雪林作品集·短篇文章選（第四冊）	蘇雪林文化基金會	2010
蘇雪林作品集·短篇文章選（第五冊）	蘇雪林文化基金會	2010
蘇雪林作品集·短篇文章選（第六冊）	蘇雪林文化基金會	2011

自傳：

浮生九四——雪林回憶錄　三民書局　1991

畫冊：

蘇雪林山水　文建會、妙心寺　1994
綠漪風韻——蘇雪林及文友書畫集　蘇雪林文化基金會　2010

編輯：

袁昌英文選　洪範書店　1986

日記：

蘇雪林作品集·日記卷（十五冊）　成大出版組　1999
蘇雪林作品集·日記補遺　蘇雪林文化基金會　2010

二、蘇雪林評傳：

石楠：《另類才女蘇雪林》，北京：東方出版社，2004 年
范震威：《世紀才女——蘇雪林傳》，石家莊：河北教育出版社，2006 年
方維保：《蘇雪林：荊棘花冠》，桂林：廣西師範大學出版社，2006 年
陳朝曙：《蘇雪林與她的徽商家族》，合肥：安徽教育出版社，2008 年

三、作家專集：

卓如、葉雪芬選編：《冰心讀本》，上海：上海教育出版社，1990 年
沈暉編：《蘇雪林文集》第三卷，合肥：安徽文藝出版社，1996 年
孫曉忠編選：《馮沅君小說：春痕》，上海：上海古籍出版社，1997 年
鄭實選編：《愛山廬夢影》，北京：北京燕山出版社，1998 年

沈增植：《海日樓札叢》，瀋陽：遼寧教育出版社，1998 年
錢仲聯編校：《陳衍詩論合集》，福州：福建人民出版社，1999 年
凌叔華著、傅光明譯：《古韻——凌叔華的文與畫》，濟南：山東畫報出版社，2003 年
王炳根選編：《冰心文選·散文卷》，福州：福建教育出版社，2007 年 11 月第 1 版，2010 年 8 月 2 刷

四、學位論文：

張君慧：《蘇雪林散文研究》，東吳大學中國文學所碩士論文，1999 年 12 月
陶曉鶯：《「世界文化之源」與「域外文化」——評蘇雪林文學研究中的跨文化比較》，蘇州大學比較文學與世界文學碩士論文，2008 年 5 月
張素姮：《蘇雪林散文研究》，中國文化大學中國文學研究所碩士論文，2009 年 6 月
黎娟娟:《蘇雪林散文的意境美》,華中師範大學中國現當代文學碩士論文,2010 年 5 月

五、專書：

黃人影編：《當代中國女作家論》，上海：光華書局，1933 年
梁啟超：《飲冰室文集》，臺北：臺灣中華書局，1970 年
婁子匡編：《楚詞中的神話和傳說》，臺北：東方文化供應社，1970 年
陳少廷主編：《五四新文化運動的評價》，臺北：環宇出版社，1973 年
夏志清：《中國現代小說史》，香港：友聯出版社，1979 年
衛聚賢：《中國人發現美洲》，新竹：說文書店，1982 年

尹雪曼：《中國新文學史論》，臺北：中央文物供應社，1983 年
宗白華：《美從何處尋》，臺北：駱駝出版社，1987 年
楊義：《中國現代小說史》第一卷，北京：人民文學出版社，1987 年
鄭明娳：《現代散文類型論》，臺北：大安出版社，1989 年
許抗生等著：《魏晉玄學史》，西安：陝西師範大學出版社，1989 年
陳白塵、董健主編：《中國現代戲劇史稿》，北京：中國戲劇出版社，1989 年 7 月 1 版，2008 年 9 月 2 版 4 刷
謝六逸：《神話學 ABC》，上海：上海書店，1990 年
馮友蘭：《中國哲學史新編》第四冊，臺北：藍燈文化事業公司，1991 年
鄭明琍主編：《當代臺灣女性文學論》，臺北：時報文化出版公司，1993 年 5 月
溫儒敏：《中國現代文學批評史》，北京：北京大學出版社，1993 年 10 月 1 版，2006 年 3 月 8 版
顧頡剛：《古史辨》第一冊，臺北：藍燈文化事業公司，1993 年 8 月二版
馮光廉、劉增人主編：《中國新文學發展史》，北京：人民文學出版社，1994 年 4 月 2 刷
馬良春、張大明主編：《中國現代文學思潮史》上冊，北京：十月文藝出版社，1995 年
盛英主編：《二十世紀中國女性文學史》，天津：天津人民出版社，1995 年
鄔國平、王鎮遠：《中國文學批評史·清代卷》，上海：上海古籍出版社，1996 年
王曉明主編：《二十世紀中國文學史論》，上海：東方出版中心，1997 年
任一鳴：《中國女性文學的現代衍進》，香港：青文書屋，1997 年
劉勇：《中國現代作家的宗教文化情結》，北京：北京師範大學出版社，1998 年
劉納：《嬗變——辛亥革命時期至五四時期的中國文學》，北京：中國社會科學出版社，1998 年

茅盾：《茅盾說神話》，上海：上海古籍出版社，1999 年 7 月
馬以鑫：《中國現代文學接受史》，上海：華東師範大學出版社，1998 年
黃忠慎：《古今文海騎鯨客：蘇雪林教授》，臺北：文史哲出版社，1999 年
舒蕪等編選，《近代文論選》上冊，北京：人民文學出版社，1999 年
周文柏：《文藝心理學》，北京：中國人民大學出版社，2000 年
李歐梵：《現代性的追求》，北京：三聯書店，2000 年
胡逢祥：《社會變革與文化傳統：中國近代文化保守主義思潮研究》，上海：上海人民出版社，2000 年
劉文潭譯：《西洋六大美學理念史》，臺北：聯經出版公司，2001 年三版
聞一多：《聞一多學術文鈔．神話研究》，成都：巴蜀書社，2002 年
龔鵬程：《中國小說史論》，臺北：臺灣學生書局，2003 年
郭漢民：《晚清社會思潮研究》，北京：中國社會科學出版社，2003 年
楊聯芬：《晚清至五四：中國文學現代性的發生》，北京：北京大學出版社，2003 年
羅志田：《近代中國史學十論》，上海：復旦大學出版社，2003 年
李奭學：《書話臺灣》，臺北：九歌出版社，2004 年
陳平原：《中國散文小說史》，上海：人民出版社，2004 年
薛海燕：《近代女性文學研究》，北京：中國社會科學出版社，2004 年
傅瑛：《昨夜星空：中國現代散文研究》，合肥：安徽大學出版社，2004 年
張越：《五四時期中國史壇的學術論辯》，南昌：百花洲文藝出版社，2004 年
陳其泰主編：《二十世紀中國歷史考證學研究》，北京：北京師範大學出版社，2005 年
倪婷婷：《「五四」作家的文化心理》，南京：南京大學出版社，2005 年
陳平原：《觸摸歷史與進入五四》，北京：北京大學出版社，2005 年

武新軍：《現代性與古典傳統——論中國現代文學中的「古典傾向」》，開封：河南大學出版社，2005 年
劉勇：《中國現代文學的心理學研究》，北京：北京大學出版社，2006 年
白春超：《再生與流變——中國現代文學中的古典主義》，開封：河南大學出版社，2006 年
張瑞芬：《五十年來臺灣女性散文——評論篇》，臺北：麥田出版社，2006 年
張俊才：《叩問現代消息——中國近代專題研究》，北京：中國社會科學出版社，2006 年
王曉初：《中國現代文學的多重視野》，北京：新星出版社，2006 年
陳國恩：《中國現代文學的歷史與文化透視》，武昌：武漢大學出版社，2006 年
應鳳凰：《文學風華——戰後初期十三著名女作家》，臺北：秀威資訊科技公司，2007 年
王增永：《神話學概論》，北京：中國社會科學出版社，2007 年
范伯群、朱棟霖主編：《1898-1949 中外文學比較史》，南京：江蘇教育出版社，2007 年
邵建：《二十世紀的兩個知識份子——胡適與魯迅》，臺北：秀威資訊科技公司，2008 年
陳學勇編撰：《中國兒女——凌叔華佚作·年譜》，上海：上海書店出版社，2008 年
方習文：《五四文學思想論稿》，合肥：合肥工業大學出版社，2008 年
林賢治：《五四之魂——中國知識分子精神史》，桂林：廣西師範大學出版社，2008 年
潛明茲：《中國神話學》，上海：上海人民出版社，2008 年
陳樹萍：《北新書局與中國現代文學》，上海：上海三聯書店，2008 年

錢競：《中國現代文藝學研究》，濟南：山東教育出版社，2009年

梁景和：《五四時期社會文化嬗變研究》，北京：人民出版社，2010年

蔣智由：《中國人種考》，上海：華通書局

六、論文集：

安徽師範大學、武漢大學、成功大學主編：《慶祝蘇雪林教授寫作五十年暨八秩華誕專集》，1978年

熊向東、周榕芳、王繼權選編：《首屆中國近代文學國際學術研討會論文集》，南昌：百花文藝出版社，1994年

成大中文系編：《慶祝蘇雪林教授九秩晉五華誕學術研討會論文集》，臺北：文史哲出版社，1995年

國立成功大學編印：《慶祝蘇雪林教授百齡華誕專集》，1995年

杜英賢主編：《海峽兩岸蘇雪林教授學術研討會論文集》，高雄：亞太綜合研究院，2000年

七、期刊論文：

楊劍龍：〈論五四小說中的基督精神〉，《文學評論》1992年第5期

李欽業：〈凌叔華小說論〉，《安康師專學報》1995年第1期

楊照：〈不快樂的蘇雪林見證不快樂的中國〉，《新新聞周刊》第644期，1999年7月

孟丹青：〈從《棘心》看蘇雪林的道德立場〉，《江蘇社會科學》1999年第5期

馬森：〈最後的一位五四作家〉，《文訊》第168期，1999年10月

王慶元：〈蘇雪林與武漢大學及其屈賦研究述略〉，《武漢大學學報·人文社會科學版》第 53 卷第 2 期，2000 年 3 月

毛慶：〈試論屈賦之域外文化背景——從蘇雪林先生的楚辭研究說起〉，《荊州師範學院學報·社會科學版》2000 年第 4 期

方維保：〈論蘇雪林小說的儒家文化意蘊〉，《華文文學》總第 47 期，2001 年 4 月

陳芳明：〈現代主義文學的擴張與深化〉，《聯合文學》2002 年 1 月號，第 207 期

郭麗：〈蘇雪林青島遊記略評〉，《中國海洋大學學報·社會科學版》2003 年第 6 期

盧松芳：〈蘇雪林：女性意識的覺醒與堅守〉，《江漢大學學報》第 23 卷第 2 期，2004 年 4 月

范泓：〈看蘇雪林怎樣論魯迅〉，《粵海風》2004 年第 5 期

吳佳燕：〈殘缺：對蘇雪林反魯的一種深層心理探索〉，《華中師範大學研究生學報》第 12 卷第 3 期，2005 年 9 月

胡晨鷺：〈蘇雪林早期散文中的「畫意」構成論析〉，《淮海工學院學報·人文社會科學版》第 3 卷第 3 期，2005 年 9 月

薛家寶：〈唯美主義與中國現代文學批評〉，《河南社會科學》，第 14 卷第 6 期，2006 年 11 月

吳軍英：〈論凌叔華筆下的女性敘事〉，《延安大學學報·社會科學版》，第 29 卷第 1 期，2007 年 2 月

陳學勇：〈畫家的凌叔華〉，《文學界（專輯版）》，2008 年 12 月

汪君：〈論中國繪畫美學對凌叔華小說的影響〉，《楚雄師範學院學報》第 24 卷第 11 期，2009 年 11 月

姚嵐：〈游走在現代性的邊緣——論五四文人對唯美主義的接受〉，《內蒙古民族大學學報．社會科學版》第 35 卷第 3 期，2009 年 5 月

錢少武：〈論凌叔華小說敘事的繪畫視角〉，《江漢論壇》2009 年 5 月

杜吉剛：〈拯救現世人生——西方唯美主義批評的一個詩學主題〉，《廊坊師範學院學報．社會科學版》第 25 卷第 5 期，2009 年 10 月

許端：〈論凌叔華小說中的繪畫因素〉，《湖北社會科學》2010 年第 1 期

八、網路資料：

國立成功大學圖書館「中國數字化期刊」（萬方數據資源系統）：

http://g.wanfangdata.com.hk/

中國期刊全文數據庫：

http://cnki50.csis.com.tw/

國家圖書館出版品預行編目資料

蘇雪林研究論集

吳姍姍著. – 初版. – 臺北市：臺灣學生，2012.08
面；公分

ISBN 978-957-15-1567-0 (平裝)
1. 蘇雪林 2. 學術思想 3. 文藝評論
848.6 101013685

蘇雪林研究論集

著作者：吳姍姍
主編者：國家教育研究院
237 新北市三峽區三樹路 2 號
電話：(02)86711111
傳眞：(02)86711274
網址：http：//www.naer.edu.tw
著作財產權人：國家教育研究院
發行者：臺灣學生書局有限公司
106 臺北市和平東路一段 75 巷 11 號
郵政劃撥帳號：00024668
電話：(02)23928185
傳眞：(02)23928105
E-mail：student.book@msa.hinet.net
http：//www.studentbook.com.tw
展售處：國家書店松江門市
104 臺北市松江路 209 號 1 樓
電話：02-2518-0207（代表號）
國家網路書店 http://www.govbooks.com.tw
五南文化廣場台中總店
400 臺中市中區中山路 6 號
電話：04-22260330 傳眞：04-22258234

定價：新臺幣六〇〇元

西元 2012 年 8 月 初版

84821

ISBN 978-957-15-1567-0 (平裝)
GPN：1010101607